月夜に傘をさした話

正岡容単行本未収録作品集

幻戯書房

Contents

III

IV

装　幀　真田幸治
カバー写真　『正岡容集覧』（仮面社　一九七六）より
編集協力　村瀬博一

月夜に傘をさした話

正岡容単行本未収録作品集

凡例

一、本書は、故正岡容（一九〇四―一九五八）が大正十二年（一九二三）から昭和二十六年（一九五一）までに、雑誌や新聞に発表した小説および随筆計三十六篇の、単行本未収録作品を中心とする一冊です。

一、初出紙誌における各篇の署名について、「週刊朝日」大正十二年（一九二三）十月十日号掲載の「朝寝坊むらく」の「いるる」、「苦楽」大正十三年（一九二四）一月号掲載の「あれまでの寄席あれからの寄席」の「いるゝ」を除き、「演芸画報」大正十三年（一九二四）十一月号掲載の「仙女香洋傘綺譚」以降は「蓉」、「春泥」昭和十年（一九三五）三月号掲載の「龍雨先生手向酒」以降は「容」でした。

一、初出媒体の情報については各紙誌の表記に基づき、簡潔に各篇の末尾に付しています。

一、初出紙誌の方針で付されたと考えられるサブタイトルやリードについて、例えば「荷風相合傘」における「文豪情話」や「永井荷風　藤蔭静枝　絢爛の情話」等は省いています。

一、著者独特の表現、詩歌等を除き、また雰囲気を損なわぬ限り、踊り字を含め、原則として新漢字・現代仮名遣いに改めました。引用、固有名詞、ルビ等も同様です。

一、今日では用例を見ない表記も著者独特の文体と捉え、意味が通じると判断したものは、原則として初出紙誌に従っています。

一、ルビについて、初出紙誌によってはほぼ総てに振られていた作品、またその逆の場合もあり、原則として重複するものは整理しましたが、必要と思われたものは適宜補っています。

一、明白な事実誤認は正しましたが、判断のつかないものは初出紙誌の表記に従い、該当部分に［ママ］とルビを振りました。なお本文中、必要最低限の註は〔　〕内に補いました。

一、句読点や括弧、記号等の約物は適宜整理しています。

一、右以外の表記については初出紙誌に従い、送り仮名も含め、全篇を通した統一は行なっていません。

一、今日では不適切とされる表現が見受けられますが、著者が故人であることを考慮し、また時代背景を鑑みて、原文どおり掲載しました。

（幻戯書房編集部）

Prologue

月夜に傘をさした話

ナンテ、みだしをつけると、早くも賢明にしてヤキモチ焼なあなた方は、さしずめぼくが、ウスムラサキの支那服をきた、わが最愛のあのひととモダン道行をきめこんだ一席か?と勘考されるむきもあろうが、ところが、なんと左にあらず——こはこれぼくが年少十六の夏にして、たったひとりで満月の夜に大一番のからかさをさして、危うく、はり倒されようとした一場《いちじょう》の珍談!にこそそうらえなのだ。

忘れもしない、九月にちかい、おっそろしく、月のいい晩だ!——何かの用で、友達んとこから取返してきた番傘を手に、ぼくは悠然と、その小石川から牛込神楽坂につうじる、下宿屋小説のサンプルみたいな大混雑の人波にまぎれ入った。——全く、そこは夜の八時から九時、神楽坂漫歩の崩れにして江戸川方面へかえる手合は、なべて、縦横に、ここを往来する所から、殆ど以而殷賑《もっていんしん》たるや、清親《きよちか》えがくは浅草観音歳の市の図よりもっと、太《はなは》だ、旺《さかん》になる!!!

が、その図《ず》迂《う》図迂しいほどドサクサな人出と、そして、あたまの上の、とても巨大で晃々たるお月様と、我が手に握れる番傘と、私はゆくりもなくこの三題噺《ばなし》をしみじみ凝視した途端、いおうようなき錯覚的行動のショックにムラムラッとかられたのだ。

それは、この混雑のなかにして、大一番の番傘を、ぼくは、さしてみようっていうことだ。

そして歩こう！っていうことだ！

どんなに、彼らはそうしたら一瞬時でも俄雨《にわか》かとおどろくことか！　あわてることか！

そうだそうだと思い立ったら、躊躇はできない。——あたしは早速、名人仲蔵《なかぞう》の定九郎《さだくろう》よろしくの大見得で、その番傘をキララとさした。——と、案の定
「雨ですかな」

「ぽつりときましたかな」

計略、忽《たちま》ちに功を奏して早くもそのへんでこんな囁きが起る！　来り——来の助おいでなすったな！　あたしは心中、ニヤリとすると、彼らは更《あらた》めて頭上を仰いで
「何だ、あんないいお月さんですぜ」

「ちぇっ！」

こんどは、狐に訛《だま》されたの？といまいましそうに舌打ちする。

いよいよ戦いは本寸法だ！——そこで当年の文学少年にしてまた漫談少年たりしあたしなるもの、雀躍《こおどり》すると益々番傘を高くかざして、「鐘は七つか六浦潟《うらがた》」といまや稲瀬《いなせ》川勢揃いをこそきめこみかけたら、俄然一声！　晴天のヘキレキ!!!

「こんな晩に傘なんぞさしやがって、きちげえだぞ！　あん畜生は」

「そうだそうだ。あんな野郎はしめちまうがいいや」

あたり近所の群衆態さん、とても、おっそろしいゲキリン振りだ。その上しかも殺気立ってどう

やら愚図愚図していると、袋叩きににさえ、あわされまじき勢いだ、軍鶏《ぐんけい》じゃあるまいし！　しめめられたりしてたまるもんか！　そこで最前《さいぜん》の定九郎も忠信利平《ただのぶりへい》も名人仲蔵も、寸時にしてぼくから消え失せると、あわてて傘をすぼめた小生、ソーコーとして、ちかくの暗い路次裏へ姿をかくしたことである。

週刊朝日　昭和二年（一九二七）九月一日号

I

朝寝坊むらく

一

朝寝坊むらくてえ落語家《はなしか》を、旦那はごぞんじありますめえ。——こいつはあっしだって小せえじぶんでうろおぼえだ。だから旦那のご存じねえのももっともだが、全く巧《う》めえ落語家でしたよ。

そのじぶん、風流写し絵の都橋《ときょう》てえ看板をあげてたあっしの親爺——倅が親の自慢なんざあ、あんまり江戸にゃ流行らねえ図だが、ご案内の都楽《とらく》、都船《とせん》。あの明治写し絵中興の祖とか何とかいわれたひとたちもみんな元はといいやあ、あっしの親爺の手《て》びとなんでさあ！——なんぞ、俺《わし》が生れてからこのかた、むらくにまさる名人はみたことがねえなんて、しょっちゅういってましたよ、——勿論、そういうあっしだって、このとしまでの落語家稼業、慶応から明治へかけておよそ名人てえ名人はのこらずききましたが、全くむらくほどのひとはありませんや。

このむらくの話は、だからあっしより、殁《なくな》った親爺の都橋を冥途へお使者を立てりゃあ、なにより早くわかるんだが、四十がらみの、小肥《こぶと》りに肥ったいい男で、色も白かった、眼もよかった、落語家ながら豊国えがくで一枚絵にしたって、随分、女の子にゃあ噪《さわ》がれそうな面立《おもだち》でしたよ。——

それでいて、妙にいろけたっぷりな、たまらねえところもない。こう扇子《せんす》を斜めに膝に立てて、そいつのをみ乍《なが》ら、流れるように落語《はなし》をはこんでゆくいきあいなんぞ、全く聞いていてもすっきりといい心もちのもんでしたよ。――そのころのことにして、他愛のない、全く可笑味《おかしみ》一点張りの噺であり乍ら、こうまで渋い、品のいい話っ振りてえものは、ほかにたぐいがないといってもいい位《くらい》のもので――。

――、そのむらくがふとしたことから、八丁堀の梅むらてえ寄席の下へ、地雷火《じらいか》を仕掛けて、江戸中をめちゃめちゃにしようと企んでね、忽ち露見――。

晩年には、牢死をしたともいいますし、誰かに殺されたんだともいいますし、自分で舌を噛み切って死んだともいいますから、まったくひとはみかけによらないもんじゃあござんせんか。――なに、それてえのも、元の起りはてえと、やっぱりこれがいろごとなんだから、全く旦那の前だけれど、女は魔ものさね。――而《しか》も、その女てえやつが、御案内でげしょう、近ごろはめっきり衰えましたが、それ日本てじなってね、我々仲間じゃひとくちに「づま」といいやす、眼のさめるような、肩衣《かたぎぬ》の娘が練磨の早業を御覧に入れる水芸さ。

柳川なにがし、鈴川なにがしって、ついこの間まで随分お若いのの血みちをあげさせたやつさ。――こいつがむらくの牢死一件、地雷火一件に絡んでようてえ寸法なんだから、どうです、噺はほんすじでげしょう。

何《なん》しろ、連中が高座で申上る、正本《しょうほん》怪談てえやつをそのままキジでいったんだからね。

噺は、まあ、長うがすよ。

二

所で、むらく、前かたに素話《すばなし》の名人てえことを申上げたが、勿論、音曲師のじゃあねえけれど、たったひとつ、よっぽど機嫌のいい日があると、噺のなかへ織りこんだり、一席了《お》えたそのあとへ、ひとふし歌う唄がある。——安政の五年に、ころりがあって、そのとき流行った唄だてえんだが、とっちりとんでもない、かといって端唄《はうた》でもない——

「八《や》つ手《て》もお加持《かじ》も

なんにもいらぬ

惚れて惚れられたなかじゃとて

ころりと死ぬではないかいな、

じつ、ほんとに、

じゃけんだよ」

って他人事《ひとごと》乍ら無気味な唄さ。——こいつを恐ろしくいい声で、当人、いい心もちに歌うんだ。——しまいにゃあこいつが又、常連の御意にかなって、むらくがあがると「ころり——ころり」って、やたらに声がかかったんだが、考えてみりゃあ、全くいやな名前がついたもんさね。

そうして、噺はなんでも文久の三年——正月だった。

当時のこったから、あらためていうまでもなく半月代りで、その下席《しもせき》のあく日だと思いなせえ。——一体、きょうびとちがって、寄席は見世物じゃあねえ、佐竹や両国と一つにされちゃあ迷惑だって、芸人全盛のじぶんだった、だから、きのうまで小学校の先生だったのが高座へ靴であがって、三味《いと》にものらねえ喇叭《ラッパ》節や鴨緑江《おうりょくこう》を唸ったり、浪花節が落語《らくご》のなかへ顔を出して、こいつが呼子《よびこ》で幕があがるなんて、目もあてられねえありさまじゃねえ。——だから、ひとくちに前座というが、その前座はおろか、弟子となるまでがちっとやそっとの苦労でなかった。そういってもお話のほかさ。だから一つの席の顔をそろえるたって、中々おろそかになるもんじゃねえ。——勿論いろものの方だってそうで。

ところが、いま、正月下席のこって——丁度、西河岸《にしかし》の森川てえ寄席だった。むらくがひょいとその出番をみると、真打《とり》の自分の前のところ——いわば膝代《ひざがわ》りの芸人に「鈴川小春」てえ女《おんな》名前があるじゃあございませんか。聞いたこともねえ、みたこともねえ、暫らく考えていたが、誰かが改名したものなら、自分にしらせて来ねえ訳はなし、むらくはかいくれわからなかった。——そこで早速、席亭をよびよせたんでげす。

「森川さん、この鈴川小春てえのは」

こういうと、席亭も気になっていたらしい、云うが早いか、

「へえへえ、その小春につきましては、お師匠さんにお詫びをしなければなりませんので。じつは

拠所《よんどころ》なく、急場のとこへすがられまして、ろくにまだ手《て》みせもしないんでございますが、丁度、こんどは松の内、大連《たいれん》の埋合せでひとりふたり連中も少《すくな》いところから、師匠の手のかたてえことにお願いしてと考えまして。いえ、それつひ〔マヽ〕のが差し迫って頼まれましたんで、いちど折入ってお願いに出なければ重々悪いと存じて居りました所なのですがなんとも申訳ないんでございます」

と、詞《ことば》もなく詫び入るやつなんです。

「だけどお前さん、私だから、いいけれど手みせもしないで入れちまったてえのは、少しすじがちがうじゃあないか」

といえば、「誠にどうも」とあたまを下げる、どうにもあがきがつきません。——それでもこっちがひねくれた量見のやつか何かなら、中々どうしてよくあるやつです「あんなべら棒な席へ、おいらはもう出ねえぜ」と因縁をつけたって席亭の方は仕方がないんですが、根が善人、楽屋じゃあ仏さまとまでいわれたむらくでげす。ろくろく素性もたしかめず、

「これから気をつけなけりゃあいけねえ」

か何かで、その場はことがすみました。

さて、その晩になって、西河岸へいって——そのじぶんにゃむらくの方じゃ、もう女てじなのことなんざあ、すっかり忘れていたんです、ふいと、楽屋へ入ろうとすると、いつになく、初日のせいか、前座のほかは誰もいない楽屋のすみに、しょんぼり若い女が坐っているんです。——そうしてむらくの姿をみると、

「お師匠さんでございますか、鈴川小春と申します、未熟なものでございます、どうぞおみしりおかれて下さいませ」

と坐り直していんぎんにいうんです。——ああこの娘さんだな、昼間、席亭があやまったのは——と、思い乍ら、むらくがあげたその顔をひょいとみて驚いた。

うら長い顔、眩《まば》やかしい瞳——よっぽど前に錦絵でみた、国貞の桜姫そっくりで、こいつが濡れ濡れた銀杏返し。おさだまりだ。襟足から首すじへかけて、ほんのりうるんだ白粉《おしろい》の、薄きに似たる薄あかりは、どうみたってきのうきょうのおつくりなれぬ山出し娘たあ思えない。古く、小暗い館にすむ、十二一重《ひとえ》のお姫さまか、草双紙の国へでもゆかなけりゃあ、こんな美しい、影のような女はいるもんじゃないと思ったそうですよ。

と、いうと、むらくのやつ、おそろしくうぶのようにもみえましょうが、所詮は芸人稼業でございます、まして一代の朝寝坊むらく、若い頃から道楽も随分したい放題なら、それには、その前のとし殂った女房は、吉原《なか》の山城屋兵助《やましろやひょうすけ》てえ楼《うち》にいた、尾車《おくるま》というお職《しょく》でげす。——こいつが又、北廓《よしわら》きっての佳《い》い女で、「むらくの女房」といえば手前ども仲間でも随分有名だったと申します。

そのむらくが小春の顔をいまじっとみて「あー世の中にゃあ、綺麗な女もいるもんだ」と思ったのだてえから、これはよっぽどのものだったにちがいありません。

「はい、あなたが小春さんとやらか。して、お前さんどちらのお生れだい」

こうきくと
「あの由井《ゆい》でございます」

途端に銀杏の紅梅染、花簪《はなかんざし》がびらびら動いた。動いて影から恋が笑った。――むらくは、また、ゆえしらず、ぞっとした。

「由井てえとあの、東海道の」

「はい」

小春は、美しい顔をふせた。

――蒲原《かんばら》、由井、興津《おきつ》、江尻《えしり》って、五十三次の双六《すごろく》もある、薩埵《さった》峠へすれすれの、富士の大きい、海の青い、真紅《まっか》な桜海老のたんと漁《と》れる、いいところさね。

「そして、お前さんの御両親は」

むらくが重ねてまた聞いた。――途端に、小春の顔が曇った。

「はい、双親《ふた》とも――双親ともないのでございます」

こういって伏せる睫毛《まつげ》には、いつか涙が仄白くたまった。

どうして双親と別れたものか、生きているのか、死に絶えたか、話せばどうやら長いこって、人情噺は長講らしい。――むらくは世にもいじらしい子だと、唾《ず》を呑んだ。――そのとき、また

「こうしてひとり江戸へまいりましてただ、お師匠さんひとりをおたより申して居ります。――放図のしれぬしれものとおみすてなく、どうぞ可愛《かあい》がってやっておくんなさいまし」

むらくは、三たび、じっとなりやした。

さあ、これからが鈴川小春その晩の初高座水芸の怪談にむらくの恋慕の一席てえことになるんだが、

旦那、まあ、一服やらせておくんなせえ。羽織をぬいだってあとは来《き》ねえ、第一独演会じゃあくたびれらあね。

三

音曲噺の鯉遊《りゆう》が下りて、中入りがすんで、そこに小春のあがる番が来やした。――むらくは、あの娘さんがどんな芸をもっているか、どうかちゃちゃないい加減なものでなければいい、まやかしものでお客たちや、それには仲間の笑い草にならずばいい、あんなにおとなしい、内気な娘《こ》だけに可哀想だ。――手みせもしねえで入れられちゃあ困るじゃないかと席亭にいったことばはいつかむらくのこころから十里あなたに飛んでいた。――訳もなく小春の上が気づかわれるばかりだった。――むらくは下座《げざ》の格子のあいから、そっと高座をのぞいていたと申します。

小春のこの夜のいでたちはてえと軍談じみるが、江戸紫の肩衣に、袴も同じむらさき鯉、銀杏返しが水にひたって、積んだ小箱が黒で七つ、真言秘密長崎伴天連《ばてれん》――。

「鈴川小春――聞いたことのねえ娘《むすめ》だけれど、みねえ、怖ろしくあどけない娘《こ》じゃねえか」

「十六か、七か、まだ初々しいところがあって、全く可愛い子でござんす」

――お客は、口々に囁き交わす。――むらくは格子で詞もない。――だがこの小春、七つの小箱

に手をかけて、

「不束《ふつつか》ながら鈴川小春、日本てじなは練磨の早技、二品三品《ふたしなみしな》、とり変らせて御覧に入れます」

きっと正面を切ったところは、みていたむらくが驚いた。ぴったり型《かたち》がいたへつく、それには又その心もち、笑《えみ》をふくんでみ張った瞳が、星よりはかない恋の闇、柳に流れる夜船《よふね》のうた――いや美しいこと美しいこと。

間もなく小箱が斜めに飛んだ。――七つの鼠が宙をくぐって、なかから牡丹の唐《から》くれない、高座は牡丹の焔になった中に楊妃《ようひ》が立つと思えた、――このあたりから下座の囃子が「千鳥」に変って笛を交ぜた、おどろおどろと太鼓がなった、鼓、拍子木、銅鑼、ちゃんぎり――、

「牡丹はまたまた変りまするると、この儀なぞらえ、あいさ、流星は星下《くだ》り――」

小春の声がりんとひびく。――途端にぱらり肩衣が左右に落ちて、大振袖真紅に日輪月輪が銀で踊った瀧夜叉《やしゃ》姫瞳をとじた女の首に桜がばらばらちってくる吹きやまず吹きやまずちってくる。

楽屋は元より、お客があっと眼をみはった。拍手が右から左に湧いた。

小春は、そこでにっとして、七つの牡丹に火をかける、花片《はなびら》に青い妖しい煙が、十字架めいてかかったとき、忽ちなかから瀧の白絲、玉川上水堀ぬき井戸――

「水だ」

「水だ」

とお客が騒ぐ、なるほど、矢よりも速い水が、すいすい、すいすい湧き昇る。水は遠慮も会釈もなく小春を飛沫《しぶ》いて瀧と流れる。なかに水際立った瞳が、霧に淡《うす》れてまたあらわれる。高座にゆらぐ蠟燭の精かとばかり美しい。

「日本一だ」

「ちかごろみごとだ」

客は、ただもう酔いほうけて、鈴川小春の国をさまよう。――それよりもさっきから、楽屋の格子にすがっていたむらくがいっそ魂を妖魔にひさいだ若衆のように、五体をふるわすばかりだった、――ふるえのとまらぬばかりだった。

だがこのじぶん、森川亭の表につるした行燈《あんとう》の「むらく」と一枚看板の、黄色い灯《あかり》のあたりから、尾末《おすえ》の青い人魂《ひとだま》が、世にも情なくすいとぬけて、寄席の大屋根を七たび廻って、柳がくれに北へ飛んだが、こいつは誰も気がつかなかった。

四

いうまでもなくこうした仕儀で小春はその晩から、むらくのてびとで看板をあげることになりました。――それには若くて、容貌《きりょう》がいい、その上腰が低くて若い女の芸人にみる生意気なところがちっともないから、仲間の受けも滅法いい。

席亭もよろこべば、むらくもよろこぶ。どこへいってもむらくの膝代りにはてえと、この小春、水芸の女太夫で鈴川小春っていいやあ、だから、そのじぶん、ちっと寄席へ入りこんでるひとたちなら誰でも知っていましたとさ。

なかには小春に御執心で七日七夜《なぬかなのよ》をかかさずかよって、高座の一ばん前に来て、じっとみているてえやつもある。焦《こが》れて死んだというもできる。「むらく」の真打《とり》で別ビラに「鈴川小春」と据えさえすりゃ、どんなぶまな席亭でもおつな晦日が迎えられたと申しやす。

従って江戸詰めのお国者——川柳でいいやあ「浅黄裏《あさぎうら》」さ、その勤番のお侍がちょいと一夜の伽《とぎ》をなどという、飛んでもねえ量見かたから、小春をお酒のお座敷へ招《よ》ぼうと遊ばす。——するてえと、

「数ならぬ鈴川小春、それほどまでのお引立は、まことにまことにありがたく、けっして仇《あだ》とは存じませぬが、仔細あって当分高座のほかは、遠慮申上げて居ります。——芸人のくせに図《ず》横柄、無礼《なめげ》なやつとおみすてなく、どうぞ小春を、ごひいきと思召《おぼし》さば、こののちとも高座へ存分におはこび下さいませ。」

どうです、恥もかかせぬ美しさ！　これじゃあ、いかな浅黄でもちょいと二の句がつげませんや。

——小春の人気はあがるばっかり。

そのうち、半年ばかりすると、小春さんはむらく師匠とできてるんだてえ説がむらむらと起りました。――なるほど、そういわれてみれば、うなずけるふしが随分ないでもございません。

けれど、これがむらくは前いったような仏さま、小春は小春で相変らず、誰にでもそつのない処置ぶりなんでげすから、悪くざん訴をあげるやつはありません。――むらくも女房をなくしたところだ、年がちがうてえばちがうものの、あんな気立てのいい女を、ああいい縁だと、旦那、全く運のいいときはこんなもんさ、よろこばれこそすれ、こいつをとやかくいうものもない、――

だが、そのころからだんだんむらくは打って変って、楽屋へきてもぷっつり物も得《え》いわぬ日が、多くなるようになりました。

五

さてむらくの様子がだんだん変って参りました。

あんなに、腰の低い、愛想のよかったやつが、妙にしんねりむっしりして楽屋へきても陰《いん》にこもる。――ろくに挨拶もしない日がある。しじゅう片すみの暗いところに、つくねんと坐りこんで、じっと何をか考えている。――一ばんじゅう、誰ともくちをきかずにかえることさえある。――前座が汲んで出すお茶を気がつかずにひっくり返したりすることの度々《どど》あるのには仲間の者も吃驚《びっくり》した。

それには顔いろもだんだん優れなくなって、いままで小肥りだったやつが頰が不思議に落ちてきた。――眼がくぼんで、鼻が鋭く高くなって、こうなると前から男前はよかっただけ、際立ってやつれた顔が凄くみえる。

高座へあがったうしろ姿も、妙にしょぼしょぼ小寒かった。

それには、いつもやっていた昔噺をやらなくなった。――悪く凄味にからませた人情噺の殺し場だの、因果に絡んだ怪談の続きよみばかりやる。「錦明竹《きんめいちく》」なんて身の毛もよだつような噺をやる。――「ひとは輪廻の生《しょう》をひくと申しますが」――と、むらくがまくらを振り出す、客は何がなし襟元へ、濡《ぬれ》手《て》拭《ぬぐい》を押付けられたように、ぞおーっとしたっていいますぜ。

だが、そのなかで昔を今に相変らずむらくのやったものがある。――旦那、なんだかあててごらんなせえ。

「八《や》つ手《て》もお加持《かじ》も
なんにも……」

って、あれさ。いいかい。

「八つ手もお加持も
なんにもいらぬ

惚れて惚れられたなかじゃとて
ころりと死ぬではないかいな
じつ、ほんとに
じゃけんだよ――。」

ってね、こいつがお前さん、ころりの唄さ、――いままではにこにこ、それでも景気をつけて歌っていたからいいようなものの、こう道具立が陰気な上に、ころりの唄じゃあ助からねえ、――何より、そいつを歌っていたむらくの顔が八代目の死絵《しにえ》のようでうすっ気味悪かったっていいますぜ。――やがて、むらくの因果噺をきいた晩、かえりのみちで、黒髪をさんばらみだしたお化《ばけ》にあって気を遠くしたてえ女ができた。――むらくが「ころり」を歌っていると、高座のうしろの白の襖へ、総髪にした武士の影が、ありありありみえたというものができた。

席亭も首をかしげた。弱ったことになったと思った。――何だ、彼《かん》だといわれてても、いまのうちはまだ入りがある、客がくるからいいようなものの、いまにこいつへけちがついて、からきし人気がなくなったらどうする。むらくのためには元よりして、ひいては自分たちの損にもなる。

けど、なんとしても名人となるとちがったもんで、他愛のない話しができねえものと思いこんでいたむらくが、さて人情噺をやるようになると、天晴れこれがお客をよぶ。「むらく――むらく」で、やっぱりお客はやってくる。――可笑しな噂は立ったけれど、それで席亭もそのままにしておいたんだと申します。

所で、一方鈴川小春の方はてえと高座に咲かせる牡丹がみんな、日輪草の化身かと疑わせるほど栄えに、栄えて小春の人気はあがるばっかり、そうして春が夏になり、夏が秋になったのでございます。

日本橋には、もうとぼとぼと煙《けぶ》る秋雨に、夕河岸の立つころおいとなりました。

六

一体、この文久三年てえ年はそろそろ将軍さま三百年の御時世のぐらつき出したじぶんでやれ二言めにゃあ尊王だ、攘夷だてえ噪ぎ――。リチャードソンなんてえ英吉利《イギリス》人が生麦で殺されたかと思うと、長州じゃあ黒船へ大砲《おおづつ》を打《ぶ》っ放す。姉小路《あねこうじ》少将さまは御所のかえりに浪人者の手にかかってあえねえ御最後をおとげ遊ばす、薩摩侍《さむれえ》が素っ裸で毛唐と大いくさを追《お》っぱじめる、かてて加えて、千代田のお城も六月西丸《にしのまる》をやいたかと思うと、どっちもそう火にゃあちげえねえが、八月早早又御本丸を丸焼けにする。街を歩いても膝っ小僧しかねえ袴をへえた田舎侍《さむれえ》が怪しげな眼付で詩吟なんぞを歌って歩く、きょうは吉原《なか》で花魁が三人斬られた、きのうは猿若町で森田座のとめばがざっくりやられた。こいつらはみんなお江戸へきて無人《ぶにん》をいいことに乱暴を働くんでげす。そうかと思うと、紅毛人《こうもうじん》が日本橋あたりをぶらぶら不思議な煙草を喫《ふか》しながらあるいている。――あっしなんざあ子供ごころにも、もう是《これ》っきりでお江戸が亡びてゆくんじゃなかろうかと随分心細い気がしたもんでげす。——あっしのおぼえに間違えなけりゃ人情本の松亭金水《しょうていきんすい》もたしかこのとし歿っていやす。——その御本丸が焼けたじぶん——そろそろ堀割へ映るお江戸の空が蒼く澄渡った秋のことでげした。

むらくはこんどは軍談をはじめやした。人情噺や怪談のうちはまだよかったが『柳《やなぎ》だる』のいい草じゃねえが全く「軍談までは気がつかず」でげす。——むらくのやつにゃあ狐《こんこん》がついてるんだなんて蔭じゃあこうもいっていました。——けども不思議なことにゃあこの軍談がまた巧めえ。しんに迫って聞かせこむ。まったく可笑しな話があったもんで。

而もその外題《げだい》がてえと、みんな天草四郎時貞だの、関ヶ原軍記だの、福島正則最後の記だの、とかく公儀へ刃向ったものばかりでさあ。——なかにもお城の話になると、まくらばかりで真打席《とり》じゃあ小半刻《こはんどき》もはねが長びいたまま、とうとうこれが本題にかからず終ったともいいます。そうして御本丸を攻めるにゃあ竹橋御門と雉子橋《きじはし》御門をどうしたらいいとか、あすこの外濠の深さはどうだとか、とてつもないことばかりいい出すんです。——また、そのときのむらくの顔が、妙に血走った眼をじっと据えて、ぜいぜい息をきらし乍ら、語りつづけてゆくんです。——ねていた客はもちろん起きるし、起きてたやつも坐り直したっていいますぜ。

これには席亭もはらはらしました。もしあんな所が岡っ引の耳にでも入ったら、むらくは元より

自分たちまでが首がなくなる、可哀想に真蒼になって
「むらくさん」
　とよびかけるのですが
「はい」
　と両手をきちり膝に置いて向き直られると、妙に口の中が堅くなってそれっきりなんにもいえなくなったそうです。——そうこうしているうち、むらくは益《ますます》衰弱して、いまは眼ばかり犬のように妖しく光りだしました、そうして間もなく十二月上席から病気をいい立てに席を休むことになりました。——むらくの住居《すまい》は、そのじぶん、浅草の堀田原《ほったわら》にありました。
　文久三年が暮れました、翌《あ》ければ元治《がんじ》元年でげす。いまでもありあり覚えています。雪が元日から三日までふり続いて、松がとれてもまだ寒い、どろんと時雨《しぐ》れた日がつづく、全くお話にならない寒さでした。——そうしていつも灯のつくじぶんになると白粉のようなばらばら雪が、ざらめのようにこぼれてくるんです。——宵のくちから暁方《あけがた》へかけて、佃へ夜っぴて白魚を漁《と》りにいってる漁師たちは、こう寒くっちゃあいくら稼業たあいい乍ら、からきし網が打てやしねえって涙をこぼしたっていいますよ。——むらくは元日から上席一ぺえ休みとおして、十五日から返り花を八丁堀の梅むらてえ席で咲かせました。——その十五日も、前の晩からの大ゆき——まるで牡丹を千切ったような大雪で、ふだんなら藪入で賑う下町も、森閑とまるで火の消えたよう。——あっしの親爺の都橋はそのじぶんもういろものながら大真打《おおしんうち》でげしたから、
「今夜は席をぬくとしよう」なんて、阿母《おふくろ》とあっしと三人、早くから御酒《ごしゅ》のいけない方なので、

小豆粥《あずきかゆ》をあっため直して、いただいて居りました。さあ、彼是《かれこれ》、五つ下《さが》りでげしたろうか、まだ雪あかりで暮れやらぬかわたれのあかりが窓からうっすら流れこんで、私は小豆のお粥をすすり乍ら、なんともいえず哀しくなって、訳もなく少《ちい》せえじぶんのように阿母の乳房が恋しくなったのをおぼえています。

その晩でげした。——むらくが八丁堀で御用の縄を頂いたのは。もちろんあっしたちゃ、翌くる日になってきいたんでげすけれど、なんでも大へん顔つきもよくなって、いつになく楽屋じゅうへ愛嬌をふりまいたそうですよ。へえ、可笑しなことがあるもんだといってると、やがて高座へあがってこれがずっと昔の日のような嬉しい落語《はなし》ばっかりをやるんだそうです、人情噺のむらくや軍談のむらくはいずこへか影を秘めて愛想のいい昔のむらくに舞戻った、席亭もお客もてもなく三ど吃驚てえ訳でさあね。——大雪乍ら、八丁堀あたりお店《たな》が多い、可成《かなり》にぎっしり詰ったその夜のお客は、だから久し振りだともうに嬉しがった。当人も益いい心もちになって、やがて歌いだしたのが、「八つ手もお加持もなんにもいらぬ、惚れて……、……」だ。途端に、ばらばらッむらく、御用だ！　神妙にしろ！　むらくは腰縄のままそこで術もなくふる雪のなかを曳かれていってしまったそうで。——それっきりなんのお沙汰もなくむらくは入牢《じゅろう》、間もなく二た月ばかりして、前《ぜん》申上げたように自殺か他殺か、かいくれ解らず、ぱっくり死んでしまいました。

その死骸をお取捨のとき何とかてえ偉え坊さんがむらくの顔をつくづくみて、ああ可哀想にこれは死霊に憑かれたんだと仰言《おっしゃ》ったそうですよ。——むらくのことは、何しろそぞろ世の中が物騒な当時だからお上でも秘し隠して一向民間には伝わらずじまいでげしたが、ただ芸人の仲間だけ様子がわかって驚きました。

お役人が堀田原のむらくの家を屋探《やさがし》してみると、先ず正面の床の間に総髪にした由井民部正雪《ゆいみんぶしょうせつ》の像がかかっている、その前に蛇を刻んだ豪勢な黄金《きん》の香炉がある。これでみるとむらくは毎朝正雪を拝んでいたものらしい。それから江戸のお城の図が三十七枚、お堀の深さを計ったものが六十二枚、うちんなかはそんな絵図面ばかりなんです。それに由井正雪から金井半兵衛正国へ送った書状が一つ、立派な桐の箱に入れて戸棚の奥からでてきたのだが、こいつは去んぬる慶安の乱に、正雪、忠弥《ちゅうや》お召捕のとき、たしかに焼き棄てた筈のものがどうして再びここにあったか、こればっかりは流石《さすが》にあたりがつかなかったそうです。

――それには八丁堀の梅むらの下《した》へ、いつのまにどこからどうして手に入れたか、可成大きな地雷火がすっかり一丁四方にちゃんと仕掛られているんです。

そのじぶん御案内の玉屋はもう少し下り阪で、鍵屋の花火がそろそろ芽を吹き出していた。それでさしずめ鍵屋からでも購《か》い求めたものかと思って、内々でおしらべになっていたが、鍵屋の舗《みせ》の品ではない、第一玩具《おもちゃ》の花火こそ売れ、手前ども地雷火などはひさぎませんと鍵屋は真蒼になってふるえました、こりゃあ全くそうでしょう、そこでこの地雷火もどうしたものやら二つの、不思議は解けないままになりました。

だが、驚いたのは仲間の芸人でげす、いくら知らないこととはいい條、いわば地雷火の上で馬鹿なことを喋ったり、歌ったりしていたんですから、こいつはおぞ毛をふるいました。

長々と申上げましたが朝寝坊むらく地雷火噺――先ずお話はこれだけです。なに、鈴川小春はどうしたと仰言るんでげすか、そうそう小春のことを申上るのをすっかり忘れて居りました。――小春は、いちじ、むらくの堀田原の住居にいたんですが、そう、文久三年の冬――十一月のおわりでした。ふいと高座から姿を消してしまいました。――そののち、ひとの話をきくと、吉原の切店《きりみせ》にいたのをみたとも申します。こいつが山城屋兵助のみせからでも出て、「二代目尾車」とでも名乗ると来りゃあ、益怪談でげすが実録は中々そうお芝居には参りません。――そこで無理心中を仕掛けられて、あえなく果てて終《しま》ったとも申します。――好いた男と手をとって廓《くるわ》をぬけて、遠く甲斐路、身延の奥に人目を忍んで、「亭主は熊の膏薬売《こうやくうり》」――それが月の輪お熊になったのだとも申します、頬にのこった月の輪の傷も、心中を仕損じてのものじゃなくてそのときむらくの思いで残ったあざだとも申します。

そういえばそれから何年経ってですか先々代の談洲樓燕枝《だんしゅうろうえんし》が京へ上るみち――東海道の岩淵までくると、富士川の汀際に漂いついてる若い女の屍がある、もう何日も経ったものとみえて、露わになった肢《あし》の方は烏《からす》がたくさんついていたが、不思議にはっきり残った顔が、この鈴川小春そっくりだったとも申します。

御維新まで生きていて、浜で洋妾《らしやめん》になったというものもあります。異人街《まち》にはじめて西洋料理ができたとき、以前に変らぬ美しさで小春が帳場に坐っていたとも申します。

それにしても駿州《すんしゅう》由井の生れだと申しますのは、全体ほんとうだったのでござんしょうか。――むらくの実の阿母てえのが、もと大奥の御殿女中で、牛込榎町に永年住まって居りました。――これとても亦《また》むらく同様の善人で格別ひとに恨《うらみ》を買うようなすじもなく、至って気だてのいいものでございましたが、所が牛込榎町と申しますだけに、いまも正雪地蔵なんてえものが残って居りますところから、何か因縁があったものかとも考えられます。

むらくという名はそんな風で、それからしばらく忌みまして、仲間も誰も襲《つ》ぎませんでしたが、やがて御維新になる、明治になる、文明だ、開化だ、べら棒め、野暮と化物は箱根からこっちにゃいねえやい！という江戸っ子の啖呵がそのままこととなりまして、なにしろいい名でございますし、又ぞろ襲名いたす者ができまして、今日に残って居ります。（勿論八丁堀の梅むらはそのまま潰れてしまいました――）

鈴川小春のことは、おかみもなぜかそのじぶん、それからそれと手を廻してもおしらべになりませんでしたので、とうとう解らずじまいになってしまいました。

週刊朝日　大正十二年（一九二三）十月十日号

勝太郎合戦

一

「駄目だ。とても駄目だ。太郎さんは、やっぱり師匠の事を怒ってるんだ。俺は脳天《あたま》から水をぶッかけられて――それもいいや。それもいいけど、大先輩たる楽燕《らくえん》先生や重勝《しげかつ》師匠にまで啖呵を切って暴れるんだ。ああ吃驚《びっくり》した。いっそ寿命の、三年許《ばか》りも縮めちまいましたよ。」

番頭の仙蔵《せんぞう》は強《したた》かに水を浴びたセルの羽織を、片手で拡げて見せ乍ら、ひん曲ったような首を縮めた。

「はてネ。太郎兄《あに》いは、それじゃア俺たち玉川一門の総後見に成る事を嫌だてえのか。」

もう数日で、次郎改め玉川勝太郎《かったろう》を襲名する二代目の当主は、日本晴の美男子で、どんな浮世の荒浪をも、乗ッ切って行く激しい気性が、眉宇《びう》の間にうかがわれる。

彼は、その眉根《まゆね》を心もち、顰《しか》めて云った。

「へい、何しろ朝酒をきこし召してる最中《さいちゅう》だから、大変だ。いきなりお膳を引ッくり返すと、是《こ》れこの通りの濡鼠《ぬれねずみ》にされちまったんで。」

「そうかそうか。よく解った。而《しか》し俺には信じられねえ。」勝太郎は、小首をかしげた。

「ヘッ、何がでござんす。」

「その顚末が、よ。」

「だけど、師匠——こ、この通り……」

「べら棒め、太郎兄いは、そんな男じゃアねえ筈だ。」

とうとう彼は、大きな声で怒鳴り付けた。

昭和六年秋九月——引移った許りの浅草田島町の、二代目勝太郎の住居《すまい》には、目睫《もくしょう》の間《かん》に迫った二代目相続のため、花輪や優勝旗《フラフ》やテーブル掛や祝い物の数々が山と積まれて、立派な表二階から覗かれる六区《こうえん》の秋の空には、アド・バルーン一つが、幸福そのものの如く浮動して居る。

——全く今度の二代目勝太郎襲名は、降って湧いたような話であった。

次郎は、一日《じつ》、東家《あずまや》楽燕、木村重勝の両大家から二代目問題を藪から棒に切出された。

正直の所、夢かと許り嬉しかったが、彼には而し、太郎兄いと云う他ならぬ兄弟子が居た。——而も、太郎兄いの玉川太郎は、先代存生《ぞんじょう》の砌《みぎり》には、普《あま》ねく麒麟児の異名を取った才物である。

その兄弟子を差措《さしお》いて、自分の襲名は本意でない。——彼は盡《ことごと》く、辞退したが、

「太郎への遠慮なら、無用にして呉《く》んな。何しろあの大酒《たいしゅ》で、近ごろじゃア満足に寄席も勤めちゃア居めえ。大事な玉川勝太郎の名を下手に襲《つ》がれて、腐らされたら事件《こと》だからな。」

「そうだともよ。次郎、お前、先代《ししょう》の名が大事だと思ったら、悪い遠慮をしねえで、二代目に成ンねえ。」

楽燕も重勝も、代る代るにとりなした。

辞するに途《みち》を失って、次郎は、とうとう二代目に成る決心を付けてしまった。

そこで、襲名直前のきょう、先輩たちが番頭の仙蔵を道案内に太郎の家まで足を運ばせ、二代目勝太郎の名を次郎に襲がせる代りに、玉川太郎その人は、この際、玉川一門の総後見としてあくまで一党の後楯に成って貰い度《た》いと、事、慇懃《いんぎん》に頼み込むと、それが術《にべ》もなく断られ、而も番頭のセルの羽織は、太郎のために水だらけにさえされて来たと云う。

「いや、御苦労御苦労。お前にも飛んだ迷惑をかけてすまなかったな、サア、階下《した》へ行って一杯飲んで呉んねえ。」

勝太郎は、いつしか元の機嫌に戻って、番頭を階下へやった。

こんな経緯《いきさつ》があって数日、二代目玉川勝太郎の襲名興行は、公園劇場で盛大に挙行されたが、途端に玉川太郎は玉川の亭号《ていごう》を叩き返して、勝手に小金井太郎と名乗ってしまった。

而し勝太郎には、それでも太郎が自分を怒って居るとはどうしても考えられなかった。

「太郎兄いは見栄坊だ。だから重勝《あべかわ》や楽燕《ねぎし》の前ではウムと云えず、却って玉川と縁を絶《き》るような羽目に成って了《しま》ったのだ。兄いが俺の事を怒ってるなんて、嘘だッ。嘘八百だッ。第一、今から二十年前のあの晩の話を、太郎兄いは、よもや忘れては居なされねえ筈だ。」

玉川勝太郎は、きょうも青玉《サファイア》のいろに晴れた十月の空を眺めつつ、二十年以前の思い出を、ひとり、しみじみと手繰り返した。

二

大正二年九月四日、即《すなわ》ち二十年前《ぜん》のその晩。

二代目勝太郎は、やっと十八——。

石渡金久《いしわたりかねひさ》と云う紅顔の少年で、どうか初代勝太郎の弟子に成り度い一心から、深川黒江町の寄席桜館《さくらかん》——そこの奥まった楽屋障子を、おずおずと開けた。途端に、

「誰だッ。」内部《なか》では厳めしい声がした。

ハッと思って相手の顔を見上げると、それは今しがた「鼠小僧」を読んで下りた、黒燕《こくえん》と云う、名の通りのどす黒い、額にコブのある、人相の悪い男であった。

「何だ何だ。お前は？　何……？　うちの師匠の弟子に成り度《て》え。駄目だ駄目だ。弟子と来た日にゃア、裏の溝《どぶ》じゃアねえが、あとが一杯《ぺえ》つかえてるんだ。要《い》らねえよ。」

黒燕は、押売でも断るような調子で云った。

「第一、お前《めえ》、この社会へ入《へえ》るには、相当の保証金てえものが要るんだぞ。」

「知ってます。お金でしょう。」

金久も、流石にムッとして言葉を返した。

「そうよ。けれどもお前ッちが肉桂《にっけ》や芝翫糖《しかんとう》を買う三銭、五銭の金じゃアねえぞ。浪花節の入門金は、百両が鐚《びた》一文かけても相手にされねえんだぞ。」

「その位なら持って来ました。どうか勝太郎師匠に差上げて下さい。」

――金久は、筒ッポの紺絣の懐中《ふところ》から、大人の用《つか》いそうな紙入《かみいれ》を取出すと、中から十円紙幣《さつ》を十枚、ずばりと抜いてそれへ並べた。

「さア遠慮なく受取って下さい。」

彼はニッコリ笑って見せた。

――牛込の神楽坂下で、金久の父は、文明開化の尖端を行く、人力車の製造業。大きな工場《こうば》を持って居たが、一家を上げての玉川勝太郎びいきで、従って金久は幼少から、方々の寄席を勝太郎一本槍で聴かされて歩いた。

その内、飄々とした玉川節の哀調が身も魂も溶けるほど好きに成り、とうとうペンキ商の兄貴を口説き落して、金百円を借受けると、嬉し紛れにこの桜館の楽屋まで、駈け付けたのであった。

「小父さん、何だって、早く受取らないんだイ。」

思いがけない百円の金を並べられて黒燕は、やや暫《しば》し度肝を抜かれた型《かたち》だったが、バツの悪さを隠すため、

「おや、この野郎。餓鬼の分際で大枚百両も持ってやがら。殊によったら、手前《てめえ》、盗人《ぬすっと》でもして来ゃアがったんだろう。」

が、そう云った次の瞬間、木鼠のような素迅《すばや》さで飛込んで来た、色白で小兵な男は、黒燕の横面《よこつら》をピシリと平手で撲《なぐ》り付けて居た。

「おウ痛《いて》え。だ、誰だ。俺を撲りゃアがった畜生は……。やッ手前、太郎だな。何だって兄弟子を撲りゃアがるんだ。」

「間違った畜生をハリ倒すのに、兄貴も弟もあるもんけえ。やい、何だって他人《ひと》様の持って来なすったお金に盗人の汚名を着せやがるんだ。こ、こ、この罰当り野郎め。」

云うかと思うと、又ピシーリ、烈しい横ビンタを喰わせた。

この勇しい闖入《ちんにゅう》者は、近ごろ玉川一門でめきめき人気の立ちそめて居た鬼才玉川太郎であった。——見るから鉄火な、剽悍《ひょうかん》な男で、きっと相手を睨《にら》め付けて居る立姿は、宛《さなが》ら小糸を助けに来たお祭佐七《まつりさしち》の概《がい》があった。

時に傍らの襖が開いて、

「待て待て。太郎、様子はわかった。」

云い乍ら出て来た村夫子《そんぷうし》のような四十男は、関東浪曲界随一の人気王、初代玉川勝太郎その人であった。直ちに黒燕をあたまごなしに叱り付けると、

「もし若いの。弟子の不束《ふつつか》は勘弁してやってお呉《く》んなせえ。あっしのような者でもよけりゃア、御両親さえ御承知なら、今日から弟子にして上げよう。名前は次郎だ。お前さん、次郎と命《つ》けなせえ。」

勝太郎はそう云って嬉しそうに微笑《わら》い乍ら、

「太郎に次郎で、どっちも負けねえように励むんだぞ。」と、後方《しりえ》を省みた。

が、太郎の姿は、もうその時、そこには見えなかったが、金久にすれば、これが兄弟子玉川太郎への、忘れる事の出来ない第一印象であった。

三

〽泣けとウ……。

〽泣けとウ……云われてエ……。

「ああ、いけねえ。どうしても巧い声が、振ッ切れねえや。」

玉川次郎の名を貰った金久少年は、師匠の家《うち》から程近い隅田川べり、川波に足を洗われ乍ら、声を限りと練習して居る。

大正も初年と云えば、向島には未《ま》だ広重の景色が亡びず、ここ竹屋《たけや》の渡船場《わたしば》辺り、行々子《よしきり》の飛立つ姿に、入日《いりひ》のいろが美しい。

けさから七時間も唸って居るが、彼にはどうにも得心の行く節調《ふし》が出来ないのだ。

「ちょッ、忌々しいな。」

舌打ちし乍ら、別の文句にかかろうとした時、

「あッ、痛い。」——次郎は腰の蝶番《ちょうつがい》をドスンと激しく突きのめされ、忽ち身体の中心を失うと、ポシャンと川の中へ落込んだ。

「だ、誰だ。なめた真似をしやがるのは。」

彼は元の川べりへ這い上り乍ら、ずぶ濡れで辺りを見廻すと、「あッ、お前さんは。」思わず愕《おどろ》きの声を上げた。

そこには兄弟子の黒燕が、例の憎さげな瘤《こぶ》ッ面で突っ立って居たのだ。

「馬鹿野郎。何てぇ間抜な声を張上げて居やアがるんだ。そんな事で一人前の、浪花節の飯が喰えると思ってるか。」

黒燕は乱杭歯《らんぐいば》を剝出してズケズケ云うと、

「次郎、俺に有難うございましたと礼を云え。人間は、川ん中へ投《ほう》り込まれる度《たんび》に、玉を転がすような美音が生れて来るものなんだぞ。」

そう云って暫くは、次郎の顔を睨み付けて居たが、

「不足そうな面付《つらつき》で居る所を見ると、未だ未だ稽古が足りねえッてのか。よし、そんなら斯《こ》うだ。」

今度は拳骨で胸の辺りを、力一杯突上ると、

「玉川一門の修業は辛いぞ。骨身に耐《こた》えて勉強しろィ。」

捨台詞を残して黒燕、葉桜の黄ばんだ土手を、早くも三囲《みめぐり》の方へすたすたと急いで行く。

「く、口惜《くや》しい。畜生。」

あとに次郎は、始めてホッと我に返ると、唇を嚙んだ。――入門以来、師匠は元よりお内儀《かみ》さんも太郎兄いも、みんな優しくして呉れるが、ひとり黒燕丈《だ》けが辛く当る。

それにしても、だしぬけに来て、自分を川の中へ投り込むとは余《あん》まりだ余りだ。余りひどい。

――次郎は、ひとり秋の日の、黄金《きん》に燦《かがや》く隅田川の水のおもてを見やりつつ、黒燕の仕打を考えて居ると、つい口惜しくて哀しくて、山谷堀《さんやぼり》も今戸橋《いまどばし》も、さては待乳山《まっちやま》も十二階も、止途《とめど》なき涙の末に薄れ行くのであった。

こうした彼らの一部始終を、最前から常夜燈の小蔭《こかげ》に忍んで残らず見て居た鳥打帽子に二重廻し

の、背の低い男があったが、それが兄弟子の太郎であったことは、次郎も、黒燕も、気が付かなかった。

だんだん夕霧が立ちこめて来た。

――その黒燕は、それから旬日《じゅんじつ》を経ずして、吉原で三日許り流連《いつづけ》をすると、師匠のトリ席をぶッこ抜き、一も二もなく、勝太郎の家を追われてしまった。次郎は、始めて救われた。

(待てば海路《かいろ》の日和かな、ああ助かった)

彼は、ホクホク欣《よろこ》んで一層身を入れて修業した。

四

「次郎か。よく来たたな。こっちへ入れ。」

玉川太郎は上機嫌で云った。

日の出のような人気のなかに初看板を上げると、太郎は師匠の家を引払い、浅草芝崎町《しばさきちょう》、幸龍寺《こうりゅうじ》の蓮池に隣《とな》った、華奢な二階家を借り受けて居た。

あれから半年近く経った桜咲く頃、次郎はいよいよ芸道修業のため当分、京大阪へ出掛ける事に成ったので、今夜は、別れを告げに来たのであった。

「丁度、いい所だ。今夜はスケが二軒きりで、今帰って来た所よ。当分のお別れだから、ゆっくり遊んで行きな。」

定紋附《じょうもんつき》の鏡掛《かがみかけ》を下げた鏡台や、紅い大きな座蒲団や、小意気な違い棚や、さては床の間の投入《なげいれ》に匂う沈丁花《じんちょうげ》や、部屋のなかは万事が今売出しの芸人らしく、すっきりと気が利いて居た。

太郎は雇い婆さんを顎で使って牛肉をふんだんに煮て馳走したが、

「ねえ、おい、次郎。いつぞやの泥棒野郎、あの黒燕は渡り者の癖に何とかして、二代目勝太郎を襲ぎ度くて仕方がなかったんだとよ。へッ、鼠小僧のほか何一つ出来ねえで、二代目が聞いて呆れるじゃアねえか。」

又しても彼は切《しき》りに黒燕を罵って居たが、次第に怜《さか》しげなその瞳は、涙ぐましい光りを帯びて来ると、

「けれどもなア、次郎。お前は当分旅の空で、辛い修業をするんだろうが、俺たちア二代目なんぞお前《めえ》が襲ごうと、俺が襲ごうと、どっちだっていいんだぜ。そんな事より、芸が大事だ。玉川の清い流れはいつ迄も此《こ》の太郎次郎で、立派に支えて行こうじゃアねえか。」

彼は泣くような声を振り絞り乍ら、いつしか、次郎の手を握りしめて居た。

「太郎兄い。有難う。二人はいつ迄も離れるものか。」次郎も、その手を握り返した。

「今晩は。太郎さん、居らッしゃッて。」

そのとき、廊下で艶《なまめ》かしい声がした。

「お芳《よし》か……」太郎は、急に坐り直して、

「構わねえから、こっちへ入んねえ。」

「じゃア御免なさい。あらッ、お客様だったの。」

入って来た大柄の、玄人風の仇っぽい女は、次郎の姿を見て云ったが、

「なアに、俺《おいら》の弟弟子で、次郎てんだ。今度、上方へ修業に行くんで暇乞《いとまごい》に来たんだ。」

太郎は、彼を、始めてお芳と呼ばれるその女に紹介《ひきあわ》せた。

漸《ようや》く二十《はたち》を出た位で、そのころ新派の人気女形若水美登里《おやまわかみずみどり》にそっくりの、面長で、色っぽい美人だった。——次郎は、この女がかねがね太郎兄いと噂の高い、下谷《したや》の芳枝と云う芸者だろうと心の内で考えて居た。

「お前さん、他国へ行ったら、一生懸命勉強して内の人に追付くように成るんですよ。」

女は涼しい眼差に笑《わらい》を含んで、ポチ袋へ手早く一円紙幣《さつ》を入れると、

「ほんのお小遣い。汽車ン中でお弁当でも喰べて下さい。」と、次郎の膝の上に置いた。

「すみません。それじゃア私はこれで……。」

何だか是以上、その場に居ては悪い気がして立上りかけると、太郎とその女は切《しき》りに彼を引留めたが、

「而し、お前も旅立を控えて、余《あん》まり遅く成っちゃア、師匠に叱られよう。俺たちも出掛けるから公園まで一しょに行って別れよう。」

と、間もなく三人は表へ出た。春の夜空は朧《おぼろ》に霞んで、凌雲閣の灯《ひ》のいろも、常盤《ときわ》座の海鼠《なまこ》壁も、瓢箪池のアーク燈も、梅坊主のかっぽれの絵看板も、紫ばんだ大気のなかにじっとりと濡れて居た。

キリン館の連鎖劇の前まで来て、

「じゃア行って参ります。兄《あに》さんも、姉《あね》さんも、随分、お達者で……。」

と声をかけると、思い切ってバタバタバタと次郎は駈出して了ったが、五六間《けん》先まで行ってから、そっと振返ると太郎と芳枝は、楽しそうに肩を並べて、浅倉屋の路次の方へ曲って行った。

「早く太郎兄いのように成って見度《みて》え。」

彼はうしろ姿を見送って居る内、云いしれぬ羨望と離愁《りしゅう》とがこんがらかってこみ上げて来て、ゴクリと生唾を飲み込んだ。

五

歳月は流れた。

次郎が数年の後、新進真打に昇進して帰京すると、東京の浪曲界はすっかり変り果てて居た。

——なかにもあの懐しい太郎兄いは、ひどい大酒で師匠勝太郎からは破門され、加うるに自分の看板を上げておいては無断休演を続けるため、仲間の人気も頗《すこぶ》る悪かった。

だが、次郎には、どうしてもその噂を、信じることが出来なかった。

半信半疑で、とある冬の夜、彼は襟巻で顔を隠し乍ら、太郎の看板の上って居る本所花岩《はないわ》亭の客と成った。

が、世間の不評は偽りでなく、見違えるほど痩せ衰えて、眼許り嶮《けわ》しくなった太郎は、今夜も強かに酒を煽って居るらしく、しどろもどろで「河内山《こうちやま》」の丸利《まるり》の強請《ゆすり》を演《や》って居たが、いかんとも呂律が怪しく、ひどい絶句があったりして、聞辛《ききづら》い限りであった。

　とうとう高座の近くに居た職人体《てい》の男が、

「もっと面白くやって呉れやイ。」と弥次《やじ》りかけると、

「何、面白くやれ。生意気云うねえ。大人しく聞いてる内にゃア面白くならイ。」

「おやッ、この野郎。客に向って大人しく聞いてろたア、何だ。木戸銭を返せ。」

「返してやらア。乞食野郎め、一昨日《おととい》来やがれ。」

途端に太郎はパッと高座から飛下りると、職人体のへつかみかかった。

「それッ喧嘩だ。」「殺《たた》んじまえッ。」

お客が騒ぐ。席亭が飛出す。

楽屋からも四五人出て行って、無理遣《やり》、二人を引離した。

その時、とてもじっとしては居られなくなって、座席から立上った彼、次郎は、

「暫く暫く、お腹立《はらだち》は御尤《ごもっとも》だが、暫く皆さん、あっしに任せておくんなせえ。」

と、いつか眼深に冠って居た帽子も襟巻も投り出すと、高座の中央へ立ちはだかって居た。

「私は、只今、失礼を働きました太郎の弟弟子、玉川次郎でございます。永いこと京阪へ修業に参り、久々で先達《せんだつて》、お懐しい故郷へ帰って参りました。未熟な一《ひ》と曲《ふし》でございますが、太郎に成り代って、今晩はお詫びのしるしに『天保水滸伝』平手造酒《みき》の斬死《きりじに》を一席申上げ度いと存じます。如何でございましょう。それでお詫がかないましょうか。」

恐る恐る次郎が頭を持上ると、感に打たれてこの口上を聴いて居たお客たちは、

「頼む頼む。次郎、しっかりやれ。」

「万事、おめえに一任するぞ。」

満場一致で、霰《あられ》の如き拍手が起った。

「早速のお聞届《ききとどけ》で有難く御礼申上ます。では不弁乍ら、水滸伝は平手の斬死《きりじに》サーッ。」

次郎が、恭《うやうや》しく一礼すると、屏風の蔭でどう成る事かと慄《ふる》えて居た曲師《しゃみせんひき》の婆さんは、始めて安心したように甲高い調子の絃《いと》を弾き出した。


〽利根の川風袂《たもと》へいれて、月に棹《さお》さす高瀬舟、人目関の戸、叩くは川の水にせかれる水鶏鳥《くいなどり》、恋の八月大利根月夜。佐原囃子の音《ね》も冴え渡り、葭《よし》の葉末《はずえ》に露おく頃を、飛ぶや螢のそこかしこ、潮来《いたこ》あやめの懐しや、私しゃ九十九里荒浜育ち、と云うて鰯の子ではない、意地にゃ強いが情《なさけ》にゃ弱い、やくざ仁義は涙が先よ、義理と人情にゃすぐに泣く、されば天保十二年、飯岡笹川鎬《しのぎ》を削る、伝えつたえし水滸伝……」

——次郎の音声《おんじょう》は高く低く朗々として、忽ちの内に満堂の客を魅してしまった。

六

大好評裡に、次郎が「平手造酒」を読み了って楽屋へ入ると、大の字なりに寝そべって居た太郎は、流石に懐しそうに立上り、

「おお、弟か。面目ねえ。よく、まア、今夜の難場《なんば》を救って呉れた。恩に着るぜ。」

と拝むような恰好をした。

「な、な、何をするんだ。兄貴、水臭え真似をするもんじゃアねえ。それより、兄貴は何だって酒許り煽ってるんだ。」

「次郎——酒のこと丈けは云って呉れるな。俺はもう駄目だ。あの芳枝に棄てられてから、こんな酒飲に成って了ったんだ。」

「えッ、それじゃア姉《ねえ》さんは。」

「泥水稼業の女でも、あいつ許りはと思った俺の眼が狂って居たのだ。」

太郎は酒臭い呼吸《いき》を吐いて、

「あいつは俺を振棄てて、四十も年の違う跛《ちんば》の爺《じじい》で、朝鮮に金山を有《も》って居る金持の玩具に成りに行きやがったんだ。おい次郎、俺の楽しみは三千世界に何一つありゃしねえや。」

あとは、おいおいおい男泣きに泣出したが、稍々《やや》あって袂から、元禄髷《まげ》の芳枝が円窓《まるまど》に凭《もた》れて居る、飴色の写真を取出すと、

「この眼だ。この眼が、俺を訛《だま》したんだ。この眼が俺を欺きゃアがったんだ。」

と狂える如く、壁にさされて居た木綿針で、写真の女の眼球《めのたま》をブスリブスリと突刺し始めた。

余りにも物凄い情熱の程に、次郎は全くおぞ気を振い、慄然とせずには居られなかった。

次郎は、その後、幾度《たび》か太郎を意見した。

（芳枝ひとりが女ではない。折角、兄貴は他の追随できぬ、いい芸を有って居るのだから）と、まごころをこめて忠告したが、

（すまねえすまねえ。よく解ったよ）

と神妙に聴いて居るのはその時丈けで、あとは又してもだだら酒に走るのであった。

間もなく太郎は堅気から女房を貰って、亀戸の方に世帯《しょたい》をもったが、おとなしくなったのは、ほんの当座で、再び強烈な酒を煽り付けては女房に泣を見せる日が多くなった。

かてて加えて永年の恩師、初代玉川勝太郎は、卒然と逝《ゆ》いた。

次郎は、すっかり悲観して、もう一度、大阪へ身売をした。

七

又々、夥しい歳月が流れて行った。

けれども、この大阪行は彼にとって徒労ではなく、寧ろ華やかな出世の端緒《いとぐち》と成った。

在来、関東浪曲はいかなる名人上手と云えども歓迎されなかった大阪で、玉川次郎は断然、満月、鶯童《おうどう》、幸枝《こうし》、奈良丸と関西一流の大家に伍して、めざましいほどのヒットを打上げた。

同じ頃、ニットーレコードに敏腕を以て鳴る木村精《つとむ》と相知って、レコード吹込に新生面を拓いた事も、後年キングレコードの玉川勝太郎として、津々浦々に圧倒的売行を謳われる素地《したぢ》を作った。

不撓《ふとう》不屈な次郎の芸術魂は、こうなると、いよいよ雲を呼び、風を招いて、

「よしッ。俺は、この小成《しょうせい》に安んぜず、末永く後世に謳われる、立派な浪花節を創り上げよう。聞くならく、先代、鼈甲斎虎丸《べっこうさいとらまる》は、『四谷怪談』の名人で、素顔のままの虎丸が、お岩の髪梳場《かみすきば》を語ってニッタリ笑えば、その物凄さ、怖しさに、楽屋から覗見《すきみ》をして居た弟子の某々《ぼうぼう》は、『キャー、た、助けてくれ』

と、足踏み外して、梯子段から転がり落ちたと云うではないか。俺も若冠《じゃっかん》玉川次郎として、せめて一ヶ所でよいから、満身の魂を打ち込んだ、不世出の独壇場を産み出さないで如何《どう》しよう。」

と、心、私《ひそか》に決意した。

彼は、その日から難波新地の下宿先たる撞球場《どうきゅうじょう》の物干台に、終夜《よもすがら》、端坐しては、手さぐりで竹竿を取上げて、「エイ、ヤッ、エイ」としごいては繰出す槍の稽古に打込み出した。

(何や、二階の浪花節の先生、槍の指南番と商売替しやはったんかいな)

聞えよがしなゲーム取りの悪口も意に介さず、相変らず次郎が徹夜の稽古を励んで居ると、

(おい、物干台にいつも生々とした血潮がこぼれて居るで。あの浪花節屋はん、とうとう気が狂《ふ》れて近所の泥棒猫でも、竹竿で突殺すのと違うかいな)

今度は、こんな噂さえ伝わり出した。

成程、未明《まだき》の物干台にはいつも牡丹の花びらのような鮮血が、点々として散らばって居るのだが、臥薪嘗胆の玉川次郎、どうして泥棒猫なぞ撲殺《なぐりころし》しようぞ！　己《おの》が得意の演題たる「慶安太平記」は丸橋《まるばし》忠弥が槍の手ぶりを、実地宛らに会得しようと、徹宵《てっしょう》、物干台に坐り続けて研究すれば、あわれ次郎の唇は凍て、咽喉笛は破れて、「エイ、ヤッ、エイ。」と掛声するたび、唐紅《からくれない》の血痰が辺りに

散乱するのであった。

こうした努力が、報いられない所以《わけ》はない。

一日《じつ》、天満《てんま》の国光《くにみつ》と云う寄席で、「丸橋忠弥」を語る次郎が、例の宝蔵院流の長槍を、正雪めがけて突きかかる件《くだり》で、手にした白扇《はくせん》を槍に擬《なぞら》え、「エイヤッ。」と許り突出すと、今まで傍らで断続して居た曲師清月爺さんの三味線が、俄《にわか》に聞えなくなってしまった。

驚いて省ると、爺さん、土気色に成って、

「せせ先生。そ、そんなに勢いこんで槍を突出しちゃア駄目だ。俺《おいら》、お前さんの白扇の尖《さき》が本物の槍そっくりに見えて、今にも俺の目の前まで伸びて来そうで、危くって危くってとても三味線が弾いて居られねえんだ。ああ、怖《お》ッかねえ怖ッかねえ。」と両手を合わせた。

(そ、それでは俺の槍先が清月爺を怖がらせたか。しめたしめた。もう大丈夫だ)

玉川次郎は流す涙も心の内――始めて彼は心の錦、身の錦、錦づくめで生れ故郷の東京へ戻られる自信が出来た。

かくして涌然《ゆうぜん》たる人気と共に帰京すると、二代目勝太郎の栄冠が双手《もろて》を挙げて待ち構えて居た。

重友《しげとも》、雲月《うんげつ》、虎丸、米若《よねわか》、左近《さこん》らの最高峰と、都下の大劇場へも進出すれば、二代目勝太郎絶讃の嵐は虎造《とらぞう》、友衛《ともえ》らの塁をも摩した。

右を向いても左を向いても、彼には、嬉しいこと許りであった。

が、そのころ、玉川から絶縁した小金井太郎は、いよいよ凄じい許りの荒みようで、巡査を撲って両国橋から大川へ飛込んだ。

仏壇を引ッ繰り返して、先祖の位牌へ火を放ち、家重代の手槍や十手を振廻しては、忽ち警察へしょびかれて行った。

太郎は、酒乱の限りであった。

勿論、寄席は休み通しで、偶《たま》に出ると観客席に潰し島田の女を見るたび、

「やッ、芳枝だ。貴、貴様は俺を誑すのか。」

と、高座から飛下りては挑みかかった。

果ては東京の寄席から姿を隠して了い、三陸方面の旅から旅を、女房子を連れて流れ歩いて居ると云う噂が、時折、仲間の口の端に上る許りであった。

（太郎兄いは如何して居るかなア。あいたいんだ。どうかして、もう一度あって、俺の心持を話し度いんだ）

と、口癖のように云って居た勝太郎も、去るものは日々に疎しで、つい、いつとなく太郎のことを忘れ去るように成ってしまった。

すると、昭和十一年五月二十六日、その朝、勝太郎は珍しく早起して支配人の松平九華《きゅうか》と、来月の旅興行の相談をして居ると、例の三番番頭の仙蔵が、あわてふためいて飛込んで来た。

「先生、小金井太郎さんが今、自宅で急に歿《なくな》ったそうです。」

八

取るものも取りあえず、勝太郎は、太郎の自宅へ駈付けた。三陸方面で行衛不明を伝えられた太郎の一家は、いつの間にか、又東京へ舞戻って居たものと見え、入谷の鬼子母神に近い所へ、ささやかな一戸を構えて居た。

太郎は、そこの二階で薄青い夏蒲団に包《くる》まったまま、絶命して居た。――元々、育ちのよい男丈けに、平常《ふだん》は彼の酔狂に呆れて交《まじわ》りを避けて居た立派な親戚の人たちが、あとからあとから詰めかけて来て居た。

「勝太郎さん、よく来てやって呉れました。今朝、起抜けから飲んで居て右手のお猪口をポトリと落すと、その儘《まま》死んで了ったのです。」

勝太郎の顔を見ると、女房のお浜は欣ばしげに話しかけた。

母親の傍《かたわら》には十六に成った娘のお小夜《さよ》が、おとなしく両手を膝に置いて、

「小父さん、態々《わざわざ》有難うございました。」と、挨拶した。

「お小夜坊、お前《めえ》、随分、このお父《とっ》ツぁんには泣かされたろう。」

勝太郎が云うと、

「夜中にお酒を飲んで居て、急に浪花節が歌い度くなると、父ちゃんは妾《あたい》を起して、お小夜ッ、三味線を弾けッて云うの。いやだって云うと撲《ぶ》たれるから、眠い眼を擦り乍ら何遍ひいたか知れないけど、あんな辛いこと、なかったワ。」

お小夜は、仏の讒訴《ざんそ》を上げた。

妻の顔にも、娘の顔にも、夫を喪い、父を失った哀愁は、片鱗だに感じられず、彼らは只管《ひたすら》、酒乱三昧の厄介者と別れを告げて、ホッとして居るらしかった。

「じゃア取敢えず、仏様を拝ませて貰おう。」

話の終った所で、勝太郎は、故人の枕許へ進み寄った。

今は黙々と合掌して居る太郎の亡骸は、酒浸りの内に急死したためか、窓から吹込む南風《なんぷう》に、依然芬々《ふんぷん》たる酒気を部屋じゅうに漲《みなぎ》らせて居た。

(太郎兄い。お前はとうとう死んだのか)

勝太郎は、ふと云いようのない寥《さび》しさに打たれ乍ら、こみ上げてくる涙を呑んで、始めて仏と相対した。

昔日の、売出し時代の、俠《いなせ》な男前は跡形もなく消え果てて、酒焼のしたこの仏の顔には、云い知れぬ不平と焦燥とが、惨《いた》ましく刻み込まれて居た。

勝太郎は、心に幾度か念仏を唱え乍ら、ヒョイと眼をそらすと、右手の壁には故人の出演した寄席のポスターが二、三枚、折り重って貼られて居た。

それは「小金井太郎」のびらではなく、彼が花やかなりし「玉川太郎」時代のポスター許りであった。而も「二代目勝太郎と定評ある」と筆太に朱書《しゅがき》されて居るもの許りであった。

(太郎兄いも所詮は凡夫。じゃア、やっぱり二代目勝太郎を、ほんとうは襲名し度かったのか。二十年前に手を取り合って、俺に囁いた言葉は嘘だったのか)

奈落の底へ落ちて行くような空虚《むなし》さに襲われた一刹那、再びさッと吹込んで来た一陣の南風は、剝がれかかって居た一枚のポスターを、烈しく煽り立てた。

すると、そのポスターの間から、パラリと落っこちた紙片がある。――浅草紙のような汚い紙には、見覚えのある故人の字で、

「勝太郎殿、太郎より」と書かれてあった。

「おッ、兄いの手紙だ!」

あわてて取上げた勝太郎、金釘のような字で書かれたその文面を読み下して行く内、いつしか、彼の手先は小刻みに慄え出した。

「勝太郎どの――俺は、一生をあやまった。笑って下さるな。芳枝と別れてから、何をする元気もなくなってしまったのだ。

そのような俺が二代目勝太郎をつげば、却って師匠の名をけがす。そこで、前途有望のお前が襲名して呉れるのに、俺は何の不足とてなかったけれど、俺が白い歯をみせたなら、余《あんま》りトントン拍子の出世から、折角のお前が気がゆるんでは成らぬと思い、わざと喧嘩面《づら》で玉川の名も返し、お前の親切も反《しりぞ》けて、俺は小金井太郎になったのだ。

どうか、どうか、お前は折角勉強して……」

この辺まで読んで来ると、勝太郎の頬にはあとからあとから涙が伝い、もう読み続けて行く事す

ら、出来なくなった。

（そうか。そうだったのか。やっぱり兄いは昔の兄いだ。ああ勿体ねえ。そんな心で居てくれたのか）

彼は顔じゅうの涙の條《すじ》を拭おうともせず、やがて列席の親類たちに云ったのである。

「如何でしょう、御親類の皆様、立派なあなた方御親戚を差措いて、こんな事を申しちゃア何ですが、太郎兄いの葬式万端是非この勝太郎の手で出させちゃア下さいますまいか。それからお浜姉さんとお小夜坊二人は今日からあっしの家で一しょに暮して貰い度えんだ。ねえ、皆さん方、如何でしょう？　え？　え?!　それじゃア、万事を許して下さる。ああ有難え。そこで始めて大恩ある太郎兄いへ、あっしは心の重荷を下ろした。俺のこころは、まるで朝日が昇るようだ。」

勝太郎は、涙の顔でニッコリ笑った。

九

数日後——二代目勝太郎を施主とし、虎造、綾太郎《あやたろう》、武蔵、楽燕、楽遊《らくゆう》、重勝ら関東浪曲界の飛《ひ》将軍たちを知人総代とする、空前の小金井太郎浪曲葬が、いと厳そかに取り行われた。

太郎生前の不義理を身一つに引受けて、楽燕、重勝を説得し、遂にこの一大葬儀を決行するまで、勝太郎は身を粉に砕いて東奔西馳《とうほんせいし》した。

降りみ降らずみの梅雨空が、その日許りはカラリと晴れて、どこからか橘の花香《はなか》が伝わって来るような、五月晴の午前――。

巷《ちまた》ゆく朝《あした》の風も、金色《こんじき》の陽も、光りかがやく夏雲も、今日ぞ身一つに祝福せよかし！

小金井太郎が妻女お浜と、遺児《わすれがたみ》のお小夜は、この日、玉川勝太郎の許に引取られて、何不足ない月日を送る身とは成った。

冨士　昭和十二年（一九三七）八月一日号

快楽亭ブラック

厚木街道

見る限りの青田へ、綿帽子のような白鷺《しらさぎ》がそこここに下り立ち、毛肌のシャツが快よく汗ばむ、はつ夏だった。

紺碧をたたえた空は、むごいほど、よく晴れて、朴《ほう》の大樹のそそり立つ畦道の彼方には大山《おおやま》連峰が手に取るように迫っていた。

相州の鶴間から柏ケ谷《かしわがや》、国分を経て、厚木につづく街道を、ノーネクタイで青縞のズボンを穿いた碧眼の少年ハーレー・ブラックが総々《ふさふさ》とした金髪を、吹きわたる風に面白く弄《なぶ》らせながら、おとなしそうな純白の馬に跨ってさしかかって来た。

まだ十九歳の彼、ブラックだが、馬の乗り具合は馴れたもので、手綱捌きも鮮やかに、おどけた円顔を綻《ほころ》ばせながら、馬上のどかに口笛を吹き鳴らしていた。

東京築地備前橋に、当時唯一の邦語新聞紙日新真事誌《しんじ》を創刊した父、ジョンディ・ブラックのいいつけで、横浜の弁天通りまで、かねて注文してあった西洋紙の催促に来て見ると、一と足違いでその紙の荷はすでに父の許へ発送されたあとだった。

今さら、そのあとを追って帰ったところで仕方がないので、久し振りのよい天気ではあるし散策がてら、彼は愛馬を駆り立てて、厚木街道へ遠乗りにやって来たのだ。

「日本の空、日本の山、野の景色、林の景色、みな美しいなア」

ブラックは、飛び立ってゆく白鷺の二、三羽に眼をやりながら、巧者な日本語で呟いた。

英京ロンドンはブライトンの生れとはいえ、八歳の春にハマでヘラルドという英字新聞をやっていた父の許へ移り住んで以来、十年間を日本の春秋に親しんで来た彼にとっては、一木一草、何から何まで日本びいきでないものはなかった。

「ああ、いい心もちだ」

馬の背から左右にはみだしている両脚を愉しそうに動かしながら、彼は、いくたびか、清浄な大気のなかに深呼吸した。

カパ、カパ、カパ、カパ……。

カパ、カパ、カパ、カパ……。

「ハイヨウ……ハイヨウ」

慌しい蹄の音が、だしぬけに聞えて来た。

(誰か来たらしい!?)

振り返ると、栗毛の駒に鞭を打ち、ひたむきに走って来る侍の姿が、はるかな麦畑の彼方に見えた。

馬上の武士は大髻《おおたぶさ》で、なぜか、胸の下あたりが、まともな午後の陽ざしを浴びて、キラキラ眩しげにかがやいていた。

「よく光るなア。金銀ちりばめた刀の鍔《つば》が、お日さまの光りで、あんなに光る。廃刀令はおととし出たが、やっぱり、これが日本、刀のよいところなア」

ブラックはひとり感心していった。

「英国の兵隊たちのサーベルなんど、到底、及びもつくことない」

彼は、つくづく讃嘆せずにはいられなかった。が、そういう内も、栗毛の馬は速度を早め、漸く指呼《しこ》の間《ま》に迫って来ると、しきりに相手は自分の方へ、何をか呼びかけている様子が見えた。

(おお、あの、侍どうやら、わたし、追い駆けて来るらしいゾ)

初めて気がついたブラックは、意識的に手綱を弛めて待ちはじめたが、はや二、三間の距離まで近づいたとき、何気なく先方の武士の顔を見上げて、
(アッ)と、吃驚仰天《びっくりぎょうてん》した。
キラキラ光りかがやいているのは、金銀の贅を尽した刀の鍔ではなく、節くれ立った右の手にカッキと握りしめられている、抜き身の日本刀であった。

しかも、侍の満面には烈しい憎悪が、呼吸《いき》づまるばかりにただよっているではないか！

(しまッた。異人斬りだッ)

ブラックは、思わず心のうちで叫んだ。

王政復古の明治になったとはいえ、過ぐる生麦のリチャードソン殺しや、東禅寺事件のような、

異人と見れば片ッ端から斬って棄てようという、攘夷の武士はまだまだ国内から根絶されてはいなかった。

(早く逃げなければ、俺《わし》の命が没《なくな》ってしまう)

白馬に一と鞭あてると、彼は、夢中で走り出した。

断崖

白く敷きつめた砂利道や、埒もなく茂った麦畑や、檜苗の植えられた丘や、なだらかな小山や、寂しい沼や、雑木林や、竹藪や、文字通り藪阪棘の嫌いなく、ブラックは一生懸命逃げまくった。

「オーイ、待たンか。その異人、待てッ」

だのに、殺気を含んだ濁《だ》み声は、しつこく根気よく背後から追いついて来た。

(いけない。とても駄目だッ)

まん円い顔も、巨きな鼻も、手綱を握りしめた手も、汗でぐつぐつになるくらい、彼は一そうスピードをかけて、二、三時間あまり走りに走りつづけた上、ヒョイと振り返ると、もう侍の姿はなく、そこは一めんの木賊《とくさ》畑だった。

(ああ、危なかった)

ブラックは、初めて、ホッとした。

——白馬の背から腹へかけても、汗は、瀧津瀬《たきつせ》のごとく流れ、長い舌から真ッ白な泡が一ぱいに吹きこぼれていた。

（おお、よしよし。お前、大へん疲れましたな）

彼は、たてがみのあたりを撫で摩《さす》っていると、

「エヘン」

取ってつけたような咳払いが、耳許で起った。

（……？）

と、見れば、最前の侍がまたしても自分とすれすれのところにまで忍び寄って、冴えわたる三尺の秋水《しゅうすい》を、大上段に振りかぶっていた。

（ア、アアッ）

ブラックは、自分ながら何とも名状しがたい叫び声を放つと、本能的に片手で馬の尻を力任せに引ッ叩いた。
ヒ、ヒ、ヒーーン。
馬は悲痛に嘶《いな》いて走りだしたが、一歩、二歩、三歩――四歩めは急傾斜の断崖だった。

（ウワーッ危ないッ）

いう間もあらず、ブラックの身体は馬諸共真逆様にその崖下へと転落していった……。

「あなた、お気、つかれた、ありますか」

奇妙な日本語が耳許で聞えたので、ブラックがそッと顔を持上げて見ると、自分と同じ英人らしい、林檎いろの頬をした美少年が、アンダーシャツ一枚で、気遣わしげに佇んでいた。

「おおッ」

彼はまごついて、思わずあたりを見廻した。

そこは、簡素で、清純なかんじのする洋室で、白壁には耶蘇の画像が掲げられ、ふかぶかとしたベッドの上に自分のからだは、寝かされていた。

「しずかに、なさい。この下、谷川、馬倒れ、あなた倒れ、気絶していた。私、助け連れて来ました。私、この家、息子、ジェームスあります」

ジェームスと名乗る美少年は、やはり不器用な日本語で答えた。

「有難う。おかげさま、命、助かりました。ところで、ここ、一体、どちら、ありましょう」

ブラックは厚く親切を謝したのち、団栗眼《どんぐりまなこ》を光らせて訊ねた。

「丹沢山、麓、蛙沢《かえるさわ》あります」

ジェームスはやさしく答えた。

江戸の末年、丹沢山から大山へかけての峡谷には、英、仏、蘭の外人たちが、異人部落のような一廓を築いて生活していた。ジェームスの一家もその当時から蛙沢に卜居《ぼっきょ》していたのだが、御一新後、横浜へ引き揚げると、ここの住居は別荘にあてられ、今では家族が代る代るに泊りがけで時々遊びに来ているのだった。

「私、父、宣教師。日本、耶蘇教拡めに来たあります」

ジェームスは自分たち一家の説明を、簡単にした。

ブラックも、逐一身の上を打ち明けた。

親しく話し合って見ると、ジェームスの方が一つ年上の二十歳で、しかもロンドン市街ではお互いに二町と隔てぬところの生れだった。

「ブラックさん、あなた、私、兄弟ある」

ジェームスは、奇縁を欣んで握手した。

ブラックも、こうした日本の片田舎で、同国同町の生れの者に会えた嬉しさから、妙にジェームスへ他人でないものをかんじないわけにはゆかなかった。

「お蔭ですッかり元気出ました」

もともと、大した怪我でもなかったので、彼はベッドから離れると、ジェームスに人なつこくかじりついたりした。

「晩餐のお支度が出来ました」

四十ちかい、黄色い顔をした日本人のアマさんが、扉《ドア》を開けて知らせに来た。

「ブラックさん、スープたべる、元気つけるよろしい、あります」

ジェームスはさも愉快げに立ち上りながら、親睦を意味する讃美歌を、流暢な英語で歌いだした。

〽オナジ　ココロノ　マジライハ
イカニ　タノシク　ウルワシキ
チギリハ　トワニ　カギリシラレヌ……
明治五年六月某日。
ヴェランダへさす月影が水よりも蒼く、しみ渡る山間の嵐気《らんき》のなかには、鼯鼠《むささび》の声が無気味にひびいた。

恋

「要するに、私、今回の埋立、大賛成、こいが横浜港、文明開化、いよいよ完成させるもの、信じて疑いません」

少し訛るだけで吃驚するほど洗練された日本語の演説で、「日新真事誌」の特派記者たる年若きブラックは蒸し蒸しするほど一杯つまったその夜の聴衆から、ヤンヤの大喝采を浴びせられると、

「では、左様なら」

と、ニッコリ笑って演壇を下りていった。

「まだ若えのに剛儀なもんだなア」

「赤髭の異人たア思えねえや」

満場のお客は、声を等しく感嘆した。

七年後の明治十二年三月二十日——。

「関外《かんがい》△△川埋立賛成演説会」の会場にあてられた横浜鉄《かね》の橋《はし》の冨竹亭《とみたけ》という寄席だった。

「ブラックさん、しばらくありました」

楽屋口に、異人の美青年が派手な格子縞の襟巻に、ふくよかな鼠いろのオーバーで、美しい顔立ちの芸妓《げいしゃ》と腕を組んで立っていた。

例のジェームスだった。

「あッ、ジェームスさん」

ブラックはあわてて駆け寄って手を握った。

「会いたかった。大へん、私、あいたかった」

嬉しそうに、彼は、ジェームスを上から下まで、しげしげと眺め廻した。

「ブラック、看板、出ている、あります。もしや、あなた、違う、思い、入って見ました。やっぱり、あなた、私、嬉しい、あります」

ジェームスもなつかしそうだった。

あの翌日、元気になって父の許へ帰ったブラックが、すぐに東京名物の紅梅焼や塩煎餅、浅草海苔などを礼状とともに送ったのち、一と月あまりして蛙沢へ訪ねてゆくと、もうジェームスは横浜へ帰ったあとだった。

本宅の番地を訊いておかなかったので、横浜へくるたび、教会という教会を訊ねたが、なぜか、運悪くあえないまま、七年の月日が流れたのだった。——ブラックは、その顚末を話して、改めて当年の礼を述べた。

「そのお礼、大へん困る。それよりブラックさん、ここにいる人、私、家内。私、同じくにたのみます」

ジェームスは、初めて、傍らの芸妓風の女を紹介した。

「かねて、お噂は伺っておりました。どうぞよろしく」

柿いろの小弁慶の袴に、黒天鵞絨《びろうど》の帯をキリリとしめたその女は、澄み切った瞳を伏せ、切子のような指を、行儀よく膝の上へ揃えたまま、玄人とは思えないほど、つつましやかに挨拶した。

「この人、新橋芸妓、小千代さん。私、この人、三年間、アイラヴユウ、アハハハハ……」

ジェームスは、調子外れの日本語で、冗談をいった。――丹沢山の山荘で、讃美歌を歌った昔とは、すべてが別人のごとく、世才に長けて垢抜けがしていた。

「ブラックさん、私たち、今晩、太田、牛屋、ゆきます。あなた、一しょ、参りませんか」

しきりに彼は晩餐をさそったが、ブラックは今夜、この会の都合がどうなるかわからなかったので、早くすんだら行くことにして、ジェームス夫婦を楽屋口から送り出した。

春雨のしょぼつき出した往来を、組合の蝙蝠《こうもり》傘で睦まじそうに帰って行くジェームスと小千代は、異人と日本人とのカップルでこそあれ、たしかに好一対の美男美女だった。

(あの小千代さん、見れば、まだ芸妓をしているようだが、何れ夫婦になるのだろう。それにしても、よく宣教師のお父さんが、許して上げたものだなア)

うしろ姿を見送りながら、ブラックは、彼らの恋の成立を、心から祝福していると、何ともいえない甘い涙が胸一ぱいにこみ上げて来た。――その瞬間だった。

「ヤイ、毛唐人めッ。あまりなめた真似をしゃアがるなイ」

荒くれた声にハッと気がつくと、十五、六人の、眼ばかり光らせた男たちが、肩肱《かたひじ》怒らせ、凄じい形相で、いつの間にか彼を取り巻いていた。

相手は今度の関外△△川埋立に反対の、土地の顔役、蛇腹の金五郎が一味だった。

「それッ、殺《たた》ンじまえッ」

早くも三、四人は、ブラックめがけて、組みついて来た。

埋地の仙太

「あなた、それ、いけない。あなた、すること、乱暴あります」

ブラックは身を交わしながら叫んだが、相手は、てんで、聞き入れなかった。

「乱暴も提燈もあるもンけえ」

右から、左から、前から、後から、彼らは手当り次第にむしゃぶりついて来た。

ブラックも、力に任せて二人、三人は投げ飛ばし、叩き倒したが、無頼漢の数《すう》は殖えてゆくばかりだった。

(困ったことなア)

心のうちで、些《いささ》か、途方に暮れかけていると、バン、パパパーン。

烈しいピストルの音響《おと》がして、

「あッ、やられたッ」

一ばん前の男が、左の足を押えたまんま、ドウと倒れた。

バン、パン、パパン。

ピストルはまた、続けざまに鳴りわたった。

「いけねえ。加勢だ」

「逃げろ逃げろッ」

蛇腹の一味は、倒れた男を胴上げにして引ッ担ぐと、俄にバラバラ逃げ出していってしまった。

「もし、異人さん。とんだ御迷惑をかけましたわネエ」

なまめかしい女の声が、耳許で起った。

「……」

振り向くと、白い煙《けぶり》のたなびいているピストルを片手に、三十がらみの色白で、頬の豊かな、仇ッぽい女が笑いながら佇んでいた。

黒襟かけた黄八丈には、派手な紫のマンテルを羽織って、ふッくらとした腕先には、刺青《いれずみ》の牡丹の花が微笑んでいた。

「でも、お怪我がなくって何よりでしたワ。私しゃ、埋地の仙太の厄介者で、お妻《つま》てんです」

彼の女は、二重にたるんだ顎をゆるがせてニッコリとした。

「大へん、お見それ致しました。私、ハーレー・ブラック、あります」

ブラックは、おどろいてお辞儀をした。

埋地の仙太は、当時、横浜で綱島の小太郎と並び称された大親分で、きょうの演説会の用心棒も、埋地一家の受持だった。

その埋地一家の中でも、とりわけお妻の侠名は京浜間に鳴りひびき、親分以上の辣腕と、各方面から称讃されていた。

「ねえ、ブラックさん、こんなところに愚図愚図していらッしゃって、また最前の奴らが来るといけません。内のが是非お目にかかり度いと申しております。神風楼まで来ておくンなさいませんか?」

お妻は、如才なく、彼をさそった。

「有難うございます。では、私、お供、させていただきます」

ジェームスたちにもあいたかったが、今はそれどころでなくなっていた。

ブラックは、間もなくお妻とともにふりしきる春雨のなかを、神奈川の神風楼へ駆けつけた。

からだじゅうが肝ッ玉のような見るからに剽悍《ひょうかん》そうな埋地の仙太も、酒焼けのした顔で欣んで彼を迎えた。

「ブラックさん、本式に寄席へ出てお喋りをして見ませんか。あなたなら舌三寸で容易と渡世が出来ると、失礼だが、この僕が立派に太鼓判を押しますぜ」

その席上で貉《むじな》のような顔をした、フロック姿の、小ぢんまりした四十男が、側から口を出した。

「河内山」や「鼠小僧」「三組盃《みつぐみさかずき》」を自作自演して、明治の講談界に不世出の名人と謳われた泥棒伯圓こと松林伯圓《しょうりんはくえん》その人だった。

「そうだ。それがいいや。思い切って寄席芸人におなンなせえ。貴方は見るからに愉快なお人だから、快楽亭てえ亭号がいい。快楽亭ブラック！　伯圓先生の極め付だ。日本一に売り出しますぜ」

埋地の仙太も声高く笑って、青いコップになみなみと酎《つ》がれたブランデイを、ブラックの前へつきつけた。

カルルス泉

また、十四年の歳月《としつき》が去り、明治も二十六年となった。

ブラックは、もう、四十歳の男盛り——眼いろ毛いろの変った落語家《らくご》として、時めく三遊派の大看板だった。

ヘラルド、カセット両英字新聞から、日新真事誌と刊行し、日本新聞界の元老だった亡《ぼう》父の上を考えて、いくら埋地の仙太や泥棒伯圓に勧められても、本格的な寄席出演だけは辞退していたブラックも、集会条例が発布されて以来無暗《やみ》な演説は出来なくなり、その上条約改正延期のため、父の死後、創立しかけた英語学校の方も、一頓挫を来してしまった。

そンなこンなで腐っていると、

「先生、ぜひ三遊派へ出演して下さい」

と、またしても土橋亭りう馬が、頼みに来た。

（儘《まま》よ。何で暮らすも一生あろう。面白可笑しく、世の中、渡りましょう）

ブラックは、かつて埋地の親分が快楽亭を命名してくれたことなど今さらのように思い出しながら、漸く三遊派への加盟を承諾して、はなしかの鑑札を受けた。

そうなると、今までのような「チャールス一世」や「ヂャンダーク」の伝記ばかりを、演説口調でやってもいられなくなった。——ヨーロッパの探偵物や笑話《しょうわ》などを、器用にまとめては高座へ上せた。

これがまた素晴らしい評判になった。

銀座の鶴仙、両国の立花家、新石町《しんこくちょう》の立花亭、本郷の若竹——「快楽亭ブラック」は、こうした都下第一流の寄席に出演しては、満都の人気を沸き立たせた。

七月はじめの、薄曇りした午後だった。

「師匠、お手紙が参りました」

人形町末廣亭の昼席をおえ、待たせてあった人力車へ乗ろうとすると、跛《ちんば》の下足が飛んで来た。

渡された手紙は、埋地の仙太からで、向島白鬚《しらひげ》の秋葉神社にちかく、今度出来上がった万千楼というカルルス温泉へ、すぐ行って待っていてくれというのだった。

ブラックは肯《うなず》きながら読み下していたが、

「向島白鬚、大至急、頼むぜ」

ことさら、べらンめえな調子で命じた——。

「埋地の親分さんなら、三十分ほど遅れるからというお使いでございました」

万千楼へ到着すると、でて来た女中がそういって、奥の座敷へ通した。

開店したばかりというのに、ひどく客足のない温泉で、電気仕掛の庭の湯瀧は停まっており、畳はやたらに焼焦《やけこげ》だらけで、市松模様の色硝子《ガラス》も、ところどころ壊れていた。

「埋地の親分、いかもの好き、恐れ入谷ありますなア。これが温泉たア思えやせん。とンと化物屋敷ありまさア」

ブラックは、呆れ返って苦笑したが、厠《かわや》へ立っての帰り途に、廊下へかかると前をゆくよれよれの浴衣を着た、背のひょろ高い男が何だか見覚えがあるようなので、近づいて相手の顔を覗き込むと、

「あッ、ブラックさん。私、面目ない、あります」

相手はすッかりドギマギしながら、あわてて逃げ出してゆこうとした。

誰あろう——これが、ジェームスだった。

梅雨衣

「ブラックさん、私、あなた、合わす顔ない。私、只今、この土地、幇間《たいこもち》。沢山、沢山、恥かしいあります」

ジェームスは、奥座敷へ無理矢理に引き入れられると、穴でもあらば入り度げにいった。昔の美青年の俤《おもかげ》はさらになく、烏天狗のように頬骨が飛び出して、彼は、見るかげもない尾羽打ち枯らし

た姿だった。

ただ日本語だけは相変らず、拙かったがこれとて、ブラックのように落語をやるのとちがい、幇間なら片言の方が、かえって異人らしくて愛嬌になるであろう。

それにつけても、こんな寂れた温泉の幇間をしていて、この人、三度の御飯、たべられるのかしら――ブラックはつくづく心配せずにはいられなかった。

「ジェームスさん、こんな草深いところ、どうして、太夫衆、はじめました」

近ごろ、めッきり肥大した湯上りのからだへ、団扇《うちわ》づかいを荒くしながら、彼は、何より先にたずねた。

「許して下さい、ブラックさん。いつか、あなたにあわせた芸妓。小千代、親許した家内、全く嘘ありました。私、小千代、二人だけの恋愛でした。私、あなた、詫《あやま》ります」

ジェームスは真赤になって恐縮した。

「ノーノー。ジェームスさん。あなた、何、馬鹿なことおいいなさる。私、そんなこと、決して怒《いか》りません。昔、兎に角、只今、私、日本芸人あります。そンな野暮、いいません。野暮な邸の大小すてて、腰も身軽な町住居《ずまい》。日本芸妓、なかなか別嬪あります」

ブラックは故意《わざ》と蟠《わだかま》りのない声で冗談をいったが、思い出したように、

「それより、私、腑に落ちない。あなた、今の境遇です。隠さず、みんな、お話しなさい。ブラック、お力になりましょう」

やさしい言葉に、ジェームスは、しばしうなだれて考えていたが、

「私、親、勘当うけたありました。天にも地にも、孤子《みなしご》あります。ブラックさん、私話聞いて下さい」

とぎれとぎれにこれだけいうと、早くもサファイアのような眼玉には、キラリと光るものがあって、薄汚れた浴衣の膝は、涙の雨で濡らされた……。

――日曜の度、横浜から上京しては、煉瓦地辺をさまよっているうち、何からともなく知り合った彼ら二人は、間もなく新橋の花柳界で、相合傘の落書にまで歌われるほどの仲となったが、鉄の橋の冨竹でブラックに面会した時分には、厳格な父親の知るところとなり、ジェームスは、すでに、勘当されていたのだった。

が、そんなことで水臭くなるような、小千代とジェームスとの恋《ふたり》ではなかった。

「ハマばかり日は照らないワ。妾《あたし》が達引《たてひ》いて上げるから、着のみ着のままでおいでなさい」

向《むか》ッ気の強い小千代は、周囲の反対を押し切って彼を引き取ると、長火鉢の前へ坐らせたが、そのため、朋輩《ほうばい》衆には見限られ、ためになる旦那までもしくじってしまった。

そこで、新橋から浅草へ――。

続いて、牛込から四谷へと、彼の女は、だんだん山の手の辺鄙な花柳界へ住み替えていった。が、ゆく先々で不運がつづいて、とうとうこの新開地の芸妓屋町へ移り替えて来たころには、永年の無理が祟って、小千代はひどい胸の病に冒されていた。

太鼓持あげての末の太鼓持――拠《よんどころ》なく、今では習い覚えた都々逸や端唄を売物に、ジェームスは幇間の真似事をして、きょうあすをも知れぬ彼女を養っているというのだった。

「私、親の罰《ばち》、当りました。つくづく恐ろしい、思います。笑って下さい」

永い永い物語りをおえたジェームスは、漸く顔を持ち上げると、浴衣の袖口で真赤に泣き腫らした眼がしらを拭いた。

「ジェームスお師匠さん。姐さんが、ひどい熱でお苦しみですすッて……」

最前の女中が気の毒そうに知らせて来た。

「お隣の小母さんからお言伝ですよ」

「あッ、ゆきます。只今、帰る、あります」

ジェームスは俄にそそくさといずまいを直し、

「では、ブラックさん。御免なさい。私、今日、失礼します」

と立ち上がった。

「ジェームスさん。これで、奥さん、美味しいもの、上げて下さい」

部屋の片隅に吊るされてある上着のポケットから、ブラックは菖蒲革の紙入を取り出すと、十円紙幣を二枚、ジェームスに与えようとしたが、

「それ、いけない、私、困る。いずれ、お目にかかる、あります。左様なら」

何といっても受け取らないで、彼は右手を高く振りながら、あとをも見ずに駆け出していってしまった。

裏の田甫《たんぼ》で青蛙が啼きはじめ、いつか小糠《こぬか》のような雨が、しとしと降り出していた。

（私、酔えない。どうしても酔えない）

その晩、万千楼を送られてでた俥《くるま》のなかで、ブラックは両手でずきずき痛む顳顬《こめかみ》をかかえながら、顔をしかめていた。

雨はいよいよ烈しく、風をまじえた吹き降りで、梅雨明けちかい雷鳴《かみなり》さえ、時々、どこかで鳴り出していた。

ブラックにとって、今夜は決してうれしくない晩ではなく、久し振りであえた埋地の仙太夫婦に、来春、本郷の春木座でやる落語家芝居《はなししばい》で「鈴ケ森」の長兵衛を、團十郎もどきでやるはずだといったら、親分夫婦は腹をかかえて笑い倒《こ》けたのち、

「そいつア乙だ。大いにやりねえ」

「総見の五百や千は引き受けますよ」

と、旺《さかん》に元気をつけてくれた。

それほど愉しい晩だったのにもかかわらず、そばからそばから酔がさめ、ブラックの心は、まるで秋のごとく興味索然とするばかりだった。

見るかげもなく痩衰えた旧友ジェームスの空ろな眼つきが、病葉《わくらば》のように蒼白《あおざ》め果てた小千代の顔とこんがらがっては、いつまでもいつまでも眼先にちらついていたからだ。

（ジェームスさん、蛙沢の部落で、私の命、助けてくれた恩人あります。あの人、私、同じロンド

ン。同じ町内、生れあります。

しかも、あの人、こんな場末、幇間。

私、三遊派はなしか。人力車掛持《かけもち》している。同じ道楽の末、同じ人間、何という違いありましょう）

彼は哀しく思いつづけた。

（全く感心な人、小千代さん、あります。成程、小千代さん、ジェームスの一生、誤らせたか、わかりません。しかし、目いろ毛いろ変ったジェームスのため、立派に達引いて、ついに、肺病、倒れてしまった。あの人、日本ゲイシャ、鑑《かがみ》、あります。

憚《はばか》りながら、私、ブラック、黙って見ていること、出来ません。近い内、あの人たち二人引き取り、小千代さん病気、きっときっと直して上げます。そのくらい、私、して上げなければ、今度やる幡随院長兵衛どんに、すまない、あります）

とど、ブラックは、そういう風に決心をすると、また一としきり幌の空間《すきま》から吹き入って来る豪雨の飛沫に濡れながら、

「いつでも訊ねておいでなせえ。蔭膳《かげぜん》据えてエ、待っておりアすウ」

と、成田屋張りの甲声《かんごえ》で、円い眼玉を一ぱいにむきながら、蹴込《けこみ》の上で大見得を切った。

河鹿なく

「師匠、師匠。いつまで、眠っていなさるんだ。すまねえが起きて下せえ」

枕許でやかましく怒鳴り立てている声は、弟子の笑二《しょうじ》だ。

「ウ、ウ、ウーッ」

ブラックは、やっぱり床のなかでモゾモゾしていた。

「困ったなア。ほんとに師匠、そう寝坊じゃア困りますぜ」

笑二はいいながら、鎌輪《かまわ》ぬ模様の夏蒲団をひッぺがした。

「笑二。お前、五月蠅《うるさ》くていかん。用事、一体、何、あります」

寝ぼけ眼をこすりながら、拠なく床を離れて、彼は不平そうに睨みつけた。

きょうも、梅雨季《どき》にありがちの、鈍く曇った午後二時がらみ——。

ゆうべの深酒が祟って、本所外出町の自宅へ帰ると、そのまま泥のような眠りに堕ちた独身者《ひとり》の
ブラックは、けさ一たん目をさましたのち、再びぐッすり眠ってしまったのだった。

「人形町の昼席で圓遊《えんゆう》師匠と伯圓先生が、だしぬけにぬいたんだ。師匠が塩梅《あんべえ》の悪いという電話は
知っているが、何しろお客がギッチリ詰まっているし、無理をしてでも、スケに来てくれって使え
なんでさア」

のちに二代目談洲楼燕枝《だんしゅうろうえんし》となった、当年の二つ目笑二は、染五郎（今の松本幸四郎）にそっくり
の、色白な顔を硬《こわ》ばらせていった。

「何？　圓遊さん、伯圓さん、皆、休席《ぬき》。仕方ない。すぐ、行くこと、ありましょう」

話がわかると、案外、素直に承知をしたブラックは、笑二が着せかける唐桟擬《とうざんまが》いの半纏へ手を入れて、そのまま流しの場の方へ立っていった。

仄暗い湯殿の窓には鉢植の朝顔が、瑠璃いろの大輪の花を、凋《しぼ》みもやらで咲かせていた。

ブラックは重いあたまを振りながら、小婢《こおんな》が運んで来た嗽《うがい》茶碗と、古風な総楊枝《ふさようじ》を無雑作に取り上げ、紅粉《べにこ》のような歯みがきを楊枝の尖《さき》へ、こてこてとなすりつけて口を磨いた。

「時に、師匠。あッしゃア今日、いやな話を聞きましたぜ。異人さんの幇間と、年増芸妓が心中したンでさア」

突然笑二が、顔をしかめていいだした。

「ええッ、どこで……」

「あッしの家の近所でさア」

「何、お前の近所……？　てえと、あの向島か？」

ブラックの顔いろがさッと変った。

笑二の家は、向島もたしか白鬚に近いところだ。

「ヘイ、ジェームスとかいう幇間でしてネ。西洋剃刀で咽喉を突き、女房の芸妓の方は、緋鹿の子《ひがこ》の扱帯《しごき》を天井にかけて、首を縊《くく》ったんですがネ。三十八にもなるというのに、薄化粧でニッコリ笑っている死顔は、豪勢、仇ッぽくて、せいぜい二十六、七にしか見えずとンと粂三郎《おとわや》のお露《つゆ》の亡霊にそッくりだったといいますぜ」

笑二は、何の苦もなく語り次いだが、ブラックは、もうそれ以上、おめおめとその話に耳を貸していることはできなくなった。

（しまった。それじゃア、昨日、二十円受け取らなかったのも、ジェームス君、死ぬ覚悟ありましたか。おそかった。おそかった。幡随院長兵衛、一と足おそく、ありました）

彼は、青くなって、地団太踏んだ。

「笑二。それは大変。えらいこと、あります。そのジェームスさん、私、掛替のない、命の大恩人、ありますゾ」

「げッ」

「昼席の場合、ありません。すぐに電話、断る、よろしい。笑二、それより、向島行、支度、大急ぎ、させて下さい」

ブラックは口の周囲《まわり》を歯みがき粉で石竹《せきちく》の花みたいに染めながら、夢中になっていいつけた。

さみだれが、知らないうちにまた降りだして、朝顔の鉢にならんだ水盤のなかでは、しきりに河《か》鹿《じか》がなき立てていた。

週刊朝日　昭和十三年（一九三八）五月二日号

二つ目地獄

一

「けッ、きょうみてえな日ってねえや全く」

未だ暮れた許りの夏の夜の、薄暗い品川の裏町を歩きながら、仲間で二つ目とその立場を呼ばれている青年落語家の春風亭小柳《こりゅう》は、忌々しそうに呟いた。白兎《うさぎ》をおもわせる目のクリッとした愛嬌のある平顔《ひらがお》で、小柄だが一と目見て踊りの心得があると分る。スラリと恰好のいい、派手な浴衣姿、夜目にも大きく高いその鼻先を、汐臭い風が生暖く擽《くすぐ》って行った。

二つ目とは、毎晩一ばん最初に出演する前座の次、即ち第二番目に登場するからで、きのうまでの前座時代とはちがって例え一軒でも掛持ちができるようになるし、後輩の前座たちは俄《にわか》に「あにさんあにさん」と敬って呼んでも呉れる。

にもかかわらず小柳、その二つ目に昇進してから却ってギリギリすることが多くなり、兎角自分ひとりになると不機嫌な顔になる日がつづいているのはどうしたことか？

じつのところ漸く前座の足が洗え、掛持ちがはじまり、「あにさん」と呼ばれだし、ちょいといい心持ちになったのも束の間、収入は二軒歩きながら前座時代よりはるかに減ってしまった上、反対に仲間の交《つきあ》いの出銭《でせん》の方はめっきり多くなって来たからだった。

なぜなら前座は定給《じようきゆう》と云って、どんな不入りの日でも一日一円五十銭也の定収入が必らず貰えるが、二つ目となるとワリ、つまりその日その日の客の入《い》り次第による収入となる。

となると大家でも中堅でも人気者でもない彼、小柳は、当然の結果として帝都中央の一流の寄席へ出演させて貰えるわけはなく、大てい郊外の客足の薄い第四流位の寄席許り。

かてて加えてかの大震災以後の復興景気で夜毎大入をつづけていた落語界も、去年の秋圓右《えんう》歿《なくな》り小さん老耄《ろうもう》し、近世の二名人を一ぺんに失って以来、中央の寄席と雖《いえど》もめっきり客足の減ってしまった大正もはや十五年。それも夏枯れのきのうきょうと来ては、二つ目の小柳が廻される場末の寄席なんぞに、満足なお客さまの顔の見られようわけがない。

どこへ行っても大てい二十か三十の客許り。ひどいときになると、一と晩の出演者が二十五人で、お客の方が十二人なんてことも珍しくなかった。

そんなときは席亭が一文も儲けない許りかいくらか足《た》し前《まえ》までしてやっと八円にし、楽屋へ入れてやると、この八円の中から一円五十銭ずつ前座と下座《げざ》の三味線を弾く小母さんに持って行かれてしまうから、のこりの五円を二十何人では到底分配のしようがない。

そこで今度は真打がさらにいくらか足してやっと一人頭《ひとりあたま》五十銭位ずつ貰えるようにしてやるか、もっともっとひどいときにはその五十銭さえ払えないで、市内電車の回数券二枚ずつ貰うなんと云う惨憺たる晩さえもあった。

中堅以上の人たちはお座敷（余興）やお客の御祝儀が貰えるから暮して行けるが、しがない二つ目の身空《みそら》では親がしっかりしているところでない限り飢死でもしまうのが関の山。此《これ》では青雲の志に燃えている彼、春風亭小柳もどうやら母親のへそくりで小遣いに事は欠かないとは云え、陰気な顔許りしつづけているのも全く無理ではないだろう。

「しかもきょうてえきょうはどぢなこと許りつづきゃあがって、けッ、ほんとうにきょう見てえな日って――」

もう一ぺん吐出すようにこう云って小柳、

「で、第一《でえ》があの古本屋だ」

歩きながら小意気な肩を竦《すく》め、ペロリ小さく舌をだした。

どこかで余り巧くない明笛《みんてき》の「月は無情」が聞える。

二

話は、こうだ。

けさ、神田の花月《かげつ》で、毎月三回、五の日五の日に催される仲間の寄合へ小柳、顔をだした。寄合とは、今後の打合わせや慶弔その他特殊な事項の報告会を兼ねた一種の親睦会。

この寄合の崩れ、先輩たちは大てい飲み食いに行ってしまうのが例だけれども、小柳たち二つ目連中は未だその身分じゃない。で、二つ目は二つ目らしく平常《ふだん》から気の合う柳橘《りゅうきつ》柳之助の二人をさそって近所の安喫茶店で大福餅を二皿ずつ喰べたあと、腹ッ減《ぺ》らしに神保町の古本屋街《まち》をほっゝつきゝ歩いた。

と、今日でも前の方は二十円均一などとかいた札をだして廉価本を特に売っている古本屋があるが、当時はさしずめ三十銭均一。

堂々十何巻と云う部厚な全集本が二た側《がわ》位積重ねられているその前、本の表紙が反り返ってしまいそうな強烈な午前の日の中に、三十銭均一の薄汚れた古本が十数冊、見棄てられたよう世にも情なく散らばっていた。

「オイ買ってやろうこの三十銭均一のを一冊ずつ」

いかにも生意気そうに浴衣の上から夏羽織を引っかけた懐中《ふところ》へ手を突込んだまま小柳は、柳橘と柳之助の方を振返って、顎でしゃくった。

「エ買って呉れるかえ」

「ありがてえなそいつア」

口々に云って、二人の同僚たちは嬉《よろこ》んだ。

「買いねえ買いねえ金に糸目は付けねえから」

高い鼻を余計高くして小柳は反っ繰り返った。

「止せやい兄弟、金に糸目は付けねえたって、元々が三十銭均一じゃねえか」

「しかも一冊ずつと来ていらあ」

言下に呆れて二人が白兎然とした小柳の顔を見た。

「マそりゃそうよ、そりゃそうだが」

苦《に》が笑いして小柳、

「三十銭でも三冊なら九十銭、憚《はばか》りながら俺の方が資本家だ」

「資本家はござんすまい一円に十銭足りねえ銭《ぜに》で」

いよいよ呆れて若隠居のような柳橋が高座と同じしなを造って云ったので、とうとうプーッと三人噴飯《ふきだ》してしまった。

そのあと、遠目の利く柳之助はわかい落語家らしく「西洋笑話集」と云う薄い細長い本を中からすぐ探出して買い、柳橋の方は表紙の千切れかかった講談本の「鼠小僧」を買ったが、

「ソソそんなンじゃねえんだ俺ア。こン中で一ばん厚い本を買うんだ」

云うが早いか小柳、いきなりその均一本の方へ手をやって、あれこれと引繰り返して見ていると、成程あったひどく厚い五百頁位の本を一冊みつけだし、虎の子のよう大事にかかえ込んで、

「どうだ此なら安いだろう三十銭は。覚えときねえ兎角掘出し物って奴アこうやってするんだ」

能書たらたら古本屋の小僧に勘定を払って、一ぺん牛込の家《うち》へかえって昼寝でもしてから寄席へ行こうとすぐ前の停留場で二人に別れ、ヒラリ早稲田行の電車へ乗った。そうしていま買った許りの厚い本を早速パラリと一頁ひらいて見たら、

「アいけねえ」

とたんに彼はダーッとなった。

その本、なんと全文、独乙語《ドイツ》。七むずかしい独乙語許りでかかれてあったからだった。

「冘、冗談じゃ……計る計るとおもいしに、却って身共が計られしか、独乙語の本たあお釈迦さまでも気が付かなかったな」

一ぺんに暑さが身に浸みて来たのだろう切《しき》りに手拭で白い額の汗を拭きながら、

「尤も最前《さっき》喰べた大福とちがって相手は本だからなあ大ききゃいいってもンじゃねえや」

いまごろ気が付いてももう遅い。

兎に角、きょうの小柳は此がケチの付きはじめで、家へかえると阿母《おふくろ》が鍵を持って外出してしまっていて、入れない。

拠所《よんどころ》なく近所の活動館で、大好きな松井千枝子主演の情話を上映しているので見に入ったら、ほかの喜劇や西洋物の間は何でもなくて、肝腎の千枝子のでる妖艶な映画のタイトル丈け映ったら停電。

しかもこの停電が三十分ちかくつづいて、やっと電気の点いたときには、もう寄席へ行く時間になっていた。

何のこったイと益々中ッ腹《ちゆうぱら》で飛出して、品川のはずれにある蓬萊館《ほうらいかん》と云う寄席へ駈付けたら、此が入れかけ。

入れかけとは一たん開場したものの、いつまで経ってもお客が三人か五人以上に殖えないので、木戸銭を返して演芸を中止してしまうこと、お客を入れかけておいて止すので「入れかけ」とこう云うのである。

重ねがさねのこの不首尾に、さらぬだに浮かないきょうこのごろを一そうくさりにくさり切って小柳、ガッカリ暗い町を歩いていると、どうやら行く手の電車通りの方は夜見世がでているらしく往来《ゆきき》激しい人の波。寄席の不入りに比べていっそあの人波が、ヒシヒシいまの彼には羨ましかった。

「でも不運つづきのきょう中でたった一つ丈けはいいことがあったっけ」

それはここへ来る途中の電車の中で、二十二、三になる冷めたく目鼻立ちの整った薄手面長の耳隠しに結った女が蟇口《がまぐち》を落したのを教えてやったら、つんと美しい顔中を綻ばして大そう感謝されたと云う一件だった。

耳隠しは、そのころ近代女性が好んで結った、聖徳太子のよう両耳を隠した洋髪。島田や銀杏返しの女の世界許りしか身近に持たない小柳にとって、この耳隠しの嬌笑は、洋行先で異国婦人からウインクされたようおよそフレッシュな歓ばしさだった。

「あんな女《タレ》を色にしたら」

一体、どんな口説《くぜつ》を云うんだろうと切りに淫らな空想を擅《ほしいまま》にしながら、いつか夜見世の人混みを抜け、八つ山の終点までやって来て、あかあかと灯を煌《かがや》かせて待機している浅草行のボギー車へ飛乗ったら、

「ア!」

おもわず小柳は目を疑《うたぐ》った。

自分のすぐ前に、最前《さいぜん》の耳隠しが相変らずツーンとすまして腰掛けていたからだった。

三

「サンキュー最前は、感謝してますわ」

やがて小柳の存在に気が付くと、英語漢語取交ぜて訛りのある声で女は云った。洗い曝《ざら》した白地の浴衣へ赤い帯をキッチリ胸高《むなだか》にしめ、襦袢の白襟を野暮に覗かせているこしらえも、いかにも地方出身の女事務員か何からしく、小柳の目にはいよいよ未知の世界の人から呼びかけられていると云う感じがした。

「いえ、私、私こそ恐縮至極です」

彼も亦取っておきの漢語で勢《きば》って答えると、

「して姐さんは……」

と云いかけ慌ててあなたと云い直し、

「あの、こちらにお住居で」

「いいえ家《ハウス》は芝です、友人のところへ小説を借りに来ましたもので」

云いながら女は手のクロース美しい新潮社版の『椿姫』をチラと示した。

「ああ椿姫――」

なら、運好くこの間活動写真で見た許りだったので、よくよくきょうは本に縁のある日だなあとおもいながら言下にこう応じて、そこは商売柄、二つ目でも素人の耳には天晴れ名調子と感心させるほど真に迫って『椿姫』の一節を綿々と聴かせてやった。

「………」

だが、この『椿姫』ですっかり女は小柳の話術に感服且つなかなかのインテリとおもい込んでしまったらしく、

「お上手ねえ絶対にあなたお話が」

つんとした顔のままで讃美した。

「でもそりゃ私商売ですもの」

やっと自信を得て小柳は、笑った。

「じゃあの失礼ですが活動の方の」

女が訊ねた。

「弁士じゃないんです、落語家です私、春風亭小柳……」

とうっかり正直に云いながら気が付き、

「小柳枝《こりゅうし》なんです」

俄に「枝」の字を一字殖やして、師匠の名前を名乗ってしまった許りか、

「おとといラヂオで放送しましたよ『道具屋』の噺を」

「アラ！　じゃおとといラヂオで伺ったあの方があな……まあーッ」

相手は、余程感動したらしく忽ち小柳の方へ向直り、暫くはしげしげ白兎のような男の顔をまばたきもしないで見上げ、見下ろしていた。いまや日本文化の最尖端たるラヂオの出演者であるこの新世紀の芸術家へ、彼女は万幅の尊敬と信頼とをささげだしたものらしい。

いつか空《す》いた電車はもう動きだしていて、泉岳寺前辺りを迅《はし》っていた。切りに涼風が窓から入って来ては、二人の頸筋を吹抜けて行った。

「どうですその辺でちょっと下りてお茶でも飲みませんか、何だかあなたとはいろいろお話がして見度くなった」

ガラリ変って来た女の態度を見て取った小柳は、そっと女の手を取ってキューッと固く握りしめるとこう云って、さっさと自分から立上り、車掌台の方へ歩きだした。

黙って女も席を離れ、取りすました表情で小柳の後から従《つ》いて行った。

四

その晩、小柳はその女と浜松町ちかい路次の奥の薄暗い軒燈《けんとう》の点《とも》っている安宿で一夜を明かした。いま売出しの春風亭小柳枝ともあろう芸人がこんな薄汚い宿屋へ泊るかしらと疑うほど女はこの社会の通《つう》でもなければ生粋の東京人化されてもいなかった。

翌《あく》る朝遅く、電車通りのチャチな食堂で、一しょにハヤシライスを喰べてそのまま右左、別に女の名前も住所も聞こうとはしずに別れてしまった。

始終、つんと冷めたい顔をしているくせに、相抱《いだ》くとき丈け別人のようありったけの狂おしい情熱を露《あらわ》に見せ、そのことが終ってしまうとまた元のつんとした表情に還ってしまうと云う異様な印象丈けを、小柳の心の片隅にのこして。

いや、もう一つ、女の下腹部のあらゆる部分が、少うし誇張して云うならば「絵」のように美しく整っていたことも、いままでの他の女からは絶えて見られないところだったと、そののち別の女と一つ寝をするたんびマザマザと彼はおもいだした。

でも――。

「名は何と云ひけむ　姓は鈴木なりき　いまはどうしてどこにゐるらむ」所詮はこうした啄木の歌の感情に尽きていて、元々が浮気性の、深くものを思いつめない質《たち》の小柳は、すぐその晩からでもさそわれれば吉原や洲崎の小店《こみせ》へ行って、随分だらしなく遊んだ。

悪い病気に罹って席を休んだりもした。

年末、世は昭和と改元されて、翌年の四月。もうそこここの寄席の入口の景気行燈の上へは、賑やかに造花の桜の花が飾り立てられる季節がやって来ていた。

景気直しのお花見に落語睦会《むつみかい》総出で小金井へ繰出し、面白可笑しくワッと一日を遊び暮らした晩、小柳は人形町の方の懇意な親分の賭場へ顔をだして勝負事に興じた。

はじめは余りいい目のでなかったのが、遅くなってからトントンと調子が好くなり、久し振りでいくらか纏《まと》まったものを懐中へ入れてすっかり気を好くし、一番電車で牛込の自分の家までかえって来ると、阿母に早い朝飯の仕度をさせ、熱い味噌汁と生玉子で早いとこ三、四杯掻ッ込むと、そのまま床の中へもぐり込んで白河《しらかわ》夜舟《よふね》、グーグー高鼾《たかいびき》で寝てしまった。

「お前、ねえお前、起きてお呉れ、大変だ、大変なんだよ」

それから何時間、夢中で眠ってしまったことだったろう、切りに深い深い谷底のようなところから自分を呼ぶ声が聞えるとおもいながら尚も眠りつづけていたら、だんだんその声がちかく大きくなり、去年の夏浜松町の安宿へ泊ったあのつんと美しい女の声に似て来たなと、いつにもおもいも寄らないことをうつらうつら考えつづけていた。………。

「マ困ったねえほんとに、お前、お前、寝てる場合じゃないんだよのんきに」

いつか枕許ちかく烈しく揺《ゆり》起している、額へ頭痛膏《こう》の「江戸桜」を大きく貼った五十ちかい人の好さそうな角張った顔の母親で、

「大《おお》師匠が、華柳《かりゅう》師匠が、いまねえラヂオでお前」

武士《もののふ》は轡《くつわ》の音に目を醒ます。大師匠、華柳師匠と云われたとたん、流石にハッと小柳は飛起きた。もう枕許の幇間《たいこもち》の花会の木版刷りの番組を貼交ぜにした小屏風一杯に、暖そうな暮春の真昼の日ざしがあたっている。

大師匠華柳とは、彼の師匠小柳枝の師匠で先々代柳枝、いまは華柳を名乗って隠退、放送とお座敷丈けをつとめて気儘な余生を愉しんでいる春風亭一門の総帥だった。

そう云えば、きょうは正午に大師匠の落語「羽衣」が放送されるのだっけ、そうだそうだ、うっかり俺どうも忘れちまった。

「じゃ阿母《おっか》さんもうはじまるのかえ大師匠の放送が」

「なに何をのんきなことを云ってるんだよこの子は」

とたんに母親の声が珍しく尖がって、

「もうすんじまったよ放送なんか。そんなことよりその放送の途中で、急にああ頭が痛いとお云いだしなすってね大師匠、それっきり倒れておしまいに……」

「げッ！」

「だ、だから早く、お前、着物を着替えてそこらで人力車でもみつけて、放送局まで駈付けてお呉れってんだよ」

「おっと合点承知之助！」

もう眠気も何も一ぺんに醒めてしまって小柳、慌てて仕度をするが早いか飛出したが、折あしくいつもの溜りの人力車はみな出払ってしまっていて、待てども待てども此が来ない。

五

「！　!!　!!!」

長いことかかってやっとみつけて乗って来た人力車を、うらうら春日のかがやいている愛宕山《あたごやま》の女坂下《おんなざかした》で乗棄てて当時は未だこの上にあった放送局まで大島伯鶴《はっかく》先生十八番の「曲垣平九郎《まがきへいくろう》」もかくやと許り真一文字に駈上がって、すぐ応接間へと案内されて行ったとき、余りと云えば余りの出来事をなんと一ぺんに二つもみいだして悲喜交々《こもごも》、暫しは小柳、茫然以上に茫然としてしまった。

一つはプーンと鼻を掠めるこの線香の匂いでも大てい想像して貰えるだろう大師匠華柳、放送中に脳溢血で卒倒、いまし方ついに永眠してしまったのだった。

敷きつめられた絨毯の上、はや白布で顔を覆われ、悲しく合掌している変り果てた大師匠の亡骸を取囲んで、色の黒い目のギョロリとのっぽの柳枝師匠やうちの師匠小柳枝はじめ春風亭一門の誰彼が綺羅星のよう居流れ、切りに善後策を講じていた。

さてもう一つは、いまし方大師匠の息を引取るまで万端の世話を焼いて呉れていたのだろう、いまは空しい枕許に横坐りに坐って新聞を読んでいる白衣の看護婦が、バタバタ駈込んで来た小柳の足音にヒョイと顔を上げたら、なんと去年の夏たった一と晩丈け逢って別れたつんと目鼻立ちの整ったあの女だったことだった。(最前《さっき》の夢が正夢か?)

お互いにアッと小声で叫び、うっかりもう少しで大師匠の死をよそに親しく口を聞合ってしまうところだった。そう云えばあの晩も芝方面にいると女は云っていたが、ではこの辺の看護婦会につとめているのか。

わが一門の束ねである大師匠の急死とはしなくもその席上で再開した曾《かっ》ての女と、ほんとうに此は悲喜交々。だが、間もなく喜の方はなくなって、悲々《ひひ》交々となってしまったことを何としよう。

なぜなら、

「遅くなりまして」

と入って行って小柳がお辞儀をしたとたん、

「馬鹿野郎いい加減におし」

いつにも怒ったことのない柳枝師匠がいきなりギョロリとした目を光らせて、

「不肖私もお前の師匠小柳枝も、そのほか一門の者のこらず師匠の放送が途中で絶《き》れるとすぐ宙を飛んでやって来たのに、一ばん身分の低いお前さんが一ばん遅くやって来るとは何事です小柳」

忽ちこう剣《けん》の峰《みね》を喰わせて来たその上に、つづいて、

「お前は一門で一ばん身分が低い〳〵」

と何べんも何べんも御鄭寧《ごていねい》に面《つら》を摑んで云われた揚句が、

「お前の師匠小柳枝はすぐやって来て死水まで取ったのに」

とか、

「小柳お前のその心がけじゃ、とても師匠の小柳枝ほどには」

とか、

「芸も未熟、人間も未熟、小柳お前は未だ柳枝でも小柳枝でもないやっと前座に毛の生えた二つ目の小柳なんだよしっかりおし」

とか、二た言めには女の前で小柳枝ならぬ未だ一介の小柳であることをハッキリ裏書されてはさんざんに油を絞られたからだった。

此ではどんな血のめぐりの悪い女に聞かせても、大てい感付く。

恐らくやションボリ首打垂《うなだ》れて小柳が絨毯の上へ目を落しているうちに女は、アラじゃ向うにいるわかいのに翁《おきな》の面のような顔をした人が小柳枝さんで、この人はそのまたお弟子の名も戒名もない人だったのかと云う愕《おどろ》きの表情をサッと私《ひそ》かに浮べたことなのだろう、ながいながい柳枝師匠の小言が終ってはじめて大師匠の死顔を拝みに行ったとき、ハッキリ二人の目と目が合っても平常からつんとしている顔を一そうつんとさせて相手はニコリともしなかった。

許りか、その冷めたく澄んだ眸《ひとみ》の中には、フン可笑しくってと云う感じさえを、世にも色濃く明らさまに漂わせていた。

この間放送をした小柳枝は私でと嘘吐《つ》いた罰は覿面《てきめん》、ああところもあろうにその放送局で当の女とヒョッコリ出会い、こんな体落《ていたらく》になろうとは——。

いまこの部屋の中の空気とはおよそちがった、窓の外の木々の緑もキラキラ美しい晩春初夏の夕日の光りへ目をやっているうち、だんだん小柳のクリッとした目の中へは苦い涙が溜まって来た。

以上で、このつたない小説を終る。

などと本来ならもう此以上蛇足を加える必要はさらさらないのであるが、雑誌「娯楽世界」は、課するに作者たる私へ、主人公の落語家は必らず昭和二十四年現在、現役の人気花形であることを以てした。

とすると未だ私には、此から主人公春風亭小柳の、そも今日の誰人《だれびと》であるかを、あなた方に報告しなければならない義務と責任とがのこされていることになる。

彼、小柳は、のちに桂三木男《みきお》、櫻家橋之助《さくらやきょうのすけ》、春風亭柳昇《りゅうしょう》から、めでたく師匠の名前春風亭小柳枝をも戦前名乗った、私とは十五歳からの道楽友達だから、正しく交遊三十一年。

牛込の小柳はけふも吉原の噂に秋を過しゐぬらむ
賽《さい》の目と恋びとの目といづれ好《よ》き　わが柳昇に此を質《たず》ねむ

など、昔々の私にはなんな師〔ママ〕、吉井勇張りの拙詠《せつえい》がある。篇中へ登場する彼の師匠小柳枝とは、現下の春風亭柳橋《りゅうきょう》、とこうかいたらもうこの第一ヒント丈けで慧眼の諸君は容易にこの「私は誰でしょう」を解答されてしまうことだろう。

それにしてもこの話、どこまで放送に縁の深いことか。わが物語の主人公こそ近ごろ『とんち教室』のレギュラーで人気條々の橘圓《たちばなのまどか》その人なのである。

娯楽世界　昭和二十四年（一九四九）七月号

春情荷風染《ぞめ》

落語家志願

「あすこだたしかに、三味線が聞える」

きのう四谷の寄席喜《き》よしの下足番から教えて貰ったとおりに、下谷御徒町《おかちまち》の唐物屋《とうぶつ》の細い路地を曲って少うし行くと目印しの井戸があり、その隣りの家《うち》から甲高く清元の三味線が聞えて来たので、廿《はたち》を越した許りの、品の好い色白細おもてながら割合に目鼻立ちの大きく美しい顔を明るい秋日の中へ微笑《びしょう》に綻ばして、永井荷風は呟いた。

明治卅《さんじゅう》一年秋、彼岸過ぎの昼下り。

体当りで人情の機微を摑もうとして、良家の息《そく》に生れながら荷風はいま決意一番、落語家《らくご》朝寝坊むらくの門を叩いて、落語家《はなし》たらんとやって来たのだった。元来が近世落語界不世出の名人三遊亭圓朝や巨匠春錦亭柳櫻《しゅんきんていりゅうおう》の人情噺の巧さに傾倒しての結果だったが、柳櫻は已《すで》に去年の夏亡くなっており、翌々年に歿した圓朝とてもう老衰で寄席へは出演していなかったので、圓朝門下で師匠写しの「美人生埋《びじんのいきうめ》」その他を得意とし、落語家《らくご》の中では文字《もじ》のあると聞くむらくを選んだと云うわけだった。

「オヤちがう!」

やがて古井戸を右に、荒い格子の嵌まった意気な家《いえ》の前に立ったとき、軽い失望のいろが、荷風の色白な顔へながれた。

「立花家《たちばなや》」と大きく勘亭流で白木の標札が、脇に薄汚れた木の札へ、「永瀬」と小さくかかれてあったからだった。

「たしかに唐物屋の横って喜よしの下足番は云ったようだったが、ちがったかしら」

拠所《よんどころ》なく三味線の音色をあとにまた引返し、大通りを少し厩橋《うまやばし》の方へ、今度は空高く大銀杏の聳えているお稲荷さまの横丁へ入って行ったが、右側にも左側にも井戸はなく、「朝寝坊むらく」の標札も亦《また》なかった。

「いけない、また引返《ひっかえ》しだ」

もう一ぺんまた大通りへ、水菓子屋の路地、駄汁粉《だじるこ》屋の路地、路地のあるたんびに根気好く一つ一つ入って行って見たが、どこにもそんな家《うち》はなかった。

山の手の麴町一番町からはるばるやって来た荷風に、ここら下町は風までちがう全くの異国であり、別天地だったが、彼も亦生粋の東京っ子、道を訊くのは何だか業腹で忌《いや》だった。

「もうじき分るだろうきっと」

そう考えて歩き歩きして行くうち、とうとう古着屋の軒を並べている狭い賑やかな通りを過ぎて、遠く無気味に薄淀んだ水をたたえている三味線堀さえが見えだして来た。来る途中で本郷の藤村《ふじむら》へ廻って買って来た手土産の羊かんの折を包んだ風呂敷包み提げた手が、だんだん重たく痺れて来た。

「いけないもうこの辺はもう浅草の鳥越《とりごえ》へちかいらしい」

途方に暮れて見廻した荷風の涼しい大きな目へ、はるかに寄席久本《ひさもと》の看板が見え、しかもそれにはいま自分の探している「朝寝坊むらく」の太文字が、大きくなつかしくかがやいていた。

「ありがたい、あの寄席で訊こう」

もう意地も外聞もなくなって、昼は森閑としている久本の木戸から声をかけ、でて来た若い仕《し》に道順を訊ねると、何のこと！

「その立花家てえ家がむらく師匠で」

事もなく若い仕は云った。

小さく「永瀬」とあるのがむらくの本姓《ほんせい》で、「立花家」とは彼の妻女ではあるが、神技《しんぎ》にちかい撥《ばち》さばきで浮世節の名人と絶讃されている立花家橘之助《きつのすけ》の標札なのだった。

厚く礼を述べて立出《たちで》ると、むらくと橘之助は夫婦だったのかと今更ながら自分の迂闊さを苦笑しながら荷風は、急に元気になって足早に、再び最前の唐物屋の路地を曲った。

「御免下さいまし」

もう三味線の音《ね》の聞えなくなっている荒い格子戸を、少し胸をどきつかせながら慇懃に開けると、

「いらっしゃいまし」

やや薄暗い上り框《がまち》へ、迎えて呉れた十六、七になるわかい女の顔を一と目見て、

「！」

おもわず荷風は息を呑んだ。

眉の濃い、目の彫りの深い、鼻のスンナリと形好く高い、余りにも自分の好みにピタリと合った美しい細おもてが、山の手辺りでは見ようとて見られない仇《あだ》な唐人髷《とうじんまげ》には襟付きの黄八丈、緋鹿《ひが》の子《こ》の昼夜帯《はらあわせ》がよく似合う錦絵の城木《しろき》屋お駒そっくりの姿容《すがたかたち》で、ニッコリ迎えて呉れたからだった。

初対面

「あの、むらくお師匠《しょ》さん……御在宅でございましょうか」

いよいよ固くなりながら来意を告げると、しずかに一たん奥へ入った女は、

「お待たせいたしました、サどうぞ」

再びにこやかに、すぐ次の余り日当りのよくない茶の間へ荷風を案内した。よく拭込んだ長火鉢を前に、四十そこそこだろうキリリといろの浅黒い長い顔の朝寝坊むらく師匠が、唐桟《とうざん》の半纏をスラリと着流し、いかにも芸人らしい魅力のある表情で行儀好く坐っていた。

いつも高座の燭台の灯《ほ》かげに仰ぎ見ていた崇拝者と、目の前に坐り合わせて彼は、何だか涙ぐみ度いような興奮と感激とをおぼえずにはいられなかった。

「落語家《はなし》になり度い御希望だって。切磋琢磨、苦節を重ねる御努力ができますかな」

いかにも書生崩れの落語家らしく、漢語まじりでむらくは云った。

「一生懸命やって見度いとおもいます。生意気なようですが私、圓朝師匠のように将来、西洋《あちら》の物

語をいろいろ喋れるようになり度いのが希望で、それでこの道へと志し……」

多分二階が妻女の橘之助師匠の部屋で、茶煙草盆をすすめるとそこへ行ってしまったのだろう、傍らに美しい女がいなくなったことも余程落着きを取戻させ、割合に敢然と荷風は自分の心持ちを述べ立てることができた。

「ホーそれは偉い」

笑顔でむらくは、

「そう云う人が次々とでて来るようでなくちゃ……たしかに此《これ》からはそう云う時代だ」

いかにもたのもしそうに色白面長の荷風の上から下までを見上げ、見下ろして、

「して、御住居《すまい》は」

「九段上です」

「フム、御両親は御健在かえ」

「エーエ」

ちょっとためらったのち荷風は、

「家作でたべております」

とでたらめを云った。父親が帝国大学書記官から、嘗《かつ》ての文部大臣芳川顕正伯《よしかわあきまさはく》の秘書官を経て、日本郵船会社の重役であるなどとほんとうのことを云ったら、書生出身であると云う丈けむらく、却って自分を弟子にしては呉れまいと考えたからだった。

「分りました、修業と云っても落語《はなし》の修業許りじゃない、毎日寄席へ行く前にここへ来て拭掃除を

手伝ったり、いろいろそんなことも修業のうちに入るのだが、それでもやれるとおもったらやって来てごらんなさい、あしたッから」

読書きのできるむらくには、良家の息で文学青年でもあるこのわかい落語家志望者の体臭に、余程血のちかさを感じたものと見え、間もなく入門を許して呉れた。

「ハイ何分どうかお願い申します」

恭々《うやうや》しく頭を下げて荷風は、

「あの此は粗品でございますが」

風呂敷包みのまま藤村の羊かんをそれへだした。

そのとき、重い、しなやかな、二つの梯子段を下りる足音が入乱れて聞え、此も高座で見覚え深い立花家橘之助が、三十を越した位か水々しい男顔で已《すで》に高座着の黒紋附、最前の美人を従えて入って来た。

黙って荷風はお辞儀をした。

「お前、この子があしたっから弟子になるんだ」

サンライスと云う巻煙草を喫《す》い付けながらむらくが、しずかに橘之助の方を振向いた。

「お前さんしっかり勉強おしよ」

ニコリともしないで橘之助は云った。

大掃除受難

「あした天気だったら大掃除だから、起抜けに手伝に来て呉れ夢之助」

朝寝坊夢之助の名を貰った荷風を省みて、むらくは云った。入門して、十日目許りのことだった。

「かしこまりました」

翌日、家《うち》の手前は友達と目黒から祐天寺の方へ遠足に行く体《てい》につくろって夢之助の荷風は、朝早《あさばや》に麴町一番町の邸をでてむらくの家へ手伝いに出かけた。

もう師匠の家の雑用を、佐竹ッ原《ぱら》の方から毎日稽古に来る先日の美人や、少し耳の遠い婆さんの女中と一しょにすることにも馴れて来ていたし、師匠が高座の後《うしろ》へ飾る所謂《いわゆる》うしろ幕や芝居噺の背景を入れた大風呂敷を背負《しょ》って出演席へ、そこで自分より三つ年上の赤ら顔をした兄弟子のしらくを手伝って楽屋で働く手順もおぼえて来た。朔日《ついたち》と十五日には特別に祝儀を云いに来るものと教えられ、こうした社会の礼儀に、半《なかば》、感心し、半、古臭いと軽蔑し度い感じになったのも、この時分だった。例の美人は橘之助の弟子で橘ふさ、本名おふさと云うことも、もう分った。こうして日々の出演を了《おわ》り、夜遅く尺八の稽古にかよっていると云うことにして、音のしないように邸の裏門から自分の部屋へ忍び込む荷風なのだった。

「よく遠いのに早く来たねえ夢さん」

師匠の家へ着くと、浅草の山谷に住んでいる兄弟子のしらくが赤ら顔をかがやかせて云った。相変らずニッコリ美しい笑顔で、その後から橘ふさも迎えて呉れた。

いつもは芸名通り朝寝坊の師匠夫婦も流石に早起で、丁ど掃除にかかろうと云うところだった。キラキラかがやく秋の朝日の中で、甲斐甲斐しく婆やも働いていた。

すぐ夢之助の荷風も二階へ上がって着物を脱ぎ、シャツと股引《ももひき》になって茶の間へはたきをかけはじめた。邸にいたら、横の物を縦にもしない彼にとっては、却ってこんな仕事に新鮮な興味が感じられた。

「師匠《ししょ》ンとこの大掃除のあとは、きっとしゃも鍋でお酒の御馳走がでるんだぜ」

昨夜《ゆうべ》、寄席でしらくから聞かされたこの言葉も、普段御馳走を食べ飽きているくせに、所謂他人の雑炊で妙に楽しみでならなかった。

「オイ夢之助、はたきはもうその辺でよかろう、そこの畳を先ず二畳丈け上げて呉れ」

夙《とう》に台所へ運ばれてしまっている長火鉢の置かれてあったあとを浅黒い顎で指《ゆびさ》してむらくが云った。

「へーい」

元気好く叫んで、言下に夢之助の荷風が先ず一畳をグイと持上げて傍らの柱へ立てかけ、つづいてさらに一畳を、即ち二畳合わせて、

「ヨイショ」

と掛声諸共おもてへ運びだそうとしたとたん、おもわずツルリ手が滑って、

「アーッ！」

ダダダーッと烈しく倒れた二枚の畳は、未《ま》だそのころは珍しかったガラス障子をガラガラガチャ

ーン、忽ち三枚破《わ》ってしまった。

苦《に》がく橘之助の顔が曇り、オロオロ心配そうに気の毒そうに橘ふさが濃い眉を美しくしかめたとき、

「オイしらく、変ってやれ」

そのとき呆れた顔で眺めていたむらくが、漸《ようや》く笑いだしながらしらくに命じて、

「俺が悪かったんだこの『船徳』さんにこんな重いもの持たせたのが」

「船徳」とは、いまも当代の名人桂文楽が十八番《おはこ》の、古典落語中の傑作で、若旦那出身の船頭が、アマチュア同様の腕のくせに船を漕いで大失敗し、乗客の心胆を寒からしめる物語。

手伝いに来た許りですぐガラスを三枚破ってしまった、しかも誰の目にも貴公子然とした夢之助の荷風へ「船徳」とは、蓋《けだ》し余りにも適確な仇名で、当意即妙のこのむらくの言葉で、その場の険悪な空気が救われ、耳の遠い婆や以外は先ずしらくが喝采、橘ふさが微笑み、果ては橘之助までがおもわずプーッと噴出してしまった。

もうそのあとは馴れてはいるし、力はあるし、しらくひとりが二倍も三倍も働き、夕方、いいしゃも鍋でお酒になるまで夢之助の荷風は、小さな池の水を替えさせられたのと、すっかり掃除のすんだあと、格子先へバケツに二杯、水を撒いたのみだった。

「此じゃ何のことはない、師匠のところへいいしゃもで一杯やりに来た丈けだった」

鍋の肉をつつきながら彼は、流石に師匠に気の毒な面目ないおもいだった。

食事を終って夢之助の荷風が二階で着物を着了えたとき、誰か後へ忍び寄る気配を感じて振返ると、橘ふさの白い顔が薄闇の中に媚《なまめ》かしく浮いていた。プーンと白粉の匂いが、沈丁花《ちんちょうげ》のよう鼻を掠めた。

「夢之助さんていいお家の若旦那様なのネ」

彼女は云った。若旦那どころか若様の境涯であることは、流石に知らなかった。

「アラそんなにお隠しなさらなくても」

美しい満面に好意を漲らせて橘ふさは、しずかに夢之助の荷風の方へ近寄って来た。

余っ程《よっぽど》、その手を握りしめようか。ふっとそうした衝動に駆られたとき、

「おふさや……おふさや」

階下《した》から、橘之助のしゃがれ声が急に聞えて来た。

楽屋の灯

寄席の楽屋。愉しい寄席の楽屋。

「オイ夢さん、お前さんも落語家《はなし》になったんだ、楽屋の符丁位おぼえときねえ」

ある晩、しらくがこう云って、仲間のテクニックを教えて呉れた。

金がタロー、女がタレ、男がロセン、着物がトバ、羽織が足までないから達磨、いけないことがセコ、客がキンチャ略してキン、馬鹿がキンジュウ此も略してキンだが、おもうに禽獣に等しいて

意味だろう、そして扇が風。

空腹が喜左衛門は、腹が北山の意味のキ左衛門だろうし、長いことをメンダイは箸で挟むと長い麵類から来ているのだが、短いことをアシと云うのは百人一首の「浪花潟《なにわがた》短き芦」からでた「アシ」だと聞かされて、流石に風流なものだと心私《ひそ》かに夢之助の荷風は感心した。

酒の話、女の話、勝負事の話、貧乏の話、先輩の落語家たちの楽屋での放談は、芸談以外では大ていのこの四つの話題に限られていた。しかも、それが少しも下品でなく、頗る洗練されたナンセンス許りだったから聴いていても不愉快でない許りか、およそ愉しかった。

ここにこそ、永らく自分の求めて熄《や》まなかった、ほんとうの虚偽のない生活があった、人情があった。

「この人たちに比べると、山の手の役人や軍人や資産家や、所謂上流家庭なんて、何と云う下品で冷淡で我利我欲の寄合なんだろう」

つくづく彼は、改めてこう痛感しないわけにはゆかなかった。


「弱ったよつくづく今夜は」

またある晩は、入《い》りの薄い年末の浅草茶屋町《ちゃやまち》（雷門前）の大金亭《だいきん》の寄席の楽屋で、この寒さに狸に似た顔の額の汗を拭き拭き、のちに名人と歌われた圓左《えんざ》が高座から下りて来て云った。もう夢之助の荷風も小咄の三つや四つやおぼえて、

「エー一席他愛のないお笑いを申上げます」

と漸く高座へ上がれるようになってからだった。

「喋りだして何心《なにごころ》なくヒョイと高座の前を見ると愕《おどろ》いたよ」

苦笑して圓左は、

「大屋さんがいるんだ、俺はこの大屋にゃ家賃が六つ溜まっている、とてもオチオチ演《や》っちゃいられないから早々に下りて来ちゃったよ」

「いや、それはそれは御愁傷さまで」

誰から笑いながら冷やかしたので、皆《みんな》、クスクス笑いだした。

「いや、家賃の溜まった位ならいいが、俺は昨夜《ゆうべ》警察へ上げられてネ」

黒い骸骨然といた顔で三好《さんこう》が、いきなりこう云いだしたので、驚いて一同、その顔を見守った。

「エーッ、何でさ、一体?」

圓左が訊ねた。

「素人淫売を買ってたら捕まっちゃったんだけどネ、その貰い下げに内の神さんがやって来たのには、こんな面目ねえことはなかったネ」

「そりゃ面目ねえさ、それを除いて日本一面目ねえことはなかッたって、先ずそれ以上面目ねえことはあるめえ」

とたんに圓左がこう云ったので、ドドーッと一同、笑い崩れた、いくらかその声が客席へも聞えたほどに。

こうした夜毎の、高座以外に馬鹿馬鹿しい彼らの楽屋ばなしは、あれ以来、師匠の家で一、二ど顔を合わせたきりで、殆んど会っていない橘ふさへの、夢之助の荷風が哀しい思慕の念をどんなに忘れさせて呉れたか分らなかった。

会えない理由《わけ》は彼女が急に家事が忙しくなって橘之助の家の稽古を怠っていること、夫婦でもむらくと橘之助とは常に共演はしていなかったから橘之助直属の彼女は滅多にむらくの出演先へは来なかったことで、その上、明治のその時代には東京中に寄席が七十何軒からあったことも亦、なかなか顔を合わせられなかった原因の一つに加えられよう。

三好の素人淫売の話から、彼らは今度はお女郎買の話に移って行ったが、この春、吉原へ、もう女の肌も知っていた荷風の夢之助だったが、その雑談の列からは少うし離れて、

「…………」

彫りの深いいつも濡れている橘ふさの粒《つぶ》らな目を、余念なく楽屋の吊ランプの灯《ひ》のかげに追っていた。

雪の夜や

「ウルルひどい」

ガクッと大きく堅く固まった雪に下駄の歯をはさまれたとたん、綿雪の千切れが群がって来て、まるで真白な灯取虫《ひとりむし》がバタバタ羽をあてる風情、加うるに一陣の筑波ならでは吹付けて来る雪礫《つぶて》と共に、忽ちサーッと夢之助の荷風の蛇の目の傘を奪ってお猪口にしそうにした。

「駄目、夢さん。あんたのその傘つぼめて、あたしの番傘の方がいい、相合傘で行きましょうよ」

今夜許りは、夜目にも美しい顔中を青白く凍らせている橘ふさが云った。

深川高橋の寄席常盤亭から倶でかえる師匠むらくをおくり、いま裏道づたいに西元町《にしもとまち》から河岸に添って安宅丁《あたけちょう》の方へ来ている二人だった。

翌《あ》くる年の二月下席《しもせき》（下旬興行）の千秋楽（最終日）、今日《こんにち》は一と興行十日だが、当時は十五日ゆえ二週間の間、恋しいなつかしい橘ふさと、毎晩こうして愉しく一つ道をかえれた。その最終の夜《よ》が雪であるとは、本来なら未だ軒ランプ一つなかった当時の往来も、雪明りで提灯なしに行けるその上に、二人の胁をながれるは、このすみだ川。

両岸の木々にも俄に白い花が咲いて、広重の錦絵宛《さなが》らの中を、丁ど駆落か心中にでも行くような心持ちで、嬉しく相合傘で寄添って行けると云うお誂《あつら》え本寸法の雪景色と云えようが、おっとどっこい、こう烈し過ぎる大吹雪と来ては、今宵別れて、また暫く逢えない悲しさを、いつどうつたえよう術もない。

見る見る道は雪に埋《うず》まって、ほんとうに東京には珍しい何年振りの大雪と云うのだろう、ぐるり一面はただ雪また雪、天地は白一といろに溶合ってしまった。

ピュ―ッ。

そう云ううちにもまた吹付けて来る雪風に、

「アレ――」

急に女は、つまずいて膝を突いたなり、いくら荷風の夢之助が抱起そうとしても、もう足が馬鹿になってしまって起られないらしかった。

「…………」

途方に暮れて見廻した彼の目の先に、少うし雪が小止みになったか、チラリ狐火のよう蕎麦屋の灯が見えた。

「オイふさちゃん、お蕎麦屋があるあすこに、サ元気をだして、サ行こう」

夢之助の荷風が、女の耳許へ囁くと、蕎麦屋と聞いて急に元気付いたか、ヨロヨロ橘ふさも立上がって彼の袂へすがり付いた。

汚い汚い蕎麦屋だったが、熱燗一合、おかめそば一つずつ、めっきりそれで元気を取戻して、再び相合傘でおもてへでると、また降り募って来たこの大雪。

「ひどい雪ねえほんとに、何てんでしょう」

「うん」

傘持つ手と手はしっかりと握り合わされ、ひどい寒さの中を一合の酒に火照った頬と頬とは、自《おのずか》ら触合い、梅の花に似た白粉の匂いが妖しく男の鼻を擽《くすぐ》って来た。

「アいけない」

急に何かにつまずいて夢之助の荷風は、ドシンと横倒れに転び、前鼻緒《まえばなお》を切ってしまった。

「困ったねえ、夢さん」

つくづくと橘ふさは云ったが、

「アここに……憩《やす》みましょうここで」

材木置場だった。

入ると雪も吹込まず、風も来ず、おまけに乾いた莫蓙が五、六枚、敷かれてあった。

すぐ唇《くち》で自分の手拭を引裂いて彼女は、鼻緒をすげて呉れた。

が、そのあと橘ふさは、すぐ立とうとはしなかった。いつまでも冷えた手を、男に預けたままにしていた。

だんだん暗さに馴れて来た夢之助の荷風の目に、雪明りで女の横顔が、雪女のよう妖しく美しく仇に映った。

「………」

加うるに烈しい雪風の間を縫って聞えて来るのは、急に荒くなって来た女の息づかいだった。

「オおふさちゃん」

夢中で慄《ふる》え声で呼びかけながら、可細い女の胴体を、しっかりかかえて押倒した。

ピタリ唇を重ねると、彫りの深い目がしずかに閉じられるのを、ハッキリと彼は見た。

物凄く尾を曳いて犬の遠吠が聞え、夜廻りの拍子木とザクザク雪を踏む足音とが近付いて来たとおもうと、急に立《たて》並べられた材木の影越しにウスボンヤリと動きながら提灯の灯がながれて来て、その灯の中にいつか恍惚と濃い眉をしかめている橘ふさの美しい面長の顔が、花のように浮上がっていた。

父よ子よ

「………」

そろそろ亀戸の藤の噂が立ちそめて来た晩春早夏《そうか》の一夜、九段の藤本と云う寄席の、初日の高座をワクワク夢之助の荷風がつとめて下りて来たが、未だ楽屋に恋しい橘ふさの姿はなかった。

あの雪の晩以来会えず、やかましい橘之助師匠のことをおもえばうっかり女の家へも訪ねて行けず、今夜からこの藤本で毎晩会うのが、絶えて久しい三ヶ月振りなのだった。

「ア来たな」

やがて路地口に女の足音がして、それが楽屋の入口で止まったので、おもわずハット身を硬くしたとき、

「遅くなったねえ、御免なさいよ」

ガラリ開けて入って来たのは、もう五十ちかい、黒菊石《くろあばた》のある、至って不器量な新内《しんない》の加賀辰《かがたつ》婆さんだった。

「おふさちゃん、阿母《おっか》さんが急病で今夜丈け私が。でも、大したこっちゃないから、あしたの晩は必らず来られるとさあ」

明らかに夢之助の荷風は、失望し、落胆した。

でも——。

あしたと云う日がある。

あしたこそ会えるんだ、おふさちゃんに。

鼻唄まじりで、草の匂いが漸く濃《こま》やかになり、そろそろ早い地蟲が啼きだしている一番町の屋敷へかえると、いつになく邸内があかあかと点されていて、

「壮吉！」

烈しい声で父から本名を呼ばれた。

入って行くと、虎の皮の敷かれた、蘭の鉢植の置かれてある唐机に凭《もた》れて、初老の、半白《はんぱく》にちかい父の顔が、ブルブル怒りに慄えていた。

母が、袂でやさしい目を拭いていた。

「壮吉！」

もう一ぺん父は云って、

「お前は名門の息《そく》として育ちながら、何で卑しい寄席芸人の群れに身を投じた。文士や河原乞食や遊芸人にするために、この年月を育てたのではないのだぞ！」

「壮吉や……壮吉や……お前は、ねえ」

此丈け云って、また母がオロオロ袂を顔へ押当てた。

「…………」

黙って荷風は膝へ白い両手を乗せ、うつむいていた。

「お前は兎角わしが何か云うと、そうやって無言になる」

いよいよ父は顔中を硬《こわ》ばらせて、

「しかし、本心から悔情《かいじょう》はしておらん、面従腹非《めんじゅうふくひ》と云って、それが一ばんいかんのだ、卑怯なのだ」トンと一つ、卓を叩いた。

籠ランプの灯が揺れて、ながい黒い蘭の葉の影が揺れた。

「…………」

決して好んで無言でいるわけじゃないが、頭から芸人は卑しいもの、下町育ちは町っ子で下等なもの、こう決めてしまってかかっていられる父上には、今更どう意見を述べたとてお分りはない、むしろ問答無益なのだ。永遠に父上と私とは、ついに東半球と西半球の住人なのだ。

しかし、それにしても、どうして急に今夜になって、私の落語家《はなしか》になったことがバレたのだろう。

聊《いささ》か不審に耐えないでいるところへ、

「お前今夜この先の」再び怒りに慄えた父の声が、

「何とやら云う寄席へ出演したろう恥さらしな。悪いことはできんものじゃ、今夜はうちの佐土原《さどはら》の夫婦が聴きに行っておったのじゃ」

「!」アしまった——と、心でハッキリ荷風は叫んだ。

叫ばずにはいられなかった。

佐土原とは、永井家の一室に生活している奉公人——家僕《かぼく》だった。

いつぞや浅草の寄席の楽屋で、圓左師匠が話した、自分の高座の真下に家賃の借りがある大屋さんが坐っていた——と云う話は、結局は金で話が付く。

しかし、今夜のこのいまの自分の場合は、泥棒が現行犯を取って押さえられたようなもので、どうにも二どと取返しが付かない。

ハテどうしたらよかろうかと、とつおいつ荷風がおもいをめぐらせているとき、三たび厳しい父の声が頭上に落下して来た。

「壮吉！　当分お前はこの邸から一歩たりとも外出は許さんぞ！」

かくて、それっきり荷風は、橘ふさの住む恋しいなつかしい寄席の世界から、悠久に縁を断ち絶《き》られてしまった。


『春情鳩の街』


「オきょうは大分人出がいいようだ」

本所押上から来た須田町行の都電を下りた永井荷風は、ベレ帽に買物籠、紺がかった黒の背広には下駄履きで、低く呟いた。

昭和廿《にじゅう》五年初冬《はつふゆ》、もう七十を越しているのに、前歯が二本、大きく欠けているほかは、わかいわかい荷風だった。

都電を下りた彼は、殊更《ことさら》に仲見世の混雑を避けて、さ、ん、や、の少し先の横を北へ曲ると、今度は伝法院の石塀に沿って、さらに北へ。

ひょうたん池の東側から、よく晴れた日の光りの中にもう枯れ枯れになっている藤棚の下の橋を渡って、きょうから初日の自分の作の『春情鳩の街《しゅんじょうはとのまち》』の毒々しい絵看板がでているロック座へと急いでいた。

「…………」

木造りの橋の欄干に凭《よ》っていた、口紅の濃い汚れたワンピースを着たパンパンが、慌てたように荷風の長身を見て、お辞儀をした。

恐らく彼女は読んではいなかろうが、『ひかげの花』や『貸間の女』や『夜《よ》の車』の作者永井荷風先生は、必らずや自分たち淪落《りんらく》の女の同情者、理解者であると解釈してのこの敬意だろう。

「ヤーお早う」

ニッコリ、ベレ帽のままで荷風も、新聞記者や出版社の訪問を受けたときとは正反対の機嫌の好さでお辞儀を返して、ロック座裏の薄暗い楽屋の中へと入って行った。

「アラー先生」「いらっしゃい」

「もうじき『鳩の街』、先生の出番よ」

口々にメーキャップしたわかい女優たちが云いながら、西洋花のよう荷風の周りを取巻いた。

「うんうん、じゃ終ったら、またフクシマへ行こうネ」

荷風は微笑《わら》った。

「連れてって下さる」「マー嬉しい」

口々に叫びながら女優たちが、嬉しく胸を抱いて飛上がって見せた。

フクシマとは、雷門地下鉄駅の横を馬道《うまみち》の方へ入ってすぐ右側の洒落た茶房で、ここが荷風のレビューガールたちを連れてやって来る唯《ゆ》一の憩い場なのだった。

間もなく流行歌の曲で、永井荷風作『春情鳩の街』の「幕」が開いた。

……向島鳩の街のカフェー横丁が舞台で、嘗て玉の井にいて現在ではこの町で特殊飲食店を経営している三十五、六のキリリとしたマダムと、玉の井時代からの知合の花売の爺さんが、切《しき》りに空襲のときのおもいで話をして、やがて去って行く。

また一としきり流行歌の音楽になって、上手から下手へ、三々伍々とひやかしの人たちがとおり抜けて行く。

その、一ばんおしまいに買物籠提げた荷風の、流石に悠々動じないエキストラ姿がまじっていた。

「イヨ大《だい》荷風先生！」

とたんに文学青年の客がいると見え、こんな声が浴びせられて来たが、しかし過半数の観客は「永井荷風」とはかかわりもない、ただストリップを見に来ている丈けの中老以上のサラリーマンの群れらしかった。

やがて芝居は高潮に達し、ついに女主人公の心理が急変して、あらぬ男と心中しようと手に手を取って、黒い霙《みぞれ》の降る中をでて行く……。

そこでしずかに「幕」が下りると、

「お疲れさま」「じゃ先生お供させて」

最前の女優たちがまた金魚のよう明るくつながってやって来た。

「うん、じゃすぐ行こうね」

前後左右を取巻かれながら、賑やかに荷風たちはでて行った。

「小母さん、あれが永井荷風って偉い先生なんだよ」

髪をながくしたわかい文芸部員の藤村が、きょうから安来節の梅奴《うめやっこ》がかかっている池向うの木馬《もくば》館をやめて、ここの掃除婦になった六十余りの婆さんに云った。

云われて婆さんは、いかにも人の好さそうな顔をヒョイと上げた。

五十年前の、いまはおもかげとて全くのこっていない、何と立花家橘ふさのなれの果てだった。

ああ、去年《こぞ》の雪いずこにありや。

濃かった眉も、彫りの深かった目も、スンナリ形の好く高かった鼻も、いつ花が散り、葉が落ちて枯木となったか、いまは見る可《べ》くもない冬枯れの大芒原《おおすすきばら》で、眉は白く、目の光りは失せ、顔全体が赤黒く、焦土に拾ったへなつち人形もそのままと全く云えよう。

それにしても、彼女。

去んぬる明治の大吹雪の晩、たった一夜を契った青年落語《らくご》家朝寝坊夢之助が、のち十年と経たないうちに作家となり、洋行をし、やがて『すみだ川』を、『腕くらべ』を、『濹東綺譚』を、『おもかげ』を、『踊り子』をかいた文豪永井荷風と同一人であろうとはつゆ知る由もなかった。いや、そもそも永井荷風の何たるかも、てんで知らなかった。

況《いわん》やそののち新橋の美妓《びぎ》富松《とみまつ》と、新舞踊の大先覚藤蔭静枝《ふじかげしずえ》と、銀座タイガーの美人女給お久《ひさ》と、その他かずかずの絢爛多彩な情炎史が、彼、夢之助の荷風の身辺に繰りひろげられていると云うことに於てをや。

（へーエ、あちらがそんな立派な先生なのねえ）

と云い度げな、少しも興味のなさそうな表情で、長帚《ながぼうき》を杖のよう両手で突いたまま、暖かな真昼の冬日の中へでて行った荷風たちの後姿を、ボンヤリ埃臭い泥絵の具臭い舞台裏から見送っていた。

次のストリップショウの開幕が迫ったと見え、キラキラ紅く青く紫に光るスパンコールをかがやかせながら全裸にちかい踊り子が、次々と舞台の方へ――。

早くもボックスの中からは、花やかにヴギウギめいた音楽が湧起っていた。

面白倶楽部　昭和二十六年（一九五一）四月号

荷風相合傘

プランタンの夜嵐

かにかくに悪因縁《あくいんねん》の
　ふたりなり
われはたはれを
　君《きみ》はたはれめ

吉井勇

「オ、オイ永井。」

ぐでんぐでんに酔払った冒険小説家の押川春浪《おしかわしゅんろう》が、三十越した許りの貴公子然とした顔を酒で真赤にして、いずれも強《したた》かに酔っている壮士然と腕捲《まく》り許りしている連中に囲まれた卓子《テーブル》からこう呼ばれたのを、たしかに永井荷風は耳にしていた。

「…………」

が、わざと振向きもしないで、小柄だがキリリと美しい首抜き浴衣の新橋名妓《めいぎ》巴屋八重次《ともえややえじ》を右に、生粋の江戸っ子のくせに官員さまのよう八字髯を生やし、アルパカ服を着た親友の井上啞々《ああ》を左に、洋行がえりのシークな夏服がよく似合う長身を反り返らせるようにして、スタスタそのころ京橋日吉町にできた許りのカフェー・プランタンの廻り梯子《はしご》を踏んで上がった。

　もう明治もごく末の晩夏の宵。

　ここにも濛々と煙草の煙りが立ちこめ、強い酒の香が漂い、声高の談笑がそこここにながれていたが、それでも階下《した》よりは未《ま》だいくらか空《す》いていた。

「吉井勇君は今夜は見えていませんかねえ。」

　辺りを見廻しながら、しずかに片隅の椅子へ腰を下ろすと春浪と同年配ぐらいの荷風は、ニコニコロ早に啞々の方を見て、

「先月、左團次《たかはし》君の自由劇場で演《や》った吉井君の『河内屋与兵衛《かわちやよへえ》』に付いて感想があるんだが、君は見たかイ。」

「見た。」

「私《わたくし》も。」

　啞々と八重次が、口々に云った。

「どうおもうね。僕は、近松の『女殺油地獄』の与兵衛を、あれ丈け近代の無頼児化したところに、谷崎潤一郎君近来の不良少年物と軌を一にする秀作だと思うんですがねえ。」

「いや、すべてはその一言に尽きましょう。私《わたくし》も全く同感ですなあ。」

　夏の夜らしい悩ましい灯《ともしび》の下《した》、早くも運ばれて来たウイスキイをやりながら啞々は、八字髯を捻

った。

黙って八重次も、グイとウイスキイグラスを空にした。

下戸の荷風丈けが、チビリチビリ香りのいいモカの珈琲を啜っていた。

文士カフェーと呼ばれ、カフェーの鼻祖《びそ》と云われ、洋画家松山省三《まつやましようぞう》の創始経営している異色酒場丈けあって、天井も壁も一めんの落書。

雲龍のような上山草人《かみやまそうじん》の自画像や、「花柳元是共有物《かりゆうもとこれきようゆうぶつ》」などと誰がかいたか、淋漓《りんり》たる酔墨《すいぼく》が、殊に夏の夜の白々とした灯にかがやいてすさまじかった。

「ほんとに吉井君に会えないかなあ今夜。」

もう一ぺん荷風が呟いたとたん、

「永井、永井、永井、怪《け》しからんゾ永井。」

急に耳許でバタバタ荒々しい二、三人の足音が乱れて聞えて来たとおもったら、

「な、な、なぜ貴様、挨拶せん!?」

最前《さいぜん》の押川春浪が、さらにさらに酔崩れて、荒くれた男たちと、荷風の卓子ちかく肉迫していた。

「………」

黙ってニヤッと荷風は笑った。

「き貴様、永年の友人を売るのか。」

それが一そう春浪の怒りを強めたらしい、ドスンと一つ、卓子を叩いた。

八重次のウイスキイグラスが倒れ、見る見る琥珀いろの液体がその辺へながれだした。

「…………」

やっぱり黙ったまま荷風は、ニヤニヤ笑いつづけていた。

「貴様、貴様、オイ貴様。」

いよいよ相手は猛《たけ》り立って、

「恥とおもわんか恥と、こんな賤しい芸者風情と乳繰り合って。」

ありったけの憎悪を含《こ》めて、さもさも蔑んだように八重次の、美しく整ったやや円い顔を指《ゆびさ》した。

「！」

流石に一瞬、俎板《まないた》のようにながい、顎の骨の張った、美しい色白の顔がピリリと引釣った。

矢庭にツーイと荷風は立上がると、

「お答の限りでありませんから。」

目で八重次へ報せて、卓子をはなれた。

「何イ！　無礼を云うな。」

いきなり春浪たち二、三人が、荷風と八重次へ摑みかかろうとした一刹那、

「待てエこいつ、生意気な真似をするねえ。」

柄になく巻舌のべらんめえで立上がりながら啞々が叫ぶと、卓子に芳しい香を立てていた白百合の活けられたガラスの花瓶を逆手に握って、いきなりガーンと春浪の真眉間《まみけん》を殴った。

「畜生やったな。」

ながれる血汐をものともせず春浪は、今度は啞々へむしゃぶり付いて来た。

卓子が倒れる、グラスが壊れる、満場のお客が喚《わめ》き立つ。

春浪の仲間も何とか唖々を殴り倒そうと狙っているが、意外に強くて歯が立たない。

素早くこの間《ま》に手に手を取って荷風と八重次は、廻り楷子を滑り下り、おもてへでた。

一杯の星空だった。

團十郎人形

たはれめとさなおとしめそ　たはれめの恋に
はじめて真実を見る

吉井勇

一時間後。

荷風と八重次は、堀割の水の匂いがながれて来る三十間堀の、船宿風な富貴《ふき》亭と云う茶屋の薄暗い一室に、粋な藍微塵の二枚重ねを着た古風な優男《やさおとこ》の人形を前に、言葉少く相対していた。

人形は、江戸末年に大阪でわかくして自殺した八代目市川團十郎の似顔で、美男を謳われた成田屋びいきの、そのころの大家《たいけ》の娘が、御殿女中が肌に抱きしめて愛玩していたものにちがいない。

最前、プランタンの乱闘場裡《じょうり》を身を以て逃れると荷風は、八重次と俥を列ねて日蔭《ひかげ》町《ちょう》の骨董舗《みせ》へ赴き、かねて予約しておいたこの人形を買求めて、再び俥でこの茶屋までやって来たのだった。

「何《なに》ともすまなかったネ今夜は。」

丁寧に荷風は、頭を下げた。薄暗い灯に濡れて、ながい美しい顔が青白く慄えていた。

「アラどうしてですの。」

やや太い声で八重次が、媚《こび》のある目を向けて来た。

「あんな無礼な奴が飛込んで来てさ。とんだ忌《いや》なおもいをさせたもの。」

もう一ぺん頭を下げて、

「もう二どとプランタンへは行くまい。春浪とも絶交だ。あした絶交状をかいてやる。」

「マそんな。」

濃いながい眉を少ししかめて、

「すみません却って御心配かけまして。」

八重次も丁寧に頭《つむり》を下げた。

荷風にすると今夜のこと、春浪たちが暴行したことよりも、

「卑しい芸者風情。」

と彼女を罵ったこと自体が、何よりも気の毒で気の毒でならなかった。

が、いま面と対《むか》ってそれを云うことは、いよいよ気の毒だったので、やや省みて他《た》を云った感じだった。

そもそもの起りは、自分が旧友押川春浪に挨拶しなかったことを彼らは憤慨したのだろうが、フランス辺りではアベックのときは知人に会っても、こちらも一礼せず、先方も亦見て見ない振りをするのが、恋愛の上のエチケットとなっている。

帰朝未だ間のない荷風は、偶々《たまたま》このフランス流を踏襲したに他ならなかったのだから、それが気に入らなかったら、単にそのこと丈けを自分に抗議して来ればいい。

彼、押川春浪とて、自分が洋行以前には随分共に花柳の巷にも遊んで、忘れもしない神田講武所の芸者を伴い、当時市中に散在していた温泉旅館のひとつ根津の紫明館《しめいかん》へも、俥を飛ばしてしけ込んだ仲ではないか。

それが――それが――。

自分が洋行したわずかの歳月の間に、彼はいつの間にか右翼の軍人か政治家のようになってしまって、「卑しい芸者風情」などと、美しい情《なさけ》と涙に富む花柳界の妓《おんな》たちを、玩弄物視《がんろうぶつし》するような浅間しい量見に変り果てているとは――!

それが何とも寂しかったと同時に、「つまり彼は真白だと称する壁の上に汚い様々汚点《しみ》をみるよりも、投げ捨てられた襤褸《ぼろ》の片《きれ》に美しい繍《ぬい》取りの残りを発見して喜ぶのだ。正義の宮殿にも往々にして鳥や鼠の糞が落ちていると同じく、悪徳の谷底には美しい人情の花と香《かんば》しい涙の果実が却って沢山に摘み集められる」と叫んで、上流家庭の偽善を憎み、市井《しせい》庶民の人情を讃えて熄《や》まない荷風にとっては、考えれば考えるほど今夜の春浪の一言《ごん》は許す可からざるものなのだった。

また今更のように憤りを新《あらた》にしながら、

「今夜のお詫びに、今夜の記念に、この人形をあなたにおくります。どうか江戸の昔、この人形を可愛がってた持ち主のお嬢さんに負けないで、一生可愛がってやって下さいネ。」

折柄《おりから》、おもてをながして行く新内《しんない》流しの仇な三味線を合方のように荷風は云うと、ツーッと團十郎の人形を、八重次の方へ押しやった。

「！」

一ぺんに全身へ灯が点いたように彼女は、この大きな歓びに荷風とおつかつにしては余程わかい顔中を明るくかがやかせて、

「マ先生、下さるのお人形。」

すぐ華奢な膝の上へ取上げると、

「ありがと。ありがと。一生、先生だとおもって可愛がらせて頂きますわ。」

キューッと浴衣の胸許へ、いつまでもいつまでも抱きしめていた。


その晩。

はじめて二人は、家《うち》へ帰らなかった。

見果てぬ夢

恋しやと言へば
君また恋しやと
言ひぬ
あたかも山彦《やまびこ》のごと

吉井勇

間もなく歌舞伎座の桟敷に、肩と肩摺寄せて睦じく舞台に見入っている荷風と八重次の姿が見られた。

銀座裏の風月堂の楼上《ろうじよう》に、にこやかに話合いながらナイフとフォーク動かせているふたりの姿が見られた。

秋雨煙《けぶ》る出雲橋。

蛼《こおろぎ》が啼き切《しき》る板新道《いたじんみち》。

さてはお地蔵さまの御縁日。

影の形と連添うて、イソイソとさまよっている彼と彼女だった。

揃って築地の清元梅吉《きよもとうめきち》の家の、よく拭込んだ格子を開けて、稽古にかようこともあった。

都新聞の花柳欄の艶種《つやだね》に、先ず「荷風八重次相合傘」と題して、多分平山芦江《ろこう》の筆らしい紅燈《こうとう》情話が掲げられた。

次いで「新潮」や「文章世界」のゴシップ欄にまで、賑やかに、花やかに、二人のことは喧伝されだした。

世はいつか暦が改まって、大正。

そのころ荷風は、正式に八重次と結婚した。

八重次は本名の八重となって、かの團十郎の人形ともども牛込余丁町《よちようまち》の永井邸の人となった。

もう荷風の父は世に亡く、七言絶句などスラスラと読下す、花柳界の女には珍しい彼女の教養に目を瞠って感嘆した母君が、進んで正妻たることを許したのだった。

さあ、それからの「生活」の愉しさ。

「ア私、刷りますわ。巧く行かないかも知れないけど刷らせて。」

いつも日本紙へ毛筆でかく習慣の荷風が、自分でバレンを手に、版木で一枚一枚原稿用紙を刷っていると、横合から引奪《ひったく》るように八重は、それを捥取《もぎと》るようにして試み、「大丈夫大丈夫、此なら刷れるわ。」

襷がけになって、墨で白いやわらかい指先の汚れるのも平気で、ニコニコ刷りはじめた。

そんなとき、そのころは未だ草深かった大久保の片隅にあった永井邸の広い奥庭では、冬日のなかに黄色く佗しく、石蕗花《つわぶき》が咲いて、百舌鳥《もず》が高音《たかね》を張っていた。

「アラお硯《すずり》に大そう墨の糟《かす》が溜まりましたわネ。」

逸早くみつけて云うと、忽ちのうちにじつに手際よく彼女はその糟も洗い落した。

同じような器用さで、蒔絵の金銀の曇りも、拭いて清めた。

堆朱《ついしゅ》の盆や香合《こうごう》の彫りの間の塵《ちり》も、瞬くうちに取除いて綺麗にした。

「どうして君は、そんな秘法を心得ているんだネ。」

流石に驚いて荷風が訊くと、

「…………」

笑顔で彼女は、傍らの和本を指《ゆびさ》した、丁ど子供が隠して懐中《ふところ》へ入れておいた玩具《おもちゃ》を、ホーラホーラと取出しては見せびらかすように。

本は、『日本家居秘用《にほんかきよひよう》』亡くなった荷風の父の遺した、こんなむずかしい本を、いつの間にやらチャーンと読破して、身に付けてしまっていたのだった。

荷風の弾き、歌う三味線で、ほろ酔の彼女がおどることもあれば、二人して哥沢《うたざわ》のおさらいへでて、仲好く並んで歌う晩もあった。

薄暮、はるばる八丁堀辺りの寄席へ、名人と云われた錦城斎典山《きんじょうさいてんざん》の講談を二人で聴きに行ったり、井上唖々をさそって竹屋の渡しを渡り、向島水神の森の八百松《やおまつ》で、蜆汁《しじみ》で一杯汲み交わすこともあった。

そうした晩は、下戸の荷風を前に、先ず唖々がべろべろに酔い、次いで八重が御機嫌になった。

多年、家を外に遊蕩に夜《よ》も日も明けなかった荷風が、漸く家庭の幸福をしみじみと身に浸みて知るようになった。

と、おもったも束の間。

一年二年と経つうちに、お互いが心のうちに、宛《あた》かも春の日がときどき翳るような微《かす》かな不満を抱《いだ》きそめ、だんだんその雲が大きく拡がりだして行くことを、何としよう。

節分過ぎ

たゞひとつ胸に残りしうたがひのために
破るる恋と知らずも

吉井勇

先ず荷風散人《さんじん》の不満から――。

他《ひと》が聞いたら、正しく栄耀の餅の皮とでも云われよう。

彼女、八重。

押川春浪の所謂「賤しい芸者風情」でなさ過ぎるからだった。全智全能《オールマイティ》――余りにも一から十まで、才能のあり過ぎる、教養高い名妓だからだった。日頃、心から嬉《よろこ》んでいる彼女の美点が、一面、漸く苦痛になりだして来たのだった。作者の出世作『歓楽』に於る「花を散らす春の風は花を咲かした春の風である」にも似ていようか。

いや、苦痛と云うのは、当らない。

気ぶっせい――気ぶっせいという言葉が、一ばん適切だろう。

妙な例《たとえ》を引くようだが、駄犬は気軽に誰にでもなついて、じゃれたり、ふざけたりするが、名犬。

名犬は、見るからに端麗で、一種、近付きがたい威厳がある。

荷風の気ぶっせいは、つまり彼女のこの「名犬」的端麗さ、犯しがたさだった。

もっと楽々と手を伸ばし、足を伸ばし、時には大あくびをさえして、楽々と自堕落な天地に遊び度い。

此が、近ごろ永井荷風の感じだして来た、一ばん正直な本音だった。

蓋《けだ》し鯛の刺身を喰べ飽きた幸福者《しあわせ》が、沢庵でお茶漬が搔っ込み度くなった類いかも知れない。

今度は、八重夫人の不満——。

以心伝心、彼女も亦、夫荷風の、兎角自分に対しては第一公式で、いくら良家の息《そく》とは云え、放縦なその作品に比べて余りにも礼儀正しく、いつも鞠躬如《きっきゅうじょ》としていることが、物足らなかった。未だ恋びとのじぶんからそうだったが、そのくらいだから一つ寝をしても、もちろん奔放な情熱で呼びかけて来ては呉れなかった。（それが荷風の、彼女を尊敬して、固くなり過ぎている結果のあらわれだったのだとは、つゆ更、八重は考えなかった！）

と、もう一つ、嘗て異邦で銀行家だったせいだろうか、意外にお金にきびしいこと。

この二つが、近ごろ彼女の心を去来するそこはかとない不満であり、第一の幻滅でも亦あった。

と——そのうち、つづいて第二の幻滅が、もっとハッキリした形で、漸く彼女の身辺へ迫って来だしていた。

どこへどう行っているのやら、全然、時間の辻褄の合わない行先が、ときどき近ごろの荷風の行動の上に見えだして来たことだった。

と、眉をひそめていたうちは、未だよかった。やがて、大びらで外泊するように、なりだして来た。

(できたんだわ、たしかに誰か)

ガランと大きな大久保の屋敷で、もう荷風の母の寝てしまった晩冬の夜更け、ひとり寝酒に憂さを払いながら八重は、つい激しい嫉妬に胸掻きむしられずにはいられなかった。

(どんな女だろう。憚《はばか》りながらこの自分と、先生が見替える女とは!?)

自分がいたころの新橋の美妓たちの顔が、次々と媚《なま》めかしく目の前へあらわれて来た。

絵葉書や「文芸倶楽部」の口絵写真で、顔丈けは知っている赤坂や柳橋や日本橋の、明眸《めいぼう》と聞えの高い第一流の妓《おんな》たちの顔も、つづいていろいろ嘲けるよう自分に微笑みかけて来た。

まるで東京百美人のアルバムでも見るよう、あとからあとからさまざまの麗人たちの俤《おもかげ》を幻に追っていると、つい口惜しさにポッチリ冷めたい涙が、粒《つぶ》らな目のふちに溢れて来た。

郊外にちかい大久保の夜は森閑と更けつくしていて、忌に陰気な梟の声。

急に、尾を曳いて犬の遠吠が聞えだして来た。

〽橋の名もむすぶの神の出雲なら
　ぬしと私の仲通り
かけしえにしはいつまでも……

きょうも目に涙を一杯溜めて八重が、立春過ぎた午後の日の光りの明るく映《さ》し込んでいる茶の間で、姑《しゅうとめ》の外出したあと、ひとり爪《つま》びきで歌いだしていた。

でも、歌えば歌うほど、耐《たま》らなく哀しくなって来る。なぜならこの唄、夫荷風の作詩作曲で、嘗ての恋びと時代、共に嬉しく愉しく歌い合ったものだったからだった。

それがどうだろう、あれから五年とは経たないうちに、「〳〵かけしえにしはいつまでも」どころか、昨夜《ゆうべ》の節分も夫はかえらず、姑と寂しく豆を撒き、ひとり團十郎人形を抱いて寝た。

考えれば考えるほど、悲しく寂しく口惜しくなって、とうとう八重は邪けんに三味線を投《ほう》りだしてしまったことが仕方がなかった。

「御免下さい御免。」

とたんに聞馴れた歯切れのいい声が、玄関の方でした。

ハッと涙隠して立上がり、烈しくながれて来る沈丁花《じんちょうげ》の香《か》に噎《む》せながら八重が、古風な玄関先までやって来ると、

「アラお珍しい啞々さん。」

例の八字鬚もものものしく古びた二重廻しを着た井上啞々がニコニコ三和土《たたき》に佇んでいた。

「永井はおりませんけど、退屈で困っていましたところ。サどうぞ。」

愛想好く彼女は、啞々を招じ入れた。

「梅暦」ならで

みな恋のかたちを変へし姿なり
君を憎むも　君をのろふも

吉井勇

「奥さん一つ聞かせようか團十郎の声色《こわいろ》を。」

今日では声帯模写と云うが、昔は専ら声色と称《とな》えた。五合余りの酒に、すっかりいい心持ちになってしまって井上啞々は、突然こう云いだした。

「エエ結構ねえ、ぜひ聴かせて頂戴、九代目でしょう。」

お招伴《しょうばん》をしたお酒でホンノリと艶《つや》やかに頬を染めて八重も、微笑んだ。庭の奥の林の方で、のどかに鶯《うぐいす》が啼いている。

九代目とは、この間、文化切手になった市川團十郎、明治卅六年九月に亡くなった不世出の名優のこと。

「冗談だろうそんな九代目ひとりなんて、そんなケチなんじゃないんだ俺のは。」

いよいよ上機嫌に手を振って啞々は、

「なんと初代から九代までつかって見せるんだ。」

冗談じゃない、初代市川團十郎は江戸時代も未だはじめの元禄年間の人、二代目だとて江戸中世の宝暦の人、いやいやずっと下ってうちの人形の八代目とて、自殺したのは嘉永七年だから明治ッ子の啞々さん、到底この世に生れている可くもない。

だのに、その歴代の團十郎代々をつかおうとは！

「マ忌な啞々さん、そんな冗談ばかし仰言《おつしや》って。」

しかも与太もここまで来れば、じつに可笑しいと八重、この日ごろの憂さも忘れて、おもわず声立てて笑いだしてしまった。

それから一そう話が弾んで、よく飲み、よく笑い、嘗ての帝大独文科出身の秀才で、いまは深川の陋巷《ろうこう》に恋女房と世を棄てて侘び住んでいるこの畸人的文士の虹に似た気焔は、尽くるところを知らなかった。

「あのねえ、啞々さん。」

時分を見て八重は、

「あなた、このごろのうちの人のいいひとっての御覧になった？」

さり気なく笑顔で切出した。

「ウム、知ってるとも。二、三ど飲んだよ、一しょに。」

相手がニコニコ話しだしたので、うっかり釣込まれたのだろう啞々も、気さくにすぐ答えた。

「マご存じなの。」

もう一ぺん八重は笑って、

「その妓《こ》、新橋なの、赤坂なの、それとも……」

どこまでも表面《うわべ》はさり気なくすまして訊ねた。いでや大敵御参《ござん》なれと許り心はおさおさ油断なく。

「ドどういたしまして。」

言下に唖々は首を振って、

「そんな結構な土地《しま》じゃないんだ。」

「じゃ、浅草。でなきゃ下谷ネ。」

また八重が訊ねたが、

「ドどういたしまして、そんな結構な土地じゃないんだ。」

唖々の答は変らなかった。

「じゃ、どこなのよウ。」

流石に少うし自烈度《じれった》そうに彼女、

「だってまさか神楽坂や富士見町じゃ。」

云いかけたとたん、

「お手の筋！　正に正しくその富士見町なんだ。」

コップ酒へ口を付けると、唖々が肯《うなず》いた。

「マ！」

余りの意外さに、暫く彼女、息を呑んでいたが、

「富士見町なんかにも、そんな美人が。」

「美人じゃないんだよ奥さん、モーパッサンじゃないが脂肪の塊、こんなデクデクの大女なんだ。」

又意外！　両手を拡げて唖々は、不恰好な脂肪肥りのした女の姿を描いて見せた。

「…………」

いよいよ意外な感に打たれながら八重は、

「じゃ芸でもいいのネ。」

「ドどういたしまして。」

またしても同じ口調で首を振ると、

「芸なんかケチリンもござんせんや。」

うつむいて啞々は苦笑した。

夫荷風の大好きな「梅暦《うめごよみ》」ではないが、相手が新橋か柳橋で第一流の仇吉《あだきち》なら、こっちも米八《よねはち》とでて相争ってやろうし、また芸者以外だとしたら、せめて時めく帝劇女優の森律子か初瀬浪子か村田嘉久子級でなけりゃあ——とこの日頃ひとり勢《きお》い立っていた丈けに全然八重は相手にとって不足過ぎるとしみじみおもわずにはいられなかった。

だのに、次の瞬間、さらにさらにアッと云うような事実が、酒臭い啞々の口から、彼女の前へはこうつたえられて来た。

「呆れるんだよ奥さんそれが。丸がかえのひどい不見転《みずてん》でネ、ただあの方のおつとめ丈けがべら棒に濃厚なんだとさ。」

「!」

サーッと険《けわ》しく八重の顔いろの変ったことを、酔っていて啞々は気が付かなかった。

いつか日が曇って来ていて、ケキョケキョケキョとまた鶯が啼いた。

二人半玉

接吻《くちづけ》もおなじ数ほど分つなり
恨みたまふな長しみぢかし

吉井勇

丁ど、その時刻――。

二十二、三の束髪に結った、頬紅の濃い、円顔の、見るからに肉体美の芸者おうのを引寄せて荒い棒縞の丹前姿の永井荷風は、富士見町の待合「かしく」の二階で、電話で呼寄せた常磐津の三之丞と談笑していた。

「お師匠《しょ》さんぜひお買いなさいよ、そりゃおもしろくて安いんだから。」

茨城生れらしい少し鼻へかかる尻上りのアクセントでおうのが、すすめた。

「と、その半玉ふたりを両方へ寝かせて、それで枕金が十二円で。」

いつも湯上がりのようにテラテラしている顔中を猟奇的に動かせて、未だ三十にならない三之丞は、

「ほんとですかア姐さん。」

おうののたるんだ二重顎を見た。

「ほんとよウ。」

また女が、訛って答えた。

「安い！　では、早速ながら十二円。」

すぐ紙入から十円紙幣と大きかったそのころの一円紙幣二枚を、おうののブヨブヨした手のなかへ握《さっ》らせて、

「たのむ姐さん、試食して見ましょう。」

諢《おど》けて拝むような手付きをした。

笑いながらすぐおうのは立って、階下《した》へ降りて行った。

大周楼《たいしゅうろう》と云う名題《なだい》の料理屋のすぐ後《うしろ》へ、近ごろできた安普請の小待合で、造作万端《こしらえ》、のちに荷風が『おかめ笹』と云う小説へかいた待合「愉快」にそっくり。

最前《さっき》まで暖く晴れわたっていた春日《はるひ》が、いつか暗く曇って風立って来て、いまにも風花でも落ちて来そう。おもいなしかちかくの兵隊屋敷から聞えて来る喇叭の音までが悲しげである。

「では、手前はいまのうちに一つ。」

酒好きの点では井上唖々に劣らない三之丞は、偶然にも悪趣味な半玉のダブル遊びができることになって、気を好くしたものか、傍らのラムネを酌《つ》ぎそうな太い線のいくつも入っている粗末なコップへ、ゴボゴボと徳利の酒を空けると、

「寒さ凌ぎと行きやしょう。」

グーッと一と息に煽り付けた。見る見る湯上がりのような顔が、酒で一そう赤くなった。

「いや寒さ凌ぎなら三之丞君。」

ニタリ荷風が、

「そんな君、酒よりも、もうじきやって来る半玉たちの方が余っ程効めがあろうぜ。」

「成程、それもそうですなあ、でも先生。」

云いながらまたコップへ満たした酒を、さも美味しそうに飲みながら三之丞は、

「酒と半玉と両方なら余計暖まりましょう。」

「余計暖まるはよかったなあ。」

声立てて荷風が笑った。

もう階下から上がってきて、またピッタリ荷風の脇息《きょうそく》の脇へ坐っていたおうのもアハアハ無遠慮な声で笑った。

一しょに三之丞も笑いだした。

そこへ何やら幾羽かのカナリヤの囀《さえず》るような声が襖の外で聞えて、襖が開くと不出来な三色版のよう安直に派手なお座敷着を着た十五、六になる半玉が二人、チョコナンと入って来ると、お辞儀をした。

ひとりは狐のように寒く尖がった顔で、もうひとりは盤台面《ばんだいづら》にちかいが、無暗《やみ》にニコニコ笑って許りいる妓《こ》。場末の寄席の踊り子に見られる、ませた荒んだ感じ丈けが共通していた。

「じゃお師匠《しょ》さんあなたはもう」

彼方《むこう》の部屋でお憩《やす》みなさいと、また尻上りの声でおうのが、三之丞に呼びかけた。

「へ、ヘイ、では御免を蒙って。」

テレ隠しに三どめのコップ酒を飲干すと三之丞は、ヒョロヒョロしながら立上がって部屋をでて行った。安物の金魚のような半玉ふたりが、あとへつづいた。

十分許りのち、三之丞たちの寝ている部屋を、巧く覗けるよう仕掛のしてある隣室から、そっと寄添って息を殺して覗込んでいる荷風とおうのとだった。

覗いているうち、だんだんあやしく女の呼吸が乱れて来て、いつかしっかりと荷風のやわらかい手を握りしめていた。

「…………」

この春出版して忽ち発売禁止になった『夏姿』の主人公慶三のよう。目を皿にして荷風も熱心に覗いていたが、だんだん白いながい顔全体が異様な興奮と緊張のいろを見せて来た、まるでバルザックの『風流滑稽譚《ものがたり》』でも貪り読んでいるときのように。

その晩。サラサラ音立てて幌に当る春雪《しゆんせつ》の音を俥のなかで聴きながら永井荷風が、ついいまし方見た淫らな夢を追って、余丁町の邸へかえって来たとき、もう八重の姿はなかった。

八代目團十郎の人形も亦なく、置手紙が一通、春日《かすが》机の上に寂しく遺されていた。

その晩、東京は大雪になった。

時は過ぎ行く

かにかくに恋もなさけもすべて仇
三十年は夢とおもはむ

吉井勇

「一筆《ひとふで》申入《もうしいれ》候《そうろう》、さてさてこの度は思いもかけぬ事にて、何事も只一朝にして水の泡と相成申候……末長う團十郎の人形の世話なし被下度《くだされたく》御願申候……これより先一生は男の一人世帯《しょたい》張り通すよりなく……お前さまは定めし舞扇《まいおうぎ》一本にて再びはればれしく世に出る御覚悟と存《ぞんじ》候、かげながら御成功の程、神かけていのり居《おり》候、かえすがえすこの度の事、残念至極にて、お互に一生の大災難とあきらめるより詮方《せんかた》なく……マ大体こんなこと、別れてからすぐ先生が私に下すったお手紙なの。」

八重次でも八重でもない新舞踊家藤蔭静枝女史は、新築した許りの麻布の家《いえ》の茶の間で、訪問して来た未だわかいふちなし眼鏡の似合う愛くるしい婦人記者に、いまは墨いろも淡《うす》れた嘗ての荷風からのてがみを拾い読みして聞かせてから示すと、

「あとはあなたが大体のいい意味をよろしく適当にかいておいて頂戴ネ。」ニッコリ云って、凝ったお薄《うす》茶の茶碗を取上げた。

「紅玉《ルビイ》」と云う婦人雑誌から、わかき日の文豪荷風とのロマンスについて談話筆記を取りに来ているのだった。

昭和廿六年早春の、小寒く曇った午後。

ガラス窓を背にした飾り棚へ、いま読んだ荷風のてがみにもある八代目團十郎の人形が、古びてもやはり美しく、昔を語り顔に微笑んでいる。

そう云えば、團十郎人形が依然美しいよう、女史自身も亦、老いても桜の大樹を仰ぎ見るよう、水々しく花やかだった。

ああ、それにしても、あれから幾星霜が慌しくながれ去って行ったことだろう。

その間に藤間静枝として、日本新舞踊運動の先駆者創始者として、幾多のかがやかしい作品を世に問い、国民文芸賞を授けられ、藤間流宗家（先代松本幸四郎）の新舞踊邪道視の抗議に際しては、敢然藤間の名を返還して藤蔭流を起し、以来、日に月に、その盛名は花と咲き、実を結び、いまでは新舞踊界の最長老として、揺ぎなき王座に万人の拍手と尊敬とを浴びている。

一方、永井荷風も亦、老来《ろうらい》、筆硯《ひっけん》頗る冴えて戦後も数々の名作を産み、「文豪」の名に反《そむ》かざること、彼女はもちろん、世間周知の事実であるが、その間《かん》にかの富士見町のおうのに待合を経営させていたところ、突然女が重病となって多分助かるまいと医者から云われたので、すぐに自分が買ってやった電話その他を外して自宅へ持帰ったら、ケロリと病気が直って、大そうおうのから怨まれたと云う話や、そののちも次々とおうの級の芸者を退《ひ》かせてはみな金銭問題などから逃げられてしまったと云う話や、そうした忌なことは、幸福にも女史は一切知らなかった。

憂しと見し世ぞいまは恋しき。年と共に女史の胸には、團十郎人形同様、益々「永井荷風」が美しく生きて呼吸していた。

「古いのねえほんとに私《わたくし》たちは。」

また微笑みながら彼女は、お弟子から贈られた京都名所の茶がかったお菓子を、如才なく婦人記者へすすめながら、こう云った。

「こんなアプレゲールなんて云う時代に、義理だの人情だのと云い合って一生をおくってしまったんですものねえ。」

そのとき、老いてもわかわかしく濡れてかがやいている彼女の眸《ひとみ》にいま、噂に聞くベレ帽冠って、派手な背広で草履を履き、買物籠提げた、此も元気一杯な永井荷風の姿が、早春の午後の浅草公園のひょうたん池をバックにして、なつかしく見えて来た。

でも——。

つづいて左右から絢爛に荷風を追取《おっと》り囲んだわかい綺麗なストリッパーたちの幻が浮んで来ると、目を閉じ、首を振って女史は、急いでその幻を打消した。永遠に大切に「独占」してい度いわが荷風先生の幻だったからだった。

「…………」

そうした、いまの女史の心境を知るや知らずや、わかいあどけない婦人記者は、薔薇いろの洋服の上へ重ねて拡げた藁半紙へ、熱心に音立てて鉛筆を走らせていた。

急に飛行機の急降下するすさまじい爆音が聞え、團十郎人形の後のガラス窓へ、いつか婦人記者の鉛筆と同じ音立てて、三十余年前女史が私《ひそ》かに荷風邸を去った日のような牡丹雪が、大きくポタポタ降出していた。

面白倶楽部　昭和二十六年（一九五一）十一月号

II

あれまでの寄席あれからの寄席

全体、地震前までの東京の寄席というものが、あんまりふざけすぎていた。あんまりややかたが、ちゃらっぽこで、あんまり量見がまちがっていた。

妙にむし暑い午後の日の、どろんと白けた太陽をみるようで、たまらなくぐったりと労《つか》れていた。

――勿論、これは直木三十三君のいうごとく、あながち寄席ばかりの荷《にな》うべき曲事《きょくじ》ではないけれど、世の中万事そうだったのだけれど、席亭も芸人も、そうしてお客もすべてが物憂く、だらけていた。

席亭はいやいやあけている。

芸人もいやいややっている。

お客までがいやいや寄席の木戸をくぐってゆくというていたらくで「ござんす」だった。

そうして木戸銭がべら棒に高かった。新石町《しんこくちょう》の立花なんぞ八拾銭を下らなかった。しょうことなしの申訳《もうしわけ》にやる、三十分会、十人会、名人会――そうして名ばかりやたらととりかえて、出番も嘶もまことに「お古い所であり、お若輩《じゃくはい》なお噂」である場合でも、お鳥目《ちょうもく》のことに至ると恐ろしく現金で、勇悍《ゆうかん》で、恥ずるところを知らなかった――七拾銭に始まって、一円、一円二拾銭――一円五拾銭という中央公論の臨時増刊号みたようなときがあった。――それでも死人のごとき八月三十一日までの憐れむべき都会人たちはとことことして怒るちからもなくそれらのささやかな死の歓楽場にゆきゆきした。

会社の寄席はまだいい。つまらない乍《なが》らに、そうべら棒なものではない、もしあったとしてもなかで一つか二つだ。――高いときは小さんが長講《ちょうこう》だとか、圓右《えんう》が怪談を正本《しょうほん》でやるとか、所謂《いわゆる》「三十分会」で、一夜漬の落語研究会を現出するとか、なんとかそこにめっけものがある。――と、いおうより、言訳《いいわけ》があるという方が格好かもしれないのだが、あのへんをぶらぶらするたんび腹の立つと同時にいつも理由の解釈に苦しむのは上野広小路の鈴本である、――これが、入ってもみないが木戸をみると、やはり七拾銭八拾銭という。――この鈴本にぞくする寄席芸人は、いま、東京の会社、むつみ、柳、三遊派と三つある――その最後にあたるもので、芸人のなかで天狗連からなりあがったとおぼしい手合《てあい》は大ていこの一派にいる。それは、落語ばかりでない。手品にしても唄ものにしても、とにかく多少きけるやつはというと、大てい会社である。然《しか》らざればむつみである。――道玄阪へいったって一流にはしてくれない女の子がずらりと並んでハットセを踊る。都大路のまんなかで大切《おおぎり》余興と銘打って、追い出し代りに、何とか斎《さい》狐光《ここう》というのがおこんこんさまをつかってみせる、これが柳、三遊派情調である。――むかしなら、場末の寄席でもあんなのはなかった。もちろん、落語家《らくご》の方も噺を一席満足にしらないでやたらに立上っておどりをみせる、声いろをつかう。――それもいい、馬鹿馬鹿しいなら馬鹿馬鹿しいなりにいいけれど当人仲々、馬鹿馬鹿しいとは思っていない。どうでえというところがみえる。おれはというところがみえる。――大てい、嫌味で助からないったらない。

お客も、柳、三遊派へくるのといえば、恐ろしくすじが悪くなる。——そういってもお客のたちが嬉しくない。

と、いうのが東西会の鈴本一味、よくその近所一帯へ半《はん》ふだをくばる。一晩二拾銭とか拾銭とかで来られるというふだを廻す、それをもってくるのはといえば、まだいちども寄席をみたことのない、だからいちどはみておこうという小僧さんだの書生だのが大ていである。——でなければ、噺が短くって唄や踊（というものはあんなものじゃないのだが——とにかく歌や踊りとしておこう）がふんだんにあるから話せるという、寄席へ噺をききに来ないお仲間である。

——昔はこういう他国者《たこくもの》は、からきし幅がきかなくって、寄席へきてもおとなしかったものだが、当今のは仲々そうでない。——この下宿屋住居《ずまい》の書生さんや、活動写真の栗島すみ子しかしらない小僧さんが、どうして仲々私たちを圧倒する。そうして飛んでもないところでぱちぱち手を拍《たた》く、へんな懸《かけ》こえをする。

扨《さて》それならばこれからの寄席はどうなってゆくか。新聞紙は、むつみの柳枝《りゅうし》が使者に立って、会社の小勝《こかつ》、三語楼《さんごろう》、馬生《ばしょう》、文治を説き歩いて、十年の恨みをすてて、一に落語協会を設立したと報じている、山の手にはむつみの席がのこっている。そこを根城としてすでにあけているのが、ではこの「落語協会」なのであろう。

在来も、東京の寄席、もう、素ばなしのあじはほんとうに要求されなくなっていた。多くの真打たちが迎えられるのは単に小さんとか圓右とか馬生とかいう名にたいしての敬意と好奇心とからでどちらかといえば音響を欲した。色彩を望んだ。しんみりきくより、どんちゃん騒ぐ、或《あるい》は三語楼のごとく「べらべらまくし立てる」話にあきらかに興味をひかれていた。にやりと微笑むより、げらげら笑うことをのぞんだ。――三筋町《さんすじまち》の先生の詞《ことば》をかりていえばすべてが「歌舞の傾向になり」切っていた。「しんの話の生きてゆく道理がなく」なっていた。で、或る席は高座のうしろへ美しい幕を下した。そしてはねるまでにいろいろとりかえた。芸人の出に「あがり」といって賑やかに三味や太鼓を入れた。――これらは大阪の寄席の感化であった。昔の東京の寄席といえば素話《すばなし》はいきなり芸人があがってくる、音曲とか太神楽《だいかぐら》とかいうと「どんどんどん」と三つ太鼓が入る。それだけだった。

一体に東京の噺は地味で、浪華の噺は派手である。東京はあじでゆき、大阪は色や音でいっている。第一、大阪では釈台《しやくだい》のような物を前へおいてやたらにばちばち叩いている、殊に前座になると客を呼びこむのだといって旅の噺にどんちゃんと大《おお》陽気である。――大阪の落語のことは、いずれ又、いつの日かかくとして、なぜそれならばそうちがうかというとそれはその誕生の相違にある。――東京の落語は、例のむさしやの「ごんざります」――赤良《あから》、菅江《かんこう》、橘州《きつしゆう》が遠く天明狂歌の全盛期、ほんのお座敷芸の旦那芸でせいぜい二十人か三十人、ひとを招いてはじめたのに起因している。だから素ばなしは極めて地味に渋く発達していった。

大阪の噺は、講釈の風流志道軒《しどうけん》のごとく、往来の諸人《しよにん》に辻できかせたのがそもそもだという。――そこからはじまってきただけに――すべてが明るく派手になったのである。前におく台を叩くことは通行人をひきよせる上に欠くべからざるものであったのが、いつしらず畳できかせるようになっても、これが一つのクラシックとして彼らをはなれなくなったものにちがいない。――現に明治になってからも永らく大阪の寄席は、佐竹や両国の広小路のごとく、見世物小屋の土足として興行していたものだという。即ち、笛や太鼓をまぜて、木戸のそとまできこえるよう騒ぎ立てたも無理でない。

――それを近頃になって、倦怠に倦怠を重ねた東京の寄席が、なんの意味もなく真似ていたのである。名物はその土地の山と水とをうしろにして喰べてこそはじめてあじがでるし――あんなつまらないことはないと私は思っていた。

だが、悪いことはいいあてる。

もう、こののちは東京にはバラックの寄席がふんだんにできて、そこに落語家《はなし》があがるかもしれない。

――ここに於て、東京落語は傾向に於て大阪落語の濫觴《らんしよう》期に立戻った訳である。佐竹や両国のさかりばとなんら異るところなくなった訳である。

即ち、あがりをひくのもよかろう。

噺はなるべく新しくて、バタ臭くて、どんちゃん鳴物のちからを借りるのがよかろう。

渋くて、乙なという我々に喜ばれるような噺は、愉快なる東京の落語《らくご》家諸君よ！　どしどしすてておしまいなさい。

そうして、ほんすじの寄席は山の手に移り、これは会社員の一家族と、早稲田の書生さんとを最もよきお客さまのすべてとするであろう。

下町の寄席は、そのバラックの見世物で労働者の中心娯楽となるであろう、安来節《やすぎぶし》や八木節や、下等なる落語の跳梁《ちょうりょう》をほしいままにするであろう。

落語《はなし》家の人気は、かくて愛すべき柳家三語楼君、春風亭柳枝君、これら私ごとき「紅葉時代の遺物」には落語家のはんちゅうたるや否やをさえ疑っているひとたちの手に落ちることであろう、そうして二代目馬楽、圓楽、市馬、小左楽、二代目小せんというようななつかしいひとたちは、哀しくも高座から影を消して、やがて私たちを寄席からおいおい遠のけることであろう。

辛気《しんき》なばかりで根っから面白くも何ともない、清元や常磐津や浮世節の女芸人は、女道楽何々家連という、高座へずらり大ぜい並んで「奴さん」と「背戸の畑」と「桃太郎」をあきずに踊る姐さん方に当然お株をゆずることであろう。（此《これ》は私も賛成だ！）

いままでもすでにそうであったが丸一の太神楽はだんだん撥鞠《ばちまり》や花籠《はなかご》や茶碗の建物を投《ほう》り出して、ナイフ、西洋皿、葉巻、林檎、ハンケチ、麦わら帽子、キューピー人形の追っかけ早もんどりが小《こ》金《きん》の所謂「あのとおり」になるであろう。――九月一日以後の東京人はもう旧時代の花籠二つ鞠に、貴重な人間の興味をやすやす与えることはあるまい（三語楼万歳！柳枝万歳！）

こうして考えると震災前《ぜん》のもその後《のち》のも私たちの御意にかなう時代はついになさそうだ。私たちはいいおうようない天邪鬼である。

苦楽　大正十三年（一九二四）一月号

馬楽称讃

どうしてそう寄席へ許《ばか》り入り浸ってはいるんですかとよく聞かれる。留守を訪われて、日の暮れだと「はあまた寄席ですな」とお客がいう。事ほどあたしは寄席へゆく。とても、よく寄席へ行く。

いまに何処か、黄昏の寄席の喫煙所を借受けて、そこであたしはいろんなひとに面接しようかと想っている。つまり、一種、不可思議なる倶楽部である。――佳い煙草と佳いお茶とをどっさりそなえて、私は読みたい本をいつも五六冊ずつかかえて、春風亭柳好《りゅうこう》、柳家さくら、柳亭蝠丸《りゅうていふくまる》、三升《みます》家勝路《やかつじ》などと云う様な、下等で不愉快な芸人の高座へあがる時刻を、即ち、最も貴重なる面会時間に利用する。あたしはそう云う人達が高座へあがると、急いで倶楽部へ逃げかえっては訪れてくる人人を待っているのだ。

白い、可細い雨のふる夜がくると、遠いあの町をぬけいでてあのひとなんぞもあいに来よう。「陸蒸汽《おかじょうき》にもつれられてあいに来たのじゃないかいな」丁度旧い甚句にもあるように――。

そうしてあの黒い湿《うる》みがちな瞳でまじまじ高座をみやり乍ら、「また、あんないやな噺家があがったね。だからもう少し――もう少し茲《ここ》で話してましょうよ」とも云うであろう。

全くあたしの寄席の内らへ創る倶楽部は必らず斯《か》くも愉快なものになるであろうけれど、だが而《しか》し、そう云う自堕落に仄かな花束みたいな時刻を無駄に潰しているあたしなんぞでも、水を浴びせられたようにぞっとして、まるで気ちがいのようにあの桟敷まで飛び帰っては、文字通り唾《ず》を呑んで高座をじっと凝視している時がある。ものもいわずに、じっと聴き入っている時がある。

馬楽。

それがいまの蝶花楼《ちょうかろう》馬楽のあがった時である。四代目蝶花楼馬楽のあがった時なのである。

馬楽と云うと、吉井先生のきちがい馬楽、弥太っぺい馬楽をおもいだす。——あたしのすきな、今の馬楽は、その故人馬楽の、すぐあとに出来た馬楽なのである。

ほんとうにあの位、りっぱな噺家はない。優れた噺家というものもない。

富士の山にふたたび朱いけむりが立って、両国の花火が年に二回もあげられようと、馬楽の巧さは海内《かいだい》一だ。——六十余州に隠れもあるまい。

然《しか》もそれほど巧い噺家であり乍ら、とても少しの人気もない。三語楼なんぞの十分の一もありはしない。丈《だ》け、あたしの好意は彼の上に余計沢山ふりかけられるのである。

あたしは馬楽の態度が好きだ。高座へ坐って、あの心もち狐のとぼけたような赧《あか》ら顔を、世にも寥《さび》しく片手で撫で廻し乍ら、沼の水より、もっとおちついて、いやになるほどおちついて、さて、しみじみ低い声音《せいおん》で喋りだして行く。——あの、いやに悠容《ゆうよう》迫らざる態度がすきだ。へんに驚かない態度が好きだ。

全く、馬楽は雨がふっても驚きそうに思われない。「殺さば殺せ！」ってなとこがある。永遠に姿をみせぬ化地蔵《ばけじぞう》だ。

なつかしまれるのは、そうして噺にかかっても、その落ちついた、愉快に馬鹿馬鹿しい度胸を、そのまま、もちつづけてゆくところだ。噺を、つまりそういう風に扱ってゆくところだ。

そこで馬楽の噺ほど痛快に冷酷無情なものはない。出てくる個々の人物が馬楽と云う人形つかいの絲に依って、うんとなさけなく引っ繰返るものはない。時として、あたしなんぞは、或る戦慄をさえかんじるほど馬楽は噺そのものを奔放な興味に導かんがためには、噺のなかの人々をうんとだらしのない役廻りにする。血も出ないようなありさまに運ぶ。そうして些《いささ》かの未練も有《も》たない。

考えてみると、馬楽は、何ら噺のなかの人々に思いやりがないんだ。

まるで、勝手にしやがあれ！と威勢よく、つッ放し切っているのだ。

巍々《ぎぎ》たる金殿玉楼《きんでんぎょくろう》の根こそぎ引繰り返るのを、じっとみていて「こいつはいい」と慶《よろこ》んでいるのが馬楽なのだ。

こんな大胆な噺しぶりをする男が蝶花樓馬楽以外にあるであろうか。


では——と、茲で皆さんは反問なさることであろう。

どうしてそんな大胆な噺くちを有っている彼、馬楽にちっとも人気が出ないことかと、もっと花やかにその名が謳われようなものをと。

だが、馬楽は、それ程、痛快に冷淡にまた奔放に噺を扱うことを知り乍ら、之《これ》を聴者の前に披瀝する場合、とても陰《いん》にこもった口吻《くちぶり》で運んでゆくからだ。——ひどく陰鬱に、半《なかば》、口のなかで喋って了《しま》うようなことさえあるからだ。——ここで斯うすれば受けるだろうと考えて、大きな声をだしたり、殊更《ことさら》、奇矯な表情をするなどということはまるでない、自分の好みのため、噺そのもののあじのため、度《ど》外れの大きな声や滑稽な表情をすることはあっても、一朝「お客のため」となってあえてそういう真似をする勇気は、彼、馬楽にはとてもない。

「聞くならお聞きなさい」というのが全く彼なのである。

そこで、はじめて馬楽をきいたひとに、彼の噺は哀しいほど素通りをして了う。まるで彼の秘めている宝玉を探りあてることなしに、彼《か》のへんに気のない話しくち丈けを印象づけられて、「つまらない」といい切って了う。「おもしろくないや」と立って了う。

(彼の噺がおもしろくなってくると、寄席入《い》りも余っ程一人前だ。——いや寄席入り許りでない、世の中の破調、出鱈目、滅茶滅茶、そういう一個の文明人たる資格もよほどできてくるのだ)

即ちいつまで立ってもポピュラアに彼の人気が出ない所以だ。

「長屋の花見」「万金丹」先代以来のお家物《いえもの》「突落し」「湯屋番」といったような道楽のお噂「百人坊主」「無精床《ぶしょうどこ》」「浮世床」「万病円」「出来心」「寝床」「二十四孝《こう》」「雑俳《ざっぱい》」、ETC ETC。

馬楽は、こんな噺を好む。

こんな噺を好んでやる。

斯う云う噺を扱い乍ら、さて、随処に彼の人格を裏附けるような、痛烈な台詞をちょいちょいまじえる。いやに世の中なんぞどうでもなれ！ってな人が出て来て、「銀行で南瓜《とうなす》は買わないな」とか「女が俺の前を通った時おいらは下駄の裏へ打つゴムを買ってた」とか「始終上許りみているな、瀬戸物屋の狸じゃねえや」とか、要するにこんな不可思議な人生の言葉を吐く。こんな云いしれぬあじのある言葉などというものは、全く並大ていの学問ではいえない言葉である。あたしはいつも聞くたびに、彼馬楽がよほどすぐれた天才肌の男であることをしみじみとかんじずにはいられない。

だが是とても、所詮は例の、へんに世の中を見限ったような格好で喋ってゆく。やっぱり、わっと大向《おおむこう》を湧かせっこはない。そこでその功績は人知れずこんな言葉に感激する、市井幾人《しせいいくたり》かの若人にのみ馬楽よ、長かれといつも私《ひそ》かに祈られる位に終るのだ。

彼の偉さも、彼の受ける一身の栄誉も、みんなそうした地下室の花だ、町裏にすむ美しい娘だ、それ以上幸福の太陽に照らされはしまい。そしてそれが馬楽にとっても亦《また》、何よりの満足であろう。

正蔵《しょうぞう》の廓《くるわ》噺もあゝ稚《わか》き馬楽も恋し東京の夏

あたしは遠い旅に出てはるか東京の夜《よ》をおもうことがあるときっとこの歌を誦《くちずさ》む。旅に出てもおもいだされるのは、あの林家正蔵と、そうして蝶花樓馬楽ばかりである。

週刊朝日　大正十三年（一九二四）十一月九日号

空中楼閣一夕話

散弾論法

芸術家の日常茶飯は、生活は、つまりその日その日は、よし芸術夫《そ》れ自身の如く美しくはなくとも、せめて美しさを少しずつでも採り入れてゆくように心掛けていないでいいものだろうか。向う三軒両隣！　そういう凡庸愚俗の徒輩とさっぴきにして、決してそう美しくもない日夜を送って、俯仰《ふぎょう》天地に恥ざるものであろうか。そも芸術家の生活は、自身が為し得る範囲に於てはあらゆる幸福を犠牲にしても、到底、日常市井のひとなどには凌雲閣へ足駄《あしだ》を履いて駈上るとも、及びもつかない、事程左様に、絢爛奢侈《けんらんしゃし》であらねばならぬものなのではなかろうか。然《しか》らざれば断じて先祖のミューズの位牌に、顔むけが出来なくなるものではなかろうか。

勿論、現世の生活は、芸術の如く上等でない、芸術の如く夢に満ちていない、そして芸術の如く、芸術でない！　だが而《しか》しだ。例え、おとわ丹七淡島の恋は富士松新内《ふじまつしんない》が仮寝のゆめで、マダム・クリサンティムはロティがまぼろし、そうしておさん与兵衛のなれそめが巣林子《そうりんし》反魂香《はんごんこう》の戯れ以上にあらずとしても！だ。そういうことに稍《やや》近い、もしくはそういうことを思い泛《うか》べるに困難でない、春の夜の夢許りなる美しさは、少し許り、身を粉にくだいて探し求めていさえすれば、可成《かなり》、八百八街《まち》には、おや！と驚くようなところに一ぱい転がっているもんだ。然るにそれを「つんぼには唯有明の月許り」でこんにちこの頃ざらに商売を追っぱじめてお出遊《いで》ばすような小説家先生の大ていは、どだい人間が馬鹿だから（と、かいたとしても、事実馬鹿だろうじゃないか！）そのかんじんのほととぎすを、そうだ、そこいらのがらっ八やのうてん熊と同様に、いつの場合も朱楽菅《あっけらかん》！と聴き落してはさて含羞《はにかみ》もしていないような全く以而《もって》、いやになりんことんとろんこの次第とこそはなっているのじゃなかろうか。

だが、美しい生活を送ることなんて当人自体の心掛一つでそう面倒な困難なことじゃ決してない。

――と、私は深く信じている。

例えばこの汚泥の東京市にも何処と何処と何処の街辺りは僅《わずか》に美しくて、何処の辺りの敷石が一ばん夕陽には面白く反映して、何処のカクテルが色と匂と音律とを一ばん余計にもっているか、いや、あのひとの手紙は「――さま」とかいてくる日と「――様」とかいてくる日と一体一年でどっちが多いか、何処の建物が一ばん窓の灯は美しいか、第何号の電車の走り具合がこの都会では一番芸術的で音楽的で、何処の交番にいる巡査が一ばん高踏的な面構えであることか、ＥＴＣ、ＥＴＣ――。

余人は識らない（識りたくもない！）だが然し私の場合、その日夜を、生活を、少くも常人よりは美しくし、芸術に近くし、芸術みたいにし、時として芸術そっくりにするなんてことはこんな要すに瑣細《ささい》な南京珠みたいな日の送り方をする丈けでいくらかずつはちがってゆくのだ。いや常人許りでない。この頃流行引張凧《ひっぱりだこ》の何とかよいち、何とかりいち先生たちとも較べてみるならたしかにもう少し美しく（あえて申さん！）はなっているのだ!!

さてそういう意味で作家べら棒の当世に噂にもせよ！　飛行機操縦の免状をとろうとしているそうなイナガキタルホ君にあたしの敬意は花火のごとくふりそそいであげたいものだ。（イナガキタルホよ、健在なれ！）――全く、文人卑賤の徒にしてどう間違っても美しからぬ生活を厚顔無恥に送り暮していているものよ。ここが年貢のおさめ刻《どき》だ。もういい加減に卿等《けいら》はノートルダムの怪鳥の嘴《くちばし》に見んごと真向からつっき返されて地獄の業火に焚かれてしまえ。

しんかんかくしゅぎ

というものの流行ほど近頃くだらないものはない。それ明日の旭日を孕んで誕生し来る芸術にして何ぞしんかんかくをもたずして成長し得らるるものあらんや。そを唱え立てするさえ全体があた棒すぎたあた棒なるを、聞けば灯入《ひいり》の看板にして「しゅぎ」の朱字《しゅじ》まで加えたそうな。その上、社中の唯一人が稿々いった「急行列車が小駅を沿道の小石の如く抹殺した」を云わない他の仲間までが後生大事にふりかざして、どうでえ、新しかろうというにまで至っては、「稚児ヶ淵いはれを聞いてべら棒め」さしずめ、『誹風柳多留《はいふうやなぎだる》』の作者なら斯《か》くも笑殺されるであろう。江戸に生れず、卿等幸《おんみらしあわせ》！

一体「しんかんかく」などというものは砂金か玻璃か南京玉だ。ばらばら作者も意とせぬ内に五体を転げて燦爛《さんらん》して涙流せば尚《なお》燦爛、創《はじ》めて跳躍の光りも放てば誰だと思うつがもねえ、江戸一番の紫にもなる。断じて一つや半《はん》のけ云った言葉を虎の子大事にしてみせびらかせる代物でない。「しんかんかくしゅぎ」たあ、憚《はばか》りながら、あとでたにんがいうもんだ。

　而もそれらのお歴々、さらばいかなる名作玉篇、お書き遊ばすものとみれば、似たりや似たり梅さくら、いずれあやめとみそなわし。

　第一、その方一方の旗頭、旗本八万騎のなかに擬すれば、水野、近藤、長坂ともいいつべき先生の近比《ちかごろ》、草《そう》せる小説が、未知の女の読者の訪ずれを私と名乗るのがいらいらとホテルの一隅《ぐう》で待っている、唯、それ丈けの一上《じょう》一下《げ》、折角の御努力に云っちゃあ悪いがどれほど既成作家方とちがった新味があるのであろうか。唯、気のついたのは、ついていやな思いのしたのは、中に時々「腐った林檎が天上から落ちて彼をベットに押潰した」とか「黄色っぽく頭の上っ面を鍍金《めっき》するように痛い」とかそんな、成る程「かんかく」的な言葉のあること！　だがテイマが思い切って因習な丈け、そんな詞《ことば》は可笑しかった、釣りあわなかった。「しんかんかく」なるものはこんな小部分に丈けしか揺曳《ようえい》しないのかとも想われた。加うるに、このへんの作者がこのへんのお手の内で偉大な「しんかんかくしゅぎ」の大看板をあげた奇蹟にも私は随分瞠若《どうじゃく》とした。「しんかんかくしゅぎ」なるものは斯くも在来的のテイマに不釣合極まる感覚語を晒して能《のう》事足れりとするのが主義の尊き小説なのでござろうか？

　だがポウルモウラン君はこんな容易《たやす》い言葉なら、こんなのでもう少し上等な言葉なら欧州《よーろっぱ》の天地に砲煙弾雨《ほうえんだんう》が熄《や》んでヴェルダンの崩れた土塊《つちくれ》に春の小草《おぐさ》が萌だすと同時に、いや！になる程創ってくれた。なんの今更、あたらしくもねえ！

酒場の甕

昔、ブラスリィの酒場には人も知るボヘミアンと命名《なづ》けられたる一群が日夜の別なく集来して酒！酒！酒！と叫び交したそうであるが、そが中に常に珍奇にして価値多く、而も世の中からは唯の一部だって買手の来そうもない書籍許りを梓《し》にしては困憊《こんぱい》苦悩、遂に生涯を酒場の甕《かめ》と化し了《おお》せてしまった痛快極まりなき、版元さんがいそうだ。

所できょうびの日本にも！だ。もしも一たび天変起って、そういう美しくも哀しき魂の出版業者が出現したなら、早速、版木にまとめたいものが三つ丈けあるってことだ。

即ち、故井上唖々子《ああし》が警世嘲罵《けいせいちょうば》の随筆全集、長尾素枝《そし》こと要二郎氏が小咄選集。それから友だち林正蔵が多年泣血《きゅうけつ》の苦心になる『日本落語大系』のひと巻《まき》。――以上三書の出版こそは低級なる新現実主義一点張りの大小説集の刊行並びにその出版記念会の乱痴気騒ぎ一大流行の真唯中にあって、せめてもこころある市井の落魄の詩人たちに、まこと歓びの涙をば潸々《さめざめ》として流せしめること、天地に誓って疑いなからん。

　ちゃちゃらかちゃんよ
　りてけれつのぱあへ！

ちゃちゃらかちゃんたらちゃちゃちゃらかちゃん。おっぴきひゃらりこのうえ、ちいちがたかったのうえ。太鼓が鳴ったらお祭りだ。ほんとうにそうならすまないね。つんつらつんつらつんつらつん。吉原花魁待てども文来ぬてけれっつのぱあ。高座に蒲団に火鉢に鉄瓶湯呑に扇子にぱあ……。

みんななんだかわからない。阿蘭陀《おらんだ》の辞書にも出てはいない。

さあれ馥郁《ふくいく》としてああ芸術のあやしき匂いはそういうなんだかわからないところからこそ生れてくるものである。わかり切った所に芸術はない。深夜を去って芸術は死す。小作人と親爺と場末のカフェーが出て来たって、芸術じゃ夢更《ゆめさら》ない。おきゃあがれ！

萬朝報　大正十四年（一九二五）一月二十九日―二月三日

開化チャリネ夜話

I

余りにも頬摺りしたくなるように粗悪な深紅と薄情なほど明るくものあやしいむらさきと。——明治の、殊に豊原国周《くにちか》あたりの三枚続きをひもどくひとは、嘗《かつ》て何れの時代にも——恐らく今後も！——決してみることのできなかった、斯うした色合の伴奏をきっと見出すにちがいあるまい。そしてその異様な深紅と、おこそ頭巾なんどによく描かれたむらさきとに、或る複雑な時代的なさんちまんを味われるにちがいあるまい。全くあの夕陽のように廃残した、それら明治最後の錦絵ほどこの紅と紫との心もちをよく蕊《しべ》まで識り過ぎているものはない。そうしていおうならあれが明治のいろだ。開化の時代だ。煉瓦地の松と桜も、江戸橋の碧い瓦斯《ガス》燈も、おっぺけぺっぽぺっぽっぽもみんなあの色から発散し、また、あの色に終っている！　私は常にあの国周の紅と紫とを開化色とひとりなづけているのであるが、就中《なかんずく》そうして宿命的にあの泥絵の具のしんほにいから生れてきたもののようなのが、チャリネである。異人チャリネの曲馬である。チャリネが紅白だんだらのスカートほど、最も明治らしい、とうけいらしいものがあろうか。

往年の白秋仏は『邪宗門』なる「秋の瞳」が一ふしに、
「はやも見よ、暮れはてし吊橋のすそ
瓦斯点る……いぎたなき馬の吐息や
騒ぎやみし曲馬師《チャリネ》の楽屋なる幕の青みを
ほのかにも掲げつゝ、水の面《も》見《み》る女の瞳」
とさえ諷《うた》っている。――さらばそのチャリネは一体いつの日はるばる海を渡って「雨の夜」ならずもこの日本の国にきくらいきくらいきんもうらいと流れ来ったものであろうか。

Ⅱ

チャリネ、元より伊太利亜の生れである。ジー、チャリネというのがその名で、(25年版『絵入近世記録』に英人とあるのは間違いらしい。或は異人はみんな英人で横文字はみんな英語と心得た、そういう意味での英人かもしれない。)明治丙戌《へいじゅつ》十九年、新秋九月(又『近世記録』には八月とあり、どうもこの本は異説だらけだ。或は杜撰《ずさん》全く信をおくに足らざるものかもしれぬ。)――が、何れにしても、夏より秋への東京に彼らは乗りこんできたのである。そして、直ちに神田の秋葉ヶ原へ、白い天幕を張りつめて、今は支那人の曲芸に聞く許りの徒《いたず》らに華やかで時代おくれでそのくせへんにすっとぼけて悲哀だらけなガクタイの音にそのかみの東京びとの若い瞳を燦かせたものなのである。時に、従えてきた鳥獣の類「虎、象、獅子、駝鳥、大蛇、猿」とある。そうして、一座は男もあった。女もあった。ジー、チャリネ以下、ジェーチャリニ、アー、ポルレリが伊太利亜人、ヱル、マヤ。エフ、ウィルソン。トム、ハァーパァ。ウィル、ハーパァ。ジュームス、フレーム。ダブルユ、イー。ロルランフレット、シルベスタァ。ダブルエ、コルラント。マベルフランシス女。ヱプ、ウィルソン。ユイ、ニフ、ロウトンが米利堅人、ヱフ、ゼチナ。エッチ、ゼチナ。タブルエ、ゼチナ。ヱッチ、ゴットフリー。ヒクトリア、ブランチェ女。アイダ、スーウドリィ女。チャフレス、ストウドリィ。ギルベルトコンウス。ジョーヂ、ビショップ。ジャック、シルラァ。シェー、ブレインヌ。テー、ボント。それにセチナ女及小児とこれだけがえげりす人、独乙はジー、ハジナ。希臘《ギリシャ》はジー、レデー。仏はジェーアバデー。それから馬来《マレー》はイー、アリアノ。ピーウクトソアノ。マーチン、シンフォラヨ。イウリヨ、コボットジョーセ、メジナ。ペートロ、エドロード。ジョアン、タンボー。ジーゴン、ザルス。爪哇《ジャワ》はジョアン、マラヨヲラン、ランボル。同マロチャン。同アッサン。同ケッチル。同バタビー。同ボードック。同クロモ。同シヂン。同シヂン。同シヂン。同サンバル。同サリ。同アリ。あらびや人（?）はエスピリクサント。マカヂオ、シルバ。ショセ、シンプリショツ。デー、ギロニモ。ジフレエスピラント。――と、以上、五十七人なりしという。

　そうして曲馬軽伎は、元よりとして、象とか大蛇とか駝鳥とかいう譚中の動物たちが、例のトランプからぬけだしてきたような人たちにあやつられて、あやしき曲芸の限りをつくしたのである。米利堅人のジェームス、フレイムというのが虎使いで、紅衣をまとって、檻に飛入り、自ら火焔抜けを行い、チャリネは主に曲馬の他には馬を起したり、寝かしたり、それこそ自在に扱ってみせた。当時、なづけて以て、「馬の体操」としたのも可笑しい。ピエローの役にあったのは、一本足のハーパーで、いずこのサーカスの一座にも今も必らずあるような卑しい道化に浮れ興じた。或る日は一本足の身に、哀しくもその上、突飛な身体曲技をさえもあえてした。一座に一束の薔薇と咲きも乱れたのは、米利堅少女のマベル、フランシスで、空中曲技のあやうきに、みる人々を酔わしめた。

その他、茶番狂言、猿曲馬、馬おどり大鳥（駝鳥ならん）の芸、大蛇芸、男女道行、馬上早がわり、獅子狂言、象狂言。婦人曲馬、三人かるわざ道化おどり、小児かるわざ、男女曲馬。――芸題は相次いで斯くも滋《おお》かった。そのあくまで不器用な、而し日本語以外のものでは決してない言葉に、番組のすべてが訳されてある所も、丁度角燈に梶棒の巡邏《じゅんら》杉田薫が「我がもの」の端唄を合方に出てくるようで、どこまでも明治的なのが愉快である。

だが是ら、見知らぬひととけものが、例えば西洋大奇術の絵びらのはじにみられるような麗しくも奇怪な異国の旗を押し立てて、首《はじ》めて、「とうけい」の大通りへ入りこんだとき、またそれが間もなくほんとうに秋葉ヶ原で興行されたとき、どんなにそのころの人たちは驚かされたことであろう。最早、魯文《ろぶん》の『西洋膝栗毛』は、最早芳虎が紅毛館国は、遥かなる文の花、絵空事ではなくなっていたのだ！　いや、紅毛国の不可思議は実に眼のあたり巷に飛来していたのではなかったか！ラッコの帽子の若ものや洋傘の町娘は、双の若やいだ頬に熱い泪を滔々《とうとう》と流したことであったかもしれぬ！

さればこそチャリネは潮のような歓呼と拍手と好評を忽《たちま》ち東京じゅうから浴びせられた。追っかけて九月の下浣《おわり》にははや幾枚かの錦絵さえ、辻々の絵草紙舗の軒先には「狸の汽車づくし」や「ほうづきの理髪店」さては清親が名所絵ともどもに吊されるように至ったのである。――私は、畏友茶煙子の好意からその錦絵を親しくみたが、或は国延、或は政信と、市井末流の絵師たちが何れも仮初のきわものにかいたらしく、一種の云いがたい情趣はあったが、而し一箇、絵としては大ていが粗末なものであった、だが何にしてもチャリネの声はかくていよよ巷に盛る許りで、続いて、彼ら、天覧の栄にまで浴したのである。

すぺんさあ飛べば「風船乗噂高閣《ふうせんのりうわさのたかどの》」を、氷屋、江戸の蜜亜を追いのけて繁盛しだせば是又さそくに「千種花月氷《ちぐさのはなつきのこおり》」をと、まこと開化の万華鏡的詩人であった、当年の河竹默阿弥翁がそこでどうしてこのチャリネの名声に詩情を燃やさずにいることができたろうか。

五代目菊五郎、ジー、チャリネに扮し、千歳座の舞台に立ったのは、実にその十一月のことだったのである。

III

默阿弥翁つくるチャリネは、「鳴響茶利音曲馬《なりひびくちやりねのきよくば》」。元より大切《おおぎり》上るりで舌をまく一座の技芸 鼻を巻く一象の滑稽と横書がついて、清元、竹本、それに楽隊連中が和した。

そうしてこれを上したのは、久松町の千歳座の十一月廿日《はつか》からの興行で、繁俊さんの『河竹默阿彌』に拠れば、「当時人気を占めたチャリネの曲馬と道化師、或は仏国パリの靴屋一家の滑稽狂言、それから大象の曲芸」を内容としたものだという。パリの靴屋とは思うに彼等チャリネが演じた茶番の一つの洒落ででもあったろうか。何れにしてもこれをみて、自分はこの浄瑠璃の構成が、すぺんさあその他に於ても黙阿弥がよく用いた上中下三段返し雪月花の、ABCの三つの浄瑠璃的挿話を以て一丸とした種の狂言であることが察せられる。

役々は、家橘《かきつ》を名乗った今の羽左衛門が色男ゼチナ、これをゼテーナと発音している。ゼチナは、エフ。エッチ。ダブルエと三人いるがその中の何れか一人が一座の二枚目だったのだろう。フレームなる道化は先年物故した傳五郎《でんごろう》が、五代目はチャリネ、一本足のハーパー、象つかいの仏人アバデー、虎つかいのフレームを、それから岩井松之助《まつのすけ》が、ハーパル女、スーウドリ女の二た役をつとめている。大田村成義《たむらなりよし》氏の『続々歌舞伎年代記』に拠ればそうして時の評判なるもの、やはり五代目が怖しいほど写実で、チャリネの如き背さえ高ければほんもので歩き振、馬のつかい方まで一々真を写し、また、一本足の異人は是れ又そっくりで、写真を売歩いてはいやみをみせ、あとで見物にこれをまいたのは愛敬だというような意味がしたためられてあるが、是はすぺんさあの風船上からちらしをまいたのと同趣向で、いつもの黙阿弥らしい、また、五代目らしい好みである。それには傳五郎も亦大へんほんもののフレームに似たといわれている。

大和新聞が創刊されて、黙阿弥宛に引幕の送られたのも、それからこのときであったという。――だが興行としては、これは、ひどい不入りに終ったらしい。一様に当時の記録がそれをつたえている。

Ⅳ

では、チャリネ以前に、東京を、曲馬の一団は飾らなかったか。チャリネが日本の曲馬の始祖か。

――と、いうと、決してそうではない。

先立つ明治の初年にはスリエなる一座が訪れた。スリエはいずらの生れであるか、浅草の奥山へ大天幕を張ったものの、その演ずる所、曲馬も喜劇も一向時好《じこう》に投じなくて、唯、その喜劇「首売り」を、菊之助が若年にして見様見真似で演じたのみだという。強いて探せばその後向両国へ印度人の踊がきた位のことであったらしい。――世は一新の開化となっても、而し、まだ見馴れた日本のひとの眼には、ジャボンや星の乱舞より、太夫お目通り正座までの肩衣《かたぎぬ》の方が、しみしみなつかしめたものなのであろう。

だが考えてみるとチャリネののちにきたチャリネも、勿論、好評は博さなかった。その又のちにやってきたウォージャーとても、是又稍《やや》、上方で噂に上った丈けであった。

それには、今の小仙《こせん》の親父の、鏡味《かがみ》、丸一《まるいち》の仙太郎などは、先立つ明治十六年、単身チャリネといいけいいして支那、印度と打って廻り、十九年チャリネと共に帰国したものだという。是等をあわせ思うなら、やっぱりチャリネが当時として一ばん異彩で、一ばんユニイクで、一ばんほんとうの美しき曲馬のむれであったのではなかろうか。

所で明和壬辰《じんしん》開板《かいはん》『珍話楽牽頭《ちんわがくだいこ》』なる、人も知る小ばなし本をひもどけば、
◇きよく馬

かみさんに御亭主を浅草へ同道して帰りにきよく馬とでかけるよ。女房、仏頂づらにて「魔道に引つこんでくんなさんなよ」

◇曲馬の気のばし

雨ふり曲馬も休みなれば、馬ども寄合ひ、気のはしにお花を始める。三升や、ゆひわたりてあれども大名ははりてなし、栗毛ヤ十町を売らうか「ヒ、轡《くつわ》はごめんだ」

◇あぶら蟲

仕事師曲馬をのぞき、けふは借りるよといひて入る。偖《さて》、口上言罷出《こうじょういいまかりい》で御待《おまち》どうにございますから最初かけを乗らせます、仕事師みて大きに腹を立ち「いま〳〵しい。なんぼおれがかけでみればとて、いつたり来たり掛取をみるやうだ」

の三話がある。——明和壬辰は九年である。蓋《けだ》し四方《よも》の赤良《あから》が『半日閑話』に於ける同年の章の

「此月中旬よりして両国薬研堀《やげんぼり》新地に於て大阪下り大曲馬見世物評判甚し。番附をひさぐ。錦絵出る云々」

とある曲馬に材したものであろう。——だが、是とても五月の港の匂いのする、そんな異国味の曲馬ではなかった。そんな開明の斛《さか》では毫《ごう》もなかった。

「太夫元村上平蔵　秋月三平　長谷久吉
　渡邊金蔵　村上金八
口上　初島才次　頭取　八竹友江」

とあれば、是は、正しくにっぽんの曲馬であった。「この儀なぞらへ宝来山は鶴と亀との楽遊び」

が、楽屋の綱渡りの三絃に乗る、日本らしい曲馬であった。――更に「六月十五日山王祭礼の節於朝鮮馬場上覧有之犬麴町より請之」とあるをみれば巷に噂は高かったろう。が、而しくどくもいうとおり、ついにこの曲馬は、とつ国の夢でなかった。珍奇な薔薇がひらこう由もなかったのだ。

チャリネは、やっぱり茲《ここ》に於て、過去の日本の風物詩に哀しくも色彩《いろどり》多く投げられていった唯一の新しい燈火であった。彼等なかりせば、開化の東京名所図絵はよっぽど空虚に、日々と、寥《さび》しくなりはてて了ったろうといってもそんなに過賞ではなかったのである。

V

とはいうものの若い私は、是等チャリネを親しく打ちみたことがあろうか。唯の一度でも、彼等のあやしき軽伎を、大蛇の碧き燦きを、火焰に狂う縞馬を、さて、みたことがあるであろうか。みないのだ。みないのだ。一ども自分はみていないのだ。――一どもみたことのない若ものが、嘗て一たび、幻燈を過ぎる虹よりも淡く儚く、而し旺《さかん》に栄えていった曲馬の子等を斯くもひしひし愛することは、世の大方のそしりを受くべきことであろうか。嗤《わらわ》るべきことであろうか。いや、私はそうは思えない。

凌雲閣は、悠久の浅草のそらに聳えずなって始めてしみしみ懐しく、九段の常夜燈はここ何年かで取壊されると耳にして、より物恋しく仰ぐを得よう。更に私たちは生れぬ前からすでにこの世にはいなかった、そうしてこののちとてもとこしえにきまって相見ることはできない恋人をさえ、日夜、死ぬ許り恋い続けているのではないか！

おおそういう内も、チャリネ一座が、決して一どもみなかった筈のチャリネ一座の旗がみえる、小屋がみえる、魚や大蛇や駝鳥がみえる、ぴいひゃらひゃあと楽隊が鳴る。真昼の仄曇った秋葉ヶ原に白い天幕が揺曳する……それにつけても岩井松之助がさも似たという、スーウドリ女を恋いに恋いて、蒸汽や出てゆく異人さんは帰る、ヨコハマ港に泣きに泣いた、そのかみの私のような若ものもひとり位はいなかったものであろうか。

（四、一九、夕於大森茶煙亭）

開化草紙Ⅱ　大正十四年（一九二五）六月一日

別仕立妙々車《べっしたてみょうみょうぐるま》

「開帳の雪隠《せっいん》」は夫婦が濫觴《らんしょう》——正蔵新案「金もちのおもちゃ」の出どころ——圓馬《えんば》の「馬のす」とそれに似たハナシ——眼は人間のまなこ——アスファルト博士の愚劣！

今は昔小せんが釈台の姿哀しく、当今ではさしずめ林家正蔵が「釈迦にだいば」と品川釈迦のまくらから流るる如く運んでゆく「開帳の雪隠」。——原作は『鹿子餅《かのこもち》』の「借《かり》雪隠」でこんにち両国回向院《えこう》のお開帳となっているのが、是《これ》では、不忍《しのばず》弁財天ということにされている。即ち、「不忍弁財天の開帳、参詣ぐんじゅ、此《こ》の島はむざと小便のならぬ不自由、そこをみこんで茶屋の裏を借り、かし雪隠、わけて女中がたの用が足り、一人前五文ずつときわめ、おびただしい銭儲け、是よい思い付《つき》、おれも貸雪隠と地面の相談、女房異見して、最《も》はや一軒出来た跡、今建てたとてはやらぬは見えている。平《ひら》に止《よ》しにさっしゃれといえども聞かず、建てた日からの大入り、今まではやった隣の雪隠へは行人《ゆくひと》怪我に一人もなく、こっちばかりの繁昌、女房、不審しどうしてこっちばかりへ人がきますと聞けば、亭主、高慢、鼻に顕《あらわ》れ、何とみたか、あれはその筈、隣りの雪隠へは一日おれが這入っている」

それから、こんにちのでは、始めから夫婦が出てくるのではなく、男二人が雪隠を建てる。すると、あとから又できた雪隠が、同じ値段でずっと綺麗！　先《せん》のはまるで入らなくなる。そこで、先《さき》へ建てたやつのなかのひとりが、或る日、こっそりむこうの雪隠に入って一日しゃがむという段取りになっている。圓馬は原作の方でやる。――すじとしては、きょうびの方が自然でおかしい。

「まんじゅうぎらい」は、ただ「まんじゅう」という題で、『落断六義《おとしばなしりくぎ》』にある。東南西北平というひとの作だ。

「あいつは下戸のくせに饅頭をみるとこわいこわいとぬかす、なんでも空店《あきだな》に入れておいて一蒸籠《せいろ》買ってきてまんじゅうぜめにしてやろうと友達がいい合せ、引摺って空店へ入れ、戸のあいから饅頭をやたらに投込めばアアこわい怖しいとさわぎしが、のちには音もやみける、コレサ余りみなが饅頭ぜめにしたゆえ大方眼を廻したであろうと、戸をあけて内へ入り見れば五十ほどの饅頭をたった一つしか二つ前へ残しおき、つくねんとしている『べら棒めは饅頭がこわいこわいとぬかして、みんなくって了《しま》った。人を馬鹿にした』といえば、にっこりとして『アアいい茶が一杯こわい』」

此の前章によりあって怖しいものをきき合う、蛇が怖いの、象がいやだの、みるからぞうっとするだの――いろいろあって茲《ここ》へ入るのは、柳枝《りゅうし》のやる方で（思うに圓遊《えんゆう》時代のくすぐりであろうとおもうが）林家がやるとすきなものの聞きっこから「宿屋の仇討」式の怖い話のし競《くら》べになる。そして、トドまんじゅうになるのである。

林家の序《ついで》にいうが、正蔵の按分《あんぶん》したのに「かねもちの玩具《おもちゃ》」という気の利いた話がある。――太鼓持が或る日旦那の所へ金儲けをさせてくれとやってくる。どういう訳だと訊ねると、実は子供をひっぱってそとを歩いて、おもちゃやの前へゆくと、よく硝子《がらす》の壜で花が咲く水中花や独楽《こま》なんぞを購《か》ってくれとせがまれる。で、いけねえいけねえ、あれはかねもちのおもちゃだ！　といってやると、そこでそのたんびに子供はすぐとあきらめる。子供ごころにかねもちのだときくと、すぐ聞きわけて、自分たちは貧乏人だとおもっている所が何ともいじらしい。——で、うんと金もちになりたいのだという。そこで、旦那が永代の下に金《きん》の塊りが沈んでいる。そいつをひろってきねえと教えてやる。当人、早速、硝子のふらすこにのって飛込む。水底《すいてい》には成程大きな金塊があるが、而し、硝子のこって手が出ない。困っているとそこへ河童の親子がくる。子供は親に尻子玉《しりごだま》を買っておくれ、胡瓜を購っておくれとたのんでは一々叱られている。その内、ふらすこを見付けて驚異の瞳を見張る。「やあ、硝子ん中へ人間が入っているよ、お父《と》っちゃん、あれを購っとくれよ」「いけねえいけねえ、あれは金もちのおもちゃだ」——……。

おつな話である。——勿論、ふらすこへ乗って金塊をとりにゆくって空想は、

「さて近々に金儲のつるに取附くことができた。それは耳より、どうじゃどうじゃ」

と以下よろしくあって、トド、大河《おおかわ》へふらすこと共に沈む。

「どうじゃ有るか『あるともあるとも、銭金、脇差、金物おびただしい』『早くとりやれ』『手が出ない』」

という『鳥の町』の「硝子」に得たのであること疑いないが、而し、落《おち》の「かっぱ」は『寿々葉《すすは》羅井《らい》』に、

「やかた船へ堺町《さかいちょう》のかげま子供出でしが俄《にわか》に雪隠へゆきたくなり、しょうことなしにともの方より

川へ尻をむけいたれば、折ふし川太郎むすこを抱きて来りしが、息子かっぱ、かげまの尻をみつけて、アレとっさんや、あすこにうまいがうまいがとねだれば、『おやじ叱ってアリャア売ものだ』」の、当然な転化とみうけられる。――而し、「硝子」と「かっぱ」を一つにまぶして賢明にも「金もちのおもちゃ」をこしらえあげた林家がコンデンスの妙《みょう》！は、よし、純粋の創作にあらずとも、十分、みとめてやってよいとおもう。――現に昔からの多くの噺の大ていが、万事、このイキで出来てきたんだから――。

愛する三遊亭圓馬が得意の「馬のす」は『新口花笑顔〔しんこうはなえがお〕』と『落噺六義』の両方にある。是は而し当然『新口花笑顔』のが最初である。年代許りでなく噺の推移の順序をみても、一目《ひとめ》、そういうことがわかる。――先ず、開祖の方は、

「つないである馬の尻を子供がぐいぐいとひっこぬくを、近所の男『これこれ子供よせよせ馬のしりをぬかねえもんだ』『なぜ』『わけがある』『なんのぬいてもいい』『いんにゃわけがあるからぬかぬものだ』『そのわけというはなんのこった』『いんにゃ手前《てめえ》たちのきいて役にたたぬことだ』『それでもそれをいわぬとおら抜かあ』『よせよ』『そんならなぜぬかないもんだ』『ハテサテ馬がいたがる』」

こういうのだ。――これが『落噺六義』のへくると（狂歌師今田部屋住《いまだへやずみ》の作である）こんにち圓馬がやるのに全く近付いている。

「今から岡釣りにでもゆこうと釣道具だしてみれば針のむすびめから鼠めが喰い切った、どうぞ馬のすがほしいと尋ねる所へいなか馬が通る、これ幸《さいわい》とあとから尻尾を二三本ひっこぬく、友達がみ

ていてコレてめえも飛んだことをする男だ、馬の尻尾をぬくということがあるものか『ムム馬の尻尾をぬけばどうする』『どうする所か飛んだことだ』といわれもう釣りにゆく気もなく『コレどうぞその訳を聞かせてくれ、一升買うは』『一升買うならいって聞かせよう』と、酒を取寄せ、先ず二三杯のむ、『コレサ気がおちつかぬ、どういう訳だ』といえば『そんならいおう、大事のことだ、馬の尻尾をぬくと馬がいたがる』」

圓馬のは、これが白馬《しろうま》であるため、一そう、薄気味悪く誠しやかに思われるのと、それから、更にこの一升買ってからをうんとおどかして持って廻る、開明の世のありがたさはヒコーキが飛ぶからね！までいいだす。仲々、馬の話をしない、そこになんともべら棒な可笑しさがある。

併而《しかして》、気付いたからあげておくが『笑嘉登〔わらうかど〕』なる「眼病」も、全く、これとおんなじ、痛快な量見かただ。運び具合も全く同《おん》なじだし、殊に『落噺六義』と同じく圓馬が序をかいて、その弟子談語《だんご》樓銀馬《ろうぎんば》の作であるをみれば、或いは「馬のす」にヒントはあったかもしれない。憶測だが――。

眼病の男のとこへ見舞にきた男が流行目《はやりめ》だときいて、「どれどれハハア、これはむずかしい、大切のことじゃ、これには咄《はなし》があるが今日は忙しい。その内、来て話そう」とかえって了う。相手は気がかりでならないので翌朝《よくちょう》たずねてゆく。と、以下

「『ドレおみせなされ、ほんとに大きに腫れた、目は人間の第一じゃ、御存じか』『存じませぬ、ソシテ眼は人間の何でござるな』『ハテ、眼《まなこ》でござる』」

というのである。

誠にうれしい次第の話だが、この眼は人間のまなこなりを、近比《ちかごろ》の、おろかな噺家の或るものは「イギリスのコンクリート大学のアスファルト博士曰く」とか何とか愚にもつかないくすぐりの揚句のせりふにつかっている。――「眼は人間のまなこなり」

前述の如くつかってこそうれしいのだが「アスファルト博士曰く」じゃ涙も出ない。「ああら我が君」の「たらちね」を、強いて時世に順応させようと不愉快極る私生児と海老茶式部とを配した、明治の噺家と共に、此いまの世の一部噺家の、最もこころして悔いあらたむべき愚劣な点だ！が、いつ迄こんなことを喋っているとそぞろうしろの羽織がひかれる。「噺家殺すに刃物は要らぬ。あくびの三つもすればいい」だ!!!　さらばここらで一先ずお仲入りと致そう。

苦楽　大正十五年（一九二六）三月号

京洛名所図会

詩集「祭日」の作者はかえった。とりのこされて、私はひとり。——傷ましき夕日を旅の五月かな！——だ！

京の七日は早くも過ぎぬ。

洛中七日。さらば、自分は、一体どんなことをしていたろうかと考えてみる。時々、京極の寄席へいって、愛する圓馬に訳もなく打ちこんで、文之助《ぶんのすけ》茶屋には五月の花が馥郁《ふくいく》とひらいて、梶原のお緋佐さんに旧い京洛のことを誨《おし》えて貰って島原には今も病みほうけたような、ほんの鳥渡《ちょっと》ひとにはいけない毒薬のような、微かに青い燈花がともって、雑書《ざっしょ》は開化の東京であんまり怠けた、怠けずにはいられなくなった哀しき体落《ていたらく》のうめあわせに、可成《かなり》に買い集めて並べているが、読めばさびしいこと許りだ。佗しい旅籠《はたご》は、その上日が落ちると梟が泣く。その忌わしい泣声がいやさに宿を出ると、京の街はどこへいっても、簪《かんざし》のように水が流れる。みずがながれる……——。

ああ而し私にはみんな哀傷！だ。No.11. の黄金のリングが、へらへらの萬橘《まんきつ》みたいな、赤い手拭赤襷《だすき》ついに孟買《ボンベイ》へ種蒔きにいって了った、そういういまの私には。

清水へは、こんどは、なぜか、まだいってみない。この前、時雨の暮れちかくに友だちといって、あの甃石《しきいし》の坂の半途で、陣羽織や古暦や切絵図などを売っている舗《みせ》で、私は魯文の『鐄花猫目鬘《こがねのはなねこめかづら》』を、端本《はほん》で買った。けどああいう猫の擬人化的草双紙は前にも、京山《きょうざん》が国芳《くによし》えがくで『朧月猫草紙《おぼろづきねこのそうし》』をかいている。天水桶《てんすいおけ》に月が映って、芝居の花に懐紙を咬《くわ》えた傾城《けいせい》。そんな表紙の草双紙を、私は祖母の形見として今でも大事に愛蔵めている。——私は、その京山の脈をひいて生れた草紙であることが愉快で、それをなつかしさに二冊求めた。（最近、駿府の某なる私家蔵本の売立表を送られたら、中にこれの完本のあるのをしった。）とにかく私は、あの清水の道具屋の、旧っ臭く汚れていて、仄暗い構えがすきだ。いかにも、清水へのぼる途にありそうな所がいい。なかにいる人がちょっとはしれない暗さがいい。私は、あすこへ立つたびに、「猫の茶碗」という、昔のはなしを想いだす。ださずにはいられない。

時雨といえば文之助茶屋の、閑寂はさきの日、といった。ほんとうにあすこの寂しさが忘れられなくて、こんども、京へきた日にいった。——蒼い早夏の文之助茶屋には、水葵だの、深なさけな紅薔薇だの、白いデイジイと云う野菊だのいろんな花がフィルムのように鮮やかに、而も粉花《ごっちゃ》に燦乱していた。狼に似た日本の犬が、そこを気息わしくくぐってはぬけ、くぐってはぬけして、さて、そのたんびに一つずつ、所縁なしに花片を喰べていた。——丈高い、眉のないのが似合いそうな、町風のおかみさんは、やっぱり色褪せたようなかんじで、蘭の花漬の湯気に泣き、老年の噺家文之助は、やっぱり故人菊四郎めく顔だちで、裂けて美しい古錦蘭《にしきらん》の、煙草入れなどつまぐっていた。——だがこの前きたときは、気付かなかった、淡い墨の字で古けた行燈に「芹の味噌漬」その上に

「万国珍味」――。その万国珍味ということばがなんとも私は嬉しかった。もうこの世にはけっして二度とふかなくなった、例えば虹をでも見たかのように。

で、とうとうある日、私は、ここのあるじの文之助と談をまじえた。文之助は、京大阪の噺家の、日に日に品が堕ちてゆくと、いかにも推移をなげく年よりらしい口吻《くちぶり》でこういった。私は、稚《わか》き日速記でよんだこの人の作とおぼしい「指南書」なる落語のことを話した。――京から近江へゆく男が、指南書なる書を有っていて、当惑のことの起る毎この指南書をひらいて名の如く誨えられてゆく。その内、確か走り井の餅を買う。さて、あけて喰おうとすると一ぱいの黴。これは?と驚いて例の指南書をひもどいてみる。――と、「美味いものは宵に喰え」――うろ覚えだが、こんな落だった。――文之助は、あれは、昔、天王寺で御法談をきき乍らそこに暗示を得たのだといった。それから自ら起って、奥から団扇《うちわ》をもって来た。落語道人、文之助と自署のされた、お福のお面の走りがきだ。文之助は、此を私の土産にくれた。

粗笨《そほん》乍ら、誠、私には、自家蔵のすててこの圓遊が書や、故人圓蔵《えんぞう》葬送の日のハガキと共に、悠久に愛玩すべき一つである。――これをかく、ひまの机上にも、されば文之助えがくの団扇はやはりさびしくものっている……――。

夕陽がどこかへどろんをきめて、東寺の塔が棄てられたように紫ばむと、お酒をのんでも、さびしくて、明石なるイナガキタルホに文をかいた。そうだ！　ある日だ！

「時間と空間の美仮象によりキョートは鳩の目のごとくにやさしいところがあり、灯のついたとき、京の街をあるくと、僕は淡くしてかなしきノスタルジヤを身うちにかんじます」

そしたらこんなへんじをくれた。サインにトランプの憑きものがしたような瓦斯燈の絵がかいてある。珍奇なる星の美学者は明石でどんな煙草を、このごろは喫っているか？　——京へきて一ばんの不自由は、よきキャッフェのないことと、もう一ど、てがみをだそうと想いつつ、いまだ、不果《はたさず》。唯、

寂しさに花火つかひのタルホにも街のたよりをしたためしころ

と、生れたものは歌一つ。

「情なし女め、他の男はふりむいてもみないとほどのよい口ぐるまについのせられて、はまりこんだが、こっちの身のつまり、ちゃ、ちゃ、ちゃ、ちゃらか、ちゃん……」と、私が唄って、これが僕さと棄てばちにいったら「なんの」と微笑《わら》って「洗い髪の投げ島田を根からぷっつりきって、お前の膝へ叩きつけ、こんどから浮気をすると芝居のお化じゃないけれども、ひゅうどろどろと化けて出る、ちゃ、ちゃ、ちゃ、ちゃらか、ちゃん……」——「これが妾やわ」と、女がいった。女も、私も、だが、爪紅《つまぐれ》の葉ほどは酔っていた。——女の、もみあげの長かりし毛がなくなったと何気なくいったら、「あれから三年」——傾城遊女の哀しさは、枕の科《とが》で淡《うす》れるのだと、女の眉が、また、ふるえた。私は、いいようなく、それでかなしくなった。

どうせ私は巷の戯作者。盃そだちのなまけもの。――孔雀姫御はみんな侮蔑！に私をすてて、おのれはかかる戯れ女づれぞめでらるる。あわれ、僥き、じんげんちくらい！
島原の雨は、さても、ことしは白い躑躅《つつじ》を、一ばん多くちらせたそうな。

乙丑《きのとうし》、初夏、京洛にて白雨の日

新小説　大正十四年（一九二五）八月号

拾遺滞京記

予、元来、弄花博奕《ろうかばくえき》の戯《ぎ》を好まないし、女出入は蒼白《ざ》めたのが時々あるがいまだ愛恋情痴は国の戒む所なんて法律もきかないし、勿論我ら文弱遊惰の徒。とても邦家を益するような大それた仕ごともしていないが、その代り交番の前を除けて通るほどやましいこともしていない積りだ。（強いて探せば私なんぞ東京神田なる某々書肆に金四円也借りっ放していまだに気が咎め乍ら返さないでいる位のもんだ！）

さて私は、こんど入洛《じゅらく》後、友人の手びきで東丸太町熊野神社東入《いる》なる澤屋という至って手堅い旅籠に草鞋《わらじ》をぬいだ。友達は一廻りを閲《けみ》して江戸へ去ったが、私は「週刊朝日」れんさいものの関係《ひっかかり》で寂しく孤り残されていた。そして彼是《かれこれ》京にきて十二、三日目（たしか六月三日、或は二日）の午後である。その日も私はせっせと仕ごとを続けていると、そそくさとぼくの部屋の障子をあけて飛込んできたものがある。年のころ三十がらみ、白っぽい夏洋服で、背の高い、白面美髯《はくめんびぜん》の紳士である。「何です」ときくと「私はケイサツのものだが鳥渡査《ちょっとしら》べたい」と無愛想に斯ういうんだ。決して一葉の名刺もだしはしなかった。あとでケイサツとは川端警察署の謂《いい》で、紳士は牧田高等刑事君なりしことを宿帳のはしへ彼が書遺していった筆蹟で知った。私は、何か近隣に盗難でもあったんだな！と考えて「どうぞお査べ下さい」といった。――牧田君はすると宿帳を僕に隠すようにかかえ乍ら苗字と名前と現住所の原籍をきいた。人間、てめえの原籍位のことをしらないやつはないから立ち所にすらすらとみんな喋った。と、今度は荷物が査べたいと仰せられる。私は、又、どうぞ！といった。が、とにかく一週間で帰る覚悟できた旅なんだから荷物のあろう訳がない。こっちで漁った雑書が幾何《いくばく》積んであるのと、きている浴衣と、羽織とセルの着物と、That's all!《それだけ》だ。と刑事君はじろじろとみて意外そうに「これ丈けですか」といった。そして忽ち机上山をなす手紙の類いに目を逸らした。曰く「てがみをちょっとみます」――。

私は可成《なるべく》黙っていたが漸《ようや》く少し腹が立ってきた。一体、何の意図で、泥棒だと思ってきたのか、ばくち打ちだと思ってきたのか、家出人だと思ったのか、居残佐平治だと考えたのか。大がい人間、この位、話せば相手の人格とか量見とかは雰囲気で判断のつくもんだ。それでつかなければ文明な探偵や刑事は務まるもんじゃない。而し先方様はみるというのだ。下手にフユカイがってそいつをこばんで、下らない因縁をつけられたらもっと癪！だ。ごらんなさいとも！と私はみんな放りだした。刑事君は一々それを根気よく裏表ひっくり返してみた。その態度も太《はなは》だ鄭寧《ていねい》な物じゃなかった。

鳥渡、茲《ここ》で諸君に断りたいが夫《そ》れ我々稼業をしていれば（いや、していないたって）手紙の中には随分女名前のもある。いや女の手で男名前のものもある。刑事君はそれ丈けを早速撰《よ》って側《かた》わらへだした。そして「ちょいとみせて貰ってよござんすか」と来たもんだ。流石《さすが》に敵乍ら天晴れだ！と私は思った。もう斯《こう》なれば二寸切られて！だ。切ったって血も出なかろうが、儘《まま》にしゃあがれ！だ。ごらんなさいともと又、いった。（所があとでその女性の何々方《かた》という、その何々なる人が土地での顔役なることをしって、では、それでひらいたのかとわかったが、すると刑事君は、僕を何だと思ったんだろう？　さんした奴《やっこ》か、凶状持か、何にしたって抜け詣《めえり》からぐれだしたんだと思ってみたにちがいない）

而し、私は一々手紙を引っ繰り返してはよんでいるのに第一に腹が立った！　第二に他人の恋ぶみ、逢状《あいじょう》をああも高慢な顔をして、いやお務めとはいい乍ら、よんでどうなるのだろうと疑った。また正に恋ぶみなりと解ったら、どうだってんだ。僕をケイサツへつれてゆく権利はなかろうし、いやそれよりも当初《はじめ》っからいう如く、何だと思って飛込んできたのだ。私はそれがききたくなった。きかなければどうも太だ愉快でなくなった。で、まだ、てがみをよんでいる刑事君に「一体もう疑いは晴れましたか」とこう訊ねた。と、大へんな犯罪者にでも対するような口調で「いや、全部みないうちはまだ君を信じることはできない」だって。

私は、あの瞬間ほど、僕は、この刑事君の先祖に僕の先祖が高利でも借りていたんじゃないかと考えたことはない。少くともそんなことを想わせるような態度だった。

さてよみ終ると彼は、ぼくの商売を訊ねた。そして揚句にこういった。「学校もおつとめもないようで、その上、みた所、別に京都に御用もないようだし」云々。私は黙ってきいていたが茲に至ってべら棒め！と憤慨した。三千世界の人なべて学校とつとめと許り定《きま》っていて、そうでない人がみんな犯罪的素質があるってチョボ一があるもんか！　不良少年なんてのは大てい学校へいってるやつからできるもんだし、大丸のつとめ人だって押借《おしがり》ゆすりの世の中だ。そうカンタンにゆくもんじゃない。その上、みた所、京に用事もないようだなんざあ、乱暴狼藉この上なし！だ。だから精々傷《いた》い眼でもみぬ内に立退けというらしいが、べら棒め、遊んでるようだって、みた所位で人間用事があるかないかわかるもんか！　現に私はいそぎの原稿をせっせとかいていた所だ。

私はいかに京都に用事があるかをしらせるべく、側《かたわ》らの原稿と折よくきていた「週刊朝日」の催促状をみせてやった。

そうすると牧田刑事はもぐもぐ大へん小さな声で、而し態度は依然えらい人がえらくない人をみる態度で、黙って了った。疑いが晴れると、あやまらないでけろりとして、疑ってる内はひでえ泥棒あつかいをするのが刑事なら、世の中にこの位下等なものはない。——

と、突如、彼は立上った。そして「じゃあ、これで」とかえりかけた。

「待ち給え」と今度は私がいった。そしてとにかくいかなる疑いできたのか、その疑いは今はないのか。私はそれを詰問した。

「とにかく六十余州を旅行するがこんなことは」といってやった。たら、刑事君は「始めてですか」と意外そうな顔をした。そしてやはりぶつぶつ要領を得ないままかえっていった。

噺は是れ丈けである！　私は不愉快だから私の身許を証明させるため、大阪朝日とプラトン社へでかけた。朝日できいたらいかに刑事でも親書をよませてくれという権利は先ずないそうだ。その次にとにかく相手は犯罪者もしくは準犯罪者だと私をみなして飛込んできたのだ。少くともあの罪人に対するような口調はそうだ。

で、さて、査べてそうでないと解ったらまちがいだったのである。他人じゃない。刑事君その人のまちがいだったのである。誰だって部屋で訊問や何かされてユカイな話がないのだから一と言人間の礼として、「失敬しました」乃至「お喧《やかま》しゅう」位はいって引下るべきである！　もう「タバコのむべからず」の世の中じゃない「御遠慮下さい」の世の中だ！　罪状が上ったら相当威丈高にもなるべくだが、まちがったらあやまるのがいやなら鄭寧にあいさつ位はして引下るべきである。そうすればこっちもお役目御苦労と、大いに刑事君の徒労なりしを心からねぎらってもやろうではないか！

人間は気のもんだ！　てがみを引っちらかして、みた所、京都に用もないそうだ迄くって、揚句にそのまんま大六法で引揚げられたんじゃあおさまらない。

日本、果して文明なりや。西暦果して１９２５年なりやと絶叫したくなる！

――その上、あとで宿からそのよしをケイサツへ申上げにいって、一と言の「失礼しました」位の挨拶はあるべきだといったら、その刑事君は何という人だか、別の人曰く「そりゃあ、君その男の性分で仕方がない」といったそうだ。

又「ケイサツの名義なら手紙をみようと構わない」とも豪語したそうだ。「君は信用しているが、その男が外《ほか》へでてまで何をしているかしっているか」と失敬なことまでもいったそうだ。ひとのてがみを天下の公法でひらいてみるほど私のないケイサツで刑事の性分（は正に個性である！　私事である）をみとめているなぞは奇怪である！

電車の運転手や電話の交換手や警察官に私情や性分が加味されてるなんざあ近ごろ出鱈目千万だ。

而も旅籠できいてみると同宿の至って身許の確かな若い夫婦者の部屋へ深夜査べにまで（此は牧田刑事君ではないそうだが）いった由である。当時、摂政宮御入洛中とはいえ、駈落《かけおち》者か左《さ》に非ずか、大てい旅籠のいい分でもわかる。それも信用できなくって、深夜、踏み込むなんぞは人間の問題である。茲に至るともはや、魂の問題である。

――最も、私の事件のあった翌日は、玉川お芳《よし》みたいな莫連《ばくれん》が啖呵をきって宿をおびやかし、ほんとうにケイサツのお世話になったそうである。

斯うなるとお上のお役目益々御苦労で、万々感謝この上ないが、玉川お芳か左に非ずか、お家の重宝盗みだすやつか否かは、前にもかいた如く、大てい言語挙動でわかるもんだ。

要は、賢明なこれらへたいする識別をもう少しもたれたいものだ。そして性分だなんぞとふんぞり返らず、一様に、もっと紳士的に扱われたいものだ。

田舎へゆくとよく巡査や刑事がである!横暴を働くが、とにかく、茲は京王城の地である！　文明の都市である！　ここらも今後は考えてくれないと困る。

そうして是は私一箇のことでない。今後も有名無名を問わず、所謂「学校もおつとめもない」多感の若ものは、京の柳のいとしさに随分悠々自適の長逗留をするものがあるかもしれぬ。

そのたんびに是じゃあ、全くいやになりんこ、とん、とろんこだからと、あえて「拾遺滞京記」――発ちがけの一と筆に書残し参らすこと然り。

苦楽　大正十四年（一九二五）八月号

葵祭の前の日に

あしたは、京洛葵祭！――だのに、オーサカの空は、きょうとて薄鼠に曇って、白けて、雨さえばらばらふってきてます。

ぼくは、貧しい紫檀の机に、そこでタバコを喫《ふか》し乍ら、そとへもでやらず、茫漠と想念《ものおもい》に耽っています。――誰か、来ないか？　訪ねて来ないか？　恋もなければ友も少く。極度の胃弱はかててこのごろ盃さえも棄てさせた。5人廻しの空々寂々。――だからラフォルグならずともこうなると、「地球なんかはいけすかない思想の台さ」むしろフフン！といいたくなります。

従って、そういう風に所在がないので、朝から泣菫《きゅうきん》氏の『猫の微笑』をよんでみます。――尾関君の童話集もいい本だったが『猫の微笑』の装幀もすっきりしている。発行者の矢部さんには、この間、イプセン祭で二どほどあったきりだがオーサカでの出版業者の秀れた羅針盤のひとりだとおもう、――所で、いまは小説家兼漫談屋であるぼくにとっては「衝突予防法」「蚊と象」「安息日」「黒猫」などというものの有つユーモラスが実用的におもしろかった。殊に、前の二つなどは少し延ばせばいいハナシとしてイタにかけられること実証也！だ。

×

本といえば、このあいだは、先輩村松梢風《しょうふう》氏から同氏の長篇『上海』を贈っていただいた。——この前の時代小説集『馬鹿囃子』よりさらに自分などには近い意味でおもしろかった。許りでなく、これは、近来の名長篇の一つだと、自分は信ずる。

ぼくは三年越、長へんものでは池谷信三郎君の『望郷』以後、一気にかんたんさせられ乍ら読了した長へんといえば、躊躇なく、この『上海』だといえる。

著者が緑牡丹の交渉にいって、手金を、舶来の居残り佐平次みたいな人物に奪われてから、東奔西下、漸く緑牡丹をニホンへつれてくる迄が前ぺん。後篇は、その佐平次のゆくえをあくまで捜査してゆくのくだりになるのだが、此に、作者の身辺に起る二つの愛恋がてんせつされてる。

が、私は前篇の、比較的退屈させやすい緑牡丹と帝劇と作者をめぐる実際的な交渉経路をちく一、叙してゆき乍ら、さしての事件も起らないのに、ぐいぐい面白くよませてゆく名文に先ず一驚させられた。それから、ハナシとハナシの間に、例えば劇場とか、妓楼とか薬館とかバクエキとか競馬場とか、抜け目なく一幅の上海名所図会が、絵巻のごとくにリリカルに描かれている。その巧緻さにかんたんさせられた。——後篇のおもしろさに至っては（佐平次追跡の一章には、就中《なかんずく》映画のような自動車が、而も「詩」を以て描きだされている）。ただ、もう読者はずるずると引きずられ乍らよまされて了う！というよりない。——陽子という女、謝秀郷という支那ゲイシャもそれには「めぐりあってみたい」と想われるほど好ましいさんちまんに描かれてある。あたしの好きな、暮春の女だ。秋のオトメだ。

こういうかきかたでは、とても『上海』のすぐれたところは紹介されない許りか、むしろ作者を冒瀆するの太《はなはだ》しきものだが、それほどおもしろい小説だと、あたしは、いい得る。

近ごろ、とにかくほんとうに、心から、かんたんさせられた名篇の一つであるといえばいい。

×

きのうは、又、音曲入り漫談を、ニットーレコードへ第2回吹込として、西洋ダネのや、自作のや、開化怪談噺だのや、とりどり3枚ほど吹き込んできた。

一生けんめいやったせいか、なかで、柄にもなく、吉右衛門と左團次の声いろをつかったせいか、その点でも、きょうは、少からず、がっかりしている。疲れている。

まだ、雨だ、外景《おもて》は――……。

×

早く、ぼくも異国がよいの蒸気船の、余興屋にでも、半とし許り雇われて、シンガポールあたりへゆきたいとおもう。――シャムでもいい。彼南《ペナン》でも。

時々、そんな夢想をします。

×

雲水のてすりに依って、茶臼山の葉若を眺めると、あすこの梢に一ぱい五位鷺が、くだものみたいにブラ下って景色は、黄表紙の『啌多雁取帳《うそしつかりがんとりちよう》』を、それから、米團治《よねだんじ》の「雁捕り」をれんそうさせます。
煙火《えんか》があると、鷺は飛びます。
なぜか、いま、そんな景色がふと、おもいだされました。

×

なんだか、まとまりのつかないこと許り、かいて了ってすみません——いまのあたしが、而し、非常にまとまりがないのだから、そのぼくに何かかかせれば、どうしてもこういうことになります。

×

も一ど、『上海』におもしろい。『猫の微笑』はすっきりしている。——ぼくの随筆『紅毛人《いじん》めがね』もおくれましたがもう、近々にでるでしょう。
花が咲き、花が散り、草が萌え、草が褪せます。仁丹の広告塔は紅と青だし。つまりどうでも勝手にしやがれ！です。

×

いま、午後十時が鳴りました。——おくさんはお脳気を患われて御寝になってます。

あしたの葵祭はどうも雨らしいなと想い乍らさてそこであたしは又タバコをこそ手にします。

早々。

関西文芸　昭和二年（一九二七）七月号

漫談・中座の穴

中座《なかざ》の二月興行をみて、例の漫談を創作しろ！と渥美さんから註文がきた。

どう考えても而《しか》しこの註文は、お題噺だ。——高座へいろいろの物品を、あなた方から拝借して、片っぱしから洒落のめしてゆく。即席噺のココロイキだ。

が、お題噺の方はまだ、いい。

たかだか、提供される品物が、タバコにキャラメル、下足札に蜜柑の皮、乗換切符、ごくひねったところで菖蒲革のタバコ入れと、大てい、相場がきまっている。

従って、クスグリも亦、それに準じて、テキトーにおもんぱかってゆけばいい！ってことんなる。けど、この中座の方は、仲々、それどころの沙汰でない。

第一、話題がフクザツだ。

鴈治郎《がんじろう》あり、延若《えんじゃく》あり、幸四郎あり、三津五郎あり、右團次あり、宗十郎あり、然《しか》り而《しこ》うして、狂言には「操三番《あやつりさんば》」あり、綺堂《きどう》先生の「雨月物語」あり、「布引瀧《ぬのびきのたき》」あり斎入追善《さいにゅうついぜん》「巴波紋《ともえなみ》」あり、「暫《しばらく》」あり、「恋の湖」あり、「二人道成寺《ふたりどうじょうじ》」あり、とくるから千差万別神社仏閣のていたらくだ。

これをもし、短時日のうちにみて、一席の漫談をこそ、しつらえよとは、近ごろ、焚かぬ火の灰である！
このひとにして、この病あり。
ああ、少いかな！腎《じん》
タスケテクレーッ！

先ず、綺堂先生の「雨月物語」は上《じよう》の巻《まき》。長州赤間《あかま》ヶ関の海辺から拝見しまして、な。

大内家の春宵《しゆんしよう》歓楽一夕《いつせき》のゆめの場から、デアリマス。

「未覚池塘春艸夢〔未《いま》だ覚《さ》めず池塘春草《ちとうしゆんそう》の夢〕、楷前梧葉已秋声〔階前《かいぜん》の梧葉已《ごようすで》に秋声《しゆうせい》〕」テナことで、遠寄せのどどんじゃんじゃんがミゼラブルエンドに暗転！となりますと、よろしく、お次は秋成《あきなり》でおなじみの下総国《しもうさのくに》は葛飾郡真間《まま》の里。

真間の里丈《だ》けに、はるばる宗十郎《いまど》の勝四郎が腹を減らしてかえってくるんだか何だか、そこんとこは至って疑問デスが、遠国からかえるひとを楽しみにして待っている女房が宮木（土産）なんぞは頗《すこぶ》る理屈デシテな。

どうも、だが洒落も、（）《カッコ》をつけないとわからなくなってくると、事件は、太《はなは》だ、迷宮に入《い》ります。

さて、この扇雀《せんじやく》の妻の宮木《みやぎ》が、じつは、いまは早や、幽冥《ゆうめい》ところを異にした亡霊で、かなしくもいたましき「白桔梗《しろききよう》」のソングを吟《よ》みます。

白ソンというやつを、な。

白ソン、いってきかせやしょうなぞは、あんまり、いいシャレじゃないけれど……。

とにかく、その、パラティック、ソナタに曰く、デス。

「白桔梗、形見にのこる白桔梗
　花がひらけば秋がくる。
　秋はくれどもひとは来《こ》ぬ
白桔梗、墓場に植えた白桔梗
　ひとは来ねども花は咲く
　花は涙の露に泣く」

云々という。

恐しく、桔梗に熱心な女があったもんで、殊によったら、この女性、遠く先祖に……じゃない、子孫にサカクダッタラ、光秀に血すじをひいているかもしれない。

そこで、亭主の勝四郎がアケチがわるかった！って、あやまったてえますが、これは、あんまり、アテにならない。

が、かんがえると、これは、桔梗をあいすのもむりはない。

もともと、夫の帰郷を待っていたから、――と、ここらは、少々、口上茶番にしても辞書の必要をかんじる方で、な。


　つづいて「源平布引瀧」は、実盛物語の場という、これは、鴈治郎《なりこまや》のだしもので。

死体となって運搬される宗十郎の小万《こまん》が、実盛氏によって斬落《きりおと》された片腕を附着して、正めんの柱へ白旗をかけると、ウーンと、このオールドミスが、瞬間的だが、蘇生します。

じつに、重宝な機械が、むかしは、発明されていたものデスな。

1928年代のこんにち、さしずめ、片腕と白旗で、例え、一時《とき》たりとも、即死者にくちをきかすことができたら、大ていの汽車の踏切では、殉職美談を製作しないで、すむだろうと思います。

ピー、ガラガラで、汽車がくる。

「ヤラレタッ!」

と、いうことになると、夫《そ》れッと許《ばか》り、その轢死者に、切断された片腕をおしつける。

そうして、踏切小屋から、進号の白旗をもってきて

「オーイ、ひかれたひと――ッ」

テナことをいって、振りつづける。

最も、汽車でやられたひとなら、このさい赤旗をふった方が一そう効果的だろう!といったひとがありますが……。

それから、このお芝居の末段《まつだん》ちかくで、葵御前が産気づくところがあります。

當之助《とうのすけ》改め七代目吉三郎の葵御前、舞台で虫がかぶって、トド、次の間で、やすやすと御誕生あらせられます。

まあ、而し、大てい、御誕生は次の間でして、な。

あんまり、舞台で、あらせられたり何かしちゃ、こっちがいたみ入りますが。

が、それにしても、かんがえると、昔の芝居、じつに、写実極まるものですな。

おかるは癪を起す。

お秀の方《かた》は、衆人環視のまんなかで、ベターハーフと同衾《どうきん》する。

葵御前は、いままた、じつに、ベビィを降誕する。

リアリズムよ、汝、神の子イエスの名を以て、歌舞伎の前にうたた三拝九拝しろ!といいたい位のもので。

このくらい現実暴露!のクライマックスはありはしません。

所で、先日「近江源氏」の首実見《くびじつけん》に、そのリアリズムぶりを一そう完成させようと、あの首のまわりへ牛肉をまきつけてオホンとやに下《さが》った片岡仁左衛門氏が、この「布引」のお産の場も、も一つ、写実の妙《みよう》を極めようと興行中廿五日《にじゆう》のあいだ、小児科の名医と一流の産婆さん数十名立合の上で、初日から千秋楽まで、即ち、順々に腹ボテの女優さん二十五名を募集して、毎にち、ほんとうに舞台の上で葵御前をやり乍ら、産気づかせたが、どうも、あんまり、巧くゆきませんでした。

「幕」があいたかと思うと、まだ、瀬尾十郎《せのお》も来ない内に「ウーン」と虫気《むしけ》づいて「オギャー」と生れちゃうやつがある。

そうかと思うと、いざてえときんなって、依然、ピンピンしてるのがある。

じゃ、あしたは生れるだろうテンデ、次の日、舞台へあげてみる。

やっぱり、生まない。

また、次の日。

また、その次の日。

どうしても、生まない。

その内、とうとう芝居がおしまいなったらその翌《あ》くる日、ヒョッコリ、生れたナンテ、こんなんじゃ、至って、シマツがわるい。

なかには、もう一倍、手荒いのがある。

寸法通り、巧く、舞台で産気づいて、次の間につれこむと、忽ち、生れた。

しめた！と、実盛が、嬉し紛れに障子越しから、

「ナニ、御出生ありしは、男子《おとこ》か、女子《おんな》か」

「女だよ」

「お、おんな……そりゃ、いけねえな、オイほんとに、女かい」

「へー、たしかに、女で。おまけに、双生児《ふたご》で」

双生児なんぞ生れちゃ仕末がわるい。

所で、あのお産の場で、小万の倅太郎吉《たろうきち》が、障子屋体の内をのぞきにゆきます。——おそろしく、マセタ子供があるもんで、こういうのが、とかく女湯をのぞいたり、何《なん》かするのにちがいない。

実盛が、気がついて連れ戻すと、又、いってみる。

又、つれ戻すと、又でかける。

三どめに、実盛、我慢ができなくなって
「オイ！」

と、ずるずる引戻したら、トタンに、バサリ太郎吉のふところから落ちた、総クロース洋綴の円本がある。

「オヤ、何だろう」

と、実盛、思わず、手にとったら、

「フランク、ウェデキント作、春の目ざめ」

まさか、そんなことはありゃしない。


斎入老人追善狂言「巴波紋」という、これは又我が南北翁のリアリズム船弁慶。

あんまり古風でもない大船《おおぶね》に至って、ハイカラなかんじのする壽《じゅ》三郎の義経、右團次の弁慶以下、搭乗してるところ、西郷と月照が抱合心中を試みそうでな。でなければアモイの沖で、八幡船《はちまんせん》がトヤをしてるともみうけられます。ワラ包みの兵糧たくさんなんぞ、どうみても西の宮の海岸を、震災のお救い米が青年会の手によって、東京さして発送されんとする一刹那の光影《こうけい》みたいに愚考されるが、お立合、以て、イカントなす。

それから初舞台の右團次氏愛息達雄氏の小姓友若が、船で舞うのに馴れないからと弁慶が手をとって踊らせてやるところがある。で、ハーアまだ、船馴れないので足がタシカでないのだなと思ってると、あやかしがついたとなってくると、このお小姓、めちゃくちゃにゆれてる船んなかでりっぱに四天王と大見得を切ってる。

なんだか、ワケがわからない。

おしまいの幕の所では、右團次の知盛の姿が消えると、あとへ骸骨がモーローと出席する。そして骨寄《こつよせ》を帰納法でごらんにいれる。――而しこれが岩藤《いわふじ》の時代か何かならとにかく、鎌倉時代にかくもまざまざのざらしが出現するとなると、何だか、止せやいテナ気分になるのは、強《あなが》ち、小生一にんだろうか。むろん、あの時分だって、頼朝公七歳の折の骸骨がある以上、人類学から詳論しても、人体は骸骨を以てよろしく構成されてたにはちがいないが。

お待兼《まちかね》の「暫」は、こんどの興行をつうじての「布引」と「恋の湖」と共に、最もケッコーな一と幕であります。

江戸随市川荒事骨法。

やっとことっちゃんうんとこな。

鹿島入道震斎《しんさい》以下、成田五郎、東金《とうがね》太郎、荏原八郎、垣生《かきう》五郎、武蔵九郎、足柄左衛門――……と、やたらに、吾妻橋のサッポロビールで、たらふく、やってきたかえりだテナ、オールスターキャストが並んで、巨《おお》きなお腹を陳列するところなんぞ、江戸時代から安来《やすぎ》ぶしの腹芸を存在してたかとそぞろ吾人《ごじん》を錯覚せしめるに重分デアリマスが、何はともあれ、大《おお》時代のおサムライが、シャンシャンシャンと手打をしたり、鯰《なまず》坊主が「あわずに去《い》んでは」と鼻唄ぁ諷《うた》って角海老の向う横町を素見《ひやか》しそうにしたり、事、卑しくも鶴ヶ岡八幡宮の奉納品に「大福帳」や「水揚帳」があったりしては、この芝居、どだいが、漫談！です。

なんせんす漫談の境地です。

そいつを、いま、菲才《ひさい》が更《あらた》めて漫談化したところでいおうなら、折角右へひねって水をだしてある水道の栓を左へねじって環元してしまうようなものデアリマス。

で――つつしんで、我が「暫」のため「江戸荒事」のため、マサオカイルルは衷心から敬意を表して、もう漫談屋の荷をしまいますといったら、大いなる風呂敷姿の暫クンがおどろいて、ぼくに訊くでしょう。

「おい、おまはんは、俺丈けは漫談にしてくれねえのかい」

と。

そこで、あたしが答えるのです！

即ち「世辞屋」の落《さげ》を応用して、

「ハイ、てまえどもでは、仲間売《うり》は致しません」

と、ね。

ホホ、敬って、白《もう》す。

演芸画報　昭和三年（一九二八）三月号

ごなんものがたり

襟巻やまた旅にでる講釈師　　吉井勇

御難というやつの傑作を、秋がくると、そぞろ、身にしみて、いろいろ思出しますな！

ぼくなぞも、去年の十一月は、〔ママ〕しはるばる朝鮮へ渡りまして、空前絶後の御難にソーグウしたことがあります。

京城《けいじょう》唯一のいろもの席を三日、先ず「新内《しんない》と講談と漫談の夕《ゆうべ》」ってんで打ったんですが、その顔ぶれが、すでに、オドロキ桃の木！です。

曰く、富士松乱調。

曰く、桂家残月。

曰く、正岡蓉。

ときたんだから、大てい、心あるひとは、悲嘆の涙にかきくれます。

第一、桂家残月なんぞは、とうに、お墓へ苔蒸す時分です。——それが蘇り給うんだから、朝鮮の昼の月は、そぞろ、かなしくもかなしいワケです。

さて、のりこんで、フタをあけて、もう一ど、こっちはおどろきました。

この乱調氏の若松一流の説教ぶしてえのが、冒頭あがって、カルモチンほどお客を惰眠の境地へ殆んど魔術的手腕をもって進出させます。――とにかく、やってる中途で、時止めもなくパチパチと、お客から「止《や》めろ」といわない許りの手が鳴るんだから、こっちは楽屋でハラハラします。

そのあとへ、てまえがあがる。それから残月二世だか三世だかが押上る。――これでお仲入り。――カブリツキには、洋妾《らしやめん》然とした残月夫人が浮世節なるものを伺います。(序《ついで》にこの残月君、いまは美髯《びぜん》を剃り落して、すっかり白足袋か何か召して、このオクサンと四つ竹応用の高級万歳《まんざい》なるものを、水の大阪で試みているんだから、人生、まことに奇観!でしょう)それから、もう一ど、小生あがり、残月あがり、トリが乱調先生なんだが、このオジサンがあらわれると、さて一人立ち、二人立ち、ついに初晩《しよばん》はドロンドロンの打出しには三人しかお客がのこってなくなっちゃったんです。流石の席亭がオドロイテ、二日目は残月閣下をトリに廻した。――すると、こんどは、一天の君の話をしだした。――と、階下《した》にいたお客が、俄然
「恐れ多いからよしたらよかろう」

いったもんです。

「ヘイ」

と如才なく、そこは、さっそくに話題を変更すればいいんだが、所が、この残月師、引下りません。

「恐れ多いというが、君はあぐらをかいてきいてるんじゃないか」

「あぐらをかいてたらいけねえか」

「あたりめえよ」

「当り前たあ、何でえ」

「！」

「!!!」

とうとう、喧嘩になっちゃって、今晩、これぎり。

これがケイサツの耳へ入って、始末書とられの罰金五円。

大てい、これではヘチャモコです。

×

その夜、新内氏が、逃亡しました。

翌夜、残月夫妻がドロン。

而し、こっちは×新聞の厚意でまだまだこのあと朝鮮十数ヶ所が打って廻られる身の上です。

「どうだ、うれてるなあ、当時、俺許りだろう」

小生、大いに、片附けてたら、むざんなるかな、この×新聞、きいて極楽みて地獄で、ちっとも打つ先を決めてくれず、寒さは迫る歳末《くれ》は近付く、とうとう、最後に、ぼくまでどろん。

×

関釜《かんぷ》れんらく船で、ミルクとパンが二十銭、ライスカレーが三十銭。それで、朝と昼とをつなぎ、あとはサイダと松風《まつかぜ》と、朝鮮タバコをやたらに喫《ふ》かして、トド、下の関へついたときには、懐中、誠に白銅一枚。

夫《そ》れ柳家小せん花やかなりし頃だって、白銅一枚ではあがきのつくワケはないと、そぞろ、盲目の彼をして嘆称せしめています。

それが、昭和の貳《に》年度です。——いかに、下の関じゅうを、金《かね》の草鞋《わらじ》で探して歩いたって五銭で、お腹のくちくなるものなんぞ、あるワケがない。

さびしくも、寒月に波光る、活動小屋の前の海岸、あすこんところにしょんぼり泪をかみしめてたら、カンテラゆれる露台のうどんや。

みつけたりやな。みつかったりやな。

「すうどん、五銭」

と、正にあります。

「しめたッ！」

と許り雀躍《こおどり》して、ここでおうたは盲亀《もうき》に浮木《ふぼく》。

うどんげに……じゃない、うどんに花の咲く時節到来、チェーッ、かたじけなしと、そのうどんやの看板を押しいただき……、は、真逆《まさか》に、しなかったが、とにかく、得たりと飛込みました。

このときの、てまえのいでたちが、てえと羽織袴に小型のトランク。

どう、かんがえても、大道のうどんやに、ふさわしきスタイルじゃない。

而し、あくまで悠々おちつき払って飛込むと、いずこも同じ郵便やさんが、同じく一杯五銭のうどんを、おごそかにこそ、きこし召してる。

これに勇気を得た小生。

「おい、すうどん一つ」

とこっちも負けない気で注文して、くるが早いか、唐がらしをせめて五体の暖まるようやたらにまぶして、かきまぜて、しみじみたべたところなぞ、いよいよ小せんの「白銅」です。

さて、ここ迄はいいのだが、所で、このかなしくもいたましきうどん挿話にはかてて、太《はなは》だお結構なるサゲがついています。それはかかるとき、隣の郵便やさんが、忽ち、一杯たべ了えると、

「オイ、もう一つ、お代り」

といせいよくいったことです。

郵便やさんは五銭のうどんのお代りが裕にたべられる。然るにこちら、羽織袴のてまえは、泣いても笑っても、財政上、完全に一杯しかたべられなかった……。

――てえ一席は、なんと、ユカイな哀話じゃアリマセンカ！

×

さて、ここをでて、ニットーレコード下の関販売所てえ看板を、それから、間もなく発見しました。

これこそ尊き天の与え、汽車を待つ迄飛込んだら、せめてお菓子の一つもだしてくれるだろう

——と、こう窮迫のどん底に、堕ちると、人間というやつじつに卑しいもんですな。「ひもじさと寒さと恋を比ぶれば恥し乍らひもじさが先」——ただ、たべたい。

ただ、たべたい。

向うの仁丹の広告燈がゼリーにみえて、停車場の寒い燈火《あかり》が蜜柑にみえます。——だから、洋食屋からカレーライスの匂いがプンと流れてくるなぞ、こちらにとっては、正に、恋びとが仇し男と歩いてるのを発見した以上のつらいかなしいくるしみです。

閑話休題。

さて、かくして、飛込んだニットー特約店。時間つなぎは、正に、歴然とできましたが、

一時間。

二時間。

三時間。

そのあいだ、お茶。

ガブガブとのむ。

お代りにお茶。

又、ガブリ、のむ。

又、お茶。

又、ガブリ。

お茶。

お茶。

お茶。

——。

——。


ついに、お菓子は、現出しません。

こうなると、人間、義理にも、その「おなかがすいてるんだから、一つ、お菓子を下さいな」がいえないもんです。——とにかく、絶対にいえないもんです。

月蒼き夜の下の関。

あたしは、泪と、すいたお腹と、空っぽのトランクとをそっとかかえて、かくて、ある日のチャーレス・チャップリンのごとく、さびしく、汽車へのりこんだことです。

×

こういうゴナンは、而し、ぼくひとりではありません。

あらゆるひとに、斬新なゴナンが、さまざまにあります！——むろん、映画にも、シバイにも。

×

よっぽど前でしたな！

ぼくの友人で、北海道へ、興行にいったハナシカがいる。

バカな景気で、いい心もちになって、この男、ふんだんに、そこで、おみやげを購《か》った。

曰く、お盆。

曰く、硯箱。

曰く、箸箱。

曰く、楊枝いれ。

曰く、おはち。

さっするに、塗ものの産地とみえる。

片っぱしから、漆器の、おみやげをモーラしたところはよかったが、この興行が、順に内地へ、逆に打って、仙台まできたときには大御難。

二進三進《にっちもさっち》もいかなくなって、折角かったおみやげを、さっきの先生、一つ売り、二つ売り……

――。

とうとう最後におはちまでうっちゃった！てえのは、近ごろ、スタンプビューのしだいじゃありませんか。

×

田舎廻りの活動がゴナンをくう。

すると、もってる丈けの、いろいろのヒルムを、即席で、いい加減につなぎ合わす。

従って、堂々、三十巻でも四十巻でも、最超特長尺てえやつが、そくざに、やすやすとできるワケです。

その代り、その内容は、となると、まさかに和洋混淆とまでひとをくってはいないけれど、時に、ヤンキーガールあり、時に、古代ギリシャの兵《つわもの》あり、時に、こはこれ袁世凱《えんせいがい》あり、さらに、ジゴマにマスターキイ……。

事件いよいよ迷宮にいって、ワケのわからねえことおびただしい。

そこで、これらの説明には、よっぽど、かの「五目講釈」に於けるがごとき、さしずめ薬やの息子さんで調合的手腕に富んだ御仁がでて来ないとオサマリがつかない。

所で、こういう活動は、きまって、二日間を限っての公開です。

それも、前の日に前巻。

次の日に、のこり全部。

と、こういう相場にきまっている。

その村なり、町なりの新聞へ、スバラシイ折込広告をやる。

その文案がすさまじい。

「まことにや、これ、空前絶後、珍無類、破天荒……」

成程、この位、珍無類なのはありゃしない。

「かかる映画は、絶対に、再び諸君の前に提供さるることなかるべし！」

当り前だ！

こんなアヤシイ映画に、たびたび提供されたりしたら、こっちで悲鳴をあげて了う。

さて――それでも何でも、田舎ですな。これ丈け、新聞でおどかすと、

「オーイ、茂《も》十、花の丞、お甚《じん》次郎兵衛」

「あんだ？」

「あんだでねえ、活動写真さ、きたぞ」

「あんの、活動だ！」

「あんだか、しんねえけんど、えらく、りっぱげな活動だぞ。――あんしろ一んちでハー半分しかやれねえて、長え活動があるもんでねえか」

「とにかく、はあ、いってみべえか」

「いってみべえいってみべえ」

てんで、たちどころに、初日は満員。

じゃ、この調子で、二日めも、しこたま儲けて立ってくるかと思うと、どうして、仲々、左に非ず。

次の朝、又、新聞へ広告がでる。

曰く「昨日《さくじつ》の大入を心より謝す。さて、引続き今日《こんにち》も上映の所、××村より至急興行せよとの打電参り、お名残惜くも、昨晩にて打上と仕《つかまつ》り候。右、不悪《あしからず》」

云々という。

なぜ、こんなことをするのかてえと、そりゃ、そのワケで、つなぎ合しの映画だから、もし神妙

に二日めやったら、大団円てえ所へいって、巧く、おさまりのつくワケがない。——蓋《けだ》し、心細い映画のオーソリチイというべきですな。

×

所で、旅芝居にも又、これで、ローマ建国百年の基《もとい》を築きそうな、スバラシイやつがいろいろあります。

×

どこかの旅芝居では、ドロンドロンドロンドロンドロンと刎《はね》太鼓を自らいれといて、そのまま、文字どおり……といいたいが、音響どおり、ほんとにドロンをきめこんじゃった役者があるといいます。

×

そうかとおもうと、飛脚姿で、エッサッサッサと、舞台から花みちへ、花みちから揚幕へ、さらに、そのまんま、その飛脚の服装で、永久に、エッサッサッサと、どろんをしちゃったなんてのもあります。

これらは、蓋し、ドロンの傑作ですな！

×

大阪は北福島の春日座では、その昔、ここに寝泊りをしていた大道具が二人、ばくちに負けて大《おお》ゴナン。

飛んだ田宮伊右衛門で、蚊帳まで質にいれちゃったのですが、さて、その晩がきてみると、大阪唯一の蚊の名産地。

ねかけるとプーン。

ねかけるとプーン。

とても、瞼《まぶた》があいそうにない。

いゝ、とっさのちえで、そこで、こんどは、舞台へ、書割を一ぱいひろげて、そのなかへもぐりこんでねたというのですが、いかに、蚊の方は防げたって、盛夏八月、あの泥絵の具のベトベトと重っ苦しいやつでは、むしあつくってねつかれるワケがない。

「あんな、困ったこと、おめへん」

と、あたしに語ったその大道具は、もう、年寄の、たしか、刺青のある男で、いまでも、東京のある小屋に、そういう仕ごとをやっていたと記憶します。

×

剣術やにゴナンがあります。

だしぬけにいってもおワカリにならないでしょうが、武術試合って、よく、入場料をとって、野天で、興行するやつです。

「飛入勝手」

というのが武器で、方々の街々を打って歩くのですが、ぼくの友達のオヤジに、嘗て、この剣術やがありました。

遠く、朝鮮でのハナシなんですが、一座十数名、組織して、花々しく、旅興行に昇ったまではよかったが、すぐに、サバサバとゴナンてえことになっちゃいました。

どういうワケだときいてみたら、のりこんで、フタをあけたその日に、一座の看板ぬしが、飛入りの名もなき若僧に、ヘチャモコに引叩《ひっぱた》かれちまったんだそうです。

成程、これじゃ、大てい、ゴナンになるワケでさあ。

飛んだ「たてばやし」で、何のことはない「先生、嘘ばっかし！」

を、逆に、いった型です！

因みに、この剣術屋一行、これがため、次の日から、すっかりオケラのどん底に堕ちて、一行十数名が、豆腐二丁で、一んち、つなぐの惨憺ぶりに到達したそうです。

さりとて、いまさら、負かした相手を怨んで、

「豆腐はゆくまい、あと追駈けて」

というワケにもゆかず、キラズにすんだ幸福《しあわせ》を、せめて祝って、「鹿政談」の
「豆でくらせます」

と引下ったか——と、ひとごと乍ら、いまも想って、微笑まれます。

×

ゴナン。

ゴナン。

かなしきはゴナン。

くるしきはゴナン。

さびしきも、いたましきも、亦、ゴナン。

而し、たのしきも亦、ゴナン。

全く、ゴナンのない旅は、恋なき若き日のごとく、省みて、太だ、なつかしくないものです。

ゴナンの旅なら旅であるほど、あとで、その旅がなつかしまれます。

×

いい落したが、朝鮮の旅。

寄席の二日め。宵のくち。

外景《そと》は、凍てつく韓国《からくに》月夜で、ガラスを隔てて、月が碧い。

二世?残月と、洋服姿の浮世節夫人と、そして、あたしと、火のない火桶をかい抱いてさびしく、
そっと出を待ってると、

「どうです、今夜は?」

と残月夫人。

「何が?」

とあたし。

「客ですよ」

と、また、夫人。

「うすうござんすよ」

そこで、あたしが答えたら、

「まあ、そうですか」

夫人は、かすかに溜息をついて、白粉《おしろい》の滲《し》みた指先に、オパールの指輪がキララと、いっそ、寒く光った。

あの一瞬の、しんしんと、身うちに迫りしうす蒼い旅愁。哀愁。併而《あわせて》、郷愁。

けど、あの惜みなきゴナン情趣！ いまにあたしは美しい絵巻として、どうしても忘れることができない。――恐らく、悠久に、忘れられないことであろう。

×

さもあらばあれ。

ゴナン。ゴナン。

ああ、その名こそほめられてあれ！

演芸画報　昭和三年（一九二八）十二月号

自殺未遂手記

『自殺学』の高田義一郎博士におくる

何を、もう、どうすることも、できなくなっていた。毎にち、ペンとれば、手がふるえた。黒い眼鏡をかけて、あるいた。——太陽《オヒサマ》を仰ぐと、ちかちか、眼がいたむのだ。お酒ばっかり——それも、冷《ひや》へ、かちわりを投げこんでは、四六時《しょっちゅう》、あおいだ。のむと——いや、のまないでも、徒らに、こころが烈しく、たかぶっていって、ひとを叩っ殺すんだ！と、薪ざっぽうをもちだしたりした。

カフェで、無頼漢《ならずもの》に、「かえりやがれ！」と怒鳴って、一蹴しちゃいもした。そのくせ、ひとり、いるときは、おろおろ、おろおろ、涙がながれた。あふれて禁《と》め得なかった——……。

もちろん、いいものは、かけなかった。

くやしいほど、不甲斐ないほど、あたしの思想がゆきづまって、そこに、焦燥許りがのこった。

そのとき、先輩芥川氏が、とつぜん、死なれた。自殺された。——それも、ゆきづまって、ものがかけないという理由《わけ》で……。

自分のものを、はじめて、みいだして、ほめてくれた、そのため、こんにち、貧しい乍らも、ものをかいて、くらしていられるようになった芥川氏丈《だ》け、この自殺は、あたしに、可成、暗い、いたましいものを投げつけた。

あの、丁ど、自殺がつたわったころ、自分は、京の木屋町《きやまち》で、桂三木助、吉岡鳥平《とりへい》氏らと共に、あるお大尽に招かれて、床涼《とこ》みに興じていた。

声いろをつかったり、大津絵をうたったり、そのなかで、酔って、しだらなくあそんでいて而《しか》も、人しれず、あたしのこころ丈けが、暗く、いよいよ暗くなってゆくことが仕方がなかった……――。

正直のところ、これが、第一の刺戟！


さて、同じころ、ものかけなくなるのと相待って、自分には、二つの、肉親の苦患《くげん》がもちあがった。

一つは妻とあわないことだった。

お茶やの娘だというのに、芝居も、噺も、まるで、しらなかった。

鴈治郎も、みたことがないという。

洛陽無頼のあたしと、それが、どうして、あおうワケがなかった。

で、日に日に、別れようと思った。――お交《つきあ》いのために。

が、長男のくせに、あたしをワキへ養子にやるほど、あたしを憎んでいる父親《ておや》――そして、その父親が、過去、三人もの女に（あたしの母も、そのひとりだ！）子をつくっては、逃げ逃げしたことをおもうと、いま、子までできた妻と別れて了《しま》うことは、音信《いんしん》不通の父親が、遠くで、きいて、

「ざまあみろ！　てめえだって、俺と同じじゃねえか」

とあたしを嗤うような気がした。

いや、たしかに、嗤ってる父の顔が、憎らしく、クローズアップになって迫った！

「いやだ！　親父と同じ運命になるなんて、死んだっていやだ！」

而し、さりとて、このまま、いまの妻との生活をつづけてゆけば、あたしは、益々、もののかけなくなってゆく……——あたしは、ひとり、いらいら悩んだ。

悩みつづけた。

——……。

かくてそのころも一つ、相前後して、母をひきとれ！とのこと。東京の親類から、二た月に、一ぺん位ずつ、いってきた。「引取らぬ」ぼくを、けだもののようにもいってきた。

母にたいしては流石に、父へかんずるほどの憎悪はなかった。

が、実母であり乍ら、十四のとしから、一しょにくらした——それ迄は、年に二、三どしか、相逢わぬ——母である。

「伯母さん」以上の愛は、正直、かんじられなかった。

が、母の方では、「伯母」の愛でなく、「母」の愛と、それにたいするいろいろのキモチを以て、

どこ迄も、あたしに迫ってくる……。

――ありがたく、而も、迷惑だった。

それには、母は、あたしを可愛がってくれた祖父母を、晩年、いたく、虐待した。

ひがんだ祖母は、あるときは、

「鉄道自殺をする」とまで、いったりした……

そのときの感慨が、それで、いまに、母にたいして、「すてられた女」としてのあくまで気の毒さはかんじ乍ら、も一つの好意をどうしても自分に、もたさぬのだ。

あたしが、世のなかへでる迄は、父と共に、

「やくざな不良少年」

としてさげすみぬいて、世へ、一作を問うてから、まるで、態度がガラリと変った。

こういうことも、十四のとしから、生活を共にした母親丈けに、他人みたいな憎しみを、いまにかんずる。ほんとうにかんずる……


が、が、それも、かまわない。

あたしの妻が、恋妻で、また恋妻で、よしや、ないとて、あたしのキモチを理解する妻ならば、母だって、折れてもいようし、よんでよべないことはない。

而し、それが、前記の家庭である。

母をむかえ、世間的に「孝子」――でない迄も、ふつうの道徳的温情家になって、いよいよ、自

分がかけなくなる。

つまり、芸術生活上には、完全に「自殺」をして了う。——それは自分には耐えられなかった。

それより、非道といわれてもよい。

「我れ若《も》し王者」たる暁までに、不幸な母が死んでいたら、墓前に、一束の花をささげて、そのとき、泣いて、あやまってもいい。

とにかく、あたしに、いま母をひきとることは、できなかった。

東京の親類からは、果而《はたして》、その後も、ひんぴんと、

「人でなし」

だと、罵ってきた。

それでも、あたしは、省みなかった。

と、と、そこへ、玉出《たまで》の「魔の家」の事件が、新聞につたえられた。

父親の屍《かばね》を放ったらかしといて、あげられた柿本淳一郎一家である。

が、この事件は、事件許りは、根本から、あたしの、すでに、病的に偽りつつある心境へ、グサッと、最後のとどめをさした。

そういっても、眼の前を、一時《じ》に、サッと、真暗にした！

「自分だって、この、いまのキモチをつきすすめていったら、いつ、あの淳一郎と同じ運命にならないといえようか」

あたしは、日毎、その事件を報ずる新聞紙をみるたび、さなきだに弱りに弱った神経を、最後の

刺戟といってもいいほどに、いらいら悶えた。

これが、そうして、最も、烈しい第二の刺戟！

そうして――……。

そうして――……。

取沙汰された北村兼子との挿話などは、この、さなかで、せめてものこころなぐさに求めた愛が、全然「涙」なぞ、相手がもっている女であったため、あたしの死への動火線のほんの一つの燐寸《マッチ》となった。許りである。

刺戟でなかったとはいわぬ。

まじめに、恋いもした。

裏切られたのも事実である。

が、それが死因のすべてではない。

以上のいくつかによってあたしに蒼白く燃え立たせていた、その死への炎の、なかの一つの燐寸である。

そうして、それ丈け……！


さて、昭和二年九月二日。

いよいよ、自分は、死のうとおもった。

早い秋雨が、じとじと、じとじと、ふっていた。

その午後、自分は、幾通かの遺書《かきおき》を、今宵、かき上げ、翌《あく》る日、死の途《つち》につこうとした。

が、やはり、怯懦《ひきよう》な自分には、あした迄、待つ余裕がなかった。

少くとも、それ迄に、自分の、そわそわとおちつかぬ態度は、家人に発見されて了うと信じた。

(この点、芥川氏はほんとうに偉いとあたしは心からあたまが下がる!)

今夜!

今夜死のう!

自分は、睡眠薬を購《か》うべく、そこで圓朝全集を売却した。

そして、二百錠のカルモをたずさえ、南のKというカフェで、アブサンに混じて、のこらず、呑んだ。

呑み干した。

——さて、自分が、こんこんとして倒れていたのは、我が家の前(そこから家まで潜在意識でかえったものにちがいない! あたしはKカフェ以後の記憶はない!)で、自分が、意識をとり戻したのは、翌日正午、白い、病院の一と間である。

死にゆく迄の雨の黄昏の自働車では、流石に、涙が、いくたびか、黒い眼鏡をぬらした——……。

まだまだ、あたしのあの前後へたいしての情懐はつくせない。

そのうち、もっと、客観になったら、かいてみよう。

まだ、二年や三年では、傷みは癒えぬ。

而し、それでも、世間は、狂言自殺だなぞと罵る。
入院中でも、人がくると花やかな饒舌になり、ひとりでいれば、死の歌などかくあたしをワカラヌ世間では、病院までが、いまに「狂言」だといってるそうだ。

が、それも仕方がない。
いつかはわかる日もあろう。
又、わからずに終るかもしれぬ。
それは而し、どちらでもいい。
あたしは、やはり、恋いつづけ、酔いつづけ、謳《うた》いつづけて、一生、終ろう。
十年のちか。
二十年のちか。
それとも、あしたか。
いや、きょうか。

とまれ、とまれ、こはこれ、「自殺未遂者」の「手記」である。

食道楽　昭和四年（一九二九）三月号

浪華の雨

塩野さん――

昨晩はしつれいしました。

こんどの浪華行は全くイスカのはしというやつで、一寸《ちょっと》あてにしていた仕ごとが一つ丈け巧くゆかず、レコード吹込は朝から五時までかかって而《しか》も五枚が五枚、油がのって来ずとうとうそのまま癈《や》めて了《しま》い、この調子では、これからゆく京都のある撮影所の要件もいっそ、幸先がわるいような気がされて、小田原閑居、しずかな陽の当る柑子《かんし》の葉蔭許りが、徒らに子供のように恋いかえされています。

寝汗はひどいし、心境もよろしくないし、全く、くさくさして、じつは一刻も早くかえって、いい仕ごとと安息とが欲せられてる自分なのです。

が、が、そのなかで里見義郎《よしろう》が尼ヶ崎のホールへついた晩すぐ阪神国道をドライヴしてつれてってくれたこと、柳屋翁《やなぎやおう》があたしのかねてたのんでおいた鯛茶をたべに早速つれにいってくれたこと、さて、もう一つ、あなたや豊福《とよふく》君が南で昨夜、美しい歌姫たちのなかへ招いて歓待して下すったことは、特に、不機嫌ないまのあたしという旅びとを、どんなになぐさめてくれたかわかりません。

そして、その南の旗亭《きてい》M村の一室で、けさ、あたしはあなたにお約束のこのゲンコーを、小量のビールをひき乍ら、かきつつあるところではあるのです――……。

ゆうべからふりだして、一としお、あたしを寂しくさせた雨はまだふりやまぬらしく、ここの小部屋には鈍い午前の光りのみが、重苦しく流れています。

また、それで、ちょっと、憂鬱になりかけています。

それには、ゆうべ、来た妓《ひと》たちは、流石、兄《けい》らのお名ざし丈けに寄席好きの、お座敷の面白いひとたち許りでしたね。

東京では、あんなに寄席をあいしてくれる妓なんぞめったに見当りはしません。

で――従ってそういう方面の話題許りがいろいろとでたのでしたが、そのなかにふっとあたしの心を惹くような、ある少《ささ》やかな出来ごとがありました。

むろん、あなた方はお気付きのなかったことですが、それは、あのなかの誰かが偶々《たまたま》野球ぶしをうたったときでした。

話は、そこで期せずして、あの唄をこしらえた万歳の小山慶司《こやまけいし》の上に落ちました。

慶司は何かの事情から、先年、花月の一派へはでず、五色会《しょく》などという一座へ加わって、永らく京都辺をウロウロしていたもんです。

その間にはたまに放送位やったようでしたが、兎に角、大阪へ顔はみせませんでした。

と、その慶司が、彼の女《かじょ》らの口から、こんど、再び、花月の方へかえってきているというのです。

初耳――六ヶ月めにかえってきたあたしには、それは、全く初耳でした。

「へ！　一寸もしらなかった。そして、誰とでているの」

「歌江《うたえ》はんやわ」

「え！　歌江と……」

「はあ、何でも夫婦《みようと》になりやはったんだすと……」

「え、夫婦に……冗談じゃない歌江は、花月の事務員の女房なんだぜ」

「そうかて、こんど、別れはって、慶司はんと一しょになりやはったらしゅうおまんねん、ようはしりまへんけどな」

「……」

あたしは、全く意外でした。——慶司とでている偶然はただの偶然としても、その夫と別れてまで彼と一しょになっていようとは……？

以下、泥を吐いて了いますが、じつは、そのころ、あたしが深く深く恋いていた堀江のある妓《おんな》は、その歌江とそっくり生写しでした。

伏見直江に横顔が似たあたしの妓と、あの涼しい色っぽい瞳とはほんとうにとてもよく似かよっていました。

あたしは、彼の女を「歌江」と秘かに仇名したほどで、柳屋翁など、そこで「ほんものの歌江と浮名、流しなはれ」と、いつも冷やかした位です……。

あたしは、その歌江に棄てられた（のでしょう、多分……）、万歳あがりの、事務員の顔を、いろいろな風に考えてみて、ちょっと一瞬さびしくさえなっていました。

と、と、そのとき、又ひとりが。

「けど、歌江はんの顔、あのひととよう似てはるな」

「誰と？」

「ほれ、あの……」

「誰やいな？」

「小富《こと み》はんだんがな」

小富！――ほんとうは今度こそ、かくしのないところ、自分はしんからギクリッとしずにはいられなかったのです。

以下――いよいよ泥をもう一ど吐かせて貰いますが、前にいった「歌江」似のあたしの妓には、新町《しんまち》の方のTという旦那がありました。

所が、あたしが始めてしりあったころ、そのTは南の方に何とかいう妓《ひと》ができて、そろそろ、あたしの妓《おんな》とは絶《わか》れかけるような気運に何となく動いていました。

そこに、あたしがあらわれた――というのは大へんなこちらの自惚れで、『今戸心中』の女主人公《ヒロイン》が思う男と別れたのでふり通していた下駄や四十男と心中した……と、ま、それほど迄ではないとしても、まあまあ、その程度だったと思っていても差支《さしつかえ》ないのです。

その証拠に二人がはじめて京へ遠出をして、鴨川べりの宿に一夜を明かしたときも、女は、朝になると松の花の黄色く咲いた五月の鴨の水をみて、いたましいような表情で、こころ変りのした男を怨む小唄許り歌いとおしてはいた位です……。

そして美しい女の横顔を眺め乍ら、あたしにこんな女をすてて了うような贅沢な男がこの世にはいるのかしら、いや一体、それはどんな男なのだろうか、羨ましく、怨めしく、果ては義憤をさえ心のなかでかんじさせたものでした。

――……。

――……。

――……。

さて大変話がいりくみましたが、その彼の女の旦那のTが心から恋したという南の女が、いま、じつに妓たちの口に上った歌江に似ているという「小富」だったのじゃありませんか！

「小富」という名は、そののち、あたしはそれにTを奪《と》られたのだと彼の女からきかされて、よく知っていました……。

彼の女をすてたT、Tの走った小富、やがて彼の女に反《そむ》かれた自分――而も、その「小富」も「歌江」に似ていたのか？

そうして、なんとそのTなる人も、それではすべて「歌江」のようなタイプの女を自分と同じく好いていたのか？

――あなた方と笑い興じつつも、それで、あたしは何ということなしにあのとき慶司へ走った歌江の上《うえ》と、あたしに反いて目っかちだというお金持のところへ去った彼の女の上と、いや、そういおうより、いままでここにかいてきたすべての人の世の走馬燈を、さびしく茫然とこころにおもいめぐらせてはいたことなのでした……。

塩野さん——

かいている内に、なんだか小説のようなことになって了いました——許して下さい。

これでは「浪華の雨」という表題は少しふさわしくないようですね。

何とでもそちらで適当にお変え下さい。

でも、雨は、ほんとうにまだふりやまないのですが——……。

上方食道楽　昭和五年（一九三〇）三月創刊号

浪華の雨

第二話　染丸と圓太郎

豊福《とよふく》さん——

そちらからかえるとすぐ怪我をして臥床。

やっと起きられたら、小田原の梅はもう旺《さか》りをすぎて、いつか水ぬるむたたずまいです。

はて今月は、どんな浪華をおもいだしましょうか。


「堀川」という上方噺がありますね。

喧嘩の好きな息子と、火事の好きな息子とが住んでいる長屋に物語は、はじまって、トド喧嘩ずきの方を猿廻しが、「堀川」のさんなまたあろかいいなをカゲにつかって起すという。

林家染丸《そめまる》の十八番で、ね。

所が——あれは、ある秋の夜の紅梅亭でしたが、いい心もちに染丸が下座《しもざ》の三味線にのって、あすこのところをやりだしてたら、突如ブスリと楽やで三味《いと》が絶《き》れました。

そしたら、染丸は何とも不愉快極まる表情をして、

「ほ！　糸がきれましたよって、又、あすの晩、おきき直しをねがいます」

と、そのまま、そそくさ下りていって、

「おい、何とかはん（お咲さんとか、お竹さんとか、そういう女の名）、途中で絲を絶ったりしたら困るやないか」

と、客席にも聞える位の大きな声で怒鳴り付けました。

明らかに、それは（染丸のやつよほど怒ってるな）ということを我らに思わせたほどの大きな声です……


さて、そのあとへ圓太郎《えんたろう》があがって来ました。

こないだ、やめた圓太郎です。

川柳の馬場蹄二《ていじ》に似た赤ら顔で、「我が身で我が身が……」と謡い落す、あたしはすきなひとりですが、そのときは、どんなハナシをやったか――多分、「羅尾屋《らおや》のくせにヒゲなんぞ生やしやがって……」てのがへんにおかしかった「小言幸兵衛」じゃなかったかと思ってますが、とにかく一席やったあと、

「今晩は、故人千橘《せんきつ》、追悼の都々逸を一つ……」

てえことになりました。

圓太郎の、あの都々逸は絶品です。

そういっても全くフシギな哀しさがある！

所が――それをやるにさいして、圓太郎は楽やへ向うと、

「お何さん、さっきは叱られて気の毒だが一つ、ぴんぴんをたのみますよ」

と、朗らかにこういい放ちました……。

ケンツクをくわせて下りた染丸と、そのあとでニコニコおあいそをいってる圓太郎を――……。

話というのはこれ丈けです。

が、年少多感な――ましてファンタスティックな幻想小説許りかいてたそのころのあたしは、その、それ丈けの話が単にそれ丈けでなく――いや、とてもとてもそれ丈けでなくある空想的な怪奇談に自分で仕立てて了《しま》ったんです。

無論とうとう完成しないで破って了った短篇小説ではありましたが、いまでも、その小説のスジのゆきたてを記憶《おぼ》えています……。

それは――いままで述べてきたような事件があったのち。「私」という男は、それを次のよう、カイシャクする。

それは染丸は大阪育ちの人間だ。

圓太郎の方は江戸からきている人間だ。

で、一方はケンツクをくわせるのに、一方はキサクな調子で下座《しもざ》のキゲンさえとってやってる……――そこに、さあ、何というか、他国者の気兼からくるさびしさをかんじ、併せて「私」自身も圓太郎と同じさびしい旅鴉《がらす》なのだとかんじて太《はな》だユーウツになる……と。

これが、先ず、第一のその夜の彼らへのカイシャクで、所が、それを他日「私」なるものが、ある寄席通に話をする。と、

「馬鹿をいえ。あの晩、桟敷にいい妓《おんな》がいたろう」

「うん、いた」

「あれを染丸はくどいてふられたんだ」

「フーン」

「所が圓太郎はそののち、あの妓といい仲になって了い、その夜も妓の方から紅梅亭へよびだしにきていたんだ」

「……」

「だから染丸がプリプリしてて、圓太郎がニコニコしてたのは当り前じゃないか」

と、相手は「私」のユーウツをあたまッから打ちこわして了うことになるのです……。

え!! それで、あの小説はおしまいか!って……。

どう仕《つかまつ》りまして――。

まだあるある。

飛んだ安達元右衛門《あだちもとうえもん》だが、当年のロマンチック掬《きく》すべき、あたしの小説はさらに芥川龍之介張り

で、その上こう、根底からドンデン返しになるんです——それは、以下。


そこへ、折からやってきた別の友人が今度は、

「それはいつの話だ！」と訊く。

「この月の二十三日だ」

「日曜日だな」

「うん」

「雨がふってたろう」

「うん、そうだ——」するとその友人がキッとなって、

「おい、その晩なら、そんなワケがあるもんか」

「え！　どうして！」

「だって紅梅亭は、突発的な事故が起って俺はワザワザあすこの前に立ったんだが、その晩丈けは、臨時休業していたんだぜ！」

云々——という。


こういう、つまり微笑ましいほど当年の呑気《のんき》にかられた小説なんです。

が、なぜか、浪華というと、いまもあの夜の染丸と圓太郎とをともまざまざ憶《おも》いだします。

——併而《あわせて》、この、暗《やみ》から暗へ失われた未完成のフシギな短篇をおもいだします。

最後に、而し、而しです。

いまは、あの夜の事件はたとえ自分はおもいだしても、こんな愛すべき空想は、とてもめぐらせぬ「私」になって了いました。

「染丸はあの晩何か不機嫌なことがあったのだろう」

「フム、そして圓太郎は？」

「あいつは何かうれしいことがあったんだろう。そうまで他《ひと》のことに世話が焼切れるかい」

いまの「私」なら、正にこういい切れます。

花も羞《はじ》らうゆめなんか、「私」に再び浮び来ようよしもない……。

それは、だが明らかに人生行路に疲れてきた「私」を物語っているものではありますまいか。

——それはさておき、こんど、楽屋の誰かにあって当年のあの一件を話したら、大きにこれが、

「いや、染丸は紅梅亭では威張ってるワケだよ。あの下座《げざ》は、やつの女房《かみさん》なんだもの」

てなことになったら、この一篇はいよいよおあつらえ向きなんですが、ね。

お立合《たちあい》、以而《もって》、いかんとなす？

上方食道楽　昭和五年（一九三〇）四月号

元日雪夜夢

5年越しあいしていたのに、とかく人生は雨があり風があり霙《みぞれ》もあって、いくたびか、はなればなれになっていたひとと、やっと、一しょになれた元日の晩が雪である。

雪――それも深雪と云う、めずらしくしんしんと音もなく降り積む雪である。

――あんた寄席へゆかない？

――うん、いってもいい。

――どこの寄席になさる？　じゃあ……。

――さてね、些《いささ》かこむだろうけどなあ。

――我慢するわ、お正月だもの。

（未《ま》だ、ビラ辰の木版絵びらで、薄ぼやけた朱と緑で松竹梅のワクがちらされ、圓蔵《しながわ》だ、市馬だ、三好だ、小せんだ、しん生だ、正蔵だ、やまとだ……と、昔の、いまは亡いハナシカたちの顔が、高座がそれから名が、ちらついて消えた――そう云えばあの遠い日の寄席のしじま！　庭ぞ床《ゆか》しき本郷の若竹、土蔵壁美しき銀座の金澤、そして、そして――）

……——そんな去ねんの約束が、明ければ、けさから雪なのである。従って友だちも来ず、かきもせず、かこうともせず、日記丈けちょっぴりしたためて、あとはべエゼをしたら日が暮れた。

——夕がたまけても、雪の日は明るい。とろんと鈍いあかるさである。

——おい、この分じゃ寄席はダメだね。

——あしたは道わるだし……。

——尚、イヤだ。じゃあ、のむか。

——ええ、炬燵で……

トドそうきめて、電燈を点してはじめた今夜の酒なのである。ふたりとも飲《い》けるので、他愛なくのみつづけたら十一時……。

未だ雪の音響《おと》がする——外景《そと》でかすかに、

遠方では蒸汽ぽんぷの笛もきこえる。

(ここはしかし、ちょっと半鐘がきき度《た》かった)

——猫が三つ、かさなりあって、ふうわり炬燵へかけた眼のさめるような友禅蒲団でねている。なかで一ばん小さな猫が眠り乍らときどき啼くのは、何をか、ゆめをみているらしい。

……――さて、あたしは、いつも元日ちかくなるとこう云う恋愛風景をおもいえがく、それも、昔のひとからもらった古びた絵葉書の絵のごとく、極めて、仄かに。

それには、この風景に登場するこよなきひとは、きっと、ひつじの三碧《さんぺき》で、少しも有名ではなかった女役者で、そののち酒場おんなにてんじて、道頓堀にも銀座にもいた、筑波雪子に似た横顔《ぷろひる》のひとである……。

その女のひとと云うのは夫がある喜劇団の大部屋で、それから舅《しゅうと》は、大阪で、昔は鳴らしたハナシカである。

そう云えばあたしは、未だ、さすらっていたころの浪華、御旅《おたび》や松屋町やらの仄暗い寄席で部厚な顔のその老人の「いかけや」なぞをよくきかされた。――だがそのころのことにして、この老人の倅さんの女房とのちの日どうこうあろうなぞと、ああ誰が……。

でも、その女のひとは江戸っ子だ。それが、私と同じように年長《た》けて永く上方へ流れたのだ。

いま、どこにいるか。

どうしているか。

――ここまでかけば本音を云うが、いろいろのイヤな事情《わけ》があってよし別れるにしても最後のほんとうのことがいえず、いえ、むしろ、こちらのちがった心もち許りが心なき人からつたえられて、それっきり二人の絲がふっつりときれたのである。

されば相手が、そのハナシカの倅の亭主と、わかれたゆめをさえ、ときどきはみる。いや亭主がいそえ度い……。

死んで了《しま》った夢さえ……。

同時に、それは否むべくもなく、切にそうあってほしい心なのだと白状できることをもあえて云いそえ度い……。

それにつけても、もうじき、こんども元日がくる。が、我がみるゆめに変りはあるまい。かえって、年々と、そのゆめは、ひたむきにいろ濃さをましてゆくかとおもわれる。

「ＴＯＭＩＹＯ」そうしてそれが、そのひとの名であった。

……で、元日の、雪の夜の、いときれぎれなあたしのゆめは以下こうつづく。

つづくのである。……

……間もなく十二時がしらせられた。未だそれだのに、ねられないので、もう一、二本、のこされてある、お酒を自分たちはひそやかにのんだ。

厠《かわや》へ起って、手を洗うべく、雨戸を繰ったら、さっと流れだした燈火《あかり》のなかに、白妙の雪のあわい、万両の、粒らに赤い実ののぞかれるのが、元日の夜の心もちを、一ばん、おしまいにしみじみさせた……――終り

食道楽　昭和九年（一九三四）一月号

蓮葉飯天民供養

——白雪《しらゆき》を一升のんで、それから菊正を又一升、ふたりで煽ったら、ぼくは、北のお多幸の、関東煮の鍋の前へつっ伏して前後不覚にねてしまった。

目がさめたら、もう大阪は秋の夜だ。

ながいものとは、まん円な天民翁《てんみん》の黒い眼鏡が、にやにや、わきに微笑《わら》っていた。

それから、ぼくらは道頓堀へあわててながれて、何でも十一時ころ、円タクでかえる先生と別れた晩の、おもいでが深い。一ばん深い。

——未だ、食道楽社が大江ビルの暗い一室にあるじぶんで、ぼくは、一ばんはじめの妻とわかれ、着たきり雀の紺絣で、大正橋の佗びしい宿に、蒸汽の笛とくらしていた。

あのころ天民先生は、ぼくにのみ、ひとり10円15円と原稿料を恵んで下すって、それが、あたしのいくたびかセンチなコップ酒とは化した。

漸く舌のロレがもつれだす、我がアルコール中毒の惨《いたま》しき第一歩時代であった……。

井東憲《いとうけん》が誇大妄想めいた冗談を吐いたので、彼の原稿料30円を無断で盛大に濫費したのも同じころで、その盃の座にも翁はいて、

「愉快だねえ、大いにやれよ」

と莞爾《かんじ》とされた。

初対面は、昭和2年秋、神田にあった村松先生の騒人社《そうじんしゃ》でだ。

ぼくが、はじめて三遊亭金馬と神田の立花亭で二人会をやり、極めて生硬な一席のディヴィウで、冷汗《れいかん》三斗の不評を招いたときである。

松本泰《たい》、邦枝完二、佐々木指月《しげつ》、等等、次に梢風《しょうふう》先生に紹介《ひきあわ》された諸先輩のなかで、

「正岡君——君の少年時代のかいたものから、ぼくは知っとるよ」

と云われた天民先生の黒い眼鏡がそのとき一ばん圧倒的に怖いかんじがされたものだ。——尤もこの怖さは、のち一、二どの会見で、すぐに雲霧消散してあとは極めてホガラカな天民翁のみが、我が身近にかんじられだしたこと勿論であるが……。

——さてここで自分のことを一と言いわせてもらうが、ぼくのような特殊作家。

きつねぼたんか、あらせいとうの殆んど気紛れ花に似た作者は、文筆10年、活字でほめられたことじつに五指に満たざる寥《さび》しさである。——菊池寛氏あて私信でほめて下すった故芥川龍之介氏以後では、国枝史郎、村松梢風、それと僕に我が天民先生あるのみである。殊に、天民先生は、いくたび我が拙文を、こよなきものと筆とってたして下すったことだろう。

これは全く我が終生の感激であり、感謝である。

つい、先日も他の雑誌へかいたのだが、舌で千万遍、ほめてくれる先輩より、只一行でも活字に刻んでみとめて下さる先輩知友を、どれほど自分は感泣《かんきゅう》することか！

もう一ど云う！　だって、ぼくなぞ、ともすれば忘られがちな、獺月夜《かわうそづくよ》の、粒らかな雑草の花だからだ。

去ねんの秋、小田急の畏友足立俊郎君の肝煎《きもいり》で、井上剣花坊《けんかぼう》、甲賀三郎、水島爾保布《におう》、生方敏郎《うぶかたとしろう》諸氏、それと桂文都《ぶんと》君とで相模は大山へ遊行した。

病後で来られぬはずの先生が、そしたら昔日の慓悍《ひょうかん》さなく、極めて好々爺然として新宿駅頭、歩をはこばれた。

剣花坊先生をして、時に、

　瘦せても天民、枯れても松崎なり

とうたわしめた、さまでの衰えようである。正直、あのとき、ぼくはそれをみて困ったキモチになったことをハッキリここで告白する。

明朗なる可き座談会、一夜泊りに草靴《わらじ》の紐の仇解《あだどけ》を愉しもうず大山道中へ、病天民先生の登場は一抹の陰影を投ずる。

太《はなは》だ勝手な云い分ですまないが、ぼくは、大いにクサリさえしたのである。

が、よかった。

いまとなると、きてもらっておいて却ってよかった。

旅から旅の作者でうった天民先生と、あれが、あの一夜が、ぼくにはたった一どの空前絶後の、行を共にしたつどいになったからである。

あの日の小影《しょうえい》は、片桐千春うつす印画《しゃしん》で、いまも自分のアルバムに、さればかなしく、なつかしくのこっている……。（もう、じき、めぐり来るあの日の秋よ、山芋の香よ、新そばよ！）

ぼくの手許の最後のハガキは、この春、一ど、退院されたときだ。

「在院六十四日目。

少康、やっと（二字不明）二十日に退院いたし候、奈良丸より追て何分の沙汰有之と存じ居候。貧乏で病弱な小生よりも、貧乏で丈夫な大兄羨ましく候（中略）大兄、大に《おおい》御努力願上候、十八日夕」

そして三月十九日消印である——。

奈良丸云々は、あたしのかいた浪曲台本のことであるが、何よりふるっているのは「貧乏で病弱な小生よりも、貧乏で丈夫な大兄」の一齣《いっく》だ。ただ「病弱」と「丈夫」でわかるところへ、一々、「貧乏」が附随しているなぞは、蓋し、天民流の最大級豪華版に非ずして何ぞや、だ。

昭和七年七月十八日附のてがみはおもしろい。——ぼくが雲右ヱ門をキライだといったときの返書だ。

「（前略）兄が雲をキライと云うは、浪花節に対する大なる偏見、又は認識不足に候。関東節も妙ければど、雲の好さは又自ら別趣あり、レコードでおきき下されたく候。浪花節はひとり関東節が好いと云うに非ず、も少し汎《ひろ》くきいて下されたく候。雲をきらいにして、何ぞ浪曲を語るに足るべき大いに兄の偏見を正したく候（下略）」

と云う風に、ぼく、大いに先生から叱咤されているのである。

が、ぼくは雲右衛門もいおうなら、同時に澤正《さわしょう》も好きになれない。さらにもう一つ云わせてもらえるなら團十郎も、すべて、ああした正面を切りすぎた系統の芸術をすべて好もうとしない。——巧さは認め、偉さは認める。が、好きにはなれないぼくなのである。

狂える辻潤《つじじゅん》が、

「團十郎と松助《まつすけ》とどっちが偉いなんて議論はやめて貰おう。エルマンと橋之助、パブロバと梅坊主、
また然りだ」

と云うィ……のことを「ですぺら」でかいたが、あれは、そのまま、ぼくの芸術の信条である。松助が、菊四郎が、勘五郎が、寿朝《じゅちょう》が、ヱ左衛門が、源之助がいや、梅坊主がはげ亀が先代文楽が、故市馬が、しん生が、重松が、重浦が、溺愛されるぼくと、天民先生と、この点丈けは、ついに生涯、相容れなかった。

ぼくは、やっぱり裏まちの、淀んだ堀割に明滅する、星屑をこそいとおしむのだ。

それから何か、かなしいここちのするのは、同年八月一日のてがみだ。——ここにもラヂオでいた〆友《しめとも》や満月の批評のあと、ラストに、

「金なくて困り候（中略）今の小生を慰むるは、六歳の義理ある幼女に候、右のみ怱々《そうそう》」

とあるのがいま、とりだしてみて胸打たれる……。

「酒をのめば
きっと浪花節を唸りつつ
涙もよおす男なりしが」

こんなイミの歌を、天民先生のうたのなかでは自分は、最も限りなく愛誦している。

あれを先ねん、かいていただき、又いつでもかいて頂けるとおもって、関東節の木村重行《しげゆき》に与えてしまった。

いまにして、少からず、憾《うら》みである。

よく、たべた天民先生！

めしの中毒と自ら称えた天民先生！

もうあの健啖ぶりがみられぬように、ぼくのことを活字にして下さる先輩も、こののち、そう数おおくはあるまいとおもえば、「貧乏で丈夫」どころか、近来漸く酒毒昂じ、時に五体の自由をかくぼくのごとき、こころ傷みて耐えがたきものがある。

未だ、天民先生のレコードのこともかきたいが、もうこのへんで、貧しき川柳一句を手向け、我が焼香を了《お》えるとしよう。

悼、松崎天民先生

極楽で蓮《はす》の葉飯《はめし》を五、六杯

食道楽　昭和九年（一九三四）九月号

龍雨先生手向酒

——猫好きの小庵にはいま「さま〴〵に猫の姿の夜長かな」と「猫の湯の小桶とめ桶春日かな」と二つの額がかかっている。

いずれも龍雨《りゅうう》先生の句である。

床には伊藤晴雨《せいう》画伯の国芳になぞらえ、十幾にんかの角力がつどい、それが巨いなる猫の顔とはなって居り、而もこの猫の眼は金鈴で、加うるに絞りの浴衣の袖たぐり上げ、誰をかさし招く手の指はことごとく足のかたちであると云う、およそ幻怪な構図がかけられてあるが、これも龍雨先生の

まゆ玉の枝々まねく手なるかな

の賛がある。

もう一つ、軸では水島爾保布《におう》画伯えがく、「神楽諷雲井曲鞠《どんつく》」へでて来そうな、花籠をもった猫

の太神楽の太夫姿に

　はつ春の日に照るお花小判かな

と、やはり龍雨先生が一と筆かいて下すっている。

——短冊では「小勝をきく」と前書して

　熊坂の踏みつぶされし夜長かな

を愛蔵している……。

「猫の湯」の句は「龍雨俳句集」にも「猫々荘主人」即ちぼくへおくると前がきつきで載せられてある。

いまは、こよなく懐しい記念《かたみ》である。

そして、かえらぬおもいでである。

龍雨——増田先生の名をきくや久しかったが、おあいしたのは漸く昭和六年、ぼくの瀧の川再住居以来である。

所で、これをかきつつも、いたく心にかかるので、唐突乍ら云って了うがぼくは二度——いや三度かしら。

泥酔乱酔——ご病床へ参堂して、大へんご迷惑をかけた記憶がある。——ぼく、昨夏来断酒して、先生の御病気をおもうこと可成しばしばなのであったが、とうとう御最後まで伺えなかったのも、じつは衷心から面目なかったからである。

それは、いかなる酔態でうかがって、あろうことかあるまいことか、重病の先生に、いかなる慚死すべきKUDAの乱片を申上げていたか、おもうだに冷汗、肌にしとど湿《うる》んで、とても雪中庵の枝折戸《しおりど》が、得叩けなかったからである。

とにかくぼくは、あのころ、心境的に寸裂寸裂《ずたずた》で、ひどいお酒にのみ爛《ただ》れていたのだが、いまにして、なんだか、そのおびただしき乱酔のなかに先生を訪れ、流石に先生のその時許りはすっかり困惑された表情のクローズアップがみえてならない！　これは或は当時の狂おしかりしぼくの錯覚的な幻（どうか、その幻でこそあってほしいものだ！）かもしれないが、とにかく、その幻におびえたまま、とうとう、うかがえなかったのである。（もし、ほんとうに酔い痴れたぼくが——一どは知っていて、あとでお詫びにゆきもしたが、さらに二ど、或は三ど伺ったのなら、そのころの半狂乱のぼくを、先生よ、奥さまよ、どうか許してやって下さい。つつしんで、ここに、おわびします。）

おととしの晩春、鴨下晁湖《ちょうこ》画伯をはじめ、俳友つどって先生の病床で、小さん、可楽《からく》、文都を聴き了って運座をひらいたことがあった。——寄席が三どの御飯より好きで、だのに、そのころからそろそろおからだの自由を欠いて寄席がよいができないでいられた先生は、どれほど、そのはなしかたちのささやかな心づくしをよろこばれたであろう。——で、その座に列っていた桂文都は、その後、ぼくの創立した創作落語爆笑会でも、米丸《よねまる》、福丸《ふくまる》、柳條《りゅうじょう》、百圓《ひゃくえん》とそろって増田先生を慰めに一席ずつやりにゆきましょうよと云い云いしたものだが、

「うんうん」と答え乍ら、いつも、ぼくには前述の乱酔のあとをたしかめるのがおそろしかったので、よろしく実行に移さなかった。そして、慰めにゆかずじまいに先生は逝《ゆ》いて了われたのである。

（再び云う、これも先生、許して下さい！）

邑《むら》井《い》一《はじめ》がどんな釈場の月あかりにピシリと釈台を引叩いて、御縁辺にあたる二葉町の初代燕枝《えんし》の人情噺は、いや圓朝は、柳櫻《りゅうおう》は——と、ぼくらの知らない開化のゆめから、下って品川の圓蔵が青い寒夜の「首提灯」、やまとの文楽は陽炎の立つ野辺へ江戸者三人でほっつき、圓右《えんう》の宗悦《そうえつ》にふる雪のいろ、しん生は「のこで一升」と門笹搖ぐ元日の夜にオダを上げ、小せんの廓に立版子《たてばんこ》の灯がほんのり点り、それから浅草の四月の空には十二階が悩ましかった。よしわらが焼けた。菊世界が五段返しだ。湊家《みなとや》はげ亀、小亀《こかめ》、バンカラの辰三郎——梅坊主が「深川」でポーンと投げる豆絞りは、どうしてあの巧緻にひねくれたまんま、九天《そら》から落ちて来たのだろうと、こんなぼくらの年代にまで、寄席と芝居と浅草とにはピンからキリまで通じていられ、而も、そこらの先生方みたいに「オホン」でない。「酢豆腐」でない。

従って旧きを恋いかえす半面に、あたらしい落語だとて軽蔑されず、大谷内越山《おおやうちえつざん》師のよみくちは大好きで愛聴された。——こんな偉い先輩は、あたしは、こののち、そう屢々《しばしば》、あえようとも思えない。親近、僅《わずか》に野村無名庵《むめいあん》先生なぞに共通点をみいだすのみだ。

先生のハガキ、てがみ——いま手許のをかぞうる寸暇なき繁忙である。

全く先生を懐《おも》う小文はもっとしずかな心境からであり度いのだが、それは又の日、旅からでも寄せさせてもらおう。——我が師吉井勇や台水《だいすい》さんと先生のこともかけば面白いおもいでだが、これも他日を期すのみだ。

ぼくの一ばん好きだった龍雨先生！　おしまいにこれ丈け呼ばせてもらって、自分は雑魚のととまじり！

たらわぬ追憶記とわかれるのである。

春泥　昭和十年（一九三五）三月号

鴛鴦呪詛

吉井勇氏の再婚説と徳子前夫人の更生を繞りて

1

──吉井勇前夫人徳子《とくこ》さんが、

(少しでも社会の為に)というキモチから、日本織物「佐賀錦」の教師として、更生されるニュースが、先日来、私たちをよろこばせています。未《ま》だ、詳しい内容をしらないのですが、この十月初旬から、四谷の公設市場を校舎として、開かれた許りの「主婦学校」の教壇に立たれると云うのです。

あの有閑マダム事件以来、徳子さんは大てい伯母さんにあたる白蓮《びゃくれん》女史の許で、この「佐賀錦」の研究に没頭されてるとはきいていましたが、つい、最近、電車でお姿をみかけたものは、

「とても質素な装《なり》をしていてネ、髪もひっつめにぐるぐると結んだきりの、大へん佗びしいかんじだったね。勿論、おい、おめえ……なんて、あんな自棄《やけ》みたいなべらんめえなんぞ用《つか》ってやしないさ」

と、さらに「佐賀錦」教師としての徳子さんを裏書していました。

さて、そういうニュースへ相前後して、吉井勇氏の再婚説が、折からの秋風《しゅうふう》を花やかなものにして、つたえて来ました。

新夫人の候補者は、浅草仲見世裏の小料理屋「都《みやこ》」で、評判のムスメだったお竹さんだと云うのです。

お竹さん――といえば、震災前後の浅草では、凡《およ》そハッキリしたナムバーワンでした。

今でも美人のはずですが、そのころからいかにも勝気でつつましやかな下町娘の典型で、当の吉井勇氏は勿論、菊池寛、久米正雄、亡き澤田正二郎、阪本紅蓮洞《ぐれんどう》というような人たちが、お竹さんを繞《めぐ》る絶大なファンでした。

その人たちは、のちに、

「お竹さん結婚反対同盟」をつくって、彼《か》の女《じょ》を永遠の処女たらしめん……とした位でした。

が、お竹さん自身はこれらの「結婚反対同盟」の人たちより、故人竹久夢二画伯の方が好きで、はるばる松澤村にあった画伯が海鼠壁《なまこ》のアトリエをおとずれたりして、

「きのう、お竹さんが来たので、こんな写真を撮ったんだよ」

なぞと、アトリエに於《おけ》るお竹さんのプロフィールなぞを撮った印画を、夢二さんはよく私がゆくと見せたりしたものでした。

所で、そのお竹さん――夢二画伯と浮名も流さず「結婚反対同盟」も亦よそに、上野のヤマモトと云う喫茶店へ、敢然とお嫁にいって了《しま》いました。――当座、浅草界隈にはちょっとお竹さんに次ぐ圧倒的な評判娘がなく、些か火の消えた寥《さび》しささえ漂いましたが、そのうちどういうイキサツか

らか、お竹さんは婚家《こんか》を飛出して又元の浅草へかえって来ました。——そして、再び「都」の店へ返り咲くようになりました。

それから、もう2年ぐらい経ったただろうか。

——とにかくそのお竹さんが、今度、吉井勇氏夫人になると、そんな噂が持上ったのでした。

吉井さんは十月初旬から本郷の方の病院でみずむしの治療をすべく入院していましたが、そこへ、しじゅうお竹さんがやってくる。

「きょうは、お竹さんが花を持って来たって、吉井さんとても欣《よろこ》んでいたよ」

故牧逸馬《まきいつま》と親交ありし、ディレッタントのT君なぞ、街上《がいじょう》、そんな話をニコニコ笑い乍らつたえてくれました。

そのうち、お竹さんは生家が千葉だそうで、そのため先ず最初は千葉へのゆきかえりに身辺の世話をしに立寄れるように……と、吉井さんは早くも市川へ家《うち》を借りました。

いよいよ、それでは高砂や四海波《しかいなみ》かな——私は半分信じられるような、信じられないようなキモチで、なりゆきをみていました。

2

ほんとうのことを云うと、ことしの、そう、ぼくが新妻《しんさい》とこの葛飾へ居を卜《ぼく》して間もなくだから、6月はじめだったでしょうか。

そのころ始まった許りのH新聞社で、結城禮一郎《ゆうきれいいちろう》先生から、突然、思いがけない、使者の役目を仰せ付かりました。

それは、

「正岡君——吉井君の所へいって、お徳さんと復縁するよう、結城が云ってたとつたえ、ぜひ本人の意向をきいてきてくれ給え。長田《ながた》君（吉井氏実妹の婚家——後述）へは、ぼくからよく話すから、本人にその意志があるかどうかたしかめてほしいんだ」

結城先生は例によって性急《せっかち》でした——。

「ええ、そいつは結構だけど、而《しか》し吉井さんは割合に卑屈だから、ぼくら若輩なぞにおいそれとOKとは云わないと思いますがね。むしろ怒ったりするかも……」

「いや、だから、それは正岡容が行くのじゃない。結城の使者としてゆくのだからいいじゃないか。吉井君は而し、夫人を許してやる可《べ》きだよ。そして復縁させていい脚本に精進する方がいいと思う」

重ねて結城先生は云いました、（吉井君は夫人を許してやる可きだ）——これは、私も同感でした。そこで、あぶらでりのする6月の黄昏でしたが、私は、すぐに紀尾井町《きおいちょう》の長田さんのお邸へ、その足で駈付けました。

長田さんは某大会社を経営していられて、吉井さんの妹さんの婚家ですが、この長田邸へは吉井さんはじめ、坊っちゃんの滋《しげる》さん——それから吉井さんの弟さんたち、永《なが》の年月《としつき》代る代るに寝泊りして、それ以上精神的にも物質的にも多大の迷惑をかけている親戚です。

その頃も吉井さんは、土佐の庵住居《いおりずまい》から半年ぶりで上京——浅草辺の某旗亭《ぼうきてい》で倒れ、それ以後、ここの一室を「淡泊假屋《たんぱくかおく》」となづけて起臥《おきふし》されていたのです。

所で、その日幸《さいわい》に、吉井さんは在宅され、ぼくは、おずおず、この結城先生からの伝言を申上げたのですが、案の定、

「いや、その話ならやめて貰おう。ゆうべも小林一三《いちぞう》氏に云われたが断乎としてことわったのだ。——こんな話を持込むなら、又、旅へでると結城さんに云って呉れ」

との答でした。

乃《すなわ》ち、ぼくはその通りのイミを速達でH新聞社の結城先生までしらせると(覆水は盆に戻らずとか)と「豊臣昇進録」の浪花節の一齣《いっく》を小声に吟《くちずさ》み乍ら、とことこ長田邸を引下って四谷の方へ漫歩したことでした……。

——所が、それと前後して、今度は、こんなことが、私の耳に入りました。

それは前夫人徳子さんが、吉井勇氏と復縁できるよう、いろいろの旧知を歴訪されてると云うことです。

尤も、この噂は去年の秋ころも一寸、さる所でききましたが、再び徳子さんが、長田秀雄氏、幹彦《みきひこ》氏、小林一三氏、川口松太郎氏、西村酔香氏なぞのところへ、しげしげ足を運ばれては、復縁の問題を提出されているというのです。

嘘か、ほんとうか——可成、この話は、各方面から聞かされました。

何よりの理由は、

「子供と離れていられないので……」

という、まことに御同情できる事柄で、歴訪された方々も、一応、事実を肯《うなず》きはされるのですが、何より、かんじんの吉井さん自身が断乎として「覆水、盆に戻らず」なので、いかんとも折衝できなかったものらしいのです。

3

以下——ここで私は、吉井さんへお出入りして十五年、世間で殆ど知られていない吉井さんと前夫人との、特異な性格をピック・アップしたいのです。——そうして、そこから、嘗ての「有閑マダム」事件と、今度のお二方の更生説、再婚説を、再吟味してほしいと思うのです——。
先ず徳子さんの方からかきます。
過去に於て徳子さんの「女」としての、私がしる範囲で、一ばん、困るなとかんじたことが二つありました。
一つは——恐らく今の徳子さんとは正反対な、子供ギライでありすぎたことです。
恐らく、当の徳子さん自身が、こんな御自分であったことを忘れてらっしゃるかもしれないが、未だ、角筈《つのはず》の家にいられたころだから、大正三年ころと思います。
いまの坊っちゃん——滋さんが、早蕨《さわらび》幼稚園へ入学の前日、偶々《たまたま》私はお邪魔していました。

そのとき応接室へでていらっしゃった滋さんに、吉井氏が、

「この子もいよいよあしたから幼稚園へ入るのでね」

と説明され、それから、徳子夫人を省みて、

「おい、あしたは、お前――この子を幼稚園まで連れてってやれよ」

と何気なく云われたら、次の一瞬、徳子さんは実に（飛んでもない）という顔をされて、

「イヤだわよ。――パパに連れてってお貰いなさいよ」

と、言下に一蹴されて了ったことです。

冗談じゃない――幼稚園の入園式なぞは、どこの世界へいったって立《たて》てママさんの確定的なお役です。いくら、往年の夫人若かりしとはいえ（此《これ》は些か、有閑マダム――というコトバは未だなかったこと勿論だが――で難物だ）と、私は呆気にとられたことです。

もう一つ、徳子夫人でおどろいたことは、お料理に関心のなさすぎることです。お料理といっても豪華版のデコデコなお料理でなく、日常の一汁一菜に関心のなさすぎることです。

しじゅう吉井さんが「料理の友」を熟読してはコーチしている始末でした。――こんなことがあります。

そのうち、渋谷の金王《こんのう》のお宅で、生の薩摩揚でビールを御馳走になったことがあります。

所が、その内、その薩摩揚がみんな、なくなって了ったので、吉井さんが、

「何か代ったものを」と命じたら、今度はその薩摩揚をただ甘辛く煮て持って来られました。――代り合いまして代り栄えのしないと云うのはこの事で、流石の吉井さんが、

「これで家へはお客ができないんだ。――恥をかくから」

と大いにテレて云われました。あのときの吉井さんのダレた顔を私はいつ迄も忘れないでしょう。

徳子夫人のお料理嫌いは、その後、数年経って御夫婦にギャップのできた林間都市のお住居でも依然としていて、味にも何にも成っていない塩辛い鶏のすき焼なぞに困ったことがたびたびあります。

何も特殊なお料理なぞ、できないでもいいが、徳子さんのは「味」がわからなすぎるのです。

つまり世の「色盲」にたいして「味盲《み》」とでも云うべきわからなさなのだから、此の点は、華奢風流を永年の友として来た吉井さんには可成、苦痛であったろうとお察しいたします。


それから、此は云わでものことですが、――例の「有閑マダム」事件にさいし、恋愛の対象を、いかに自棄《じき》の果とはいえ、あんな遊戯的分子に求めたことです。もしあの場合徳子さんが純真な恋びとを拉《らっ》したのだったら彼の女への同情は翕然《きゅうぜん》と集り、同時に吉井さんはよほどペシャンコに成っていたろうと思う。――白蓮女史の今日あるは、と、開き直って謂う迄もないことだが、あのときの恋愛態度に立派に「殉情《じゅんじょう》」があったからだ。――徳子さんは「蕩児吉井勇」に絶望した揚句の対象があれでは夫君《ふくん》と五十歩百歩――或はそれ以下になって了ったではありませんか。

4

このへんで吉井さんへ移りますが、センチと豪快を兼ね備え、市井落魄《らくはく》の義理人情に一掬《きく》の泪をそそぐ芸術家と歌われ、私が多年、吉井さんに求めたのも亦そこだったのですが、乍遺憾《いかんながら》、それは文字《もんじ》の上、文章の上丈けであったのはかなしいことです。

吉井さんは自らを「虚無主義」だといっているが、あれは「虚無主義」と云いつべきでなく、一人の呆れ返る程徹底した「絶対個人主義」です。

有閑マダム事件のころ、たしか、この「婦人公論」へかいた吉井さんの独白に、青井陽平（?）とか云うキビキビした月評家は「東日」紙上で、

「余りに自己弁護のみで不愉快だ。而も徳子夫人洛陽の有閑マダムたる前は、一個、忠実なる家庭の妻でありしを知るに於ておや」

とあったのは、快刀、乱麻を断った名評で、私は悉《ことごと》く同感しました。


吉井さんは夫人を迎えて未《いま》だ、大した波風も立たぬころから、一家に少し複雑したゴタゴタが起ると型の如く、自分丈け飄然と旅へ出て了う。

そして、あとの始末はすべてお姫様育ちの徳子夫人が、おろおろし乍ら成し了《おお》せたものです。

――晦日が来ても御主人がかえらず、一文なしで、夫人が八百屋や魚屋に言訳していたのを、私は角筈のお宅でよく見ました。

では、そのあいだ、何をしているかというと、大てい花柳の巷《ちまた》へ入り浸りです。家庭がつまらぬ、ワイフと気が合わぬといっても、一般平民みたいに仲々別れられぬのだから、その点は同情してもいいのですが、さりとてその花柳界で一人の女性を求めて、まじめな恋愛をするかというと、そう

ではない。凡そ悪趣味な、成金趣味の不見転《みずてん》遊びで、時としてそれ丈け、百金、千金が飛んで了うのです。――世を憤る暴れ酒と御本人はよく云いますが、意味ない不見転遊びの連続で、何が世を憤るぞやと云い度くなって了います。（ましてや当時、善良なりし徳子夫人の心事《しんじ》は弥更《いやさら》だったでしょう）

最近まで厄介になっていた長田さん（妹さんの婚家）へ対しての態度も、吉井さんのひどい個人主義の現れです。さぞや妹さんが御主人に肩身が狭いだろうと常々思うのだが、御自分は元より、滋さん（坊っちゃん）弟さんまでが代る代るゴロゴロしていれば、長田氏は、吉井さんにとって、一人の「恩人」といわねばなりません。その恩人の長田さんが時に会社のもめごとなぞを吉井さんに相談しかけると吉井さんは忽ち妹さん（長田夫人）を呼びつけて色を作《な》して怒るそうです。「俺は文士だから会社のもめごとなぞ聞かせて貰っては困る」云々。――而も、これは甚だ思いやりのない仕打で、長田さんとて吉井さんに話して何の他足《たそく》になるとは思っていないが、せめてそういう場合、フムフムとその愚痴を聞いて貰えば、先方はそれ丈けでどんなにか慰めになるのです。――又、同じ長田さんの会社のピンチで、同会社を支援すべき某有力者が中村時蔵《ときぞう》びいきなので、その人へのサービスに吉井さんから時蔵を小林一三氏へスイセンし東宝入りをさせてくれと頼んだら、これも術《にべ》もなく断って、

「時蔵の芸は東宝ではのびない」と云ったそうです。では、吉井さんは、それほど時蔵をひいきかと云えば時蔵に幟《のぼり》一本贈ってやるのではなく、結局は当面の責任回避に過ぎないのです。――而も

それほどイヤな家だから、交際しないというのなら、わかっているが、それでいて自分の子供は長田さんへ世話を頼む、弟たちは厄介をかける……というのでは、これは吉井さん説く「義理人情」とは余りに違いすぎるではありませんか。

最近も芥川氏の「地獄変」脚色に終始一貫、永いあいだ無報酬で忠僕として、助手として働いた三太樓《さんたろう》（三語樓の弟子の落語家《はなし》）に、上演演出料七百円入ったのに一銭もやらず、とうとう、耐《たま》りかねて三太樓が今後の身のふりかたを相談したら、

「そんなこと俺に相談されても困る。俺自身がどうするかわからないのだから」

とこれ又一蹴して了ったそうです。

そのくせ、吉井さんは子供だけは流石に可愛くて、滋さんが不良にならぬようと、とても砕心しているが、その心配は単に単なる心配で御自分は依然たる放浪癖とエゴイズムと不見転漁りの連続なのです。——吉井さんが支那の一地方を巡歴したら二万円出すという人があるそうなので、前記の三太樓が切にすすめ、

「一万円費《つか》って、あとの一万円で坊っちゃんの財産をつくってお上げなさい」

と云ったが、

「いいや、構わんよ」と、これも絶対に賛成はしなかったそうです。

いとけなき日の滋来て訴へ泣く　夢に目覚めぬ秋の夜の二時

おろかなる父もわが子を思ふとき　とやせん　かくやせんと煩ふ

吉井さんは歌ではこんなに諷《うた》いなすが、その滋さんはいま長田さんに気兼し乍ら起臥して、服は学習院の制服一帳羅だと聞かされます。

5

正岡。吉井先生、何か女のお話を。
吉井。ないね、どうも。あっても、みんなつまらんよ。
正岡。過去のお話でも結構です。
吉井。今更ね。（笑声）
正岡。これじゃとりつく島がないね。（笑）

×　×　×　×

これは、この八月、ぼくのやってる雑誌「食道楽」座談会での吉井さんとの会話だが、このすがってもふり放す「とりつく島のなさ」が高が座談会だが、吉井さんの平常の全部をよく現しています。

「朝顔がたよる垣根につき放されてうつむきゃ涙の花がちる」という唄があるが、吉井さんの周囲の人々はいつもこのキモチを味わされます。そして吉井さん自身は三十一文字《みそひともじ》に哀々切々と義理のかなしさ、情のいとしさを歌っているのだから、仲々世間にあのエゴイズムがしれないのです。

私はかりそめにも15年も出入りをさせて頂きましたが、今まで列記して来たような事実で吉井さんとは年々、あいたくないキモチ、ハッキリ云えば人として尊敬できなくて困っています。乞食でもいい、ルンペンでもいい「思いやりのある苦労人」が、私には一ばん尊敬に価《あたい》します。

貧困流寓《るぐう》の3年前《ぜん》、お恥しいことですが羽織を借りにいったら、吉井さんの御令弟が御自分のを貸してやるから翌晩《あすのばん》来いと仰言った。――そこで翌《よく》晩、伺ったら御令弟不在で、そしたら吉井さんからハッキリ貸すことはできないと断られた。――押しつまった暮の二十六日時分で、私はあの泣くにも泣けないキモチを今に忘れません。

「紅燈《こうとう》の巷にゆきてかへらざる人をまことの我と思ふや」と昔から吉井さんは歌うが、それが「まことの」吉井さんではないだろうか。

享生32年――とにかく私はこれほどエゴイズムに徹した人を識りません。

徳子さんの「佐賀錦」更生は祝《ことほ》ぐ可きだが、今も復縁を望んでいられるのかしら。いくら更生復縁されても「人間的に支《たす》けあう欣び」を知らぬ吉井さんである以上、それはかなしい無駄だと思う。

――もしお竹さんが結婚するとしたとて、この場合も亦、同じです。

聞くならく、お竹さんとの話はウヤムヤで業を煮《にや》した吉井さんは又市川の僑居《きょうきょ》をあとに土佐へゆくとかききました。土佐山峡の草庵にいる吉井さんがぼくには一ばん自然に思えますが、どんなものでしょう。

「襟巻や又旅にでる講釈師」これはとこしえに吉井さん自身の姿であると思います。

婦人公論　昭和十年（一九三五）十二月号

Ⅲ

士斑叉風船余聞《すぺんさあふうせんよぶん》

1　十二階の巻

至ってきらびやかで文明な、この東京って御繁昌の都会《まち》に、その内の一つはこのあいだの大地震から没《なくな》ったが、まるで処女《きむすめ》のまんまで一生を棄てられた娘のように、哀しい名勝が、三つ丈《だけ》あります。——先ず、浅草の十二階にそれから品川のお台場さ、あとが九段の常夜燈と、どうです、みんながみんな妙に佗びしく取り残された、今となってはすずろ離れ離れになったまんま、とうとう逢わずに死んで了《しま》った恋びとみたような哀しいところがあるようじゃござんせんか、一生、お天道様に燦《て》りつけられずに消えていったさるひあの花、無花果《いちじく》の実、七夕様の翌くる晩の小さな星屑。！!! !!! ……——そんな感じもするじゃござんせんか——所で、だがそうした仄白い廃残の名所にも、一度は、一度丈けは、嘗《かつ》ていつの時代か、火の如き栄華を夢見た時代もあったんですよ。「東京」と云う一つの都会を何彼《なにか》の意味で、この三つのものが相応に彩色した時代も。——よしそれは、実用的には遂に一度も活躍しなかったとしても、ひどく大時代なお芝居の灯入遠見《ひいりとおみ》としてはですね！　じゃあ、きょうは一席、そのお噺を伺いましょうか——噺は、浅草凌雲閣から幕あきてえことになりますがね。

こいつは明治の二十年だったか、一年だったか、そこんところは、はっきりしません。まあ何でも浅草のあの大きく青い天空に、十二階凌雲閣の建物が聳えるようになってから、そう間もない時分でしたよ。無論、その時分は、あなた方が覚えてからとちがって、あの陰気なばっかりでひどくみじめだった赤煉瓦も、さてもあたらしくてけばけばと明るいもんだった。それに当時は銀座が俗に御承知の煉瓦地といってそんな建物を列《なら》べだすかと思うと、仲見世だって二三年前《ぜん》の大火事に鑑みて絵草紙舗《みせ》も雷おこしも紅梅焼もみんな煉瓦造りで沽《う》り始めるようになる！ってた時代。つまり謂おうなら「煉瓦造り」てえ言葉にゃあ、あの異人館てのと同《おん》なじ位の、明るい、新しい呼吸《いきづき》のあった時代なんだから、小汚ねえ見世物小屋の櫛比《しっぴ》した浅草公園にゃあ、食《しょく》過ぎた位の、派手で立派な塔だった——にも係わらず、あの塔といい、煉瓦の色といい、下《した》一帯を囲んでいる楡《にれ》や落葉松《からまつ》や杏《あんず》や梅や、そんな公園の装飾林といい、それには、物綺《めず》らかなその当時で三つ子も空を指《ゆびさ》しゃあ「十二階！　十二階！」って呼びたがる位、朝っぱらから随分数知れねえ見物人も上ったんだが、どうも全体が不気味でうすら寒い。何処となく、むずかしい文句で云ってみりゃあ「鬼気人に迫る」とでもいうのさねえ。

その内、こんな噂が起った！　そいつは何でも毎晩夜の十二時を少し廻って彼是《かれこれ》、一時にも及ぼうてえころだ。「野晒《のざらし》」の文句じゃねえけれどお定《きま》りの弁天山の鐘が陰にこもってぼうんと来るとそれ十二階の十番目の、丁度、公園の池へむかってる方の窓口から滅法、妖しい火が燃えだすてんだ。先ず最初、その窓の蝶番《ちょうつがい》になってるバネが手品のようにゆるみだしてやがて真夜中の奥山じゅうへぱちんと響く程の音響《おと》をして、そいつがはずれるっていうと同時になかでまるで人間が焼かれるんじゃなかろうかと思われる程いやな青い火が、めらめらと燃えはじめる。はじめは下から幾條も燃え上ってゆくが、段々それが線のように伸びていって幾何学的な青い火の雨になって了う。そのなかで星が踊ったり、熊の子の人形が啼いたり、骰子《さいころ》の6が鹿鳴館の舞踊《ダンス》をしたりする。そうして、最後に滅茶滅茶に玻璃《ガラス》の窓が四散して青い火は、人魂《ひとだま》のように力なく、情なく、他愛なく、だがどうやら薄気味悪く尾を曳いて、今度は、十二階をてっぺんから下まで、意地悪く蜘蛛の絲のようにつつんで了う。——まあ、これっきりであとは何処へ消えてゆくか、猿若町から吉原の方へ飛んでゆくともいうし、花屋敷のなかへ落ちて、見世物の大蛇《おろち》の小屋へ吸い込まれてゆくともいうが、そこまでは落っこちた昼花火の蝙蝠傘《ぱらそる》じゃあるめえし、誰も捉《つか》まえに追かけた者もないからわからない。兎に角妖しい青火は三時の鳴るのをきっかけにして、明《あけ》の明星の顔を出す迄には、綺麗に姿を隠している。唯、不思議なのは、毎晩滅茶滅茶な音響《おんきょう》と共に砕けた筈の玻璃《はり》窓が、白昼《ひるま》になってみるとヒビ一つ入っていないでちゃんと元の通りになってるってことだ。そして、十階目のその窓の下には、必らず真紅《まっか》な薔薇の花が一束ずつ無雑作に投《ほう》り出されてあるってことだ。——さあ、こいつは瞬く内に東京中の偉い評判になった。東京日日新聞が例の七五崩しで書立てると、なまいき新聞芸術叢誌も絵入で十二階に大きな瞳の爛々と燦《かがや》いている所を描くといった塩梅。

斯《こ》うなると巡邏《じゅんら》の方《かた》も憲兵屯所のお歴々もうっちゃっちゃ置かれねえから、あれやこれやと噪《さわ》ぎ立てて、時にゃあ一と晩十二階の下を十重《とえ》二十重《はたえ》に取囲んでもみるけれどさあ寸法の大《おお》魔の時がしんしんと熟睡している塔の十階に訪れて、青い鬼火が燃え出すので、それっ！と許《ばか》り体を組んで廻り階子《ばしご》をあがっていってみると、あるものとては月影ばかり。四隣《しりん》音なく人跡絶えて、熊の子もない、薔薇もない。全く、へんにわからねえ訳なものでして。

その内東京の人々の上にこんな断定が下りました。それは——あの塔から燃える青い火てえのは——実はこいつも御案内のあすこには東京百美人の大きな、狐につままれたような写真てものが架っている。云うまでもなく是は名立たる芸者衆で散らし髪の何吉も居《お》れば何奴もいる、総て代表的な瓜実顔で蒼白い美人の写真許りなんだが、そう先立つこと十年許りでした。あの西郷さんが城山で討死して、西南戦争の終った記念にと大へん東京じゅうがお祭り噪ぎをしたことがありました。

泣いてるように紅と白とで彩られたほうづき提燈をかついで行列（か）てえやつも殊によると東京じゃこれが元祖かも知れない。その時、新橋から繰出したとても可愛《かあ》い妓《おんな》が七人、提燈をかついだまま大手の辺りでその晩からふいといなくなった、所でそのすでに世に亡い七人の写真てものがどうした因怨《いんねん》からか全く不心得《ふこころえ》にも生きた九十三人の美人の写真と一しょにあの塔の中に飾られた。——つまりそこで、十二階にあらわれる青い火はそいつの怨念だ！　それに違いないときまって了ったんです。そうすると今度はそういえばあの青い火が一めんに塔を縦横する時は確に細長い三味線のような格好だ！なんていいだすやつが出来ました。浅草の見世物を七時廻って見に行った芸者は一生悪鬼《あくき》に憑かれるなんていいだすやつが出来ました。——かくて一ばん花やかで喧噪であるべき浅草公園は日没《ひぐれ》と共に谷中の墓地より寂寞《せきばく》として了いました。いい落したが旦那、こいつはその年の七月初めのお話だ。昔乍《なが》らに広重の藍の空を駝鳥の夢のように聳えた十二階が、そこでまあなんと奇怪に見えたことか！　だがその怪談ものの二十日とは続かなかった。十二階はやがて火も噴かなくなり、日曜《どんたく》や旗日には再び子供の手を曳いた人たちが一ぱい上るようになったんです。

2　品川お台場の巻

さて新暦《たいようれき》で八月に入《い》って浅草の賑わいが漸《ようや》く旧に倍するようになった頃、全く人の噂も七十五日てえが世に噂ほど他愛のないものはねえ、さしも十二階の噂なんぞぱったり消えて失くなったころ、全く途方もない方角で再び同なじような噂が立ちました。それがあの品川のお台場さ。一ばん江戸湾を横浜《はま》へよった方のお台場で、やっぱり青い瓦斯《ガス》みたいな火が、これは一ぱい火事のように焔《えん》上《じょう》するとこういうんです。そして時々、特に昼間のようにぱっと光りが強くなるのだが、その時何とも知れねえ唄の声が一度に轟きわたる。それはどうしても日本の唄じゃない。阿蘭陀《おらんだ》か普蘭西《ふらんす》か、いや「野毛の山からのうえ」だとも云う。「きくらいきくらい金毛来《きんもうらい》」だとも云う、そうしてたしかに数知れねえ異人たちがその時まるで影絵のようにうごめいているんだてえじゃありませんか！当時もう東海道を開通していた下りの鉄道の人たちは、だから夜汽車も品川を通る時は必ず海のみえる方の窓をしめて下ったといいます、その青い火と異人の影とを見た晩の汽車は必ず釜が爆発するとか、途中で鉄橋から堕っこちるとか、乃至《ないし》は鉄道往生のない日は先ずなかったとかいわれましたからねえ。

さあ世間じゃあこの体落《ていたらく》に一つ過ぎれば又一つ！　今度は過ぐる御一新のどさくさに生麦で殺《や》ら

れた英人リチャードソンの魂だときめました。いや、東禅寺で警衛士に殺された赤ひげの祟りだということにもしました。では、殊に依ると近い内に何処からか異人さんの夢想兵衛《むそうひょうえ》みたいなのがやって来て日本じゅうをこなごなにして了うんじゃないかともふるえました。

だがこの方は二た月余り続いて未だに旧弊な下町の商家で「宿屋の仇討」そっくりの夷子講《えびすこう》が始まる時分にはまた跡を絶って了いました。東京は、空が氷のように澄んで来て圓太郎馬車が団子阪菊人形へのお客様をもう、ひんぱんに運びだしたんです。併《しか》し何《ど》んな気丈なひとでもついにはこれは？と眉をひそめずにはいられない程、執念深い妖しの火は間もなく三度目に燃えだしたのです。もうその場処が何処のことだか、云わないだってお解りでしょう、常夜燈！　あの九段の上に寒々と樹っている常夜燈でさあね。

3　九段常夜燈の巻

けどご承知の通り常夜燈にはぽっちり乍ら黄色い燈火《ひ》が瞬いています。その頃の話に依ると芝の海からよくみえたてえ、貧しくとも馬鹿にならねえ、燈明が――。所で、ここへ燃えだす蒼い火てえのは従って十二階やお台場の時のようにめらめら大まかに燃え立つんじゃない、宵にはちゃんとさし入れといた筈の黄色い火が、夜が更けるときょとんと真蒼に変っているのです。唯、それ丈けならいいが、誰方《どなた》がいってみたって九段阪を上ったら必らず右にある筈の常夜燈が時々左の方にいっているというんです。いや、平気で九段阪のまん中へ、生首が駄々っ子のようにふんぞり返っている時さえあるというんです。

こいつは誰がのっけに見付けたと思います？　近所の者は一向知らないで芝浜を毎晩漕ぎだして漁にゆく船の人達からだてえから面白いじゃござんせんか、前申上《ぜん》げたように毎晩海から遠くに一つ、版で押したようにきまって見える九段の燈火が、ある晩ひどく真青に見えた。おや、青いな！と思っている間《ま》にふわふわとそいつが動きだしてはるかの宙をぐるぐる廻りだしたてんだから全く凄かったことでしょうよ。そいつらが噪ぎはじめて、一度、二度、三度！　青い火の燃える話は地球が冷めたく凍てて了うって噺よりもっと東京の人たちを不安な気もちにさせました。それには段々年も押し詰って、第一あぐねたような新冬《しんとう》の空に世の中は不景気になる許りでしたからね。

4　その続き

一体はじめの浅草の時は恐怖は僅かに浅草の街をしかつつまなかったが、もう斯うなると東京という都会をあげての恐怖になりました。人々は乗合馬車のあわただしい喇叭の音にも、時ならぬ物おそわれにぞっとしました。ひろめ屋の文明開化の陽気な楽隊の調子にももしやと顔色を変えました。しまいに東京の人たちの毎晩見る夢というのがみんな同なじ一つの大きな怖ろしい夢になりました。それは蒼白《ざ》めて忌わしい、世にも大きな毒だみの花が、銀座通りのまん中にひらいてみるみるそれが東京じゅうを覆いかぶす。すると、なかからあらわれた白衣《びゃくい》の小びとが人という人の残らずをさらって花に隠れて了う。その時、大きな毒だみの花が花片《かへん》をぴったり合わせて残らず東京人を喰べつくして了うてえ夢なんです。

　彼等はそれを、すべて何の祟りだ、何の前兆だと判断を立てる勇気さえなくなって了いました。「死を待つ許り」――ほんとにそんなもの哀れな有様で、やがてくるにちがいない大きな異変を哀しく待っていたんです。

5　同じく続き

　そして、そのどんづまりがとうとうやって来ました。忘れもしねえ、そのとしのひどく押しつまって、宵から霙《みぞれ》の自棄《やけ》にみだれた、全く辛気臭い晩でした。――だがそれは誰もがいいふらしていた程のひでえ噪ぎじゃねえ。という以上にすこし気味は悪いが他愛のなさ過ぎる程の噺ですんだんです。

　その晩、まだほんの宵のくち、御成道《おなりみち》の大斗鶏《おおとけい》が八時をぽろんぽろんと打ったところ、東京のある一角の街でおそろしく真蒼な火の手があがったんです。「火の手」と特に申上げます。今までのような唯の火じゃない、それはりっぱな火事で、然も真蒼な火事だったんだから。――焼けた所は唯今の下谷《したや》池の端仲町《はたなかちょう》、宝丹《ほうたん》の少うし先で唐物屋《とうもつや》やシャボン屋や鉛筆屋や、それから三遊亭圓朝が怪談の続き読みを演《や》っていた吹抜《ふきぬき》亭という寄席や、そんなもののぼたぼたと低い屋並《やならび》でちょいと異国がかったこしらえで立並んだ、俗称名古屋横町！　きらびやかな細路次すっかりだったんです。

　そこに住《すま》っていた人たちは元より裸のままで、黒い霙のなかを逃げ出しました。

その時、逃げ惑う彼等の上に白い紙が散々と、とても沢山天上からふりかかりました。彼等は青い火に追われてあわてたなかでそれを漸く拾いあげて偖《さて》、誰が投げたのかと上を見ると、異国の絵本にのみかねて聞き馴れていた軽気球という風船に、牡丹《ぼたん》花のような洋服を着た若い男が乗っていてじっと下界を凝視していました。そしてそこにはやっぱり品川や浅草や九段やに明滅したような青い火の洋燈《ランプ》が妖しく彼の全身を照しているのです。

人々は思わず驚胆の声をあげて、その雨中を散点した天来の紙の文面をよくよみくだしました。未だ燃えつきない、辺りの蒼い焔の光のなかで——。

6　ついにその結末

もうお話はかい摘まんで申上げましょう。それにはやはり青いインキで「俺は柿の木金助《きんすけ》三代の孫だ。即ちこの町を焼く所以《ゆえん》だ。怒る者あらば天上に余を追えよ」とありました。

柿の木金助てえば、例の凧に乗って名古屋の金の鯱《しゃちほこ》をはがして売ろうと企んだ旧幕時代の悪党です。そういえば此《この》下谷仲町の細路次は「名古屋横町」の名の如く、名古屋の人々許りすんでいたから父祖の志を乍《ながら》悪事《あくじ》にうけ継いで心許りの復讐《はらいせ》をした、とも考えられますが、それにしても、では彼《あ》の軽気球の青い火と散々東京を悩ました青い火とは果してどういう訳合になっていたものなんでしょう。よし名古屋横町に放った火が煙硝でも燃やした為め青かったというなら夫《そ》れ以前の塔や樹木や燈明台だって同じく焼焦《やけこげ》位は出来ていたことでしょうに、それらは全く何の跡型もないというし、いやそれよりも柿の木金助の末葉がどうして特に十二階、お台場、常夜燈と三つを選んで妖火を燃やしたか、そしてその志たるやそも那辺《なへん》にあったか。一体そういうけれどそれらの妖火と池の端の火事と軽気球の青年とこの不可思議な三題噺は何処迄れんらくのあるものか。

所詮はそれらが皆わからなかったんです。唯、当時この挿話が異国《あっち》の新聞紙上に伝えられてあのお馴染の風船乗すぺんさあはその記事に大へん興味を感じた為間もなく日本に渡来したのだ由《そう》です。紅毛人に有勝ちな不思議なもの、美しいものを愛好する心もちからでしょう。而し、彼すぺんさあの来朝した時、もう日本はのどかな御代《みよ》万歳さ。そして朗かな春！　春！　春！

週刊朝日　大正十三年（一九二四）十一月二十三日号

ころり来る！

いつの日なりけむ、碧き悪疫流行りて東京のまち人死せしは（開化妖異抄）

1

十二人のチャーレスチャップリン君は、まるで紅木瓜《ぼけ》のように赫い背広服に、琥珀の洋杖、草いろの帽子、華やいだ夕日のタランテラに併せて今し狂おしく踊っている。ど、れ、み、は、そ、ら、し、ど……踊っている。

見習作者をなりわいとする身であれば、毎度のことのさして珍らしくないとはいい乍らもさてもさてその腰つきの巧さ可笑しさ不思議な表情《うわべ》に、きょうも奈落へ急ぐ細路をむげとは通りすぎかねて私はきれぎれに光りの影とふりふる道具裏に思わずじっと立停って凝視《みつ》めていた。

――そう、彼是、小半刻も、全く酔い痴れたように、媚れたように、私はそこで凝視めていたろうかな。――そうしてふいと更《あらた》めて彼等を踊っている彼等を見直したものなのである。と、なんと我がチャップリン君の十二の顔がみんな鼯鼠《むささび》になっている俄《にわか》に月夜の鼯鼠に。

おやっと思った。私は思わずはっと思った。だが世の中にチャップリン君が一体鼯鼠の顔になる！なんてことがあるのだろうか、あり得るのだろうか。私はそう思ったので待てよともう一度舞台面を気を鎮めて見直してみた。

けど、やっぱりそうだ、さっきと同じだ。あのチャップリン君の、女のように美しくて、水より深い悒鬱《ゆううつ》げな顔は見ごと十二の彼らから消え失せて、みんな、みるからいやらしげな、不愉快極まる恐怖と憎悪とを秘めた鼯鼠の顔許りになっている。私は、そこでぞっと五体に絶え間ないおののきを閃光のようにかんじると、今度は、彼らの誰からもみられないように、すっぽり道具幕に身を包んで、同じく怖わ怖わ観客席の方を眺め下した。

ゆたゆたに沸《たぎ》る蒼白い花《はな》瓦斯、蒸し返る人いきれ、歓呼の拍手……。だがこの幸福げな晩春の夜を観衆は、殆んど無心でいるらしい。チャップリンというチャップリンがみんな鼯鼠になって了ったことなんか、未だに唯の一人も知らず而も安心して欣喜して舞台のほどをみているらしい……。

(彼奴《きやっ》らはみんな知らないんだな)

私は、思わず呟くように斯う独り言ちた。がその途端、もう一ど、なんともいえずからだじゅうが氷のように凍て返って来た。そういっても、こいつは飛んでもない、途方もない出来ごとなんだぞ！とかんじだしたのである。その上、今夜の観衆たちはこの無気味な奇蹟を知らないのだ、みんな何にも知らないのだと想うと、もう、なんの見境界もつかなくなって、いきなり楽屋口の小窓から表通りへひらり飛下りるとあとをもみずに乱心した雌狐のごとく走りだした……。

外面は、さて人魂のように朱い暮春の月夜である。

2

娯楽街の狭小な道路は絡繹《らくえき》と錯雑《さくざつ》と、とても激しい人通りが続いている男も女もごっちゃになって、金が散る、銀が散る、ぱち！ぱち！ぱちっ！とエレキがちらばる。碧い魚の泳ぐ館《いえ》、紫雲英《げんげ》が黝々《くろぐろ》と花ひらく館、狐のあくびの虹の館、山椒の葉っぱに唇《くち》のある館、——ずっと遠方の観覧車、鴉片《アヘン》の匂いのするキャッフェ、処女《むすめ》は入れぬキネオラマ、生涯ぐるぐる廻っているそうな棹古聿色《チヨコレイトいろ》のメリイゴーランド。見世物小屋はこんな喇叭のお化のように、ショートケイキの行列みたいに、続く、続く。続いている。——人浪がそういっても今夜は無秩序に、自棄のように哀しく濫《みだ》れて、エレキは又してもぱち！ぱち！かつ散る。時々、観覧車の、紫ばんだ、果物のようなあやしいいろがさっと雨のように、天上からふって来て、そうすると、脚下の土のなかからこだまのようにある華やいだ行進曲が起る、とても金銀花《にぎやか》に、とても無気味に……——。

——空は、朱い。だが而し仄かに頽《くずお》れかけた雨気を含んでやっぱり朱い。花の咲きそうな酸漿《ほおずき》いろだ。それにはあらん限りの男と女ととても偉大な観世物小屋のショートケイキとがまるで西洋蠟燭のような真紅なものにそめられて、そめられて、綺麗に陰惨な影絵細工のなんと一大混乱だ。私は、これは殊によるとこの世の中のあらゆるものが、みんな何かの間違いで、ふっと魚類になって了ったのではなかろうかと想う。想って、また、所縁《ゆかり》なく微かに戦慄する。——どうしても今の内に逃げて了わなければ！（すると、何処からかしきりとそう私に誨《おし》えているもののような気配がした。）飛んだことになる、お前は飛んだことになるぞ！　私は、それで一たびゆうらりゆうらり散策者のようにしだした脚どりを再び速めて走りだした、そうだ！　イロハのイの字も忘れるほど。

ああ観覧車のうすむらさきは又してもふる、ふる、めもけにふる、ユダヤの民を憐んで天から降った果物のようにはらりはらり！とふってくる！　大きな車が、それには十六の燈火を点じて廻っている。ゆく手でぐるぐる廻っている。私はふとあれへ急げばいいような気がした。あの観覧車へまでたどりつけば、いやどうでもたどりつかなければこの場合自分は大へんなことになるんだぞ！と想った。私は、そこで観覧車をめがけて、いかにそれから長い時間、いくたび美しい男や女を突き倒し突き倒し駈けたであろうか、そのたんびうしろに彼らの罵る鴉《からす》のような何やらだみ声を耳にし乍ら。

だが、だが――私はそのとき又しても一つの不思議をかんじたのである、それはいつまでもいつまでもみよ！　観覧車が同じ地点に立っていることだ！　十六の燈火がまるでちっとも近付いて来ないことだ！　諸君よ！　私はこれ程走ったのにさんざこれまでひた走ったのに。――へんだと思って私は停った。そして左右を省みた。――と、まだへんだ！　まだ奇怪だ！　私は最前あの劇場の窓から飛下りて、その時突っ立ったところからまるで歩いてやしないのである、碧い魚の泳ぐ館《いえ》、黝い紫雲英の花ひらく館……みんなさっきのところなんだ。益々可笑しい！　思った途端に、眼の前が黒い硝子《ガラス》を張りつめたように俄に森としずかになった。そしてあれ程、あれ程、一ぱいいた男女が、たったひとりもいなくなった。おやっ！と思うと、イルミネイションは急に狐いろの燈芯《とうすみ》ほど暗くなって、あらん限りの観世物小屋の二階の窓という窓からみんな一時に一つずつ若い女の顔が出て来た。死んだように蒼く濡れた髪の少い、いやな女だ。女は手に手に蒼い葉と、ブリキで創った「字」を有《も》っている。そしてお交《つきあ》いにそれを大地へ向けてだらりと無言でぶらさげている。「何の謎だろう」だが私はじっと眼を据えてみて驚愕した。なぜか解らないが泊夫藍《サフラン》みたいに驚愕した。蒼いはなべて八つ手の葉で燦くブリキは「厄」という字だ。八つ手の葉っ葉、厄！厄！厄！で、今度は思わずゆく手を振向くといつかまた観覧車の火もぱったり消えてそれ許りか、車体はもうまるで魂の奪いとられたもののように世にもくしゃくしゃと死灰の如く、構造ばかりを残している。残して夜空に佇立《ちょりつ》している……。

なんという不可思議だ！　誰が私を苦しめる呪いの手品だ！　私は哀しさに声限り呼ぼうとした時、ふと耳許でささやいた。それはたしかに嘗ていつの日か自分が死ぬ程恋いしたことのある而し今は思い出すべくも余りに忘却し過ぎて了ったいとしい女の可弱い声で、

「だってこの町には今ころりが入りこんで来たんですもの」

開化草紙Ｉ　大正十四（一九二五）年三月一日

奇怪な肖像画　A Fantastic Tale

1

「毎にち毎にち、あの展覧会場へ、一体、君は、どんな絵をみにゆくのかね」

と、全く、かくしごとなんて、できないもんです。——ある日、友達のE・Tが、いきなり、こう、たずねますから、

「8号室の、ね、マリー・ローランサン夫人がかいた、花をもつ女って絵さ！」

って、何喰わぬ顔で答えたら、

「じゃ、8号室って、あのゴムの葉許り、やたらに繁った鉢のあるとこだろう」

と、Eは、よほど、何も彼もしりぬいています。

ほんとうに、あの展覧会場で8号室といえば、至って、部屋一ぱいに葉をねちねちと茂らせた、暗緑で、巨大な熱帯樹！　ゴムの植木鉢が、うすら寒いような陰影《ニュアンス》で、たった一つ、おかれてあるんです。——そうして、その葉と葉のあいからこそ、我が、あいすべきローランサン夫人の「花をもつ女」の画像は、ポッと、黄昏のよう、浮きだしてはいたのですから！

「そうだ！　あのゴムの葉の部屋なんだよ！」

と、そこで、よんどころなく、応えると、

「ふざけちゃいけない。――あすこにあるローランサン夫人の絵は、まるで、花なんか、もってやしないよ」

と、これは又、意外なコトバです。

で、

「君こそ、ふざけるな！　俺は、きょうで15日も、あの絵をみにかよってるんだ。なんの間違いもあるもんか！」

と、怒鳴りつけました。

そしたら、

「だって、君！」

と、E・Tは、茴香《ういきょう》いろにクシャクシャなプログラムを、こんどはみせて、

「疑わしくば、これを、み給え！　ぼくは、いまも、みにいってきたんだが、ね」

と示しました。

が、どれ?と、そのクシャクシャなプログラムを一と眼みて、漸く、あたしの顔いろは、さっと、そのとき変りました。

――なるほど、Eのいうとおり、そこに、あたしのいうような、ローランサン夫人が「花をもつ女」って画題は、まるで、なかったからです。

2

では、そもや、そのローランサンが「花をもつ女」とは、どんな構図の絵であったのか？　そして又、あたしは、どうしてなぜなれば、その絵に、きょうで、15日も凡そ寝食を忘れてさえかよいつめてはいるのか?というと、です。

先ず、絵の方から申上げて了いましょう!

――わかいムスメが、何か、西洋の芍薬《しゃくやく》みたいな花をかかえて単に半身、ボヤッと浮きだされてるという丈けで、バックは例のギンネズミいろ、ドレッスは白色のべっとりしたやつ、リボンが水いろ、花はウスモモ、その茎が青……!

なんでも、こんな絵なのでしたが――全く、あたしは、はじめてみたとき、失神!するほど、びっくりしました!――じつは、他ならぬ、この、ローランサンえがくのフランス娘が、余りにも、我がオタエさんに、そっくり寸分、たがわなかったからです。――ほんの、これほどの誇張でもなく、いささか、薄気味わるいほど、ニホンムスメのオタエさんと、寸分、たがわなすぎたからです。

――オタエさんとは、もちろん、ぼくの、いおうなら、小指を剪《き》って、4本半にしてまで、しんぞ恋いつづけて、だのに、縁なく添われなくって、以来、きょうまであきらめられず、やたらにラム酒に酔っぱらっては、尊い明日!を自失している、それほど、悠久のよきひとなりしといえばすむでしょう！

だが、だとすると、いつも、哭《な》きだしそうな瞳といい、やせこけた頬といい、ベコニアいろの唇といい、あくまで、ニホンの女らしくて、そのくせ、注意して歩いてても、そう類例のみあたらないオタエさんの顔ではあるのに、それが、内地ならまだしものこと、相手は、ニホンを、まるで在来、ただの一ども踏んだことだにない、フランス夫人のローランサンが無心にかいた、この「花をもつ女」だとなると、そんな泰西の女絵師のドリームにあるムスメの顔が、そのまま、これを現実にしてはぼくのオタエさんそのひとなりし！ってこともフシギなら、それには、この絵に限ってムスメの顔が、そういえば、へんに悲哀なニホン的で、ローランサンお家ものの女化稲荷《キツネムスメ》！とちがうも、太《はなは》だ、おかしい!!!

いや、それよりも例え、オタエさん以外に、こんな顔が、この世には一人や二人はあるのだとしても、異邦フランス、それもパリーに、そういうムスメが存在してて、ラマルチーヌの銅像下に、りっぱに5月の花ひさいでる！って事実は、これは、なかなかの摩訶不思議ではありませんか!!!

そう想いつめてくと、自分は、徒《いたず》らに、この絵がオタエさんに似てるからってキモチ以上に、ローランサン夫人のムスメと、いまは空しき、ぼくのオタエさんとには、何か、みえざる宿命《すくめい》のアンテナさえが、まざまざ張られてあるよう、かんじられて来ずにはいられなくなったんです。

――で、この絵を一と眼みてからというもの、こっちは忽《たちま》ち、すきなラム酒も、カルタも、吉原楊枝も放擲《ほうてき》して、日がくれるとは河岸《かし》通りを、プラタナスの落葉に吹かれ、鉄橋を越え、白い尖塔の廻り楷子を小暗く攀《よ》じては、展覧会場へたどりつき、このフランスのオタエさんに、心ゆくまで、熱いあいびきをかわしだしたのですが……。

——なんと、その絵が、いまや、Eが示したプログラムには、み出されようも無是候《これなきそうろう》！というのです。

3

——先ず、そのEのプログラムでは、8号室に飾られてる絵は、

1、ノルマンディの河。2、カーニュ村景。3、フォンテンブローの森。4、マルセーユ独立祭。5、青き汽車。6、魚の静物——……。

7、無題

ETC、ETCとそれぞれあるほかに、僅《わずか》にローランサン夫人の作といえば、ってのが、ただ一つ、しるされてあった許りでした。——あとには、ローランサン作の絵なんぞ、いかさま、ゆめにもありはしませんでした。——で、

「これは？」

と、自分もおどろいて、さっそく、同じプログラムを、あわただしくポケットからとりだして、ひろげてみたら、こんどは、みるなり、E・Tの顔いろがあやしく変りかけました。

——これには、1の、ノルマンディの河ってやつから、6の、魚の静物まで、他の絵はことごとく符合するのに、最後の7の、つまり、ローランサン夫人の丈けが、紛れもなく、やっぱり、彼の

とはちがって、「花をもつ女」にプリントされてあるからです。

さあ、こうなると、問題は、Aか、Bか、Cか、Dか、HかSか——……？

さしずめ、自分たちは、会場まででかけてみないことにはいけなくなって、遮二無二、E・Tをいざなうと、一目散に駈けだしました……。

4

……——そして、間もなく、いせいよく、8号室までかけつけると、先ず、何よりも、なつかしの「花をもつ女」に、チラと瞳をうつしたのですが、ああ、さても、途端に、自分は、いかばかり、キッとなったか！　と、いうことは、正に、その絵のムスメさんが、きのうまでは馥郁《ふくいく》と抱いていた筈の、薄桃いろの芍薬みたいな花束が、跡形もなく、消えてるんです！

それぱっかりか、花をもってた双の手は、白い面輪《おもわ》をしっかり押えて、きょうは、この絵のパリー少女は、世にも、おろおろ泣き崩おれているのじゃありませんか！

気のせいか、さらにみつめてると、ムスメの黒い瞳からは、いまにも、諸手をつたって、ボロボロ熱い泪さえこぼれて来そうにおもわれるんです。

あたしは、全く、いい得ない驚愕に、瞬間からだがエレキ！とふるえて、思わず、傍らの、例の、巨きな、暗緑の、植木鉢のゴムの葉末に、面を背けました。

と、又しても又しても、自分は、どんなにかドキンとして、も一ど、あ！と小声で叫びさえすることが仕方がなかったのです。

だって、だって、きのうまで、画中のムスメに抱かれていた、芍薬まがいの哀々花は、そのまま、いつか、このゴムの樹の葉うら葉おもて、葉おもて葉うら――梢一めん、クリスマストリイみたいに、みるも、うらうら絢やかに、ああら、花ひらいてはいた！からです。

関西文芸　昭和二年（一九二七）五月号

東京異国

一

その時分あたしは又怠屈《たいくつ》に取り憑かれていた。たしかにこころを打ちこんで求むるべき、この世の中でのあるものにむごくもとんと見放されていた。まだ、不幸だ！　不幸！　不幸！　不幸！　と女のようにいらいらと嘆き暮していた時の方がよかった。人間が泪をこぼす何てとは、哀しさ余ってわっと泣き倒れるなんてことは、まだしもそこに身をあげて追い求める、まともなもののある内だからである。もう、今となってはあんなに私を傷ませたあの人との恋のことも、余りにあたしを一生懸命にさすべく、事実は幸福になり過ぎていたし、と、いう訳は、例えやっぱり私たちはここ二、三年の内は自由に相逢えぬ身だとしても、見給え！　あたしの左の薬指にはもう「Y・S」とちゃんとあのひとの名を刻んだ指輪が黄金《きん》に燦《きらめ》いているし、そこで今では少し位たまにあのひとが無理をいっても、あたしは以前のように怒らなくなって了ったし、何よりもそこで安心！　そうだ、この世に安心と幸福とほど、人間を可愛想な退屈の三千世界につれこんでいって了うものはないからだ。

そこで、あたしは毎日のように家を飛出すと、愛すべきフェレンク・モルナア君の小戯曲集を携えては、あの公園の木蔭のあいだをなんという宛てもなく、ほっつき歩いては暮しだしたのである。全く、そこは東京にはめずらしい、モルナア好みの、み静かで明るく寂しくて花やいだ、美しい一つの公園だった。モルナアの「無頼漢《ならずもの》」という星を盗む男の噺をかいた序幕に出てくる、ブタペスト郊外の遊園のような、白い小砂利の心もちなぞえな阪を何処までも敷きつめられた、そしてその両側の中央には滅茶滅茶にアカシヤの樹木が仄紅く、また仄碧く植えられた、それから文明開化式の蒼い瓦斯燈のめもけに瞬く公園だった。殊に日の暮れからうすむらさきに、アスパラガスの花のようにしっとり黄昏が迫る時分、殊にあたしのような人生の倦怠者が散策には呆れる位ぴったりとあてはまる、水に似た静けさがその園内に満ち渡っていた。一つ一つ啄木鳥《きつつき》のような貧しい男に依って点ぜられてゆく幽火《ゆうか》のような青い瓦斯がとろとろ燃えだすのもいい哀しみの風景なら、薄黒い色と変ったアカシヤの葉越に、遠くちかちかとイルミネーションが明滅して、Dongara! Dongara! と楽隊の音《ね》の流れてくるのも、却って明るくしめやかさをあたしの胸に訴えてくれるものだった、それには全くそんな静かな公園であり乍ら、林一つを越してゆくと無数の見世物小屋が櫛の如く、夜は歓楽の燈芯《とうすみ》を惜しみなく燃やしているのであった。而もそこで演ぜられる見せ物小屋の大ていというのは、もう繁華で激動的な1925年の東京では到底相手にされそうもない、例えばダークのあやつりとか猿芝居とか犬の玉乗りとか山がらとか幻燈とか都楽《とらく》の風流写し絵とか、さては野呂松《のろま》人形とか、時として色の薄ぼけた、お月様が八重姫の恋を盗もうとしかける活動写真とか、一切合財この世の中ではもう「あたし」たちを是っぽかりの少年の日に戻させない限り到底、多大の好意と興味とは有ち合わせて呉れるひととてもありそうにない、時代おくれの夢ばかりなんだ。あの日に薄れた虹の脚ばかりなんだ。——で、そこには東京の人たちから今し「おもいでの見世物小屋」と呼ばれていた、そしてたよりなき哀しみを常にもつ廃滅の詩人たち許りをいつも僅の御定連に、その日のたづきを保っていた。

想いでの見世物小屋！　だがあたしはいつもそう聞いてい乍らそこへ足を踏み入れてみる気になれなかった。いや一日、公園中をほっつき歩いて暮し乍ら妙にそこへいってみようとは思わなかった。あたしは俗気もなく婉《あで》に哀しい楽の音許りをよく聴き乍らも、おもいで！　おもいでをみせる小屋を聞くと無性に入《い》りこむことが躊躇されたのだ。徒らに現《うつ》し世の汚泥にまみれて鏡を映す顔さえも今はこんなに浅間しく汚れて了ったあたしの顔よ！　そこで私は、いつか神ではなくなった我が身と想うにつけ、差して少年のもの、ましておもいでに直面することは、限りなく限りなく怖しかったのだ。とても耐えられぬことだったのだ。

で、偖《さて》きょうも私は一日、アカシヤの葉の雨の如く降りかかる碧い暮秋のベンチに腰を下して、遠く西国の湊町に阿蘭陀の唄を歌いにいっているあのひとの身の上や吉井勇や永井荷風やイナガキタルホや城左門やそうして岩佐東一郎や珈琲、ココア、キャンドルスタンド、小林清親。いろんなことをからくりのごと、AからBへと思い暮している内にいつか頭上の空が金ぴかの星屑だらけになって了った。そして蒼白《ざ》めた瓦斯の火が私の影をお妖精《ばけ》にした。Dongara! Dongara! pudon don! と、その時いつもより遥にはっきり、遥に面白くその晩は聞えて来た楽隊の音が諸々の考慮を十羽一束げに私からさらいとって、私は俄にいつになくあの「おもいでの見世物小屋」に遊びにいってみたくなったのである。やたらにいってみたくなったのである。で、私はすぐに立上ると黒い木立をイルミネーションの白熱色の彼方に急いだ。

そうして最初に私の前に表われたのが深紅の正三角形なのであった、正三角の洋館で十七八の電球が明るい癖に朧な色影《いろ》で「ぱのらま」と四字綴っていた、成程今はみるべくも廃れたあの日の「ぱのらま」小屋よ、返らぬ春よ、もう私はすっかりなつかしさに興奮し切ってやはり三角の札売窓で銀花色の切符を一枚手にすると子供のように場内《なか》に入った……。

二

空は蒼茫と暮れている。白い建物、時計台、堀割、鉄橋、黒馬車、並木、夜は靄《もや》多き春の夜なら め、洩れる灯影《ほ》も朱鷺《とき》色だった。それにはゆきかう人の多さよ、針えにしだの薄黄色にいと絶え間なく散りゆくことよ、恋びとの唄、瓦斯の呼吸《いきつぎ》、ゴンドラに似た船の歩み……——。ああほんとうに空が碧ばむ。そして儚げな手風琴《てふうきん》とトロムボーンが途切れては又聞えてくる。三月、春の夜、巴里府《ぱりふ》の絃歌。まことパノラマはこんな風情の絵なのである。

あたしは暫し、小暗く人気《ひとけ》なき、而しこの金銀花《にぎやか》なる、パノラマ風景を凝視《みつ》めていた。それには夜天で星が燦《かがや》く、そういう内にも恋がさざめく。——パノラマというよりも寧ろ此は幼かりし日しげしげと観たキネオラマの歓楽であった。私は生別れした恋びとに又もや相逢うた刻《とき》のように、哀しく懐しく去りかねてじっと懐手をしたまんま、そこにぼんやり佇んでいた。

――と、その内、我れ乍ら途方もない、一つのあやしげな過去の記憶がまざまざとして蘇って来た。それは私自身さえ未《いま》だ知らなかった我が半生の記憶であった。――と、いうのはこれを凝視めている瞬間、ふと私の過ぎ去った日の記録なるものは一切嘘でほんとうは私の今の今まで記憶《おぼ》えていたものとは全く別な世にも違い過ぎたものなのだと気付いたことなのである。

そうして私は実をいうと混血児《あいのこ》なのだ。悲哀の絵の具でべっとり塗られた一人の寥《さび》しい混血児なのだ。私の父は西班牙《スペーン》生れの怖ろしく顔の真蒼な二枚目役者で、私の母は何だか全体は解らないが是は正銘日本人の若く美しい洋妾《ラシャメン》だったのだ。つまり私はそしてその二人の仲に哀しくも生み落された息子なんだ！ということなのである。私はそういう長い間、いや、生れてから今の今まで鳥渡《ちよつと》も考えたことさえもなかった、不可思議なおもいでを、まるで突如闇に泛《うか》んだ線香花火の朱きが如く、今し、はっきりと思いだして来たのである。そして成程そう云われりゃ全く其《それ》に相違ないや！と、どうして然らば今迄に唯の一度も憶《おも》い出すこともなかったであろう？所の、そんなおもいでをあとからあとから洋蠟燭の百花のごとくおもい起しては信じたのである。――成程、私は横浜《はま》で生れた。「野毛の山からのうえ、野毛の山からのうえ、野毛のさいさい山から」正に眺められる傷ましい藍色の異人館で幼い月日を過したのである。海と黒船と玻璃窓と杏花《あんず》と鸚鵡《おうむ》と洋犬と十字架《クルス》と、ああ馬車道を暮春《はる》の日の緋の洋傘《パラソル》の三々伍々よ！

私はいつか斯うした魯文《ろぶん》つくるの絵本のような、やる方なくも他愛ない、異国染みた風景を、夢より術もなくむさぼりだしていた。全く、埒もなく、甘ったるい、そして少しはほろほろ哀しい、幼いおのれの舟着街《ふなつきまち》に、遠眼鏡のゆく手をむけていた。――そうだ！　あの横浜にさんざん棲まって、それからやがて私たち親子はこの東京へも入《い》りこんで来たのだ。そうして私はひとりの友を、而も人間では決してない一人の友をさえ間もなくそこで得始めたのである。

「坊っちゃん大きくなりましたねえ」

と、その時、傍《かたわら》でセピアのスコッチ服の男が私の肩をぽんと叩いた。

「え、坊っちゃんだって」

驚いてふと振返ると、それが実に今考えていた、楂古聿《チョコレイト》のやつだった。楂古聿は久方で遭うきょうもやっぱり奇矯に悲痛な表情をしていた。この年老《と》った（而しその頃は若かった！）チョコレイトが実に私の唯一の、幼い頃の知己でもあり友達でもあったのだ。私は嬉しさと哀しさがごっちゃに迫った懐しさで、思わずチョコレイトの黒い手を握りしめた。

「やあ、チョコレイト君じゃないか。ほんとに、まあよくも丈夫でいてくれたね」

私が少し涙組んで云うと彼も一ぱい涙をためて
「ほんとに坊っちゃんにもよくこんな放埒な、小説家になって呉れましたねえ。噂に聞いちゃあ私も欣《よろこ》んでたんですよ。それにはほんとにこの日本で一番最初に僕のひいきになってくれたのが坊っちゃん、貴方なんですからねえ」

としみじみ云った。全く彼のいう通りである。この私より以前に誰がこの奇怪な夢のお菓子、蜥蜴《とかげ》のいろの西洋菓子、チョコレイト君の絶大な味方になったものがあろうか。だが実をいうと楂古聿は何にもしらないがこの私も始めの二三度はあの苦っぽろさが胸を痛めてぶすぶす吐きだして了ったのだ。それが煙草好きがむせ乍らもいつかは一ぱしの愛好者になるように段々ほんとの彼の味方とはなったのだ。で私は彼をみると更《あらた》めて偖斯《さて》ういった。

「だが楂古聿君、あの頃は君も日本では一番美しいお菓子の一つだったねえ。あやしい蠟細工の、洋画のかいた小箱に入って、その落ちついた色合から第一歯当りが乍失礼《しつれいながら》、今の群盲楂古聿たあ違ってたからねえ」

と楂古聿は世にも嬉しげに
「全く、そんなことを今時いってくれるなあ貴君《あなた》丈けですよ。今の楂古聿のだらしなさ、ありゃあ五厘のねじ棒より粗悪で下賤なもんでさあね」

彼も、へんに痛ましい面持で世を罵りだした。だがふと何ごとか気付いたらしく
「うん実は此処にゃその頃、貴君のお友達がべら棒に沢山いるんです。そして皆、貴君に逢いたがってるんですがね」

そういって私の顔をみた。昔の友達！私も勿論、あいたい！といった。――と、彼は直様《すぐさま》では！といって自らパノラマの柵を放れた。

暗い通路、横ざまに何処からともなく浴びせられる紅い夕陽而し私は楂古聿の老いたる手に曳かれ乍ら、途々《みちみち》更に又一つの追憶《おもいで》に耽りはじめたのである。返らぬころの夢心地！

三

或るくろがねの橋である、碧い堀割、六月の空、そして同なじ夕陽が茲《ここ》にも紅い。早い蜻蛉《あきつ》が乱

れて消える。圓太郎馬車の哀しい喇叭。――そして子供の私の瞳はその時熱い泪に濡れていた。「異人の子やい、異人の子やい」今に下劣で情知らずで戦争好きの馬鹿野郎だと深く心に軽蔑している日本の子供達がその日も私を、唯一人の異人の子である所からつれなくも仲間外れにしてはさんざいじめぬいたのだ。それで私は夕陽の橋の欄干に寄り掛りつつおいおい泣いじゃくってはいたのだ。――だがやがて又一人立ち二人立ち私を泣かした子供たちは再び私を取巻いていた。そしてその中《うち》の一人がいった「じゃあほんとにお前は日本人か」と。其から又「じゃあ今くる異人の二頭馬車にこの馬鈴薯《じゃがいも》が見事打《ぶ》つけてやれるか」と。――私は子供の哀しさにそこで馬鈴薯を打つけてやるとはっきり誓った。そしてふるえる胸を押さえ乍ら今しはっ！はっ！と御者の声きき、二頭立の黒馬車に撥矢《はっし》！と握らされたごつごつのお薯《いも》を投げつけた。お薯は見事内らに入った。――と、途端に流暢な聞覚えある西班牙語で「誰です、そんな悪戯《おいた》をするのは？」続いて娘が顔をだした。瞳の涼しい、色の白い、だが一目見て私は思わず「あっ」と叫びをあげた。今も忘れぬその声のぬしこそそののち米利堅《メリケン》の水夫から敵わぬ恋の意趣晴しに哀れずどんと殺されていった私の親しい実の姉君だったのである……。

四

さて、私が斯様《こん》な砕けた硝子絵《ぎやまんえ》みたいなおもいでに耽っている内いつか小屋の外にはほんとうの夜が訪れたらしく、其《それ》にはしんしんと碧い月影さえほんのりあたりに滲んで来だした。蒼白めた月の光りにされば楂古聿の老いた横顔が更に痛ましくうっすらとみえた。そうしてそれは私にあの無花果《いちじく》模様の阿蘭陀更紗を紫金《しこん》にぴかぴか哀しく纏った「異人の子」の日を又しても段々くっきりと恋い返させてはゆくのであった。

「さあ坊っちゃん、ここですよ」

と、途端に、鶴、虎、象、犬、猫、羊、狐――。みんな旧時代の綿《わた》細工の洋装で、女の鶴はあの私が戯れた日の如く、紅い洋傘にオペラパック、そして蜜柑のいろのうすもの、狐は船夫で虎は背広、そうして象は夜会服、以下、猫は何、狐は何。みんな奇妙に取繕った見覚えのある異人姿で、葉巻の煙と一しょくたに今や彼等が私の前に駆寄って来たのである。

私は楂古聿の小父さんに甘い接吻《くちづけ》を贈っては全くあの頃是らの動物諸君と共に、毎日手に手をとっては日本タンゴを楽しげに踊ったものなんである。私は再び懐しさに泪の知らず泛みくること是非がなかった。

だが而し彼等はみんな楂古聿のように温顔と微笑とを以而《もって》私を迎えてはくれなかった。むしろ非常に怨めし気にその時私をじっと見守っていた。

「何だい、みんな、折角久し振りに遭ったのにいやに澄ましているじゃないか」

そこで私は少してれて座が白けないように斯ういうと、彼等は殆んど異口同音に、こんな怨みをいいだした。

「坊っちゃん、貴君《あんた》は薄情です。あんまり薄情な仕打です。貴君が思い出してさえ呉れたなら私達は日に一度でもすぐさまあなたの前へ昔乍らの世にも暖かい心持であらわれられるのに何と余りにもそのかみを忘れ過ぎてはお出《いで》なんです。成程貴方は正岡蓉！と怪奇の作者に出世もなすった。而し世の中はそんな物じゃござんすまいぜ。昔の小庭の雑草《しこぐさ》にも春は花咲く習いですもの」

私は益々面喰ってさそくにいった。

「いや、それはほんとにすまない。決して忘れた訳じゃないが唯私の哀しみ多かりし人生と労作とがいつしか考えたい楽しい夢さえもともすれば奪って了うようになったんだ。決して君達のことを忘れているんじゃないんだからね。――そこで、君達に、では私は是からどんなお詫びをしたらいいんだい。どうしたら僕を許してくれるというんだい」

云うと、彼等は口々に又「あなたは私達の、是からあげるものを、彼方《あなた》へ向って投げればいいんだ、力一ぱい投げればいいんだ。だが決して私達は貴君を許そうたあ思わない。つまりそんな不必要な貴君の追憶《おもいで》ならまず此の通りに投げ棄ててお了いなさいというのみなんです」といとも冷淡に答えるのだった。そうして彼方に投げつけるもの。――それは我が幼少の日を姉に投げた黄色い馬鈴薯とは事変り、一つの火よりも紅く燃えた大きな林檎の果《み》であった。彼等は口々に私の前へそれを突きつけて投げよ！投げよ！と叫ぶのだった。

「よし、それなら私は今茲できっと投げつけることだろう」

私は少し腹が立ったので、決然といい切った。とみるみる鶴も虎も象も犬も狐も猫もそうしてお人好しの植古聿君もみんなかき消すように消えて了った。そして徒らな月光許りが、碧くぽっちり行く手にのこった。

私は三たび無性に哀しくなって、せきあえず流れる涙に顔を曇らせ乍ら、片手に林檎を取上ると

「えい、やっ」と力まかせに、いきなり青い光の中へなげつけた。

途端に月光はめらめらと霧の如く左右へ岐《わか》れると、再び最前《さっき》の巴里府の春夜《しゅんや》が夢見るごとくあらわれて、だが私の林檎は二三度、もんどりを巧みに切ると、黄色い燈火を点じている、時計台の針のまん中へ、とても非常な勢いで打つかっていった。

同時に、耳のつんざけるまで大きな音響《おと》が個々の巴里府じゅうの家から俄に起って、橋も堀割も人も空も樹木も恋も、勿論、私もみんなこなごなに何処へか吹き飛ばされて、いってしまった。そうしてあとにはやはり絶えがちなトロムボーンと手風琴の哀音許りが、世にもたよりない節廻しで而しいつまでもいつまでも消えやらずのこっていたのである。

週刊朝日　大正十四年（一九二五）十月一日号

青恋　或は、たんぽぽ色のオトギバナシ

いくたび春がくるとかきたくなったであろう譚。
清盛さんは陽の病い

ベエリ・ド・リイラダン
瀧亭鯉丈《りゅうていりじょう》

一と晩の内に花がひらいた。このまちの何処からも必ずみえる斗鶏台のⅣという字と同じ高さに、幅広の葉をはたはたと蝙蝠《こうもり》のように揺がせている。桐の木に一ぱい花がひらいた。――黄昏いろで、うすむらさきの、花はよっぽど生れ乍らに、性、果敢だとみえて、ひらくが早いか散ってゆく。そばからそばから散ってゆく。そこで、忽ち、街じゅうが綺麗な青磁の花束に、なんとなろうとはいうものなのだ。――即ち、私は、その桐の木の午過《ひるすぎ》で、いとしいひとりのひとを待った！　待ったのである。

女は、勿論、そう、私をじりじりと活動写真の歯車みたいに耐えがたく焦燥《いらだ》たせることもなくて、あたしの前にやってきた。

が、顔いろは、ゆうべよりはるかにもっとすぐれてなかった。第一言葉を語らなかった。決して唇を動かさなかった。で、私は、何たび、この女の、この唇には誰かがまるで知らない内に真黒い

鍵の手をしっかりと下ろして了ったのか？　で、なければ、唖《おし》の鸚鵡が哀しや五体に喰い入ったのか？と、あやしい空想をさえ、あえてめぐらしたことではあったろう！　従って、二人は、間もなく相倚って歩きだしたが、せめてもその間の華やかなよすがといえば、影ばっかりが、いくたびか路上でさびしい婚約！をするのみであった。殊に女はそうして心もち病人のようなくるしい呼吸を喘ずませていた。白い額には、淡かな、はつ夏の汗までが、いたましいように滲んでいた。それには町が、輪廻の町が、これはどこまでも森閑と眠っていた。何処の館にもがらりっと扉をあけたら、立ちどころに三人や、五人は、折り重って死んでいるかと思われるほど、明るく、無気味で、世にもしずかに眠っていた。唯、舗道に白い陽ざし許りが、睫《まぶた》の痛くなるほど、反射していた。――そして、麦の穂の、いおうなら、ぼきりっ！と絶《き》れたように、街は、そのへんで南へアディユ！を告げていた。――が、甃石《しきいし》は仲々途絶えようとはしていなかった。「おやが喜兵衛で子が喜兵衛」！一ばん端《はず》れが白い空で、ふわふわ雲が碧んでいたが、そこが甃石のラストだとしも思われなかった、いや、もう少しいわせて貰うならば、パリサイの人々に聞いたって、この甃石はどこで果てるか、どうやら知っていそうにもないように想われた。それほど限りなく続いていた。

――だがその内、女も、そして、私もやたらにはらはら黄な花粉の、飛んできては二人のキモノを僂く、また、美しく汚してゆくってことに気付いた。なんの薫りもなかったけれど、その花粉は全く派手で黄色かった。

そこで、私たちは更めて辺りを省みた。

と、右からも左からも、なんと追い茂る蒲公英《たんぽぽ》なのだ、而も、二人の背よりまだ丈高い、不思議な背格好の蒲公英なのだ、やっぱり花粉と同じような、黄色い華花が無慚に咲いて、風もないのにゆらいでいる。絶えず、葉と葉が、花と花が、風に揉まれて、挑まれては、さざめいている！　さざめいている。黄色い吹雪が、そのたび、散るのだ。

その晩春の奇妙な版画！は二人を、ほんの瞬間だったけれど、ある幸福に微笑ませたが、それ丈けで再び歩きだして、やっぱり、二人は語らなかった。私たちはもう朱紅いろの哀しい舌を、それこそ、この蒲公英か、甃石か、それとも彼方の碧い雲かに、みんな奪われて了ったのかもしれない、或は、一生、こうやって、黙りの国へ旅立ってゆく身なのかもしれない。そういう風にそこでいろいろ思いめぐらしているうちに、私は、だんだんエスケープをした日の黄昏がくるとおぼえたような、宛途《あてど》ない心ぼそさと哀しさとに、なんともいえず、身うちがさびしくなってゆくのをかんじた。と、こんなあやしい蒲公英の小みちを、二人は、暮春、ほっつき歩いて、そのくせ、何一つ語らないで、了いには二人とも純白な胡蝶と化して了うのじゃなかろうか？　全く、この甃石が了ったとき、二人のからだは、もう、すっかり、ばらばらな蝶々になっているのじゃなかろうか？……――。

さらにそうさえ考えだされて、だがそう想いつめると、とうとう私はたまらなくなって、ついに女に問いかけた。

「おい、何だって黙っているのさ」

「お前は、どうして、何もいわないんだ」

「いうのがいやなのか」

「いえないのか」

「ここは何処の細みちなんだ?」

「お前がぴらぴらの娘で諷《うた》った、天神さまの細みちなのか」

矢つぎ早にこうたずねて、始めて女は、而し、やっぱり口もきかずに、ふいと、ゆくてをゆびさした。

途端に、私は、ああ、さても、私は、かんじたのである。可成に高い潮の匂いと、そう、荒いというのではないが、がらがら玩具の音響位はする、汀ちかい波の音とを!で、これは?と想って、眼をあげて、どんなに、私は不思議だったか?


あれほど、果てしのしれなかった甃石も、それから、森林のような蒲公英も、いつしか、消えているのじゃないか! 影も、形も、ないのじゃないか! そうして、私たちの佇む前は海、唯、コバルトに一沫碧い、めんけんいろの大海許りなのじゃないか!——全く、そこは、おらんだの名勝図会を以而《もって》しても、ついに一どもみられまい、さびしいほど真蒼な、大渡津海《わたつうみ》ではあったのだ!

遠くの空が、水銀いろに、晴れたのだか、曇ったのだか、皆目あたりがつかなくって、光の弱った太陽のみが、子供が、何かのごほうびに貰うお菓子のように、馬鹿気て、大きな格好で浮きだしている。——その上、岸から鳥渡《ちょっと》、はなれたとこには、その太陽がも少し西に廻ったときより、さらに真実な夕日いろの、貧しい蒸気が、今や碇を捲《ま》こうとしている。舶の横はらが開化の水写真にでもありそうな、所謂《いわゆる》「千枚張りの友車」で、おっそろしく旧時代な水かき車がついていて、一本マストの不自然にもでっぷりとしたやつは、今し、煙を吐いている。

黙々と黒いやつを吐いている……――。


そうして、その甲板にたったひとり、立っているのは、何んだか、この世の「ピストル自殺」っていうコトバはこの男の生きているために一そう確実な辞書への存在を保っているのかと想われたほど、みるから憂鬱で痛ましくて、そのくせ、水禽《すいきん》よりまつり花より、もっと、才気の溢れていそうな、年紀わかい、詩人肌の男なのだ。紫銀色の作業服が、而も、お召捕になった日の自来也《じらいや》より、もっと、くしゃくしゃに裂けていて、手に、二、三枚のどこかの地図と、それから、遠眼鏡とをひっさげている。それには、この男の廻りには、兎や栗鼠《リス》やギネアピックやモルモットや、とても、おどろくほど沢山の、そうした愛くるしい獣がいる。まるで自分の父親だとでもいうように、そして、彼らは、この稚い男をとり巻いて、暮れ方らしく、物恋しく、鼻を鳴らして、啼き立てている。――船はかくして、いまや、正に、この岸から、どこへか、はなれてゆこうとはしているのだ！

私は、このまるで、解釈のつくよしもない、唐人仕立の謎の景色に、全く、しばらくは澎然《ぼうぜん》として瞳をみはったままでいた。

と、女が、このとき、はじめて、唇をひらいた。そして、いった。

「でも、間にあってよかったわねえ」

で、私は、最初、その女の謂う意味が、どうしてもわからなかった。が、と同時に、船のなかの、若い男は私たちをみつけるが早いか、さも、よく来てくれた！というように、世にも人なつこい親愛！をこめて、いくたびか陣笠を、その甲板から振るのじゃないか！　勿論、女は、すぐに丁寧にお辞儀をした。と、その瞬間、私自身もこの稚い男は、何処かへ丁度発ってゆくので、それでそのため、さっきから自分たちは、あんな長い舗道を、歩いて、態々《わざわざ》送りにきたので、だから、即ち、この男とは、自分とだって、長くから親交あったのだ！ということが、極めて、予定の事実みたいに、俄に、そのとき想われてきた。で、追いかぶせて、私自身もお辞儀をした！

と、男は、よっぽど、力一ぱいの声で、

「じゃ、いって参ります。さらば、随分、お達者で！」

といったのだろう。とても、はっきりとは聞きとれなかったが、多分、そんな風なことをいって、それから、いよいよ碇を捲いた。つんざく汽笛！　栗鼠が跳ねて、兎が泣いて、それから、この夕陽いろした、旧時代の蒸汽船は、男をのせたまま、動きだしたかと想う間もなく、ジャボン！になり、紅い海月《くらげ》！になり、そうして、小っちゃな、枸杞《くこ》の果《み》！になって、さて、思いきりよく、海の彼方に、はるか失われて、いって了った。あとへのこった細いケムリも、と、みるまに、相次いで影を消した。

私は、暫らくじっと見送っていたが、漸く我に返ると、始めてゆくたてを考えてみて、而しやっぱり、あれは誰だったか？どう案じてもわからなかった。いくら考えてもわからなかった。

——私は、女を、省みて、訊いた。

「一体、いまのひとは誰なんだい」

と、女がさそくに斯う答えた。

「あら、あなた。幼馴染だと、かねて聞かせて下すったじゃないの。あれ、ヒロシゲ。今、時花《はやり》の風景画家、一立斎《いちりゅうさい》ヒロシゲさんなのよ」

「え！」

ヒロシゲときいてびっくりした。成程ヒロシゲなら識っている。こどもの時分からよく識っている。あれは深紅とむらさきの画家だ！　じゃあ、そのヒロシゲが実にいまのは、いずらへかの門出の航ではあったのか？　だがそれにしても、まだ、自分にはよくふには落ちなかった。

「なら、一体、あいつはどこへ旅立っていったのさ」

で、もう一ど、こう、あれに尋ねた。

「喜望峰ですって！」

と、女はやはり、何も彼も知りぬいてるもののごとく、こう応えた。

「え、喜望峰？」

が、そうきいて、なぜか私の胸には世にもひしひしと薄荷のように哀しい想念が、そのとき、たまらなくこみあげてきた。なぜか、わからないがほんとに悩ましくこみあげてきた。喜望峰。喜望峰。KIBOHOO。とにかく、そのキボーホーというコトバが、今の自分には不思議にもある種のうら哀しい感情を泉のようにつたえてきたのだ。そうして、そんな喜望峰へはるばる奇妙な小動物を一ぱいのせて、朱い蒸汽を走らせてゆくっていう、我がヒロシゲへのよりどころなき郷愁は、さらにまた、この私を、どんなにか、理由もないほど傷ませたのだ。

(ほんとに、哀しい、ぼくのヒロシゲよ！　どうしてお前は、そんなところへゆこうとするのか？)


で、瞬間、たまらなく、その理由がたとえいま彼を喚び戻してでもしみじみ訊いてみたくなって、すると私は両手をかざし乍ら、あわてて汀へ突立ってみた。而し、もうみる限りの蒼い海には、毛！ほども航の姿はなかった。そこには唯、日暮れ前の紅ばんだ黄金の粉のみが、花のようにキラキラと漂っていた。自分たち二人の影が、それから小阪部みたいにうら長くも逆まに、ぼうーと海めんに映りかかってみえているのみだった。

私は、しばらくその海面をみつくしていた。いつ迄も押し黙ってみつくしていた。


そしたら、ふと、いつの間にか睫のうちが熱くなってぽろぽろ泪があふれだして、ぼくはぼくはそれで夢中になんにもいわず、かたわらの白い女の手首をきゅっとにぎった。にぎりしめた。

途端にゆくての最早航もなき海上では、さっきからいくたびか動こう動こうと思案していた明るい緑いろのオヒサマが、とうとう三どくるくるっとつばくろみたいに宙返りをこそはしたのである。

14年2月於東京起筆
15年2月於長崎擱筆

長崎より

「開化草紙」の第四号が文明開化のテイカイ的廃墟を棄てて、群れも変った！　匂も変った！　こんな新しいピエロになって、5月の巷にあらわれた。広義な、もっと自由な意味での文明開化の幻想王国へ、これからは一路すすんでゆく訳です。で、太《はなは》だ、旧「草紙」的読者にはお気の毒だが、蠟梅の名代にプリムローズが端座したこの革命はお気には召しませんか？　なら、仕方がないけど、なるたけなら向う側の方々も愛してやって下さいな。ぼくたちだって定時の新耽美！を提唱してゆく小冊子のほか年に二どや三どは別に必ず第二寄席号第三寄席号なんかもだしたり、居残佐平次号、日向や半七号の計画もある。そっちで、重分お埋合せはしますから。▽とに角今後は休まず出しますから能《あた》うべくんば別規の、特別に僕たちを助けてくれる誌友って方に加って下さい。ぼくも、所で、昨秋、傷春、東京逃亡以来京阪に半歳、今度この長崎に一と月、方々で色々の御厚情やら御迷惑をかけました。略儀乍ら茲でお礼をいわせて貰います。今度こそ帰京したら構成派落語も畏友金《きん》語樓《ごろう》や大辻司郎とやりたし時に漫談独演もやりたし、勿論、そんな場合には、特別の誌友の方にはある種の便宜も計れようか、です。その積りで沢山入ってくれること。▽ことしは短ぺん集を一つ、怪談集を一つ、だせたら秋までにだしたいものです。▽畏友イナガキタルホ君がいろいろの心づくし、ぼく、ほんとに感謝してます。この雑誌へおりおりかいてもくれるし、それから藤井文雄君を特に我らの火あそびにすいせんしてくれました。藤井君は神戸のひと。イナガキ君の友、そしてこのわかい、今は、ぼくらの金絲雀《カナリア》を得たことによって毎号珍奇な散花の昇天がみられよう。▽旧知宮島君は、嘗て、金子光晴君の「風景画」にいた、廓と幻覚と旧東京の哀しい作者。所で、その金子君自身が偶々《たまたま》この長崎でしりあって、今後ぼくらの人となってタルホ君同様いろいろ力を貸して下さるそうで、どんなに私は嬉しいか、詩より散文の世界へ転ぜんとする金子君は、今後、吾が「草紙」によってのみ見らるる所でしょう。▽出来君は藤田の手びきで入ってくれました。みんな明日の五月の花が、匂って、ひらいて、飛ぶと信じる。併而、きん吉とぼく、此は御承知。▽長崎の宿にして、さてきょうが日は弥生ついたち。音もなき春雨が、白昼赤寺の甃石《しき》に切りとなさけのようにふっています。むらさきの雨。花ふる雨。蒸汽の笛。ぼくは、わかい東京育ちの友と、そうしてハルダンジを讃え乍ら、お酒をのもう！　ゴッドブレス。（3・1）

開化草紙Ⅳ　大正十五年（一九二六）五月七日

Ⅳ

仙《せん》女《じょ》香《こう》洋《よう》傘《さん》綺《き》譚《だん》

一

旧い時分の寄席へお馴染の方は、まだ儚くもぼんやりと、丁度、幻燈のいろか何ぞのようにお覚えなすってお在《い》ででしょう。

そういっても、五十年前の寄席には、日本てじなてえものがまだ全盛と時花《さか》って居ました。――太夫《たいふ》が金ぴかに龍をちらした裃《かみしも》姿であらわれれば、太神楽《だいかぐら》でいうどんつく、つまりあの後見てえやつも、愛嬌のある多彩な着附で、これは「いぼ打《うち》」と称《とな》えて、かんから太鼓で囃し立てる。柳川一蝶斎《いっちょうさい》とか、養老の瀧五郎とか、足利以来の連綿と続いた手品の芸人たちは、そこで当時を夜毎の高座では全く豪義な権勢でした。大砲の中から娘をだしたり、グランドピアノが煙になってなかから雌鳩《めばと》が輪を画いたり、そういう異国の夜語りを未《ま》だ知りそめていなかった、そんな時代のお客は元より芸人自身も、太平逸楽の夢さめず、燈火の燦《きらめ》く一枚看板、日本てじなは練磨の早業とふれこめば、それこそほんのぴか一で、生《なま》じ生《なま》なかの噺家なんぞ、到底足許に及びもつかなかったものなんでした。――そういっても手品の権勢は、ひどく、すさまじいもんでした。

だがそういう日本てじなだって、ぴんからきりまで押出しの利く、ど偉いやつ許《ばか》りてえ訳でもござんせん。なかには、へんに佗びしいやつもいました。いや、佗びしい許りでない、ちっと多感の人間なら、泪なしでは到底みていられないほど、哀れにもものの哀しい、高座の芸人だって多いがなかにはござんした。それが、日本てじなの中でも、あの糝粉細工《しんこざいく》の芸人たちだったんです。糝粉細工といったって、もう今日《こんにち》じゃあ、御案内じゃあござんすまい。——子供衆のいまだに下町《まち》じゃあ手弄《あそ》びになさる、あのお糝粉の朱《あか》、青、黄、それこそ七いろ取り交ぜて、虹よりあやしいとりどりのを、しこたまかかえて高座へあらわれるんです。そして、あの無気味な人魂の歓楽みたいな下座《げざ》の鳴物の音につれて「やっ!」「はっ!」てなことをしきりといっては、E字形《けい》にからだで品をつくり乍《なが》ら、桃いろの手拭を可笑しく頬冠《かむ》りにこしらえてね、さて、いろいろの品物を、おもむろに糝粉のなかから取り出すんです。鶏、錦絵、千日菊《せんにちぎく》、そうして絵加留多、吹流し……。だが、全くこの位、悲しい気のなんともいえぬ、みているとこみあげてくるもなあ、ありませんでした。それには、当時も同《おん》なじ手品でも「籠に乗るひと、かつぐひと」この糝粉細工てえやつは、写し絵同様、いつも仲入《なかいり》前のそれも未だ夏ならば表に薄日の落ちかねているころあらわれては僅《わずか》にお子さんの方《かた》の御機嫌を取結ぶ位が関の山なのでした。仲入過ぎて糝粉細工が顔をみせりゃあ、先ず、その寄席は情《なさけ》ない、ひどく末枯《うらが》れた有様なんだろうてえことにさえきまっていました。——勿論、糝粉をこねる芸人にだって稚《わか》いもあれば爺さんもある。なかには十六番茶も出花、そんな娘もあったけれど、これが揃いも揃っていつも云い知れぬ憂いを胸にこめているような、泣きたくも泣けずにいるような痛ましい面もちのひと許りなのでした。

そこでこの、今からお話しようと思う笑福亭璃鶴《りかく》てえ男だって、あたら美男の若盛りをあんな糝粉の手じななんぞ、器用で覚えさえしなかったら世にもあやしい末路をなんぞ決してとげなかったような気がしますよ。——全くあっしに云わせりゃあ、糝粉細工の芸人てえやつのそもすべてが終りをよくしねえような因縁事に出来上ってるんじゃねえかともおもいますよ。

第一、だって考えてもごらんなせえな、人間のいのちをつなぐ米を基手《もとで》で、赤だの碧《あお》だの紫だの、七いろ珊瑚と染め分けて、そいつが手ぶり手真似から、船にもなれば山門にもなる、惚れた女の似顔にだって、一心こめりゃあ成るんだから、魂とてもいつかは通おう祟りのあるのも無理はないやね。

二

だが、こいつは元より大阪の話だ。あたしがやっと看板を、芝居噺であげはじめて、その日その日の暮しにさえ、どうやら、ゆとりが出来たじぶんだ。——そうよ、あれで明治の何年にもなることかなあ。

考えると三年の冬のような気もするし、そうではなくてやっぱり四年。——四年の冬が立ちそめてからの出来事かともおもわれる。何でも、東京じゃあ鉄砲洲で亜米利加《めりけん》の川蒸汽が大爆発をした翌《あ》くる年だ。あたしは始めてあげた看板が子供のように嬉しくて師匠のゆるしをやっと受けると、錦をかざる初旅さ、天子様こそ東京へお移り遊ばしたが芸人は何でも上方で芸を磨いて来にゃあいけねえ、まだ、そんなことがいわれてたじぶんだ、はるばる西へ下っていったとお思いなせえ。

――、そうそう、そう云やあ、みおつくし浪華の町へ入《い》りこむと、漆のように黒い夜ぞらでぱちんと紅い火が踊って、それからわっと歓呼の声。――造幣寮の開業式がいと花やかに行われていた。

――その小寒い晩から向うの寄席のひとになって、彼是《かれこれ》、あれで一年め。――またもう一ど夜毎が凍ててそぞろ故郷恋しくなってくる頃だ。――笑福亭璃鶴とは、いう迄もなく、その前から楽屋であえば朝晩の挨拶位は交わしていたが、やがて、この糝粉細工を売物にする、若い、美しい芸人の上におつな噂が立ちそめて来た。いつの世も浪華雀は口が五月蠅《うるさ》い。

そういっても馬鹿にその取沙汰が高くも響いて来はじめたんだ。

だが聞いてみると此奴《こいつ》は楽屋の噪《さわ》ぐのも満更無理のねえ話だ。三すじの糸のかけかえに玄人方とおっこちになるなんてえことは稀《たま》にあっても璃鶴のようなは奇《めずら》しい。成程萩原新三郎、いろが蒼くて眼が涼しく、死ぬほど唇《くち》のいろが紅い、糝粉細工の芸人にゃあ全く勿体ねえ男だったがそれにしたって高貴の娘がそれも毎晩洋風の、未だ珍しかった馬車仕立てで、しまいの寄席へかよってくるんだ。仲間の噂も尤もだ。

十月の夜が水と青んで、月が青べらの紙幣に光ると、堀江の燈火は狐の涙！　璃鶴は、先々々代の三遊亭圓馬の前をつとめて曾根崎九軒の花菱てえ、恰好な寄席に出ていたが打ち水すんで一番太鼓、庵看板釣枝《いおりかんばんつりえだ》にあかりが入ると、必らずもう、何処か遠くで馬車の轍《わだち》が、雷《いかずち》ほどに聞えだすんだ。馬車は段々近くなって、夜光珠色《やこうじゅいろ》に塗り立てた箱が「えい、やあ、えーい」と近付く。馬は白馬で雪より涼しい、そしてこいつが花菱の前でぴったり停まるてえと、なかから夕顔いろをした、十六娘が洋傘《パラソル》のうらむらさきなのをさしかけて花より速く下りるんだ。

二頭立馬車、蝙蝠傘《こうもり》、どっちもまだまだ大阪じゃあ日がな一日金《かね》の草鞋《わらじ》で、梅田から阿部野の果てまで探したって、容易にみつかるもんじゃなかった、事程《ことほど》、女のこしらえは年に似合わぬ異国風で、余っぽど高貴の生れとみえた。全く、あたし達始めとして連中一同斯様《かよう》な姿は、『開化和洋太平記』か『究理新解《きゅうりしんかい》』『万国往来』そういうものの挿絵でより、当時はみられぬ姿だったから。

所で、その女が毎晩、璃鶴を恋いて来て、出孫《でまご》の前から二側目《かわめ》に必らずじっと坐ってはどういうわけか自分のうしろへあの洋傘《こうもり》を一ぱいにひろげているんだ。そうしてそいつへ倚りかかっちゃあ、瞬きもせず高座のひとをじっと偏《ひと》えに見守ってるんだ。いってみりゃあ出孫には、早咲き絞りの朝顔さね、紫あわれにぱっとひらいて……。――女の顔は淫らだが、人情めいてさしぐまれる。良家の娘の品もあって、下品なさまもない乍ら、さてどことなく苦労人だ。ちょいと凝視《みつ》めると、云っちゃあ何だが、どうやら俺にさえ面白くなる女さ！　そして斯《こ》うやって通ってくるのが、彼是れ、三月の余にもなる。勿論、雨が雪が、ふろうと、馬車の轍は絶えもやらぬ。続けてひらく洋傘《パラソル》の花――。

そして璃鶴が高座を下りると、ふいと女の姿も消え失せるんだ。勿論、璃鶴も狐のように妙にそわそわ燥《はしや》ぎだして、間もなく楽屋を飛出すと、さて、忽ちに表の馬車が、蹄の音高く動きだす。璃鶴め、今夜もお楽しみだな、あとで楽屋へ残った者が斯う呟くと馬車の音は、更に一しお陰々と響いて、どうやらあやしの片輪車《かたわぐるま》。――なんとなく、あたしたちは死にたいような気にさえなったもんだ、その音《ね》をじっと聞いていているとね。

同時に、いつか楽屋じゃあ、全体、あの娘《こ》はなにものだろうてえことになった。神戸端《はず》れか、三の宮に、漸《ようや》くぼつぼつ建ちだした異人屋敷の娘《むすめ》だろうか、殊によったら洋妾《らしやめん》か、それともチャリネの蛇使いか、噂は噂を千々に生んで、だが所詮はこれが？？？に他ならなかった。そこでついに璃鶴のやつ、洋梅瘡《ようばいそう》で倒れるぞとも罵りました。手に手をとって川柳点《せんりゆうてん》の丸山女郎衆《じよろしゆ》じゃないけれど「客は一万三千里」……シンガポールの果てへでもずらかるんじゃあなかろうかとも云いました。……そして、結局、仲間内のへんに他人《ひと》の頭痛を疝気《せんき》に病む手合が発議して、一どあの馬車の行方をつけてみようてえことになったんです。

さてその夜もやっぱり霧が深くて、冬近い空、月の暈《かさ》——。全く考えてもいやになるほどありありと月には暈がかかっていました。蜱《いとど》も死ぬほど冷めたい晩で。

いつもの通り、璃鶴が下りて、表の馬車が月夜を動くと、それっと許り四つ竹《だけ》の蝶丸《ちようまる》てえのが逸早く、楽屋をぬけて追駈《おつか》けました。

が、やがて蝶丸は真蒼に、息せき切ってかえって来た。そして歯の根をがたがたさせると、「あの馬車ん中にゃあ、世にも大きなむらさきの洋傘《こうもり》がたった一本ある許りだよ」

三

だが、洋傘の女は、どうしたことか、その翌晩から決して寄席に姿をあらわさなくなりました。

——もう日が落ちても、あの物怖《ものおそろ》しい馬車の轍は、永遠《とこしえ》の彼方に失せ果てました。聞えるは唯「お入りやす」と下足の声と、噺家の名を紅で抜いた提灯の火の燃える音。

　そして、可笑しいのは、此の日から璃鶴のかおいろがとてもあやしく衰えて来たことです。前からおとなしい男じゃあったが、楽屋へ来ても伏眼勝ちで、掛合二和加《かけあいにわか》の下座の囃子が寄席の夜更けを賑やかに告げるころ、暗い囃子部屋の裏へ来て、璃鶴はさめざめ泣いたりしました。高座へあがって糝粉細工に紋切形の口上も、たしかに怒りにふるえていました。

「おい、璃鶴、馬鹿に顔いろが悪いじゃねえか、あんまりくよくよしなさんすな」

　あたしも斯ういってなぐさめたが璃鶴は蒼《あおざ》めた顔に儚い笑《えみ》をちょいと泛《うか》べて、「へえ、大きに」といったのみでした。

　彼奴《きゃっ》が、花菱の高座で悲鳴をあげて、まるで宙乗《ちゅうのり》のけれん師みたいにA!B!C!ともんどり切って、お客の上へ落っこちたのは何でもその翌くの晩の出来ごとです。――いつものとおりの細工半《なかば》、無気味に白い糝粉を手ぶり可笑しくいじっていると、突然、そいつが手先へ蛇のように、そうだ、白蛇のようにぐるぐる絡みついたというんです。「あ!」と思って手を放した途端、仄かに遠い大天井であの紫の洋傘が女の顔と一緒に哄笑《わら》った。

　璃鶴は忽ち八万奈落へ引摺りこまれるような眩暈《めまい》をひどくかんじて、もう、それから先は解らなくなったんです。

　気のついたときは、自分の楽屋の片すみに無尽燈《むじんとう》の哀れな光りに照らされ乍ら仰向様《あおのけさま》にされていたんです。――傍らに附き添っていた、花菱の、年老《と》った席亭が、ふっと眼をみひらいた璃鶴の耳許に口を寄せて、

「璃鶴、おめえ、驚いちゃいけねえぜ。お前と一しょに高座からは鉄瓶までがもろに飛んで、可哀想に、観に来ていた八つ許りの娘さんの横顔に十字の傷を負わせたんだぜ」

と云うようなことを上方弁でいきなり云うと、璃鶴のやつは「すんまへんすんまへん」と二声いってぼろぼろ泪をこぼしました。貴方の前だがあたしは脇にみていたが、全く生涯にあんな哀れのいや深い顔てえものはみたことがありません。ほんとに思わず顔をそむけて、あたしも眼をしばたたいた位でしたが、考えてみると、あたしにはあれが璃鶴の顔の見納めだったんです。璃鶴はあたしに世の中で一ばん悲哀な人間の顔を教えた晩を最後にして、再びあらわれて来はしなかったんです。

と、いうのは、それが原因《もと》でとうとう璃鶴は土地を売って、よぼよぼになった老母《おふくろ》をかかえると、前から僅かの縁故のあった、いまから二代ばかり前の、春錦亭柳櫻《しゅんきんていりゅうおう》てえ名人をたよって、三日と経たない早急《きっきゅう》に東京さして旅立っていって了《しま》ったんです。そして、あたしが三年ぶりで、東京へ返り花を咲かせたとき、あいつの哀れな一生は、もう僅かの人の口の端にのこるばかりの儚ねえものとなり了《おお》せていたんです。

全く、東京へかえって来て、噺をきいて驚きました。——あいつは、東京へたどりついて、当時浜町の裏にいた春錦亭柳櫻の手びとになって、日の出の全盛を張っていた柳の寄席へ加えて貰って、ほっと一息つく間もなくすぐにここでも長い高座はつとめられない奇怪な仕儀とはなってしまったんです。

四

璃鶴は、押しつまって、東京に出て、だから十二月の下席《しもせき》から、初の高座を踏んだ訳です。――年長の方は、きっと御案内にちがいない。いまの浅草雷門の角の常磐《ときわ》のあったところが、ちょいと樹木の立繁った太《だい》神宮で――（ほら「お祓い」てえ噺へ出てくる、つまりあの太神宮さまでさあ）――そこに雷鳴亭てえ、やはり当時の指折の、色物席がありました。

いまでもあのころの、うすとぼけた西洋木版、東京風景といったようなものには哀しく姿がのこっています。――そこへ柳櫻の膝代りで、そもそも出ることになったんです――阿母《おふくろ》と二人、璃鶴は苦しい中《うち》のひど工面でいまは昔の蔵前なる桃太郎団子の裏の路次へ、一軒、手狭な家《うち》を有《も》ちました。そして、そこから通ってくることにしました。

璃鶴は何でも初日の晩も、いやに蒼白《ざ》めて咳ばかりして、まるで死神みたようにとぼとぼと、高座へ送られていったそうです。――そして、がらんと空《す》いた雷鳴亭の、右の桟敷を心もち睨んできっと坐ったのは、昔、女がよって来たころ、浪華で右の出孫をみていた、あの日からなる癖でしょう。思えばしがない癖でさあね。――そうして、いつもの糝粉を刻んで、何をつくろうと手まかせに思案最中こね廻す内、いつか、女のやさしい顔が自然と出来上って来たのです。

そこで墨色の糝粉をまぜて、髪を結《ゆわ》せた、瞳を添えた、烏羽玉《うばたま》の夜《よ》の眉根もつけた。そして今度は牡丹《ぼたん》花のように真紅《まっか》な糝粉をほっちりつかんで、真一文字に唇を、かこうとすると、

「璃鶴はん」

忘れもしない女の声。——「おやっ」と思ってみつめると、いつかぱっちり眼をひらいた、頬に血の気がほんのりかよって、その唇に歯が動く。而《しか》もあの顔。あのひとの顔。璃鶴の顔がもう一度、名状しがたい物おののきにおそわれたとき、

「お前も、余っぽど、薄情だねえ」

そうしてみるみる口があいて、紫煙がゆらゆら立ち昇った。——煙は異国の悩ましい刻み多葉古《たばこ》の香《か》をこめて、璃鶴の顔を、もろに包んだ。——と。

「許してくれ。許してくれ」

なぜか璃鶴はそう叫んで、それからとっぷり血を吐いた。芥子《けし》の花より朱い血を——。

五

たった一晩、高座へ出て、さて、したたか血を吐いて、春錦亭柳櫻は、そこで璃鶴をすぐさま、浅草河岸の壁の白い、川に臨んだ、半煉瓦の開化病院へ送ってやりました。

璃鶴は毎日枕近くに宮戸川《みやとがわ》の、やるせない川波をきき乍ら、けど、もう、まるで正気はなくて、うつらうつらと夢のような日夜を、狂おしくも送り続けました。

降りもやらず、照りもせず、そういう陰気にどろんとした日が、加うるに毎日つづきとおして、さらぬだに暗い、病室は、昼も鼠の出る程でした。

のびあがると河のみえる、窓から下の石崖には枯れのこった葦《よし》や蘆《あし》が、佗びしくかさこそ枯れの

こって、河の水がひねもす、池より黒かった。――

璃鶴は、そこで死んだのです。とうとうすっかり瘠せ落ちて、冥府《あのよ》へ旅立っていったんです。入院してから三日目でした。――やっぱり悪寒《わるざむ》い曇天で、川から黒気《くろき》の立ちそうな、妙に胸鳴りのやまぬ昼すぎ。――三時の斗鶏《とけい》が鳴るじぶんさ。

いきなり寝台に、璃鶴は立上ると、よろよろし乍ら窓辺に出て、向うの河岸の異人館を指《ゆびさ》し乍ら死にました。――璃鶴の瞳には河岸一めん、あの紫の洋傘が、星より無数にちらばって踊っているのがみえたんだと今に仲間がいいますが、全くそうだったかも知れません。――だって、あいつが息絶えてから立会の医者が、着ていた寝巻をぬがせたとき、喬木《きようぼく》よりも瘠せた肉体《からだ》は、蠟石《ろうせき》よりも宝玉よりももっときれいに気味悪く燦《かがや》いて、そこにはまるで精巧な彫物のような綿密さで、矢鱈に洋傘の絵ばかりが浮き出るようにあらわれていて、そいつがいつまでも美しく光り続けていたってことですから。

演芸画報　大正十三年（一九二四）十一月号

文明開化

写真の仇討

一

若い落語《らくご》家の瀧川球《たま》之助は、なんだか、今夜は気がすぐれなかった。気鬱というのか、何というのか、やっと自分のもちばはすませたものの、高座に上っても、自分乍ら好いできではなかった。こうした仲間にはめずらしい、気品のある美しい顔立が、それでいつもより一そう蒼白く、さびしくみえた。

彼は、薄暗い楽屋のすみで、みんなの他愛もない冗談口を、全く気の浮かないものにきいていた。

「どうしたい、瀧川、浮かねえな、今夜は。また、女出入りじゃあねえか。指を切るとか何だとか、そんなお楽しみのすじじゃあねえか」

誰かが気がついて、斯《こ》ういったが、球之助は美しい唇に、鳥渡《ちよつと》微笑をたたえたまま、やっぱり何ともいわなかった。唯、みるともなしに、いまの言葉で、おのれの前の楽屋障子の、なつかしい燈花《あかり》の色をみつめた。

と、真黒な人影が、まるで歳の市のしゃもじみたいに、可笑《おか》しく、ものあやしく踊っている。踊っている。

耳をすますと、お客たちの笑いにまじって、はっきりと、高座で踊り乍ら謳《うた》う声が聞えた。
「誰の仕業とさ、尋ねてみたが
誰の仕業だか
こらさのさ
わからない
さいさいさい」
彼は、はじめて踊っているのは談遊《だんゆう》という男で、たしか「ちゃちゃらかちゃん」という、馬鹿気て哀しい唄なんだって！ことに気がついた。だが、陽気で方図なく明るい唄も、やっぱり今夜の彼にはつまらない限りのような気がした。いや、じっとこうしてきいているとなぜか我しらず胸の一ぱいになってくるような気がされた。
で、彼は、とうとうたまらなくなって立上ると、
「じゃあ、みんな、今夜は、さきへけえるぜ」
と、思い切って立上った。そして、
「御苦労さま」
と送りだす前座の声をあとにして、彼は、その「紅毛館」という寄席の楽屋をそそくさととびだして了《しま》った。
暗い路地から表へでると、これは又、火のついたような人どおりで、そういっても、横浜は、伊勢佐木のこの大通は、まだ、浴衣涼みの男女が、悩ましいほど歩いていた。あたらしくひらけた港

のまちの九月の夜は、秋だといっても、夏のように、まだ、思いきり賑わっていた。

「こいつは又何てえまあ人どおりだ、浜のやつらは、一生、夜をしらねえのかな」

近ごろできた岡蒸気で、はるばる東京から送られてきた、球之助は、異国がかったハマの殷賑《いんしん》が、なんともいえず物珍らしかった。で、必らず旅籠《はたご》へゆくまでの時刻をこうしてほっつき歩くのだった。

で、今夜もいつか憂鬱を忘れて、ぶらぶら歩いている内に、思わず、

「おやっ！」

と彼はいった。吃驚《びっくり》しずにはいられなかった。彼の手には、真白い薔薇の花が、一束、しっかりもたされてあったからだ。

「こんな異人のもつ花が、楽屋にある筈はなし、宿から勿論もっては来ず、はてな？」

彼は、夜の人通りのまんなかへ立って、一体どうしてこの不思議な薔薇の花が自分の手にあったんだろうと切《しき》りとあれこれ詮索しだした。

そうして彼が、狐につままれたように、ぼんやりと佇んでいると、そのとき！だ。

「あぶない！」

「馬鹿！　気をつけろ！」

次の瞬間、もう、球之助のからだは、あわや馬車の轍《わだち》にかかろうとしていた。彼は、五体を横ざまにのめらしていた。

「怪我はせんか。君、怪我は？」

罵り乍らも、商売だ！　御者は早くも馬車を留めると、球之助を抱き起した。

「え、ありがとう存じます。別に……」

と、気をとり直して、はじめて彼は脛のあたりがぬらぬら冷たいことをかんじた。こいつはちっと許りやられたかなと、思ったとき、御者が血潮に眼を見張った。

「君、血だ！　これはいかん。血がでている」

血！ときいて、馬車の内らで、声が、而《しか》も女の、聞くだに凜とした、涼しい声がした。

「お待ち。いま、あたしがゆきますから」

「は」

御者は恭々《うやうや》しく斯う答えると、さそくに出入りの扉《ドア》をひらいた。

なかから下りたは、廿《にじゅう》、三四の、白粉《おしろい》よりもいろの白い、うすむらさきに洋装をした、瞳の涼しい、勿論、にっぽんの女だった。土地が土地だけ、奥様にも、芸者衆にも、更に洋妾《らしゃめん》とも想われた。

唯、いずれにしてもこの女、ひどく哀しげな顔立だった。

「あなた、御者が飛んだ粗相をいたしまして、ひどいお怪我ではございませんか」

きていた吉原つなぎの裾で、脛の傷ぐちをおさえている球之助をみて、女がいった。やさしいいんぎんな声で、いった。

「いいえ、もう、大したことじゃございません。こちらこそ……」

いい乍ら、二人の顔がはたとあって、どっちも、思わず「あ！」といった。全く死ぬ許り、二人はどきん！と胸を打たれたのだ。

殊に、球之助が、仰天した。

この今、自分をひいた馬車の女は、寝た間もけっして忘れはしない、自分が生涯でたった一度の、二世《にせ》と誓った恋びと女手品師は水芸の柳川お蝶《ちょう》そのひとではないか！　而も、たしかに東京で、今からそれも五年前、丁度、女が十九のとし、永代橋から飛こんで、死んで了った！と信じていた、初恋の日のお蝶ではないか！　女は、死んではいなかったのか？　その上、斯様《こん》な容姿《いでたち》で、こんなハマ辺りに住んでいたのか？

球之助は、もう傷の痛みも忘れた！　玻璃《はり》燈籠の虹絲みたいにいろんな気もちが七裂して、彼は唯、

「お蝶！」と丈《だ》けいった。

「球さん！」

女も、やっぱり、それ丈けだった。

が、俄《にわか》に、女は我れに返ると、やっぱり最前の奥様で、

「お前」

と、しずかに御者を呼んで、それから耳打ちした。

「あなた、私が、お送りします。お泊りになってるお宿まで」

女は、自ら馬車の内らへ、しっかり右の仄白い手で、男のからだをいたわり乍ら請じ入れた。

扉が下りて、帳《とばり》がしまって、馬車は、それから動きだした。轍が雪の夜のようにきこえて、二人の男女を秘めた馬車は、漸く更けだした秋の夜を、何処へさしてか走りだした。

あとには謎の白薔薇が、ちりぢりにくだかれてのこる許り——……。

二

　馬車が、しばらく動きだしても、二人は、口がきけなかった。唯、顔許り見守っていた。唖《おし》の鸚《おう》鵡《む》をつれてきても、いまの二人よりは、もうちっと何とかいうことをしっていたろう！　二人は、いま、一言でも唇《くち》さえひらけば、それはどっと泣き崩れることより他にはできなかったのだ。——そういう内も、女のうら長い双《そう》の頬に、涙がぽろぽろつたわりだした。間もなくそれも耐《たえ》えなくなったか、球之助の膝に打ち伏すと、もう、止め度なく泣いじゃくるのであった。彼も亦《また》、女手品師のころとはちがって、業々《ぎょうぎょう》しい飾りの夜光珠《じゅ》なんぞを鏤《ちりば》めた、この女の而し昔乍らに悩ましい黒髪に、いくたび熱い泪をこめた、精一ぱいのくちづけを送ったことであろう！

「ゆるして頂戴！　球さん、こんな容姿《なり》をお前にみせて。妾《わたし》は、死んでも、もうお前にあわそう顔はないかもしれない。その又、お前を、勿体ない、自分の馬車の轍にかけて。妾は、恋の冥利につきるわ。八万奈落へ落ちるでしょうよ」

　稍《やや》、あってお蝶は、昔、おのれがきいたような、火のような声でこういった。それから、ふっと、夢を追うような、瞳をしたが、

「でも、あのとしから丁度五年。泣いたわ。あたしだって泣いて泣いて泣きとおしたわ。あたしの

髪の夜光珠は、きっと涙の花でしょうよ」

と、いい切ると、また、ほろほろと涙をこぼした。そうして別れて五年の来し方を、球之助もお蝶も思い思いに今更のようにかなしく考えだしたのである。

話はここで五年。いや、殊によると当然もう少し昔のことに遡る。

お蝶と球之助と、二人とも親代々の江戸そだちで、勿論、寄席の芸人だった。唯、お蝶の父親《てて》の方は林々舎馬遊《りんりんしゃばゆう》という音曲師で、丁度、上野の戦争のとし、聞かれた道をいい淀んだとかの些細な間違いから、赤いシャッポの薩摩侍。官軍の一人に、なんと没義道《もぎどう》千万にも殺されていた。お蝶が習い覚えた水芸で健気にも一ぱしの芸人になり、寄席の高座を踏んだのは丁度このとしのことであった。球之助の胸に初々しいお蝶の炎が投げられたのも、そうして、やはり、このとしだったのである。

が、皆様先刻御存知の遠つ昔から、恋にはとかく不幸の日が射す! 因果と不吉な花がさく! 二人も御多分に洩れなかった。別れはいやだしさりとて添われる訳はなし。——思い余って、とある夏の夜、二人はとうとう南無阿弥陀仏の声もろとも、永代橋からざんぶり飛びこんで了ったのだ。——女は、元よりか弱き身の早くも呼吸《いき》を失って河下遠く押し流されていって了ったが、さて、球之助は死に切れなかった。からだが浮いて死に切れなかった。——よんどころなく向う河岸へ泳ぎつくと、「お蝶ゆるしておくれ、なむあみだぶつ」と三どいった。そうして翌《あ》くる日から、やっぱり元の、川立《かわだち》は川。球之助は噺家稼業になった。

が、年立つにつれて球之助はいよいよお蝶を慕えば慕う丈け「ああ、もうあいつは生きちゃあ、いねえんだ」と、我れとあきらめるようになっていったのである。で、雨ふり風間、ありし日の女の顔は眼にみえても、「ええい、みちゃいけねえ、昔のゆめだ」と、きょうまでおのれを叱りとおしてきたのであるが――……。

さてもさて、今は、そのお蝶が、とうに死んで了った筈のお蝶が、それも自分をひいた馬車の中から、而も昔より更に美しい異人姿であらわれて、ああ、何という夢の花だ！　二人は一つ馬車にさえ身をよせあっているのである。

（お蝶が、昔、つかってみせた、あの黒箱のてじなにも、こんな不思議はたんとあるまい）

所で、馬車は、まだ、どこか、さびしい港の街裏を走っていた。

「それで、お蝶、お前はあれから、きょうまで、丁度五年のあいだ、どんなくらしをしていたのだ。みれば風装《なりふり》も大分異《ちが》うし」

だんだん心のしずまるにつれて、男には、而し怨めしさも稍起きてきた。どうせ女のひとり身で、誰かの世話になっているのだろう。それも、無理とはいわないが。

「俺だって、なんの今更、お前に怒ろう訳はない。きかしておくれ。お前は誰の世話になってるんだ。せめても俺にはそれがききたい。俺が死んだと思ったあとなら、ひとの女房になることはちっとも無理はありゃしない」

斯ういうと、女は、血を吐くような声で、

「すみません。考えるとなんという因果でしょう。あたしを世話してくれてるひとは、あたしのお父っさんを斬殺《きりころ》したあの官軍のひとと同《おん》なじ、やっぱり薩摩のさむらい上りで、今は、この横浜のお役人で、野毛のうしろに大きな異人館をもってるんです。あたしは、そこの」

いいかけて、又、涙ぐむ。

「つまらない奥方です」

女は、又、うつむいた。

「何、野毛の邸にある、薩摩の役人、して又、お前はどういう縁故で、そんな所へいったんだ」

「あのときとうに死んだ筈を、助けてくれた大恩人が、その早見十郎太という薩摩そだちの鯰《なまず》ひげのぴかぴかと濃い、みるからがん丈な、訛りのある、武骨なその官員さまで」

「うむ」

「いのちは助けて下さいましたが、間もなくこの横浜の邸へつれかえって、妻になれよと無理難題。而ししみじみ考えればたのみに思うお前は、もはや死んでこの世にいないことだし女は花より脆いものです。球さん。ゆるして下さい。それからきょうで五年になります」

お蝶は、がっくり、又、美しい顔を、球之助の膝に伏せた。

「お蝶、心配するな。のこらず所縁《いわれ》をきいてみりゃあ、どうして俺に怒られよう。第一、それは昨日のゆめだ。きょうからお前の恋びとは、やっぱりこの俺でありさえすれば、それでいいんだ。なんの赤ひげ相手の横浜風情、江戸にゃあ開化の日が照ってらあ」

男は、いしくも云い放った。

「球さん。すみません！」

二人の頬と頬は、熱く、ふれた。二人の手と手とは再びとこしえに結ばれた。

ああかくてお蝶球之助はその日から又昔のような、尊い恋人同士に返ったのである！

「到着！」

と、忽ち以前の御者の声がして、馬車の歩みが、はたと停まった。

三

「まあ、もう一ぺえ、やりやしょう。え、球公のためにもう一ぺえのんでやろうじゃござんせんか」

色白の小づくりの春風亭小柳《こりゅう》がほろ酔で斯う云った。相手にいるのはもう四十の阪に手の届きそうな痣《あざ》のある男、餡古楼《あんころう》いまさかという古今亭派の真打である。

よく晴れた初秋《はつあき》の昼刻《どき》で、そこは浜も海寄りに樹《た》った、時花《はやり》の西洋料理屋だった。西洋料理といっても当時のことで支那人のコックがいる、むしろ支那式の料理だった。それで庇《ひさし》にはいくつもの魚燈《ぎょとう》が下げられ、出入りの襖には唐子《からこ》模様が金ぴかにかかれていた。すべて是《こ》れ「西洋料理で八円とられめったに九円と驚いた」とそのかみの都々一を想わしむべき異様のこしらえだった。

二人はもう可成強《かなりしたた》かに酔っていた。で、可成、無遠慮な高声《こうせい》で切りと話しあっていた。

名知らぬ青い異国酒をさも巧そうに切子のコップで二人が旺《さかん》にやったりとったりしていると庇で

また魚燈がからから鳴った。

「なあおい、いまさか。だが考えると今年は球之助の当りどしだな。死んだと思ったお蝶坊は助かって、それも野毛の異人館に旦《だん》つくといるのをみつけだしたし、おまけにあいびきといいやあ馬車で乗廻しゃあがるし、おまけにお蝶坊から今じゃあ莫大な銭金をみつがれて、あいつはすっかり左団扇よ。噺家仲間にゃあ、ちょいとみられねえ出世じゃねえか」

　小柳がいうと、相手も和した。

「全くよ。俺っちがいけどしをしてへんなばあだれにくらいこむのとなあ、訳がちがうからな。第一、お蝶坊はあれ丈けの女だし、よ」

　そういって、二人は、のんきにからからと笑いあったが、

「而し、人間も永代から心中して、そいつが二人とも助かってよ、こんにち、めぐりあって、而も片っ方は人の女房で栄耀三昧の出来る身のものを、日かげのいろにする丈けの、男冥利はありてえな。——だが、おい、春風亭の前だが」

　と、いまさかは、ちょいと言葉を区切っていった。

「お蝶と球公のやつも、ちっと大胆すぎると思うな。知れりゃたがいの身のつまりと、小唄にあるような分際《ぶんぜえ》で、六道が辻の竹川てえ写真屋へいってみねえ。大一ばんの硝子《がらす》写真で、二人のよりそってうつった写真が、そりゃあ、例々と店さきにかざってあるのよ。それも同なじ横浜うちで、親指《れこ》にでもみられたら、一体どうするつもりだろう」

「ふうむ、そいつは俺《おいら》、初耳だが、豪気と二人とも大胆すぎるな。まして相手の旦つくてえなあ、

昔は二本さした武士《さむらい》、何でもこの港の官員さまだってじゃあねえか」

「そうよ、武士も薩摩武士、ひでえひげもじゃの大浅黄《おおあさぎ》で、お国訛りのとてもとれねえ、ごつい野郎だときいてるぜ。たしか名前は、うん、そうだ!!! 早見の十郎太よ」

「早見十郎太」と名をきいて、このとき最前から、たったひとりで隣座敷に酒汲んでいた、年のころ四十恰好、成程、丈高く、頑丈で、いやにもしゃくしゃとひげが生えて、軍人あがりと思われる、ひどく品のない、のっぽの男が、何を思ったか、忽ちさっさと顔いろを変え、踏む足音も音高く、早々に勘定の金子《ちょうもく》を投げつけると、馬車みちの方へさして、

「六道が辻まで、大至急、俥《じんりき》一台やってくれんか」

と、訛りの声も荒々しく、表でこう怒鳴ったのを、ご記憶ください!

だが、小柳といいまさかと、どうして二人は隣りあわしたのが当の十郎太その人だと知るよしがあったろう。相変らず瓶の青い酒を手にするとついでは浮れ興じていた。

「全く、球公のあたりどしよ。はは、球公ばっかりいいおとこよ。はははははは」

四

その晩の十時過ぎ。——早見十郎太は、ぶるぶる惣身《そうみ》をふるわせ乍ら、紅毛館の楽屋ぐちへそっと忍んで待っていた。

顔いろは蒼白《ざ》めて、いかついような頬のひげが、いつ迄もふるえ止まなかった。

聞くともなしに海岸通りの洋食屋で二人の落語家《はなし》の話をきいて、おやっ！と思うと、自分の名！——さてこそと、とびだして、六道の辻までいってみると、禿げちょろけた雲雀《ひばり》いろの、ペンキで塗った写真館で、成程、飾窓の正面に、大きな硝子板の写真の男女。若い美しいやせた男は、大方、球之助とやらであろう。そうして女は、正しくおのれが妻のお蝶にちがいなかった。——十郎太、どうして怒らずにいられようか。ましてや、南蛮鴃舌《げきぜつ》の犬だに及ばぬ浅黄裏だ。

一図に、彼は、瀧川の球之助のありかをたずねた。根がしんそこの田舎ものの、球之助が、一体、どういう落語家なのだか、勿論、しろうよしはなかった。

が、八方手づるを求めてさがして漸く日が落ちてからききだすと、今や、彼、十郎太はこの紅毛館の裏ぐちに、球之助のくるをおそしと待ちうけたのだ。——きょうは宵から空が曇って、更けるとぱらぱら秋ぐちの雨。

陰気なやつがふりだしていた。従っていつもほど、伊勢佐木の通りにも人出がなかった。さびしい、いやな晩だった。

彼は、片手に大きな仕込杖を力一ぱいにぎっていた。

その内、向うのうしやの大時鶏《おおどけい》が、ちんちんちんと十時を打った。——楽屋ぐちの格子があいて「左様なら」——若い男の声がした。それから、やがて傘ひらく音。

「きたな。待っとれ！　不義者めが」

十郎太はこう呟いた。

男は紅毛館と羅馬字《ローマ》で器用にかいた傘をさして、そのとき、とぼとぼ暗い路地板を踏んで来た。

——あかるみへでて、すかしてみる。——と、きょう、写真屋で見た顔だ。

「たしかにこやつ。球之助じゃ」

十郎太は、にっこりうなずくと、黙って男のあとをつけた。

今とちがって伊勢佐木町を端《はず》れると、すぐに濠割《ほり》で、あやしいアカシヤの並木になった。ところどころに瓦斯《ガス》がついて、それがおまけに今夜は雨で、一そう、路上に青く映る。

昼もさびしい通りになった。

所やよしと、俄にばらばら！　十郎太は追いついた。そうして、うしろから球之助の襟がみをひっとらえた。

「誰だ！　俺は他人様《ひと》に怨みをうけた覚えはねえ。東京の噺家で、その名も瀧川球之助だ。誰だ！　誰だ！　放してくれ」

男は怒鳴った。相手の声は、だが意地わるく、太かった。

「誰でもない。おいどんは早見十郎太じゃ」

「えっ、早見」

早見ときいて、球之助は、思わず、ぎくり釘を踏んだ。

「早見の旦那じゃ無理はねえ。怒るのも最もだ。だが、これにゃあ深え仔細《しせえ》がある。一とおりきいておくんなせえ」

球之助は、無理に相手の手をふり払うと、大地にぴったり坐ったまま、斯ういった。

「何をかくそう、あっしとあのお蝶たあ、まだ東京にいたときから、二世とちかった深え仲」

球之助はいたましい声で、もうすべてをかくさず相手にのべた。そして、球之助の言葉の内には成程、二人は道ならぬことをした。だが、本来なら二人していのちの親とあがめる人なのに、その大恩をいい立てに、よくも大事な恋びとをお前は自分のものにしたな！　そういう怨みもまじっていた。

「さ、理屈はいっても始まらねえ。今までのこたあ、確に二人が悪かった。もうきょう限り、あっしも男だ、お蝶のやつとは絶《き》れようし、このハマからも去りやしょう。その代りのお願いには、二人のいのちは助けて下せえ。早見の旦那。お願いだ！」

いい乍ら、球之助はいつか声のおろおろしてくるのをかんじた。

が、十郎太の声はまだ和《やわら》がなかった。

「いいやならぬ。まかりならぬ。姦夫姦婦をせいばいするは薩摩隼人が恋の習いじゃ」

巌《がん》として、これはいい放った。

「じゃあ、これほどにたのんでも」

「ならねえ！」云われて相手はかっとした。

「よしやがれ。そう出られちゃあ仕方がねえ。どうせ薩摩の棒だら武士《ざむれえ》。野暮な裁きもつけるがよかろう。薩長土と三ケ国の端《はし》た三ぴんが寄りあって、爺《じじい》の代からすみなれた、江戸を見事に汚《けが》しゃあがったんだ！　吉原《なか》の灯《ともし》をふっ消したのも、辰巳の女を踏みにじったのも、猿若三座を荒したのも、黒門を見ん事焼き払ったのもその上一品《いっぽん》親王宮家のお庭にまで、汝《てめえ》たちゃ畏れ多くも大砲《おおづつ》を打《ぶ》っ放ちやがったんだろう。さあ、こうなりゃあ、江戸も恋も、綺麗なものは一切合財、てめえたち諸共に呡《ほろ》びてゆくんだ。そっちは武士《さむれえ》、こっちは芸人。敵わねえのも尤もだ！　殺せ！　さあ、さっさとこの場で殺しゃあがれ！」

だが、この言葉の終らぬ内、球之助の美しき横顔には、早くも牡丹のような血汐が散って、秋雨の夜の大道に、哀れ虚空をつかんだまま、彼は泥まみれになって打ち倒れた。

五

同じ夜のこと。雨は、まだ、さめざめとふっていた。野毛山一帯、早くも異人館の大ていは灯を落して、黒い骸骨が並んでいた。雨にもめげず、唯、竹原でさびしげに虫が啼くと、十郎太の異人館の前のひょろひょろな瓦斯燈が、そのたんびに大きく青い燈花《あかり》を吐いた！

十郎太はその阪みちを、左手《ゆんで》に生首、右手《めて》に仕込杖を引っ提げて、世にも気急《きぜわ》に荒々しくのぼっていった。そうして我が家に近付いて、小手をかざすと、瓦斯の火がくれに女の影。

はてなと思うと、お蝶である。お蝶が、唯ひとりして、なぜか表玄関の瓦斯燈下に、しょんぼり立っているのである。

現在、お蝶の姿をみて、再び十郎太は、狂おしくとりのぼせた。

「ああいう態《すがた》でいくたびか彼女《あいつ》は男を待っていたことだろう」

想うと、五体のあらゆる血汐が、蛙《かわず》の血より冷たく煮え返るのを感じた。もう、妻もない。女もない。

十郎太は俄につつつつつと、雨の阪みちを音高く走《は》せ上ると、

「お蝶、みやげだ！」

いきなり手にした球之助の生首を、お蝶めがけて投げつけた。

「あれ――っ」

と、云わせも果てず、

「姦婦め！」

ざっくり!!! 真向から斬り倒すと、煙が立って、女がぜんまい人形のようにばったり倒れた。

「きょうはこれで二人めじゃ！」

十郎太は憎々しげにいい放って、さて、刀をすいすいと二度振った。

途端に頭上の瓦斯燈がひどい速さで廻りだして、最後に燃ゆる瓦斯の火が大きな女の首になると、そのまま、馬車道の方へ飛んだが、而し、十郎太は気がつかなかった！

六

憎かりしにもせよ、ましてひとりは愛さずにはいられなかった妻のお蝶。――男女二人を手にかけて、十郎太はやはりその翌くる日を快くは送れなかった。で、朝から火酒《うおつか》を呼んでは、しきりに盃の数を重ねていた。が、酔わなかった。どうしてもいやな、寝ざめの悪い気もちが彼からさっぱりと去らなかった。

彼は仕方なしに馬車を仕立てて、ハマの街々を宛途なく乗り廻した。せめて思いを紛らせようと考えたからだ。

と、その内いつか自分の馬車は、あの六道の辻を走っていた。あの竹川という写真館の、気がついたときには、すぐ間近の所を走っていた。

十郎太は思わずぎょっとして写真館の店先に眼をやった。勿論、そこには昨日のように恋のお蝶と球之助と二人の写真が生けるが如く、大きな硝子板に映しだされていた。十郎太にはそれが不愉快の限りとならずにはいられなかった。――彼は、即刻馬車を停めると、つかつかとこの写真館の内らに入った。そして写真館のあるじをよぶと某《なにがし》かの金子《きんす》を与えて、みている前でその硝子写真をこなごなにふんさいさせた。十郎太はそんなことをして僅に明るい気持を取り戻すことが出来たのである。

が、次の日が訪れたときなぜか、もう一度、あの写真館の前へ、十郎太はいってみたくなった。で、彼は、また、馬車を仕立てさせると六道が辻まで出向いていった。

ああなんという不思議であろう！　と、写真はやっぱり元と変らず飾られてあるのだ。二人はやっぱり幸福そうに恋の笑顔を泛《うか》べているのだ。たしかに、きのう、こわしたのに。みている前であの写真師がめっちゃめっちゃにして了ったのに。

「怪しからん」――十郎太は、もうじりじりして、馬車をすてるが早いか、その写真館の扉《ドア》を叩いた。が、どうしたことか、きょうは押せども、ひけどもあかなかった。おやっ！と思って見直すと、そこの扉に白い紙が斜めに貼られて「貸家」と二字が貼ってあった。而も、それはきのうやきょう貼ったものとは覚えず、少くも半年位は前から貼られてあるもののように、紙も文字も古ぼけていた。十郎太は、何だか、からだがぞっと縮かむような気がした。

而し、あくまで驚かぬ風情をよそおって、「よし、それならば、おいどんにも覚悟がある」と、もっていた洋杖《ステツキ》を振上ると、がちゃんと飾窓の硝子をこわした。そうしてなかから二人の写真を取出すと、今度こそは！と土足にかけてさんざんにこなごなにした……。

だが全く写真の不思議は、この日から続きだした。次の日、又しても十郎太がでかけていったとき、やっぱり写真館には人気なく、而もやっぱり二人の写真が元のとおりにあがっていた。飾窓の硝子も一向こわれた様子はなかった。十郎太も斯うなると怖ろしいより意地になった。又、こわしては、又、次の日でかけていった。と、こいつが不思議や、又、ちゃんと元通りにあがっている。

十郎太は、根気よくそのたんびに二人の写真を打ちこわしたのである。

が、その内だんだん写真のなかの二人の顔は、例えば花のひらくように、日一日と大きくなっていった。きのうよりきょう。きょうよりあしたと！ ほんとうにお蝶球之助の二つの笑顔は、こわされるたんびに、だんだん写真面一ぱいに、あやしく、無気味にひろがっていったのである。

そうして、最後にもう是れ以上、大きくなりようもなく太陽のお化みたいに二人の顔が写真一ぱいに重なりあってしまったのを、その日も十郎太がぱちんとこわして、野毛の館《うち》までかえってきたとき、

「おーい」

と聞馴れない発音で、彼を呼び止めるものがあった。

「誰だ！」

と振返ると、早くも彼の背後には、ひとりの眼玉の碧い、毛の紅い、亜墨利加《メリケン》の水兵とおぼしい男が突っ立っていた。そして、おぼつかない日本語で、

「マテ！」

というが早いか、ずどんと一発！　六連発か種ヶ島かふところからとり出した本鉄砲が囂然《ごうぜん》と鳴って、早見十郎太は胸板を貫かれたまま、息絶えた。あめりかの水兵は、すると、十郎太の屍を軽々と引っかついだままつばめのようにその異人館へ入っていった……。

野毛に、にっぽんで創めて立った十六軒の異人館が、十郎太の館からでた、あやしの炎で、のこらず焼けて了ったのは、その晩のことである。火は、暁方《あけがた》まで燃え旺《さか》って、そうして、それから、やっと消えた。

唯、翌くる日、多くの人たちが焼跡へ駈付けたとき、早見の異人館の焼跡には黒焦《こげ》一つしていない生々とした、手札形のお蝶球之助の例の写真が極めて無数にすみからすみまでちらばっていたということである。

苦楽　大正十五年（一九二六）三月号

満月佃囃子

一

「泥棒ッ。泥棒ッ。泥棒だアッ。」

けたたましい物音に、江戸草分けの影絵師で、名人と云われたうつしえ都楽《とらく》は、思わず夜具の掻巻《かいまき》を蹴上げると、蒲団の上へ起き直って、障子を細目に開けて見た。

東海道品川宿――。

橋向うで岡本屋と云う遊女屋の二階。

四十にちかい肥り肉《じし》で、赧《あか》ら顔の都楽は、今しがた敵娼《あいかた》の出ていったあと、ぐっすり眠った寝入り端《ばな》を起されたのだ。

声は、廊下を隔てた向うの広間から、新秋《はつあき》の夜を冴返るよう、切《しき》りに流れる。

「太え野郎だ。お藍《あい》さんを語らって、手前早《てめえはえ》とこ逃亡《ずらか》ろうって魂胆だな。」

「と、飛んでもねえ。俺《おいら》は、そ、そんな量見は有りゃアしねえ。」

「そんな量見のねえ者が、何だって夜夜中《よるよなか》、阿魔《あま》ア背中に引ッ背負《しょ》って雨戸をこじ開け、逃亡ろうとしゃアがるんだ。」

「さア、そ、そいつア……」

「態《ざま》ア見やがれ。第一それをとがめたら、突嗟に懐《ふところ》中から短刀《あいくち》を、ちらと光らせやがったじゃアねえか。こう、あんまり、なめた仕打をしゃアがるなよ。客だと思って甘くして居りゃア、大金のかかった阿魔アしょぴいて逃げようなんて、方図の知れねえ獣物《けだもの》だ。それッ、みんな手を貸しねえ。ぶちのめして突き出すんだ。」

「合点だッ。」忽ち五、六人の若い者が、てんでに心張棒《しんばりぼう》や燭台を追ッ取って、大広間の真中で、病み衰えた遊女を背に、仁王立に成って居る二十三、四の、眼のぱッちりした美しい男をめがけて打ってかかった。

それを巧みに二、三度、交わして、

「ま、待って呉れ。ここの主人は鬼だ、蛇《じゃ》だ。このまんまで居たら、お藍の奴は十日と命は保《も》たねえんだ。後生一生のお願えだ。お前《めえ》たち、この場丈け眼をつぶって逃がして呉《く》んねえ。」

男も女も手を合わさん許りにして頼んだが、

「喧《やかま》しいやイ。慈悲や情《なさけ》を持ち合わせて、当時、因業なら宿《しゅく》一番と、音に響いた岡本屋に奉公が出来るけえ。所詮、汝《うぬ》らはしょびいて行くんだ。往生ひろげッ。」

彼らは、いよいよ肉迫して来た。

「頼まねえやイ、木《こ》ッ端《ぱ》野郎め。」

始めて、男も毅然として、

「血も涙もねえ輩にゃア、この短刀が物を云うんだ。お藍、聞いての通りだ。揃いも揃った地獄の鬼に、今、引導を渡すから、ちっとの間、お前は見物して居て呉んねえ。」

云い乍らヒョイと女を側《かたわら》へ下ろすと、いきなり握りしめて居た短刀で、一ばん身近へ進んだ男の胸板を、

「野郎、死《くたば》れッ――」と、突き通した。

「ウ、ウワーッ。」

相手は、仰向様にぶッ倒れた。

続いて、飛付いて来た男を、足搦《あしがら》をかけて寄倒すと、再び起上ろうとして来る肩先を、

「エイッ。」と強《したた》かに斬り下ろした。

「ウ、ウーム。」同じく虚空を摑んで倒れた。

間、髪を容れず、背後《うしろ》へ廻って居た別の男は、燭台の台尻で、脳天も砕けよと打ち下ろして来たが、

「生《なま》な真似をしゃアがるねえ。」

苦もなく、彼が右へ外したため、

「あ、あ、いけねえ。」

ビューンと風に唸りを生じて、燭台もろとも、ものの美事につんのめった。

「それッ、手強いぞ。一度にかかれ。」

この体《てい》を見て残りの三人、一時《じ》にドッと押寄せたとき、

「あれッ、火事だよゥ。」

俄に、女の悲鳴が起った。

と、見れば、濛々たる白煙。

欄間伝いに燃え上る焔。

バチバチ、ものの焼け落ちる音。

「こ、こりゃア大変だッ。」

余りの事に気を呑まれて、蒲団の上に坐ったままで居たうつしえ都楽も、このとき、事態の穏やかでないことに、始めて気付くと、

「な、成程、こいつア凄え火事だッ。」

と、夜具の間から取り出した紙入を懐中に、あわてて反対側の廊下の方へ飛び出したが、

「た、助けてお呉れよゥ。」

「あれ、怖いよゥ。」

驚き騒ぐ泊り客や遊女たちは、もう、そこらじゅうを倒《こ》けつ転《まろ》びつ、地獄絵のように入り乱れて居た。

そういう内も、ひどい火熱が四囲《あたり》に立ちこめ、紅蓮の炎は刻一刻と燃え募って来る。

都楽は、到底この混雑では、裏梯子が下りられないことに気付くと、眼前の小窓から夢中で這い出し、裏手の闇をめがけて、「エイヤッ。」と一と思いに飛び下りた。

幸い、そこは一円の砂浜だったので、怪我一つしなかったが、彼が砂地へ飛び下りたと殆んど同

時に、おなじ家の黒塀から、手に手を取ってパッと身を躍らせた、二つの黒い影！

それは、最前の若者と、お藍と呼ばれる例の病上りの遊女であった。

美しい二人の顔は、折から、岡本屋の大屋根を嘗《な》め尽さんとして居る、炎々たる火焔のため、一そうくっきりと、葩《はなびら》のように照らし出された。

「あッ、お前さんたちは――」

都楽が、思わず声を立てようとすると、（どうか、この場丈けは見逃がして――）と云わない許りに、彼らは片手で伏し拝んだ。

じゃんじゃんじゃん。じゃんじゃんじゃん……。

秋の夜空を、八山《やつやま》の方で、漸く半鐘が鳴り出した。

二

十日ほど経ったのち――。天保三年七月晦日の昼下り。

日本橋の瀬戸物町で、坐禅豆屋を営んで居るうつしえ都楽の家へ、だしぬけに訪ねて来た浴衣姿の若者がある。

一と目、その男の顔を見て、

「あッ、あなたは――」

「おお、お前さんは――」

客も、都楽も、目を円くして驚いた。

つい、十日前、大師詣りの戻りがけ、はしなくも泊った品川の遊女屋で、思いがけない大騒動を惹起《じやつき》した、あの美男の若者ではあったからだ。

「おやッ、それじゃア貴下《あなた》が伝え聞く、写し絵の大名人、都楽師匠でござんしたか。師匠の袖でなけりゃアすがれねえ事が出来上って、折入ってお頼みに参《めえ》りやしたが、其《それ》にしても師匠がこの間の晩の、あっしたち二人の命の恩人たア驚いたなア。知らねえ事たア云い乍ら、飛んだ失礼を重ねやした。あの晩のお情、肝に銘じて忘れる所じゃアござんせん。有難うございました。」

男は、神妙に頭を下げた。

「いいや、そのお礼じゃア痛み入るが、時に、お前さんの御用件と仰言るのは?」

都楽は、暑気払いにチビリチビリ飲《や》って居た膳の上の物を、女房お律《りつ》に片附けさせると、団扇《うちわ》づかいを新《あらた》にして訊ねた。

「実は、師匠——あっしは下総流山《しもうさながれやま》無宿夜桜の音松《おとまつ》ッてえ、巾着切《きんちやくきり》でござんす。」

「えッ?」

「人の出盛るあしたの八朔《はつさく》、あっしは両国の花火船《ぶね》で見物衆の懐中を掏《す》って掏って掏り捲《まく》り度《て》えんだ。ついちゃア、そン時に誰一人怖《こえ》え者ア居ねえが、川のまん中へ影絵舟とやらを泛《うか》べ、極彩色の写し絵を見せて居る師匠の姿丈けは、大そう気に成って、思うように稼業が出来ねえんだ。どうか明日の晩一と晩丈け頼むから、あっしの稼業を見て見ねえ振をして、盲目《めくら》に成ってて貰《もら》え度《て》えんだ。夜桜の音松、命に賭けてのお願いでござんす。」

音松は、両手を付いて頼んだが、途端に、都楽の顔のいろはさッと変った。

「な、何だって？　音松さんとやら。黙って聞いて居りゃアお前さんが他人様《ひと》の巾着を掏るのを、このあっしに見て見ねえ振をして居て呉れだって。こう、冗談も休み休み云いねえな。この間の晩の橋向《しながわ》じゃア様子はからッきし解らねえが、お前たち二人の所置振が余り思い詰めて居なさるから、あの場を見逃がしても上げたんだが、瘠せても枯れてもうつしえ都楽だ。未《ま》だ盗ッ人の提燈持をする気アねえや。さッさとこの場を引下って貰おうぜ。」

彼はキッパリ云い切った。

「そのお言葉は御尤もだが、明日が生涯の稼ぎじめえで、二度と掏摸《すり》なんぞ働く気アねえんだ。貴下も御存じのあの女と、生涯まっとうに添い遂げ度え一心で、明日の晩丈け懐中を狙う、一世一代の大仕事なんだ。師匠、まア、話丈けでも聞いて下せえ。」

しがない巾着切音松の顔を、哀れ一抹の憂いが掠めた。

三

「ねえ、師匠。あっしはいけねえ巾着切でござんした。飲む打つ買うの三道楽、その上、他人様の御宝許り狙うと来ちゃア、生れ乍らにして俺《おいら》は人間の魂を、どッかへ蔵《しめ》え残して来たのかも知れねえ。それが師匠、忘れてなるものか今年の五月、ふと品川へ素見《ぞめき》に出掛け、雨にふられて飛込んだ、あの岡本屋のお藍と云う板頭《いたがしら》。師匠もお顔見知りの彼女《あいつ》でござんす。あれの情を知ってからと云うもの、意地にもあっしは巾着切なんて、因果な稼業が、ふつふついやに成っちゃったんでさア。」

音松はゴクリと唾《つばき》を飲み込んで、

「つい昨日までは女遊びをするんだって、千住《こつ》へ一と晩、根津へ一と晩、音羽へしけ込もうと、堂《どう》前《まえ》にしようと、その日その日のひねりッ放し。稀《たま》に一分や一分二朱、貢ぐ女があったとて、ろくすっぽ、顔も覚えて居てやらなかった。第一、女に惚れるなんざ、いい若え者の恥だと思って居た位でさア。だが、あのお藍丈けは巡りあったその晩から、死んでも思い切れなくなった。あの切れの長い眼も唇の味も、ふッくらとした餅肌も仇な口舌《くぜつ》も、逢瀬を重ねれば重ねるほど、あっしの事を真人間に返れと許り教えて呉れるんだ。」

――始めて暖かい人の情に行き当って、夜桜の音松は別人のように、立派な人間の仲間入りがし度く成ったと云うのである。

「笑ってお呉んなせえ、あっしはお藍の前で丈けは、真逆《まさか》に御府内の巾着切だと、ほんとの素性は明かせなく成りました。いつも小博奕打の渡世人だと偽っちゃア、無けなしの小遣い銭を呉れてたんです。その内、彼女《あいつ》は千住《せんじゅ》竹の塚在の生れで、水呑百姓の親爺が長患いでおッ死《ち》んだあと、積り積った薬代と唯《たった》一人の阿母《おふくろ》のために、苦界《くがい》へ沈んだと聞かされちゃア、こっちが親不孝をさんざした丈け、せめて死んだ阿母への罪亡し、いよいよ他人事たア思えなく成ったんでさア。お藍や、其じゃあ阿《お》ッ母《か》アに美味えものでも買ってやんなと、其からてえもの、余計、小遣いを恵んでやった……」

「成程成程、いい情合《じょうあい》だなア。」

都楽は、幾度か垂《たる》んだ顎を肯《うなず》かせ乍ら、嬉しそうに眼を細くした。

「所が、何と師匠の前だが、その銭が竹の塚の阿母ン所へビタ一文も届かねえんで。」

「何、届かねえ？」

「へえ、あの岡本屋の主源六《あるじげんろく》てえチョボ一は、鋸引《のこぎりびき》にしても飽足らねえ罰当りで、お藍の奴が苦しい中から阿母へ届けてやる月々の生計《くらし》の銭を、みんな横盗りして了《しま》やアがるんで。だもンだから、喰うに喰えないあいつの阿母は、とうとう岡本屋一家を怨みに怨んだ書置を残し、首を縊《くく》って死んじめえました。」

「ええッ。」

「そうなるてえと、お藍の奴ア一そうやけのやん八だ。夜昼ぶッ通しの大酒を喰やアがったお蔭で、酒毒が高じて血を吐いたあと、米粒一つ咽喉《のど》へ通らなくなったら、薄情千万にも岡本屋はそいつをいい事にして物置小屋同様の所へ彼女《あいつ》を投《ほう》りこんだ。三度の飯すらろくに与えず体よく干し殺す量見でさア。情を知った朋輩に頼んで、小遣い丈けは届けてやったが、片刻《かたとき》だってあんな地獄の一丁目に、大事な大事なあっしの片割れ、お藍を預けては置けなくなった。そこで師匠がお泊りに成った二十一日の白々明《しらしらあけ》、彼女《あいつ》を連れて逃亡《ずらか》ろうと思った所を見付けられ、破れかぶれにあばれる内、天の助けか俄の大火事。而もあなたが粋《すい》を利かせて、横を向いて下さったので、やっと一方の血路《けつろ》を開いて落ち延びる事が出来たんでさあ。もう、この上は余燼《ほとぼり》のさめるまで、生れ故郷の下総流山の在所へ帰って、お藍の奴の保養かたがた、三年五年と鋤鍬《すきくわ》をとっても、みっちり働き度えと思い付いたんでございます。」

「それで、すっかり様子が知れた。フムフム、成程……」

「ついちゃア悪事の仕納めだ。あしたの晩こそ因果な夫婦が都落ちの、路用代りに稼ぎ度えんだ。その代り老人子供《としより》は狙わねえ。たんまり銭の有りそうな大尽たちの懐中丈けを、音松はみっちり稼ぎ度えんだ。偖《さて》、そう云う時に一ばん気がかりは、最前も云った通り、師匠、お前《めえ》さんだ。屋根舟でお手のものの写し絵を映して居なさるお前さんには、船から船を飛んで歩く、あっし達の手口が一ばんハッキリ覗かれるんだ。天地の神も驚かねえが、殊更《ことさら》に辺りを暗くした影絵舟の中から丈けは、丸見えだなと思ったが最後、気が臆してもう駄目なんだ。ねえ師匠、恋女房のお藍の奴ア、亭主がそんな大それた稼業たア知らず、流山への初旅を、餓鬼のように焦《こが》れて待ってやがるんだ。夜桜の音が一生一度の稼ぎじめえだ。都楽師匠、お願えだから、もう一ぺん丈け横《そっぽ》を向いて下さいな。」

音松は、長物語《なが》を漸く終えると、満面に誠をあらわしじっと都楽の顔いろをうかがった。

「よくわかった。解りました。夜桜の音松つぁんとやら、お前《めえ》の気分《きっぷ》が面白え。仰せの通り、一ばん暗い筈のあっしの舟からは、却って辺りがよく見えて、乳繰り合ってる若え二人や、生酔いに悪《わる》戯《さ》をしかけられるお女中や、さてはお前さんたちのすることが、手にとるように見えるもんだ。だが、あした一と晩の稼ぎと云い、ましてや貧乏人は金輪際、狙わねえと仰言るなら、うつしえ都楽が一世一代、盗ッ人の提灯持を勤めてやろう。」

「ええッ、其じゃ師匠は聞いて下さる？」

「お前の情と改心に免じ鬱《ふさ》ぎにくいこの眼《まなこ》も、おとなしく閉じて上げましょう。」

「あ、有難うございます。重ね重ねの御恩のほど、死んでも仇たア思いません。」

夜桜の音松は畳へ額を磨り付けて、いま心から礼を云った。

きりぎりすが、縁先の虫籠で元気に啼きはじめた。

四

九十六間の両国橋が、飛び交う蝙蝠《こうもり》の羽搏《ばた》きから、初秋《はつあき》の夜靄《よもや》にとっぷり包まれると、大川の川波は只管《ひたすら》美しい碧《みどり》を深めて、紫紺の夜空へ「玉屋ア、鍵屋ア」の呼声もろとも、江戸名物の大花火が、ぽん、すぽん、ぽんと打揚げられて行く。

まして今宵は八朔の、河長《かわちょう》、萬八《まんぱち》、亀清《かめせい》と打ち続く大廈高楼《たいかこうろう》の燈火《ともしび》は、花萬燈《はなまんどう》の如く白昼《ひる》をあざむき、漫々たる大川には華奢で小粋な屋根舟が群がるなかに、うろうろ舟や影芝居、又は馬鹿囃子の遊山船《ゆさんぶね》まで、むせッ返るほどの歓楽《どよめき》は、歌川豊春《とよはる》の浮世絵の風情を宛《さなが》らであった。

——その頃、うつしえ都楽を乗せた屋根舟は、首尾の松から斜《はす》かいに漕ぎ出して、大川の中央《まんなか》、程よい所へ舟をもやうと、鳴物入りの大一座で「播州皿屋敷」のうつし絵を、ここを先途と映写《うつ》しはじめた。屋根舟と云っても、いくらか小型で、舟の正面に黒ワクで美濃紙を張りつめたタテ二尺六寸、ヨコ六尺の幕があり、都楽はこの幕一ぱいに得意の怪談狂言を、極彩色に写し出すのだ。

画面の大きな古井戸へ、柳の葉がちり、めらめらと陰火が燃えると、髪さんばらのお菊の亡霊が、将監鉄山《しょうげんてつざん》の生首を咬《くわ》え、

「迷うた迷うた。将監鉄山。共に奈落へ誘引せん。来れや、鉄山……」

と、物凄い形相であざ笑った。

「よウッ、日本一ッ、お天道様ア。」

「音羽屋跣足《はだし》だッ。大当りイ。」

数万の観衆は熱狂して、頭上を続け打ちの玉屋鍵屋も物かはと、うつしえ都楽の妙技のほどに酔い痴れて居た。毎夜の事とは云い乍ら、流石《さすが》に都楽、かくまでの絶讃を浴びれば、芸人冥利を満身におぼえて、一寸《ちよつと》いい心持に成り乍ら、

（其にしても昨日の音松の野郎は、如何《どう》しやがったかなア）

と、ふと見るともなしに群衆の方を見て、

（おッ、やってやがらやってやがら。うわッ、何てえ素迅《すばし》っこい野郎だろう）

彼はつくづく感嘆せずには居られなくなった。

夜目に眼立たぬ鼠いろの布子《ぬのこ》一枚、同じく鼠の手拭で頬冠りした、確に音松と覚しい男が、今や都楽の技《ぎ》、神《しん》に迫った大川じゅうの船と桟敷の人々が、あれよあれよと乗り出して居る真最中、舟から桟敷、桟敷から船、水から陸《おか》と隼《はやぶさ》のごとく、栗鼠《りす》のごとく、ひょいひょい飛んで行くのは、素早い所で片ッ端から懐中を掏《ぬ》き取って行くのであろう。

誓った言葉に偽りはなく、禿げ頭の大尽や、忍びの殿様や、色好みの旗本や、淫乱後家の居る船や桟敷にのみ、侠《いなせ》な音松の姿は立ち停まり、老若雑多の乗合舟は歯牙にも掛けて行かぬ有様が、都楽の眼には写し絵を扱い乍ら、よくよく見てとる事が出来た。

「あン畜生は巾着切の大真打だ。花も実もある稼ぎッ振りでよ。都楽の写し絵が日本一なら、野郎の早技も日本一と崇めていいや。」

都楽はすっかり嬉しくなって、舟の舳《へさき》へ紅、黄、青、紫ととりどりの花火の閃光を浴び乍ら、うっとり眺め入って居た時しもあれや、

「お尋ね者の夜桜の音松！　御用だッ。神妙にしろ。」

重なり合った遊山船の一角から、突如、岡っ引の影が動いて、音松の身体へ鉤縄《かぎなわ》が飛んだ。

「し、しまったッ。」

彼はすかさず一と歩《あし》あとへ飛び退《さが》ると、逆手に振りかぶった短刀《あいくち》で、相手の手首をサッと斬り下ろした。

「あ、あ、ウーム。」

岡っ引は血だらけの手で、鉤縄を握りしめたまま、ドブンと水煙りを立てて、川中へ落っこちた。

「野郎ッ。」と十手をかざして組み付いて来た男があったが、

「ええイ。」

一と声の許に振りほどき、よろよろッとのめって行く弱腰を力任せにポーンと蹴った。

「ウワーッ。」

ド、ド、ド、ドブーン——又、川面へ金波《きんぱ》が躍った。

折柄《おりから》、川に響いて鳴り渡る呼子《よぶこ》——もう、こうなると花火も川開きもあるものか。

江戸随一の風流場所隅田川も、一瞬にして殺気漲《みなぎ》る一大修羅場《じょう》と化してしまった。

「御用ッ。」

「御用ッ。」

「御用だッ。」

見れば都楽の影絵舟さえ、いつの間にやら姿を隠して、黒闇《くらやみ》地獄のような両岸一帯、早くも御用提灯が、綺羅星の如くズラリと並んで、非常を告げる呼子の声許り、物悲しく水の上に流れて行った。

五

同じ刻限、柳橋は篠塚稲荷の境内に額づく女！　洗い髪で瓜実顔、こぼれる許りの愛嬌を、夜目にも白い歯並びの間に見せた手弱女《たおやめ》こそ、嘗《かつ》ての品川岡本の板頭、いまは夜桜の音松が女房お藍であった。

近頃よっぽど元気になった顔の色。

而も見違えるほど、律儀真法《まつぽう》な女房ぶりで、お藍は、神前に両手を合わせ、

「夫の音松が、今夜ッきりで博奕は止め、明日から流山の在所へ戻って、堅気の百姓に成ると申し、最前《さき》ほど賭場へ参りました。お願いでございます。どうか一生に一度、今晩丈けはうちの人が、勝てる丈け勝って戻りますように、どうか篠塚のお稲荷様、お計いになって下さいまし。」

と、天地の神も照覧あれ、夫を思うまごころに一心こめて祈るのであった。

その時、裏の河岸っぷちで、どッと上った叫び声——途端にドヤドヤ雪崩れるように、この境内へ入《い》り込んで来た人々は、

「ヤイヤイ源次。何の騒動が始まったんだ。」

「大変だ大変だ。さくら、さくらよ。」

「何、桜桜？　何が桜桜でえ？」

「それが、その、何とか桜って盗人の総大将が御用弁に成ったんだとよ。」

「えッ、盗人が御用に成った。そ、そいつは有難え。行って見ろイ行って見ろイ。」

又、そのまんま、彼らはお鳥居をくぐって、左手の方へ流れて行ったが、夫、夜桜の音松を、あくまで三下博奕打と信じて疑わぬお藍には、今の会話も何の注意も惹きはしなかった。

彼《か》の女《じょ》は、あくまで祈り続けた。

「何とぞ内の人が半と張りましたら、半が出るよう。丁と張りましたら、丁が出るよう、も、もし篠塚のお稲荷様、お藍が命に賭けてのお願いでございまアす……」

六

「それじゃアお藍、お前はどうあっても紀州様のお留守居役、あの橋詰左内《はしづめさない》様の云う事を聞くこたア出来ねえてんだな。」

深川の櫓《やぐら》下で音に響いた料理屋大黒《だいこく》屋の主人甚右衛門《じんえもん》は、床の間の柱に縛り付けられたお藍を、

意地悪そうに睨み付けた。

天保九年八月十五日朝——垣根越しに流れてくる汐風もいつしかしみじみと秋寒い。

が、がんじがらめに縛られたお藍は、いよいよ若くいよいよ美しい。六年の歳月も、重なる辛苦も、この女の生れ乍らの麗しさを、奪い去ることは出来ないらしい。

彼の女は、六年前のあの晩、始めて夫音松が札附の巾着切で御召捕に成ったと知ると、眼の前が昏《くら》くなるほど世を儚んで、一時は死んで了おうかとまで思ったが、漸く心が鎮まるにつれ、いやいや左様《そう》でない。

例え石に噛り付いたとて、音松が再び娑婆へ出るまでは、生きて生きて生き通すのが女房の勤めだ。而し、己のからだを売る稼業に丈けは二度と成るまいと決心すると、唯一の夫の味方である都楽の許へ詳しい手紙を書きおくったのち、伝手《つて》を求めてこの櫓下の大黒屋へと、女中奉公に住み込んで、主人大事と働いて居たのだ。

それにつけても、人の世の冷たさよ！

なぜに、お藍の上にのみ、かくも不幸な月日は、屢々《しばしば》おとずれるのであろうか。

今も今とて、思いもかけない災難が、彼の女の上にふりかかっては来たのである。

「お藍、ほんとうに考えて見て呉れ。」

甚右衛門は再び言葉を次いで、

「大黒屋に取っちゃア三代御恩の橋詰様、手前《てめえ》がうんと云わなけりゃア、俺は腹でも切らにゃア成らねえ。だが、お前さえ承知して呉れりゃア縮緬《ちりめん》ぞっきのお蠶《かいこ》ぐるみ、芝居は見放題《ほうでえ》、寄席は聴き放題、何でも云う目は出るんだぞ。お藍、頼むから、この甚右衛門を男にして呉れ。」

彼はやさしく云って見たが、

「すみません。お困りの程は重々お察し致しますが、始めにこちらへ伺った時、お酒のお座敷は勤めますが、お寝間のお伽《とぎ》までいたしますと申上げて御奉公した覚えはございません。第一、そのとき御拝借のお金なら、とうに働いた月々の内からお返し申し上げましたし、それに、それに……」

ここまで云って、お藍は堅く唇を噛んだ。

急に、涙が溢れて来たのだ。

「それに、それに、何だと云うんだ。」

「……私には音松と云う、立派な亭主がございます。」

「ちえッ、止して呉れ。聞き度くもねえ。」

甚右衛門は吐き出すように苦が笑いして、

「お前《めえ》の亭主の音松は、どんな美《い》い男か知れねえが、三宅へ送られて足かけ六年、消息《たより》一つしねえような薄情男に、操を立ててどう成るんだ。第一、お前、俺に借金がねえ筈だと、大きなホゲタは叩けねえぞ。」

「あれ、どうしてでござんすかえ。」

「お藍はどうでも貴下《あなた》様に差上げましょうと云い切った時、此《これ》は当座の小遣いだと、橋詰様から下さった三十両。こいつ許りは話がつくまで、手を附けめえと思ったが、有るように見えてもねえのが金だ。つい、うかうかと手を付けて半金許り費《つか》ってしまった。」

「げっ。」

「さア、だからお前《めえ》さえ飲み込んで呉れりゃア、その三十両は愚かのこと、改めて何層倍かと御褒美が貰えるんだ。お前も永年奉公した、主人が命の瀬戸際だ。こう、この通り手を合わせて拝むから、橋詰様の望みをかなえて上げて呉んねえ。お藍、頼むぜ。」

甚右衛門はピョコピョコ頭を下げた。

(何と云う非道い人なのだろう。妾《わたし》に借金でもあるならいざ知らず、妾に一言の相談もなく、三十両もお金を取って、無理矢理、人の手遊《なぐさみ》に成れとは――)

口惜《くや》しかった。悲しかった。情なかった。

お藍は、頑強に首《かぶり》を振って、

「いやです。いやです。」

と云いつづけた。

(誰がこの身を自由になんかされるものか。遊女上りの茶屋女でも、妾には音さんと云う亭主があるのだ。やくざ者でも巾着切でも、二世《にせ》と誓った亭主に変りがあるものか。しかもあの人は情深くて、親切で――)

いま彼の女の瞳に、すっきりとした音松の横顔が、錦絵のようにちらりと泛んだ。

(音さん、音松ツぁん、お前さんは今時分何して居るの。鳥も通わぬ三宅島で、水を汲んだり石かつぎ、どんな辛い思いをして居るの。お藍も、あれから不運続きで、一日だって笑った時とてないけれど、今度と云う今度は、一生一度のこんな大難に出会って居るの。妾は、このまま責めて責めて責め殺されて、死んで行くかも知れないワ。でも音さん、安心して頂戴。いくら飯盛上りでも昔は昔、今は今、立派にこの身を守り通して、あの世とやらへ行くからね。もしもお前も命があったら、昔、娑婆にはお藍と云う哀れな女があったっけと思い出して、折れたお線香の半分でも手向《たむ》けてお呉れ。音さん、音さん、お願いだわ。)

お藍は泣くまいとしても、うらやるせない哀しみに、あとからあとから熱いかたまりがこみ上げて来て、むごく情無《つれな》い大空に、人のなさけを呼子鳥《よぶこどり》、いつか忍び音《ね》におろおろと泣き出すのであった。

「ええイ、何をめそめそ泣きゃアがるんだ。横に首を振る所を見りゃア、汝《うぬ》アこれほど訳を話しても、あくまで主人の不幸を見殺しにする気だな。恩知らずのすべた阿魔め、それッ、野郎ども、この女の根性の直るまで、土性骨《どしょうぼね》を叩ッ挫け。」

「合点でござんす。」

若い者の喜助《きすけ》、権六《ごんろく》、三次《さんじ》、吉造《きちぞう》の四人は、手に手に弓の折れや棒切れを携え、縛られて居るお藍の周囲《ぐるり》を取り囲むと、

「ヤイ阿魔、素直に云う事を聞かねえから、飛んだ折檻を受けるんだ。此でも喰《くら》えッ。」

ピシーリピシーリ。

力の限り、根《こん》限り、腕に任せて打ち据えれば、

「あッ、あッ、ヒイーッ。」

お藍は唇を噛んで耐《こら》えたが、又ピシーリ、又ピシーリ、大の男が力任せに打ち叩く杖の笞《しもと》に何條《なんじょう》、

耐《たま》ろう。皮は破れ、肉は砕け、流れる血汐はたらたらと、水玉の浴衣を無慚に染めて行くのであった。

果てはとうとう気を失い、

「ウーム。」彼の女は悶絶してしまった。

甚右衛門は、これを見るより、

「ええ、こう成りゃア可愛《かあい》さ余って憎さが百倍、橋詰様への申訳にも、所詮生かしちゃアおけねえ女だ。佐賀町河岸から沈めにかけて大川の魚の餌食にしてしまえ。」

と荒々しく云い付けると、そのまま、あとをも見ずに奥の間へ入った。

七

お藍を黒葛籠《つづら》へ入れた四人の若者は、間もなく佐賀町河岸の並蔵《なみぐら》の裏手へ姿を見せた。

「こんな綺麗な姐さんでも、やっぱりドカンボコンと沈ませなけりゃア駄目かなア。」

一ばん気の弱い喜助が云った。

「あた棒じゃアねえか。下手に生き返らせて、櫓下の大黒屋じゃア隠し売女《ばいじょ》をしろと、我々奉公人に無理難題を申しますなんて、駈ッ込願えでもされて見ねえ。其こそ事だぜ。」

不敵な顔付の吉造が、言下に反対した。

「成程、それもあるなア。」

喜助は素直に肯いて、

「俺は又、目隠しをして、どこか、其処らの原ッぱへ、三べん、ぐるぐるッと廻してから、棄てて了いゃアいいと思ったんだ。」

「猫じゃねえや。馬鹿馬鹿しい。そんな事を云ってるひまに、人でも来たら大事《おおごと》だ。早えとこ、葛籠を沈めにかけろ。」

「オイ、来たッ。」

四人の若い衆は一《ひ》ィの二《ふ》ウの三《み》ィと弾みを附けて、お藍を入れた黒葛籠を、そのまま、ドブーン。大川めがけて投《ほう》り込んだ。

烈しい水煙りと共に、葛籠は川の中ほどまで流れていったが、程なく生い茂る葭《よし》の彼方に隠されてしまった。

途端に、傍らの草叢《くさむら》から――。

いまの水音で、仮寝の夢を破られたらしく、

「ヤイ、此奴《こいっ》らッ。」

と、むッくり起き上がって来た小意気な男。

脚絆甲掛《きゃはんこうがけ》、切緒《きれお》の草鞋《わらじ》、豆絞りの手拭で、目深に頬冠りをして居るが、見るからにして旅人らしい若者は、

「ヤイヤイヤイ、何をドタバタ、枕許で騒ぎゃアがるんだ。見りゃア手前《てめえ》たち、大ぜいがかりで、何か大川へ流しゃアがったな。」

四人のなかへ割って入ると、

「胡散《うさん》な野郎だ。暫く待てッ。」

大手を拡げて立ちふさがった。

「オヤ、この野郎。天から降ったか、地から涌いたか。何を流そうと、沈めようと俺ッちの勝手だ。」

吉造、真ッ先に勢い立って、

「余計な世話ア焼きやがると、汝《うぬ》から先へ殺《たた》んじまうゾ。」

脛に傷持つ若者たちは、問答無益といきなりむしゃぶり付いて来たが、高《たか》が茶屋小屋の奉公人。

フフンと鼻であしらわれて、

「命知らずめ。吠え面かくなよ。」

云うかと思えば、忽ち喜助が、つづいて三次が、権六が、瞬く内に叩き倒され、最後に残った吉造は、

「大馬鹿野郎、おととい来いッ。」

はるか彼方へ投げ飛ばされて、

「おウ、痛えッ。」

「お、お、覚えて居やアがれ。」

棄ぜりふ諸共、雲を霞と逃げ出して了った。

折しも、川面から吹き寄せる朝風。

パラリと頬冠りの手拭が除《と》れて――。

頬鬚のあとも青々。

水際立った男ぶりは、夜桜の音松その人であった。

やっとの事で三宅島から許されると、今朝方お江戸へ送られて来て――。

都楽の許を訪れようにも未だ、真ッ暗。

儘《まま》よ、それまで一と眠りと、こんな河岸沿いの草原《くさはら》で、疲れを休めて居たのだったが。

ああ、それにしても、たッた今。

大川めがけて投げ込まれた黒葛籠が、現在、女房のお藍だと、どうして思い知る由があろうか。

朝霧深い水の上――。

何とはなしに見送って居たが、

「とんだ邪魔が入りゃアがって、いつの間にやら、夜が明けた。そこらで、一膳めしでもかッこんで、大恩人の都楽師匠やお藍の奴に、ちッとも早く逢わざアなるめえ。」

呟き乍ら、拾い上げたさんど笠の泥を払うと、彼、音松。

そろそろ秋風の吹きそめた江戸の街を、一本槍に瀬戸物町の都楽の店までやって来れば、坐禅豆屋の戸は閉されて、斜めに貼られた「貸家札」。

「ああいけねえ。空家だッ。」

おどろいた音松。茫然として貸家札の前――。暫し、棒立ちに立ちつくしてしまった。

八

船の上。

船首《みよし》にちかい板の間へ、濡れしょぼれて、気を失って居るお藍のからだを抱きおこし、耳許へ口をあてがって、

「お藍やーイ。」

「お藍さんやーイ。」

と、切《しき》りに呼ばわる男二人は、丹前姿のうつしえ都楽と、久利伽羅紋々の船頭六蔵《ろくぞう》。

奇《く》しきは尽きせぬ縁《えにし》なるかな。前の晩から、浦安へ鱚《きす》釣りにでかけたその帰るさ。

流れ寄る黒葛籠を拾い上げれば、なかから転がり出した女の死体こそ、是なむ、変り果てたるお藍であった。

「お藍さんやーイ。」

「しっかりしろやーイ。」

もう一度、彼らは、代る代るに呼んで見たけれど。

余ッ程、水でも飲んだものか——。

黒髪はみだれ、小鼻は落ち、粒らな瞳も、空しく半眼《はんがん》にひらくのみ。

何の返事とて得られなかった。

「こ、こんなにも思いつめたことがあったンなら、何故、俺に一と言知らせて呉れなかったんだ。

ひょんな事から知りあったお前《めえ》たち二人だが、世の常にもあるまじき、お前ら夫婦《ふたり》の情合に惚れたればこそ、僅か乍らの小遣いでも毎月晦日近くにゃア弟子に持たせて、二両三両と大黒屋の女中部屋まで、運ばせてやって居たじゃアねえか。」

都楽は、顔を曇らせて、

「それが七月の月許りゃア、坐禅豆の舗《みせ》を手放し、佃へ隠居所同様の住居《すまい》を作《こし》らえて、俄に引き移ったどさくさ紛れ。とうとうお前の所へ使《つけ》えが出せず、八月早々、人をやれば、お藍さんは内の板前といい仲になって、この間、駈落をしましたよと若い衆《しゅ》の言葉。ええ、悪《わる》洒落にも程がある。お藍は、そんな目先の見えねえ女じゃアねえ。殊によったら、思い余った災難が出来、淵河《ふちかわ》へでも身を投げたのじゃアあるめえかと、嬶《かかあ》と案じ暮らして居たのが、やっぱり前表《ぜんぴょう》だったのか。」

口惜しげに唇を噛んで居たが、

「六蔵六蔵。」

俄に船頭の方へ向き直って、

「聞いての通りだ。この女許りア、今ここで死なせちまッちゃア、六年間の長い苦労が水の泡。第一、前非《ぜんぴ》後悔して、三宅で難行苦行をして居る亭主の音松てえ男に申訳がねえんだ。お前《めえ》は永年の船頭稼業。土左衛門を生き返らす位《くれえ》のことは、お手のもンだろう。早えとこ呼吸《いき》を吹ッ返《けえ》させて呉んねえ。」

「冗《じょ》、冗談いっちゃアいけねえ。」

船頭六蔵、眼を剝くと、

「切支丹伴天連じゃアあるめえし。そりゃア活を入れる位《くれえ》のことア知って居ますが、それ以上、何が出来るもんか。」

「その活でもいいから入れろてんだよ。土左衛門てえ奴ア、火を焚いて胸の辺《あたり》を暖めると生き返《けえ》るてえじゃねえか。そこらにある櫓《ろ》でも櫂《かい》でも、どんどん積み上げて片ッ端から燃やして呉んねえ。」

「ふざけちゃいけねえ。商売物の櫓櫂を燃されて耐《たま》るもンか。」

「オヤ、こン畜生。手前、江戸っ子の癖にしみッたれだな。」

「いくら江戸っ子だって、こいつ許りは恐れるよ。それじゃア、師匠――」

六蔵、お藍の肩をしっかりと両手で押さえ、

「せめても水を吐かせて見ましょう。けれども、この姐さんがいい塩梅《あんべい》にガブガブッと吐き出して呉れりゃアよし。具合よく水が吐けねえようなら、あッしの手ごちにゃアおえませんぜ。」

云い乍ら、櫓べりへ――。

無理矢理、女をうつむかせると、満身の力をこめてポカポカ背中を叩き出したが、冷めたく結ぶ唇は、開かばこそ、ひらかばこそ。

「い、いけねえ。師匠。まるで吐かねえ。」

六蔵、ベソをかきかけて居る。

九

その日の暮れがた。

うつしえ都楽が佃島の新居――。

死蠟のような顔いろをして、すやすや夢路を辿って居るお藍の前。

「お藍ッ。お藍ッ。俺だッ。しっかりして呉れ。後生だ。もう一度、生き返って呉れ。」

と、泣き叫ぶ者は、夫、夜桜の音松だった。

瀬戸物町から佃まで――。

都楽の引越先を、日がな一日、足を棒のようにして尋ねあてれば、意外やお藍は溺死しかけて、
九死一生の場合と聞かされ、

「そ、そいつア、いけねえ。」

あるじ夫婦へ、この年月《としつき》の重なる礼もそこそこに、飛び込んでいった奥の一と間。

「し、死んじゃあ……死んじゃアいけねえ。」

夢中で揺り起して見たものの彼の女の上ずった眼は空を睨んで、

「音さんは美《い》い男だよ。鳥も通わぬ三宅島で、妾のゆめを見て居るとさア。ふン、世の中はみんな、
そうしたもんだよ。」

あらぬことのみ口走っては、

「ヒ、ヒ、ヒ、ヒ……」

と、笑って居る。

あわれ、女の身一つに耐えかねた千辛万苦。

ついにお藍は、逆上してしまったのだ。

「ああ、情ねえ。勘弁して呉れ。こんなからだにして了ったのも、みんな俺《おいら》が至らねえからだ。とは云うものの、焦れ死ぬほど思い合った夫婦の末路が、これじゃアあんまり情ねえ。」

音松は、拳固で鼻柱をすすり上げると、

「お藍。お藍。よウく、この俺の顔を見て呉れ。お前《めえ》にゃア、現在、亭主の顔をさえ、見分けることが出来ねえのか。」

まごころ含《こ》めて呼びかければ、星霜六年。

ねた間も忘れぬ音松の声音《こわね》。

どうして、通じぬワケがあろうか。

狂おしく笑いつづけて居たお藍の顔も、次第次第に水のごとく澄みわたって来て、やがて、ぱッちりと見開いた両眼《がん》。

暫しは、夢みるような眼差で、じいッと音松の姿をみつめて居たが、

「あッ、お前は音さん。まア、お前さん。いつの間に帰って来て呉れたの。」

ひしと膝がしらへ躙《にじ》り寄って、

「逢い度い逢い度い。逢い度かったッ。」

嬉しさ、哀しさ、なつかしさに、身も世もあらぬ、前後不覚の咽《むせ》び泣き。

ああ、今こそお藍と音松は、歓び余る再会に、空ゆく鳥も、川ゆく水も、乱れる星も、流れる風も、貰い泣きしてお呉れと許り、眼と眼で笑って、手と手で泣いて、心と心をピッタリあわせて、大天地《おおあめつち》も崩れよと許り、よよと嬉し泣きに泣くのであった。

その内、我にかえった音松は、

「それにしても、溺れかけたてえなア、どういうワケだ。ど、どんな間違《まちげ》えを起したんだ。」

やさしく肩へ手を乗せられたとき、お藍は再びしゃくり上げ、いつ迄もいつ迄も啜り泣いた。

(この一と言が聞き度い許り、どんなに悲しい思いをして来たことか。だが、それもいい。それも厭わぬ。今こそ願いが叶ったのだ。)

冨士　昭和十三年（一九三八）八月号

吉原怪談

申《さる》の刻《こく》　七つ半（午後五時）

さっと夕がたまけて降り出した大降りの雨が、どうやらそのまま本降りとなって一向に止む景色なく、見返り柳は早くも狂女の髪かきみだしてわめき叫ぶがごとくなびきみだれ、仲之町一帯、山口巴《ともえ》、升湊《ますみなと》、蔦萬字《つたまんじ》、久大和《ひさやまと》、青柳、花川、茗荷屋、品川屋、大島屋と両側の引手茶屋《ひきてぢゃや》みな門並《かどなみ》に大戸《おおど》を下ろして、往来中央に植えられている葉桜の枝も大揺れ、殊にその青黒い葉と来たら、さながら屋根の瓦でも一枚一枚めくって投げ散らすよう、そこらへ吹ッ飛び、散らばって行く。

中にまじって横しぶきの銀の雨の中、紅い花びらと雪と散るのは、遅咲きの牡丹桜。

かくては水道尻《すいどうじり》、秋葉山《あきばやま》の常燈明《じょうとうみょう》の灯もいまか吹き消されるかと許りである。

おとし弘化三年七月の大雨よりもまた凄いやと廓雀《くるわすずめ》の噂をよそに、グイと大形の鉈豆煙管《なたまめきせる》を嚙みしめ、眉間へ八の字、ギョロリとした目を暗く不機嫌に伏せて、ただひとりどこもかしこも閉め切って薄暗いお内所《ないしょ》の長火鉢の前、うずくまるように考えごとをしている、色の浅黒い、頰ぺたに蜻蛉《とんぼ》の刺青《いれずみ》のある五十ちかい下司《げす》なしゃくれた顔付きの男は、ここ新吉原伏見町明石稲荷の祠《ほこら》ちかく中島屋とて、一と口に中見世、つまり第二流遊女屋のあるじ甚蔵。

「畜生ええまた滅法界降り出して来やがった。昨夜《ゆうべ》は昨夜であのひでえ大風で、大ていお客を追っ払っちまってうちなんざあたった一と組、花魁《こども》はあら方お茶っ引きだったのに」

大きく一つ舌打ちして、

「それよかもっと今夜アひでえやこれじゃてんで形《かた》なしだイ」

忌々しそうに急に咬えていた煙管を口から離し、二、三度自棄《やけ》な音をさせて長火鉢のへりで叩くと、念に腕こまねいて考え込み、

（一体全体何が祟って……いままで俺の楼《うち》じゃただの一ぺんだって花魁たちに非道な真似なんぞしたことアなかったんだけれどなあ）

これは、心の中で甚蔵呟いた。

酉《とり》の刻　六つ（午後六時）

そのうち、雨はいよいよざざ降りとなって、そこらの樋《とい》でも壊れているのだろう、どうどうと音立ててながれ落ちる雨水の音が、まるで瀧津瀬のよう。

いつもならこの刻限、軒端《のきば》にヒラヒラ蝙蝠のかげ、店すがきの三味の音急がしく、玉子玉子と売歩く物売りの声もどこやら色里らしくなまめきわたって来るころなのが、この大雨では今夜は犬の子一疋とおらない。

いたずらに天地、森閑として、ただただ聞えて来るものは降りしきる雨の音許り。

四年前暫く建ち腐れになっていたこの見世を引受けたとき以来なぜともなく未だに独身でいる甚蔵が、いまやっと点した薄明るい行燈の灯かげ、房州者の不器量な女中に膳運ばせて二、三品見つくろいの惣菜で黙ってひとり酌《つ》ぎ、ひとり飲む晩酌の、やがてのことに喜之平《きのへい》どん、片目《めっかち》の二階廻しの若い仕《し》を呼んで、

「オイもうこども（花魁）たちア見世を張ったか」

ズラリ張見世に居並らんだかと聞くならば、

「へえ、ですが、旦那、その」

一寸の間、口籠っていて喜之平、

「三人許りまた病人で」

「何、三人？」

甚蔵は刺青のある顔全体を険しくさせて、

「元々五人しかいねえ花魁がやっと二、三日前からみんな丈夫になって顔を揃えたとおもやア……

ウーム、誰と誰と誰だ」

「エー田毎《たごと》おいらんと藤の戸おいらん、それに花浦おいらんでげして」

ニヤリ片目で喜之平、笑った。

「じゃ上玉許りだ」

冗、冗談じゃないという顔をして、

「内じゃこども（花魁）たちを余り大事にし過ぎるんで、却って奴ら余計からだを壊すんだろう。けッ。せいぜい気を揃えて永えことお煩いなさるがいいや」

さも憎さげに吐き出すようにこういって、

「分ったもういい、ぐずぐずしてねえで早くそっちへ行ってろイ」

せめてもの当りどころを喜之平に求めて怒鳴り付けた。

「……」

そうらお株がはじまったと慌ててピョコンとお辞儀一つ、そうそうに仄暗い店先の方へ駈出して行ったちんちくりんの後姿を暫く腹立たしく見送っていたが、また大きく眉と眉の間へ皺を刻むと、大分冷えた猪口のお酒を、つまらなそうに口へ運んだ。

仇な田毎。

品のいい藤の戸。

初々しい花浦と三人に倒れられて、あとは選《よ》りに選って狆《ちん》くしゃのちとせと青ン膨れのした松ケ枝と、たった二人がガランと見世を張っている世にも不景気な格子の中の光景を目に描いて甚蔵は、益々今夜の次第が下らなくて下らなくてならない気がした。

で、おもわずまた、

（一体全体何が祟って……いままでただの一ぺんだって俺ンとこじゃ花魁たちに非道な真似なんぞしたことアなかったんだけれどなあ）

と心の中で呟いて見た。

戌《いぬ》の刻　五つ（午後八時）

底抜けの雨とはこのことだろう。

天の底が抜けたかと許り絶えず小止みなく細引のようなが降続けていてポトポト、ポタポタ店といわずお内所といわず廊下、段楷子、引付け、本部屋、廻し部屋、さては行燈部屋まで、ひどい雨漏り。

どうやら三本目の徳利を空にして甚蔵、依然仇暗い行燈の灯で一服喫い付けると、暫くはつづけざまに小さく軽く咳込んでいた。

やがて頬ぺたの蜻蛉の刺青のあたりが却って少うし青味を増して来たかとおもわれる下司な顔を上げて、

「おもよ」

女中の名を呼び、

「オイこれを……」

でて来てかしこまったのへ、飯はもう要らないから、早くこの膳を下げろという意味に、顎をしゃくった。

「……？」

そのあと、やがてふと耳傾けて甚蔵は、しきりに何にか聴入るような様子をした。

ひどい――

物凄いこの大雨の中にまじって、微かに、ごく微かに、途絶《ぎ》れてはまた聞えて来る、ある極めてやわらかな物音があることに心付いたからである。

「？」

もう一ぺんたしかめるように甚蔵は、ジイーッと壁にちかい方へ斜めにからだを伸上がらせた。

「？」

聴けば聴くほど、どうしてもそれにちがいない。

三味線。

それも、どうやら程遠くない見世で、頗《すこぶ》る陽気に弾きまくっているかの都々逸の三味線らしいのだ。

こんな晩に。

こんな大じけの晩にも、客の来るところへは、やっぱり来る。

一瞬――

羨ましいような、妬ましいようなおもいが、甚蔵はした。

（な、何が祟って……ほんとにまあ）

またまた甚蔵は、心の中でつい同じ言葉を繰返さざるを得なかった。

（ほんとにいままで一ぺんだっても花魁たちに非道な真似なんぞしたことアなかったんだが……）

亥《い》の刻　四つ（午後十時）

一段とまた篠をみだして、降る雨の脚。

いきなりおもての土砂降りの中で素頓狂な声がして、

「うわあッひでえ」

「お歯黒溝《どぶ》がもう一ぺえだあ、ウルル畜生、凄え雨だ」

あとはそのまま裸足で尻端折《はしょ》り、ずぶ濡れのまま駈出して行くらしい足音が聞えた。

次第に遠ざかって行くその足音にまじって、今度は最前とは全く別の方角から、大そう早間《はやま》な花やかな太鼓が、鼓が、雨音を破っておもしろく入りみだれて聞えて来た。

明らかに三下《さんさが》りのさわぎ唄。

三味線の音こそ殆んど聞えないが、あの太鼓や鼓の間拍子では、こらさこらさと踊っている大一座大浮かれのさわぎ唄にちがいない。

さわぎ唄の中へ、大小の鼓をまじえるのは、ひとりこの吉原だけの仕来《しきた》りで、他の廓には所詮こうした贅沢さは見られない。

なればこそ、さわぎの態《さま》を、いいいいいいちりからたっぽの大《おお》陽気とも、鼓の音を形容して呼ぶのである。

「だが――」

最前の都々逸の三味線は、ほんのしん猫の情人《いいひと》遊びか何かだとしても、今度のこの鼓や太鼓は、何としてもそれ相当の大尽遊びでなければならない。

何だかとてもじっとしてはいられないようないらいらした心持ちになってプイと立上がると甚蔵は、少しすえたような匂いのする真暗な台所からターッといった感じに勢い込んで豪雨の中を見世の店まで駈出して行って近所隣り、大急ぎで眺め廻したのち、また再びわが家の台所まで駈け戻って来た。

忽ち一ぺんでもう頭から尻尾までひどいひどい濡れ鼠。

切りに乾いた古手拭で雫の落ちて来る頭や顔を邪険に拭廻すとこれもいいかげん濡れしょぼたれてしまった鼠蛇形《ねずみじゃがた》の単物《ひとえもの》も脱いで流しの方へ。

今度は内所へ取って返して壁の折れ釘に吊下がっていたよれよれの手拭浴衣を引ッたくるように無雑作に引っかけ、ムッツリ元の長火鉢の前へと坐った。

と、いまのいまこの目でハッキリ見届けて来た辺り近所の有様に付いて、考えまいとしてもつい腹立たしく考えて見ないわけには行かなかった。

ちりからたっぽのあのさわぎ唄は、紛れもなく筋向うの片名《かたな》尾張で、そのほかに右隣りの豊倉、左隣りの大槌屋、みんなそれぞれなかなかにお客がいる気配。

許りか、前の小武蔵すらも、もう九人からいる花魁が七人までも売れてしまい、二階ではぽつんぽつんと三味線の音さえ、聞えていた、ような気がした。最前の都々逸は、大方この見世のだろう。

おもいなしか、どの見世にも、この見世にも、大そうあかあかと明るい幸福そうな灯がかがやいているようで、よその遊女屋には、みんな縁起のいい景気のいい素晴らしいこと許り舞込んでいるような気が、甚蔵はした。

そして、そして、中にただ一軒自分のところ許りがいつも不景気で貧乏くたいのだとひどく情けなくおもわれ、いまかいま近所合壁《がっぺき》の商売繁昌の上がつくづく癪なくそ忌々しいものに考えずにはいられなかった。

「……」

四たび心の中で甚蔵は、

(ええイまあ、何の祟りだイ……金輪《こんりん》奈落、俺アうちの女郎に非道だけはしねえつもりなんだが)

こう呟いて見たのだった。

子《ね》の刻　九つ（午前零時）

宵からも風はまじえてはいたものの、いつの間にさらにこんなに烈しく烈しく吹き出してしまってはいたのだろう、ために益々車軸をみだしてはヒューと横なぐりにいや降りつのって来る大雨。紫銀《しぎん》に、白銀《はくぎん》に、稲光りさえキラキラ駛《はし》って、そのたんび殷々《いんいん》と雷が轟く。

いつもならばもうそろそろ聞えて来るはずの弁天山の九つの鐘も、どうやら今夜はこの大嵐の物音の中に紛れて消されてしまったものらしい。

あまつさえ、とうとうお歯黒溝の水が溢れて、どこかの腐れかかっていた跳ね橋が一つ押しながされ、山口巴の前に年々壮観を誇っていた大きな牡丹桜もボキッとひどい音をしてたったいま折れてしまったと、店の者がつたえて来た。

溝が溢れようと、橋がながれようと、桜の枝が折れようと、

（ままにしやがれ、そんなことア）

ピクピク頬ぺたの蜻蛉を引釣らせて慄《ふる》わせながら、心の中で甚蔵は、

（それどころか、おかげで見ろイ今夜もうちア、みんながみんなお茶っ引きじゃねえか）

小腹を立てて叫んでいた。

ほんとうにもう引けちかくで、宵からいままで不思議な位、ひとりが半分のお客もなかった。

では、あきらめてもう大戸を下ろすか。

――しかし。

それはほんとにしかし、余りといえば、残念だった、甚蔵のことにして見れば、
何とか、ひとりでも。

せめてたったひとりのお客さままでも招き入れて見度い。

完全に彼の心はこういう風に債《おいめ》になって焦っていた。

（ウム、よし、そうだ、いいことがある）

俄におもい立って立上がると、正面の縁起棚へお燈明を点じ、パチぱちと二つ三つ柏手を打った。

大きな張子の男根や招き猫が煤まみれになって不景気に浮いてでた灯の中へ、何かブッブツいいながら甚蔵は、頭を下げた。

つづいて守田座《さんちょうめ》の古番附の張ってある押入を開けると、三、四本、古びた百目蠟燭を持出してかかえ、急いで二階へ上がって行った。

とすぐまた空手《からて》で下りて来て今度は同じ戸棚の中から小蠟燭を一本、それへ行燈の灯を移して、袖でかばいながらまた段梯子を上がって行った。

そうして雨漏りの音の烈しい正面、行燈部屋へ入って埃だらけの燭台を次々に四つ運びだして来て、引付けへ立て並べ、一本ずつ百目蠟燭を立てたのち、小蠟燭の灯をそれへ移した。

流石に、かーっと一ぺんに部屋中が明るくなって、床の間の極彩色だけが季節ちがいの菊の花の軸や何も活けてない船形の花活けなどが、目の醒めたようにものものしく照らしだされた。

雨漏りの水玉がキラキラ光っている天井中へ、ユラユラと大きく甚蔵の影が揺れた。

漸く――

頬の蜻蛉の刺青を綻《ほころ》ばして、ニッコリ甚蔵は微笑み、床の間を背にドカッと坐った。坐って見た。

つづいてしずかに辺りを見廻した。

先ず先ずこれでいいという風に。昔から水の涸れた井戸には引き水といって、よそから水を汲んで来てながし込むと、それにさそわれてまた水がでて来る。

さしずめ――この中島屋も、いま正に水が涸れているのだ。

で、こうやって百目蠟燭かんかんと点け、あるじの自分ひとりででもこれからここへ酒でも運ばせて飲直し景気を付けて見たならば、それにさそわれて大引《おおび》けまでに何とかひとりでもお客が入って来はしまいか。

いやいや、これは必ず入って来ることにちがいない。

甚蔵はいま、その引き水を、われとわが家に試みだしたのだ。即ち大様《おおよう》に手を叩いて、階下《した》から

酒肴《さけさかな》を取寄せ、またぐいぐい手酌でやりはじめると、

（ようし——祟りなんか、今夜一と晩で一ぺんに追っ払ってしまってやれ。

何しろかかえた女に泣きを見せたことなんか、はばかりながらただの一度だってねえこの中島屋

なんだから——）

と大分もう心の中でだけは強気な文句を並べだしていた。

丑《うし》の刻　八つ（午前二時）

でも——。

大引け過ぎても、ついにお客はただの一人もやって来なかった。

いまははや屋《や》の棟《むね》三寸下がり、草木も眠るとも俗にいわれる丑満時。

相変らず吹きつのり降りつのる大雨風の中を、ジジと音して燃えて行く四本の百目蠟燭の灯のいろが、余りにも冴え冴えと明るいだけにこの部屋の中全体は、いっそ冷え冷えと無気味な空気をかもしていた。

「こ、来ねえ」

この時刻まで飲みつづけて、流石に甚蔵はしどろもどろに酔っ払ってしまった。

フラフラと上げた浅黒い蜻蛉入りの顔が、この男の癖で酔うといよいよ青味を帯びて来、キョロリとした目玉がもう余程気味悪く坐って来ていた。

「……来ねえや、やっぱり」

あきらめたような、あきらめられないような、およそどっちとも付かない調子で黒ずんだ部厚い唇を舐め廻しながらこういって、暫くはプラプラ当途《あてど》なく首許り振っていたが、つまりはやはりあきらめられなかったのだろう、やがて誰にともなく大きな声を張り上げていいだした。

「ドドどうして……」

大きなげっぷを一つして、

「な、な、何の崇りなんだ、ヤ、ヤ、ヤイ、この薄っとぼけ野郎め」

またもう一つげっぷをして甚蔵、

「俺、俺ンとこ……俺ンとこぐれえよ、世の中で女郎を大切にする……非道をしねえところア……ま、ま、全くこんな親切でおもいやりの深え家《うち》と来たら……に、日本国中に類が……ね……」

未だその甚蔵の言葉が全部終らないそのうちに、ガクン。

突然、頭の真上の天井板が少うしずれて、中から嘗てたしかに聞きおぼえ、それもごく身近なところで聞きおぼえのある、だが咄嗟には誰ともどうしてもおもいだせない、キーンと張りのあるびいどろのような細い女の笑い声が、層一層猛り狂っている嵐の中で、世にもハッキリと聞えて来て、こう答えた。

「アーラ旦那さま、うそ。うそばっかり、よくそんな」

とたんにさんぬる年の大雪の夜、裏の責場《せめば》へ真裸に吊し上げて責め殺した白瀧、同じころ酒癖が悪いとて水風呂の中へ逆さまに漬けてそれがもとで亡くなってしまった雲井、枕探しの疑いから弓の折れで激しく打ち叩いたらその晩行燈部屋で首をくくって死んでいた小車《こぐるま》、内所の仕打ちをひどく怨んで毒死した初船《はつふね》、七代祟ると狂い死したらしく。

次々と髪もおどろに血みどろ血がいい、無念の形相物凄い女の顔が幻燈の絵の差替えられて行くよう浮んでは消え、また浮んでは消え、果てはそれから多くの怖しい顔が、もし旦那、これでも旦那おまはんは慈悲善根を積んだなどと大きな顔をおしなさるつもりかえといわない許り重なり合ってクルクルクルクルクル眉間尺《みけんじゃく》のよう廻りだした。

「…………」

顔中の血が湧き立ち、煮え返り、顔の刺青見る見る赤蜻蛉と変じ、動いて中島屋甚蔵は目を廻し、そのまま息を吹き返さなかった。

月刊読売　炭鉱版　昭和二十四年（一九四九）八月号

春画の行方

一

私がどうやらこうやら文筆で御飯が喰べられるようになってから今年でざっと廿五年になるが、その間におぼえてハッキリ四回、エログロ文学の烈しい流行があった。その以前の時代にももちろんこうした傾向は屢々《しばしば》繰返されていたのだろうが、私の記憶での最初は自分が作家の末席を占め得る一、二年前即ち十八、九才のころで、『人肉の市』と云う大胆に娼婦の生活を描写した外国の通俗小説が講談社から発行されて大そう売れ、一方ゾラの『女優ナナ』の完訳がはじめて新潮社からでて此も亦忽ち何十版、間もなく新潮社は今日ものこっている白亜の洋館を新築して『ナナ御殿』と呼ばれた、あの時代だった。

次が昭和五、六年の大不況左翼運動氾濫時代で博文館の看板雑誌「文芸倶楽部」や「講談雑誌」の挿絵など毎号お乳を露《あらわ》に、裾を乱した淫らな美女の図の見られない頁とてなく、当時のこうした小説の作家陣にはサトウハチロー君や、畑耕一君や、かく云う私などが加わっていた。第三次は日華事変直前までつづいて牧逸馬、邦枝完二、小島政二郎諸家の愛欲煽情小説の総出動、巷にはまた

「月が鏡になった〔ママ〕なら」に端を発する殊更にわかい女性の鼻を鳴らして男に媚態を示すがごとき節廻しのエロ小唄が争って各レコード会社から競売された。

　第一次の場合はかの大正大震災で市が栄え、第二次の場合は満州事変、第三次また日華事変の勃発で終止符を打たれてしまった。そうして第四次が、じつに一大敗戦後の今回である。

「……いや、私が未だほんの若僧だった江戸の末から明治の初年へかけましてもいかがわしい春画や枕草紙の類いは随分大っぴらで絵草紙屋の店先に吊下げられて売られていたものでしたよ。そのためとうとう明治五年の四月だったと覚えていますが、春画や春本や縁起物と称《とな》えて客商売では神棚へ供えて拝んだ張子の男根を売ることが一切御法度《ごはっと》になりましてねえ」

　佐野川三次郎老人は、もう八十の坂を越えたと云うのに、若々しい色白面長《おもなが》。丁ど第二次エログロ文学の台頭しだした昭和六年の真夏のことで、ある蒸暑い午前私が瀧野川西ヶ原の隠居所を訪れると、折柄の炎天にも怯《め》げず老人は、芸人の着そうな首抜き浴衣で、いまし方自分で庭先から剪《き》って来たらしい目の醒めるように真赤な立葵《たちあおい》の花をひょろりとした白磁の花瓶へ活けながら、にこやかにいろいろ用談の末、偶々《たまたま》流行のエロ小説の噂から、こんなことを話しだした。

　用談と云っても、私のこと。要は嘗ての浅草柳橋の寄席、翁《おきな》亭の主人たるこの三次郎老人から、明治の寄席懐旧談を筆記させて貰う丈けに過ぎなかったのであるが、しかも老人は寄席経営の傍らを、親の代からの岡っ引。

　明治政府になってからも、警視庁の懇請黙し難く黒幕として旺《さかん》に出馬活躍した人丈けに、いつも用件の終ったあとも今度は捕物の自慢話と云う世にもおもしろい副産物があって、再び私はもういい加減疲れ切った鉛筆の手をまた取直して、忙しくノートするのでなければならなかった。此も亦、その聞書の中の一つである。

「しかしいつの時代も、なぜかこうした御布告はきっと先へ民間に知れて、そう聞くが早いか業者は俄にその品物を店から隠してしまっては、ひどい高値で今度はそいつをこっそり裏から売る。いやどうも猾い商人《あきんど》にかかっちゃ全く叶いませんや」

こう冒頭して老人は、すぐ本題に入った。

二

さてその御多分に洩れない狡猾な絵草紙屋の一軒に両国米澤町の蛭子《えびす》屋佐兵衛があった。絵草紙屋は今日の雑誌小売店で、いつも店先に新板刷り立ての芳年《よしとし》や芳幾《よしいく》や国周《くにちか》などの美人画武者絵役者絵が絢爛と繚乱と紅白青紫いろとりどりに美しく吊下げられている有様は、宛《さなが》ら百花の咲きいでたよう。当時は春画や春本も亦みなこうした店先で天日を怖れず堂々と取引されていたものなのである。

売買罷《まか》りならぬのお触れの廻る十日前、つまり三月の末っ方からこの蛭子屋へ、頻々《ひんぴん》と錦絵や草双紙の類いを取代え引代え求めに来る大そう人品のいい官員風の旦那様があった。年のころ五十恰好、黙阿弥の「島ちどり」の望月輝《あきら》のような血色のいい、大柄の、なまずヒゲを生やした大様なお人で、山高帽子には三蓋松定紋《さんがいまつじようもん》附の黒の紋服、余程書画の類が好きと見えて程ちかい万八や中村楼などで催される書画会のかえりだろういつも大事そうに買求めた許りらしい仮巻《かりまき》をかかえてヌーッと笑顔で入って来て店の内をゆったり見廻し、

「また何か一品貰いますたい」

と薩摩訛りの大声で云っては、何や彼や求めて行った。一体、その時分の錦絵はもちろん、小説本でも定価のちゃんと刷込んであるにもかかわらずそれは正しい値段ではなくて、かりに一冊廿銭の定価のものでもほんとうの売値は十五銭位、値切ると随分それ以下にもなった。従って同じ本でも店によって三銭五銭と売値がちがうことは珍しくはない、この風習はそののち大正改元のちかくまでつづいていたようであるが、ところでその官員さんは来るたんびいつも決して値切らない。品物を手に取って気に入るといつも素早く定価を見ておいてちゃんとそれ丈け払って行く。

「もしもし旦那此れではお釣銭《つり》に……」

と呼止めて主人や番頭が返そうとしても、

「いやいやその剰余金はおはんの店員諸君にでも進呈して呉れ。おいどんは不要じゃ」

莞爾《かんじ》と漢語混りで云い放っては悠然とかえって行く。先ず近頃此位いい客はないと店では主人の佐兵衛はじめ、あの官員様こそは当蛭子屋の福の神、さしずめ屋号に因んだ蛭子様の再来であろうとまで崇め奉っていた。

そのころいよいよ春画春本売買厳禁の通達があった。相前後して笑顔で現れた官員は、いつになく小声で佐兵衛の耳許へ口を寄せて何やら囁くと、

「ヘイヘイ、ございますとも、ございますとも、さあどうぞ、それでは汚うございまするが奥へ

……」

いと鄭重におもてのかっと明るい春の日ざしに引代えて大へん薄暗い奥の茶の間の六畳へとおした。


云う迄もなく官員の買物は、今回御法度の春画と春本だった。さてこそいよいよ福の神様の御入来と白髪頭を撫廻して喜んだ主人は、かねてからかかることもやと戸棚の奥深く蔵い込んでおいた春画春本類を山と持出して「さあどうぞどれでもお買求めを」と許り官員の前へズラリと並べた。夢見るごとき朱鷺《とき》いろ鶯いろ灰いろの淡彩の中にしず心なく相抱いている美姫と若人は鈴木春信の板画。ふくよかな肉体にものを云わせて汎ゆる艶かしい媚態を見事に描きつくしているは歌麿えがく。河童と海女が水辺の痴態を図にした斬新奔放な一枚は北斎のそれ。見るからに艶冶《えんや》そのものな英泉《えいせん》の情痴絵は淫亭白水の、西洋画風の裸体画味感を自在に挿入れた国芳《くによし》の秘画は一妙開程芳《いちみょうかいほどよし》とそれぞれ匿名で仇っぽく描かれていた。春本の中では「艶情鸚鵡石《おうむせき》」とて豊国《とよくに》えがく歌舞伎の濡れ場づくしに多分南北の筆らしい台詞もどきの文章が付いているもの、「大東閨語《だいとうけいご》」とて大雅堂の淡々たる一と筆がきに太宰春台《だざいしゅんだい》の淫詩を題したものが特に圧巻であり、他に浅草の年の市で売る縁起物と云う男根は張子であるが、此は各々三寸五分許り丁ど亀戸の天満宮でだす鷽鳥《うそどり》ほどの大きさで、いずれ好事の士が戯れであろう何と金製銀製の大男根が一箇ずつあった。

「ホホー千紫万紅《せんしばんこう》、正しく天下の奇観であるたい」

さもさも満足そうにきょうも三蓋松の黒紋附厳しい官員は太い眉を綻ばしてニンマリと笑うと暫くあれこれとためつすがめつしていた揚句、「今日はこの河童の絵画と歌舞伎の本とそれから銀製の陰茎とを購入して参るぞ」と云って、泰然と懐中《ふところ》から当時は未だ珍しかったスコッチ服の大蟇口《がまぐち》を取出した。

「ヘイヘイ毎度有難うございます。ところで御前様、御布告以来みなみなお値段の儀が倍額となりましたのでまことにお代を頂き憎いのでございますが」

と主人は恐縮そうに言訳をして、北斎が廿円、「艶情鸚鵡石」が上中下三冊で廿円、銀の男根が三十五円締めて七十五円になると云った。言下に快く官員は要求された丈けの金子を支払うと、別に十円丈け余計に置いて、未だ未だ歌麿も「大東閨語」も欲しいのであるが、きょうはちと所持金が貧弱であるから近日改めて出直して来る、それまでの予約金じゃとこう云って無理矢理受取らせてかえっていった。薩摩っぽうの官員には珍しい物分りのいい御前だといよいよ蛭子屋では彼を賞めちぎった。

するとその翌晩の午後九時半がらみ、往来の柳の葉かげが薄青み、薬研堀《やげんぼり》の水面へ浮ぶ朧月も銀燻し、町中一体がいかにも春の夜らしく夢のように更けつくしたとき、もう夙《つと》に大戸を下ろした蛭子屋の表を烈しく叩くものがあった。店の間で帳合《ちょうあい》をしていた番頭が戸の透き間から覗いて声を掛けると紛れもなく例の薩摩訛りの官員だった。急いでくぐり戸を開けて招じ入れると今夜もいつもの山高帽に三蓋松の黒紋附で、何としても昨日見分した「大東閨語」その他が執心でならず、夜中推参したから気の毒じゃがたんだ今販売して呉れんかと云う。主人夫婦は牛込薬店の親戚に急用ができてでかけて行ったあとではあるが上得意の客のこととて早速奥の間へとおし、昨日のとおり歌麿、英泉、国芳、さらに国貞《くにさだ》から芳年《よしとし》の当世物、「大東閨語」には金の男根まで一応取揃えて目の前へ並べてやると、やや暫くは黙々としてそれらを手に取り眺め廻していたが、やがてのことに態度一変、俄にハッタと番頭を睨《ね》め付けた官員は、

「おいいどんは今年二月十八日、この東京《とうけい》を騒がせた修験者一件の余類《よるい》のものじゃ。半途にして挫折したかの事件を再興し度い許りに日夜砕心いたしておる。ついては軍用金の一部として此らの品々は皆頂戴して参る。馴染甲斐に他にも応分の御寄付が給わり度い」

傲然と云い放っていつしか手にした六連発の拳銃を、慄え戦く番頭の胸先ちかく差付けていた。番頭はじめアッと愕いたが、もう如何とも詮方ない。春画春本金製の男根ことごとく奪い取られた上、大枚三百円の金まで捲上げられ、そのとき悠々としてかの官員は朧月の路上に姿を消していった。歯の根も合わず一同が慄えている耳許へ、折柄大川を越して本所入江町の十時の鐘が物凄くひびきわたり、途端に向うの四つ角の辺りでハッキリ馬車の轍の音が轟きだした。不敵の怪漢はどうやら馬車で逃去ったらしい。

三

入違いに蛭子屋の主人夫婦がかえって来て様子を聞き、家の中は引繰り返すような騒ぎとなったが、何しろこちらは禁止品を売ったと云う弱身があるから訴えてでるわけにも行かない。さりとて今夜の損害は現金三百円の他に、歌麿や春信が例の布告以来倍の値段で各三十円、国芳、国貞、英泉が同じく各十五円、「大東閨語」の八十円、金の男根の九十円を合算すると被害は五百余円に上

った。この事件から九年後の明治十四年代、新橋柳橋の芸者の揚代金廿五銭、新富座の上等桟敷が一間で三円、東京から前橋までの馬車代が一円四十銭、さらに横浜香港間の船賃が洋銀廿弗《ドル》だったその時代に、五百円からの盗難は正しく大事件としなければならない。その上、かの官員はこの二月の修験事件の一味であると云った。今年二月十八日払暁、天皇に直訴の筋ありと修験者風の者数名大手御門に迫って抜刀し、警衛の兵士と乱闘、流血の惨を見たことは、未だ世人の耳に新しい。果して彼はその一味の再建に尽瘁《じんすい》している闘士なのであろうか。

「親分、後生一生のお願いだ。何とか助けてお呉んなさい。もうもう此に懲りて二どと欲張りはいたしませんから」

青菜に塩の萎《しお》れようで蛭子屋佐兵衛が、柳橋の寄席翁亭へ三次郎の父三蔵を頼って来たのはその翌朝のことだった。きょうもうらうらと絢しいようないいお天気で、大川を行く鷗の群れのときどきパッと雪のようにひるがえって飛ぶのが、篠塚稲荷の祠の屋根越に見えた。夜遅い稼業のくせに早起の三蔵はもう朝湯からかえって一杯やり、薄赤く頬を染めて、日当りのいい南向の木戸のところで余念なく万年青《おもと》の手入れをし乍ら話を聞き、流石に驚いた。御制特物を倍額で密売したのは蛭子屋が重々悪いが、佐兵衛とは近所づからで親代々の交《つきあ》い、無下に振切ってもしまえなかった。何とか内密で埒を開けて見ようと慰めて佐兵衛を帰すと、すぐに倅の三次郎を呼出した。

「高が枕草紙やろせんの下手人《げしゅにん》で俺が駈廻ることアねえ。三次郎お前の初陣にしねえ」

朝酒の酔醒めやらず機嫌好く三蔵は、倅に云った。ろせんとは寄席芸人仲間の符丁で、男根のこと。

「昔ア伊勢へ抜詣りをして若え奴らはその道中で女郎を買い、はじめて筆下ろしをしたもんだ。去年からこの稼業へ身を入れだしたお前に初陣もとんだ可笑しいが、ろせんの盗人を捉《つか》めえて若え者の功名にするのも満更縁のねえ話でもあるめえ」

もう一どこう云って父親は、自分の前に手を付いている斬髪頭を見下ろしながら明るく笑った。

四

毎日毎日、東京には南風こそ強いが、空の青い春らしい日和許りがずっとつづいた。三次郎、時に廿三才。その麗かな春昼を正に抜群の手柄現さばやと東京中をほっつき歩いた。

先ず番頭が聞いたと云う轍の音を手がかりに東京中の貸馬車屋へ網を張った。が、犯行当夜両国界隈へ、官員風のお客を乗せて行ったと云う馭者《ぎょしゃ》は絶対になかった。また、男がいつも書画の幅を手にしていたと云うところから同町内の万八はじめ中村楼その他の書画会へも始終抜目なく立廻ったが、ついに人相書に符合するような人物に出合うことはできなかった。

山伏や修験者の屯《たむろ》しそうなところへも根気好く顔をだして見たが、駄目。果ては、金銀の男根を売飛ばしそうな東京中の彫金師関係、春画春本をこっそり金に代えていそうな貸本屋や道具屋仲間、もちろん、それらへも隈なく張込んで、陰に陽に査《しら》べ上げたが、かの山高帽の官員は全然立廻った形跡なし。

あぐねて四月末のどんたく（日曜日）、きょうも三次郎は銀座煉瓦地遊歩の官員たちを、もしやと探りにでかけて行った。今日とちがって所謂《いわゆる》銀ブラの雑沓もなく、松と桜の並木道はきょうもよく晴れた朝からの大南風《おおみなみ》に残《のこ》んの桜の花が汚れて小白く、煉瓦道へ雪を降らせていた。もちろん、きょうも獲物はなかった。

「ああ腹が減った」

去年の秋から御本丸で打上げることになったどん（午砲）が風の加減で大そう耳許ちかく鳴りわたったのに急に空腹をおぼえた三次郎は乙な藍微塵《あいみじん》の着流し、ちと汗ばんで来た額の汗を新しいハンケチで拭き拭き煉瓦地を東へとって白魚橋際、吉川と云う近ごろ評判のうし屋の「官許」と白抜きにした柿いろの暖簾をくぐった。ところどころ衝立一つで仕切ってある入れ混みの大広間は魯文の『安愚楽鍋《あぐらなべ》』そっくりの光景で、三次郎は江戸っ子でも開化人だから牛が好きで、ぽか付いて来たきょうの陽気にも手鍋を誂《あつら》え、やって来た番の女中とそろそろ咲きはじめる亀戸の藤の話などをして一杯やった。でも、きょうで廿日余り、探して探し得られぬ蛭子屋の下手人のことが胸につかえて、いい具合にお酒が発しなかった。いい加減なところで勘定を払い、咬え楊枝で立上がってヒョイと何気なく衝立の向うを見ると、

「あ！」おもわず三次郎は小さく声立てた。後向だが山高帽の大柄で、いま入って来た許りと覚しく、ドデンと大きく胡坐をかいた三蓋松の黒紋附着流した官員風の五十男がいた。殊によると薬研堀一件の官員野郎かも知れねえ。わかい三次郎の胸は慄えて来た。もうそうなると祝儀をやった女中の世辞も上の空でアタフタその客の前へと廻り、改めてキッと相手の顔見据えると、「……」けっ、何のこったイ。似ても似付かぬ顎ヒゲいと長いこの官員の頬べたにはその上、世にも巨きな無

気味な瘤さえポコンと一つ彼の錯誤を嗤《わら》うがごとく発見された。

「畜生、忌々しい！」

すっかり力を落した三次郎はまた埃風の中を家まで歩いてかえるのが大儀になって、当時漸く新橋、浅草間を開通しだした二階建の乗合馬車を奢って、ヒョイと前を見ると、またハッとした。

満員のその馬車の中、自分のすぐ前のところには今度こそ蛭子屋に聞かされていた年配人品、殆んど酷似の山高帽子黒紋附大柄の官員がいて、しかも薩摩訛りで車掌と口を聞いている。一瞬、三次郎は第六感でてっきりこの官員こそとおもったけれども、ただ一つ困ったことには相手は近来横浜の方から流行りだして来た最新式の合《あい》トンビを傲然と着流していて、チラチラ紋服は見えるのだが、肝腎の紋どころが分らない。訊くのもへんだし、余りジロジロ見て悟られてしまったら尚始末が悪い。兎に角こいつを見逃がしさえしなけりゃ、しめえには尻尾が摑める。

こう覚悟してそれとなく見張っていると、中橋ちかくで官員はスーッと二階の方へ上がって行ってしまった。つづいて彼も上がろうとすると折あしくドヤドヤと大ぜいのお客が乗込んで来てどうしても上へ行くことができなくなった。心ならずも元の位置のままで、やがて筋違見附《すじかいみつけ》――いまの万世橋の袂まで来ると二階から下りて来た官員は馬車を棄てた。大急ぎで彼も亦飛下りると、とたんに官員は橋袂の人力車へヒラリ打乗り、一散に柳原の土手を両国の方へ急がせはじめた。

慌てて三次郎も亦一台を拾って追駈けさせると、やがて和泉橋、美倉橋、左衛門橋、目ざす俥《くるま》は浅草橋を突切るが早いかすぐ右へ、そして河添いをまた左へ。

アレアレとおもっているうち、「松林伯圓《しょうりんはくえん》」の一枚看板が大きく大きく上がっている翁亭の前で俥を停めると、ツーッと木戸銭を払って入って行った。

冗談じゃねえ、内の客だ。

急いで裏から二階にある楽屋へ上がって行くともう官員は高座の前へ、木枕を貰ってゴロリ寝てしまっている。智恵を借りる可く生憎《あいにく》親父の三蔵は不在。網中の大魚をいかにす可きか。ヤキモキ高座の裾から監視していること約二時間。でも、なぜかお目当ての真打伯圓が登場、十八番の「鼠小僧」を熱演しだしても、決して男は起きようとしないで眠りつづけていた。

ところが高座の伯圓が鼠小僧御用弁の件《くだり》となって、

「御用だ!」

一と声烈しくこう浴びせかけた一刹那、

「ウワーッ」

何とも名状し難い叫び声を上げて問題のその官員俄にターッと飛上がると、アタフタ大入の客掻き分けて楷子段を駈下り、木戸口の方へ逃出して行った。此丈けでも大てい怪しいところへ、最前寝るときに脱いで包《くる》まっていたものと見え、いつか合トンビ小脇に、ためにハッキリ露出された黒紋附の定紋正しく三蓋松だったではないか。

「それ追駈けろイ」

三次郎は殆んど夢中で楽屋楷子を転び下ると裸足のまま楽屋口からおもてへ廻って、いまやっと下足を受取った許りのその男へ、

「御用だ!」

いきなり今度はこちらが叫び、真正面から組み付いて行った。

「相手は柄の大きい奴丈けあってなかなか力もありましたが、若主人の大事と見てとって、下足番の留爺やがすぐ下足札を投り出して此も武者振り付いて行きました。何しろ老人ながらわかいときからの力自慢で、この町内で力持ちの番附ができたときには関脇に坐った奴ですから耐《たま》りません。さしもの官員先生も組敷かれ、私がすぐ縄を掛けて屯所へ突出す。翁亭前捕物の一席も忽ち読終りとなりましたよ」

五

三次郎老人はこう云って、

「でもその官員てのは真赤いのニセ物、もちろん二月十八日の修験者一件にも何の関係もなく、南葛飾は八郎右衛門新田の出で仙之助、旧幕時分から騙《かた》りを渡世の札付きでさあ。昔、中橋辺の絵本地紙問屋へ奉公していたことがあったもんで春画や春本の値打を知り、御一新後は麴町永田町の西郷従道さんの馬丁部屋へ転がり込んで小博奕許り打っていたため器用な奴でくやくやの薩摩弁もつかえるようになったんだそうです。この西郷さんの関係で今度の禁止令のことも早耳に聞込み、生《なま》じ春画や春本のことを諳《そら》んじていたものでこの騙りを思い付いたのだと申します。犯行につかった六連発は絵本地紙問屋を飛出したあと、丁ど幕末のゴタゴタ時分でハマの洋館の馬丁に仕込んでいて山高帽子と一しょに手に入れた。その山高を利用したのはもちろん今度がはじめてですが、ピストルの方はハマ以来随分騙りや追落しの役に立てていたようです。堂々たる官員姿の上に天晴れなまずヒゲなんぞ生やしていたもので五十恰好と蛭子屋では踏んでいたのだが、何のなまずヒゲは付けヒゲで、だから私と留爺やとが組付いているうちポロリと落っこちてしまってね、ほんとの年を聞いて見たら未だ四十になったかならないかの野郎でしたよ。

従ってそんな風だから浮世絵のことこそ多少聞噛っていましたが、書画骨董の知識はかいくれなく、始終蛭子屋へ携えていっていた仮巻もじつは何もかいてない無地の尺五絹本だったと云うから大笑い、こいつアいくら本物の官員や山伏の溜りを査べたって、また書画会を蚤取眼《のみとりまなこ》で追廻したって駄目の皮でさあ。もう一つあの晩仙之助が蛭子屋を立去ったあと馬車の轍がしたてえなあ全く番頭の空耳で、本人はちゃんと歩んでかえったし、その晩かえりに馬車なんかには会わなかったと申立てました。先生の前だが兎角こんな間違いが却って事件を迷宮入りさせてしまうんです。

仙之助はその品物一切を古巣のハマで洋館相手に捌く港崎《みよざき》町の岩亀楼《がんきろう》あたりで大尽遊び、成程こいつは一寸分りません。ところがもうそろそろほとぼりも醒めた時分と上京して遊び、西郷さんの馬丁部屋で知り合った博奕友達を浅草の山の宿へ訪ねる途中、未だ時刻が早いとて翁亭《うち》へ来てつい前の晩のお疲れ筋で寝てしまったのが運の尽きでした。蛭子屋はもちろん盗られ損で親父の口一つで叱られずにすんだ丈けが取得でしょうて。

しかしこの一件から東京中の売手買手を問わず張子の男根の持ち主が急に怖気付いたのでしょう。数日後申合わせたようにみんなすみだ川へ投り込んでしまったからさあ耐りませんや、河岸ちかいその辺の板塀に『本所四つ目牡丹早舟』のちらしが目を魅く五月はじめ、菖蒲湯の菖蒲も青く匂って来そうな朝のこってしたが、用達にでた私がヒョイと代地河岸から川面をみると何千何百と云う大小とりどりの男根、そいつがキラキラ金色の朝日に照り映えてながれて行くその有様と云ったら！　決して初陣の筆下ろしじゃなかったが、何がなし父の云った伊勢参りのお女郎買一件をおもい泛べて私アおもわずプーッと噴飯《ふきだ》してしまわずにはいられませんでしたよ」

大きく声立てて老人は笑った。

妖奇　昭和二十三年（一九四八）八月号

明治開化捕物鏡

オヤマカチャンリンの娘

一

「猫の恋けいこ三味《じゃみ》せんやみにけり」

と云う雪中庵龍雨《せっちゅうあんりゅうう》の句をおもわせる昭和五年立春過ぎの、めずらしく風のない朧めく一夜、またおもい立って私は佐野川三次郎老人の隠居所を訪れた。

珍しく老人は晩酌後の御機嫌で、にこやかにポータブルの蓄音機の捩子《ねじ》を自分で捲きながら、音匣《おるごうる》のような一種ものなつかしい囃子の音いろに聴き入っていたが、

「この囃子は？」

私が訊ねると、

「佐原囃子。あの喜三郎や天保水滸伝で名高い下総佐原の囃子ですよ。レコードには、しもざと読むのか、げざと読むのか、下座囃ともかいてありますよ。何しろこの囃子の種類は随分多く、唄入りのもありまして、

〽さっさと佐原のさざれ石、味淋諸白男山《みりんもろはくおとこやま》、なんて文句の入ってるのもあるし、巣籠《すごも》り、亀井戸、

磯部、そのほかにどう云うわけだか猫じゃ猫じゃだの、野毛の山だの、宮さん宮さんだの、太神楽につから吉野って囃子だの、東京風の俗曲の多いことも、たしかにここの囃子の特色と云えましょう」

「成程、していま演《や》っているのは？」

「オヤマカチャンリン。此も明治の十年代に東京で流行したはやり唄の一つです。オヤマタチャンリンとも云って、オヤマタチャンリン蕎麦屋の風鈴なんて本唄《ほん》のあとで囃しました」

「ああ、その囃子言葉なら、落語の『時そば』のまくらでよく聴きます」

私は、云った。

「でしょう。さらにそれがまた親馬鹿チャンリンともなったんですが、このオヤマカチャンリンは西南戦争の終りごろからその辺の楊弓場《ようきゅうば》や射的場、未《いま》だ当時のこっていた湯屋の二階などの所謂白首《しろくび》の姐さんたちの間で云いだされたつまり流行り言葉だったんです。そいつが翌年になるともうちゃんと、へお前ひとりか連れ衆《しゅ》はないか、連れ衆アあとから馬車で来る、なんて文句へ、甚句の間延びしたような節付けまできて立派にはやり唄となり、大そう流行しだしたもんです」

「ハハー、するとこのごろカフェーや酒場の女給たちが、モチだとか、OKだとか、イヤじゃありませんかなんて云う、それがすぐ流行歌の中へそっくりそのままつかわれてレコードへ吹込まれたりする、それとつまり同じ理屈ですね」

「そうですそうです、ですから私はこの世の中の姿や人情なんと云うものは、五十年百年経っても変るのはただうわべ丈けで、中身は決して変るものじゃなく、結局同じ人生や歴史の繰返しなのだと申度《もうした》いのです」

一瞬、老人は感慨に耐えないと云ったような表情をしてキリリとした目を伏せていたが、

「ところで専ら此を高座で諷《うた》って人気を呼び、時の流行に輪をかけていたのは、春風亭右柳《うりゅう》と云う四十がらみの額の抜上がったそのくせ眉毛の濃く太い音曲師で、同じころ東京の落語界を風靡したすててこやへらへらほどではありませんでしたが、たしかにその次くらいの人気はあって、二年後の明治十三年ごろでも相変らず右柳が現れさえすると、お客はオヤマカチャンリン許り注文しちゃ欣《よろこ》んでいたようでしたよ」

毎度云うとおり三次郎老人は、明治年間、浅草柳橋の寄席翁亭を経営の傍ら親子二代の岡っ引ゆえ遊軍として警視庁へ屢々《しばしば》智恵を貸してやっていたエキスパート。

それにしても今夜の一席は、当時の寄席の追憶談だと許りおもって、そのつもりでノートへ鉛筆を走らせていたら、

「その明治十三年九月上席《かみせき》八日目の晩でしたが、日本橋鞍掛橋《くらかけばし》を渡ってすぐ右の横つまり当時第一大区十二小区と呼ばれた小伝馬町《こでんまちょう》の路次にあったその右柳の家で、女房のお吉《きち》と娘のお京《きょう》が見るも無惨に殺されていました。

お吉の方は下座《げざ》上がり、このところリュウマチスで三味線が弾けなくなり、家《うち》に引籠っていつも頭痛膏《こう》許り顳顬《こめかみ》へ貼っていた角張った陰気な顔の四十女でしたが、十九になる娘のお京の方は父親の右柳に似て眉の濃い、目許に媚《こび》のある、少し貧相な位つんと鼻の高い、ちょいと男好きのする細こけた顔立ち。

かねて私は、右柳の娘に浮いた噂のあるってことは、楽屋の者からも聞いて知っていましたが、それが今度偶々《たまたま》この事件で本腰になって洗って見ると、何と男が廿人ある。

廿人ですよ、一どきに。

もちろん、中《ちゅう》どこの落語家《はなし》許りなんですが、それにしても廿人てのは、ひどがしょう。

即ち、お話は此《ここ》からはじまるのでして、まあ先生お聴き下さい」

かくて寄席懐古録は、そのまま明治の捕物話に、引抜き早替り。

些《いささ》か向う脛を掻《か》ッ払《ぱら》われたおもいで私は、八十翁とはおもわれない、わかい、艶のある、色白面長の老人の顔を、ときどき見上げながら、手の鉛筆を動かしはじめた。

佐原囃子のレコードはもちろんもう夙《とう》に終って、おもては浅春《せんしゅん》の宵らしい駒下駄の音。

どこかで恋猫が切《しき》りに啼く。

二

第一大区十二小区小伝馬町と云えば、何しろ柳橋からは、ほんの目と鼻の先の鞍掛橋の橋向う。

報せを聞いてすぐに芸人の定紋大きく白地へ藍に染めだした首抜き浴衣のまま三次郎は、第一方面第五分署の、佐藤三郎と云うわかい鬢の濃い探索と現場へ駈付けた。

先着の分署の人たち以外、未だ主の春風亭右柳は品川の方の寄席へ出演していてかえっていなかった。

薄暗いランプの灯《ほ》かげに照らしだされている六畳一と間の狭い家の中には、無惨に母と娘が折り重なって事絶《き》れていた。

殊に娘のお京の方は滅多斬りに斬り苛まれ、血みどろ血がいの古畳の上には、細いながい指さえ二、三本、見るも無気味に惨《むご》らしく飛び散っている。

血飛沫《しぶき》で一めん真赤になっている壁の裾で、切りに蟀《こおろぎ》の啼いているのも、時が時丈け一そうに哀れだった。

単念に三次郎は、佐藤探索と血の海の中へ手を突《つき》込んでいろいろ掻廻すと、古い赤錆びた泥だらけの釣針が一つ、畳のへりから発見された。

それを鼻紙へ包んで袂へ入れると、

「ちょいと佐藤さん、そのランプ」

云い付けて吊ランプを持って来させ、先ず入口の暗い土間を照らして見たのち、つづいて浴衣の袖でともすると消えかけるランプを押さえておもてへでると、今度は家の前をながれている小溝の中へ差付けた。

「おや」

間もなくこう小声で云ってランプ片手に、グイと小溝の中へ手を伸ばし、拾い上げたは、割合に新しい男物の下駄の片一方だった。

血だらけの自分の手と一しょに台所の水でよく洗って裏おもてを引繰り返して見ると、上方出来の、彼地《あちら》では中歯《ちゅうば》と云う、東京の日和下駄とややこしらえの似た下駄。

古い釣針と、大阪風の下駄と――

ニッコリ三次郎は、この二た品を柳橋の家《いえ》へ持ちかえると、翌日、すぐにお京と訳のあった廿人の落語家たちの中で、釣好きの者と大阪上《のぼ》りの者とを査べ上げた。

中に釣道楽は、朝三《ちょうざ》、志ん玉《ぎょく》、栄賀《えいか》、桃生《とうしょう》の四人丈けだったが、兇行当夜はみな神妙に打出しまで、出演席にのこっていたもの許りだった。

そこで今度は大阪上りの方に取りかかると、先月から上京している桂三朝《さんちょう》と云う四つ竹をつかって踊る、わかいゾロリとした落語家がいた。

いろの生白い、のっぺりとした、見るから女蕩《たら》しらしい廿七、八の男で、その上、宿も同じ十二小区神田龍閑町《りゅうかんちょう》の青木と云う寄席なら、小伝馬町の右柳の家《うち》へは随分気楽に立寄られる距離である。

さしずめこの桂三朝を怪しいと睨んで三次郎は呼寄せると、残暑のきびしいその日の正午《ひる》ころ、すぐに小白い額の汗を拭き拭き三朝は駈付けて来た。

「おい三朝さん、お前のタレ（情婦）が殺された右柳の娘のお京だてえことアよく知っている。ついちゃ、此《これ》に」

覚えはないかと、例の溝《どぶ》から拾い上げた中歯を突付けて見たが、

「わいの下駄はみな心斎橋のみのやはんの許りだす。見とくれやっしゃ、あこの下駄はみなこないい裏へさいて小《ちっ》さい焼印が押されてますので」

こう云いつつ自分の華奢な駒下駄を格子口まで取りに行き、殊更に裏を引繰り返して見せた。

成程、そこにはちいさく

「のの」

と、のの字を三つかいてみのやを利かせた焼印が、いかにも芸人好みの下駄をこしらえる店の商標《しるし》らしくすっきりと美しく押されていた。

「怪体《けったい》におもやはったら、宿へ来てあとのわいの下駄もよう見とくれやっしゃ、みなこの店の許りだすさかい」

オドオド白い顔を硬《こわ》ばらせて尚も念を押すように、三朝は云った。

「いや分った。じゃ、それより昨夜《ゆうべ》お前は八時半がらみにどこの席の楽屋にいたな？」

つづいて昨夜の兇行を午後九時前後と推定して三次郎は、こう第二の訊問の矢を放った。

「ヘイ、馬の鞍の角の夜明かしの関東煮《だき》、いえ、あの、おでんやへ行って扇好《せんこう》はんと飲んでました」

また淀みなく三朝は答えた。

馬の鞍とは、神田の新石町《しんごくちょう》と鍋町《なべちょう》の途中の、東側を東へ入った一帯の名称。

所詮は大阪上りでまた若手の、した掛持ちのあるわけでない彼、三朝は、二軒ほどの寄席を歩いた丈けで身体が空いてしまい、此も未《ま》だ御同様二つ目と呼ばれる若手落語家の扇好と、早くから寄席をでて一杯やっていたと云うわけなのだった。

で、すぐ念のために昨夜の佐藤探索を走らせて、馬の鞍のおでんやへ訊きにやると、

「どうもそのような御仁体《じんてい》のお客さまは、昨晩はどうもお一と方さまもお見かけ仕《つかまつ》りませんでしたようで」

と、おでんやの主人《あるじ》が首を傾げての案外な答。

「!」

俄に三次郎の目がギロリと光り、サッと色白面長へ紅い血が漲りわたると、

「三朝師匠、お手間はとらせねえ、御苦労さんでもちょいと屯《たむろ》まで御同行が願え度えんだ」

グイと容赦なく三朝のしゃなしゃなした肩先を摑んだ。

三

「そら、おました、たしかにあのお京と関係はおました、そやけど、もし、あないな大それたこと、滅相もない何でこのわいが」

企むわけがあろうかと、烈しく第五分署の一室で三朝はお京母子《おやこ》の殺人一件を否認したのち、

「第一わいてたしかに昨夜《ゆんべ》は馬の鞍のあのおでんやにおりましたにちがいおめへんので、扇好はんにさえ聞いて貰うたらよう分りまんのやがな」

涙をながさん許りにして、何べんも何べんもこう云った。

が、証明す可く肝腎のその扇好は、かの事件の翌日から泊りがけで行徳《ぎようとく》の客のところへ招《よ》ばれて行っていた。

二日、三日、四日、五日——なかなか彼はかえらなかった。

その間、手を代え、品を代え、わかい探索の佐藤は、三朝から泥を吐かせようとかかった。

が、どうしても白状しないまま六日、七日、八日――依然、扇好もかえらなかった。

そこで、扇好さえ戻れば青天白日の身だと云い切っていた三朝も、

「どうぞあんさん方、お慈悲やさかい馬の鞍のおでんやへわいを連れてっとくなはれ。ほたら、きっときっと万事は分りますのやさかい」

とうとう痺《しびれ》をきらして、繰返し繰返し懇願した。

余り執拗にせがむので、流石の佐藤探索も業を煮やして三次郎に計ると、

「まあいい。そんなに本人が頼むならものは試しだ。連れてってやれ、俺も行く」


十日ちかくくらい込んですっかり鬚だらけになってしまっている三朝の顔を、またおでんやで見ちがえてはと、三次郎の発議できょうは剃刀を貸与えてよく剃らし、それからはじめて三人して分署を立ちいでた。

いつかもうめっきり吹渡る風が冷めたくなった秋晴れの一日で、頭上を行く赤とんぼの群れも大そう繁くなっているその中を、彼らは馬の鞍のおでんやへと急いだ。

未だガランとしている店の中へ、流石に世にも真剣な顔で三朝ツカツカと入って行くと、店先にいた禿頭《はげ》の親爺のすぐ傍へ近寄って行って、生白い己の顔を指《ゆびさ》し、

「オイおっさん、九月八日の夜《よ》さり八時ごろからいま一人江戸っ子の扇好云うわかい落語家と、丁どここの太神宮《だいじんぐ》はんの下で飲んでいて、オヤマカチャンリンの唄許り余りわいが謳うもんやさかい、やはり御商売柄枯れたええ咽喉《のど》だんなあとあんたもほめてやったこと覚えないか」

「……」

「頼みや、あんじょうおもいだして！　あんたにおもいだして貰わんことには、わい怖しい人殺しの罪着せられて首斬られてしまわんならんねん、頼むでおっさん、なあもしおっさん、ほんまにほんまに……」

こう詰寄るようにして云ったときには、暫くは事の重大さにおでんやの主もことごとく仰天したのだろう、暫くは目に涙を一杯溜めて年《ねん》明けの陰間《かげま》然とした忌《いや》にやさしい三朝の顔を、しげしげとまじまじと幾度か見上げ見下ろしていたが、やがてのことに、

「アおもいだし……いや、すみませんすみません」

おもわず丁と小膝を叩いて急にニコニコ、

「たしかにたしかに、そのオヤマカチャンリンでおもいだしました、えええ今月八日の晩、あなたさまおいででした。もうお一と方のお若い方と。こりゃどうも屯からお訊ねのとき手前ついつい失念いたしまして、とんだ御迷惑をかけました。平に平に御容赦のほどを」

平蜘蛛《ひらぐも》のようにペコペコ主人は、禿頭を下げ重々あやまった。

もう此《これ》で、一切は明白。

直ちに桂三朝が釈放されると、世の中はこんなものでいまごろになってやっと扇好もかえって来た。

さて、とすると、次はのこる十九人の御親類筋で、さしずめ、白魚《はくぎょ》、朝三、柳車《りゅうしゃ》、柳太郎、梅昇《ばいしょう》、龍人《りゅうじん》、燕叟《えんそう》、燕之助、燕花、歌雀《かじゃく》、志ん玉、志ん鏡《きょう》、栄賀、圓丸《えんまる》、桃生、文蝶《ぶんちょう》、京枝《きょうし》、鼻光《びこう》、遊《ゆう》

生《しょう》とこの中の誰かひとりが母娘を殺して、罪を他国者の三朝に転嫁す可く大阪製の下駄を溝の中へ投込んでおいた、と云うことになる。

でも、三次郎は席亭の身の、うそにも此丈けの落語家を、自分で屯署へしょぴくことは忌だったので、此亦よろしく佐藤探索に一任した。

が、この十九人の中には、全くホシ（真犯人）とおぼしいものは見られなかった。

いざ挙げて見ると、およそどの男もどの男も洒々落々《しゃしゃらくらく》、生れ付いての落語家気質《かたぎ》で、お京の浮気性からいずれも据え膳頂いてはいるものの、到底そのことを真剣にあくまでおもい煩ったりしているようなそんな殊勝な奴はひとりもいなかった。

みんな云って見れば、横丁の大溝へ小便をしたほどにもおもっていない手合許りなのだと云うことが、席亭丈けに三次郎一巡当って見てすぐ分った。

「いけねえ佐藤さんこの十九人も菅秀才《かんしゅうさい》のお身代りにゃひとりも立たねえぜ」

ペロリ舌をだして三次郎は謔《おど》けた。

「アレそうですか、しかしどうも……」

この十九人を帰してしまえば、明らかに事件は迷宮入りとなる。で、かえしともない口吻《くちぶり》で濃い鬚を撫廻しながら佐藤探索は、三次郎の方を向いて未練に云ったが、

「でも仕方がねえ気振《けぶ》りがてんで見えねえんだから。まあまあ気永に河岸を代えて洗って見ることさ」

あくまで三次郎はあきらめがよかった。

殺風景な探索部屋の破れた坊主畳の上へ胡坐をかいて、細身の銀煙管で一服喫いながら、わざとそっぽを見廻していた。

〽おやまたちゃんりん蕎麦屋の風鈴、落すと罰金、引繰り返しちゃ罰金……

が、そのとき切りに近所の子供たちが声を揃えて歌っている唄声が、釣瓶落しの秋の日紅い窓越しに土塀の彼方から聞えて来ると、何だかそれがいまの場合、耐《たま》らなく自分たちの無能を嗤われているもののようで、三次郎とて、傍らの佐藤探索がこの焦燥も尤もと、つい考えないわけには行かなかった。

四

と、数日後――。

またまた三次郎の身近、それも右柳の家から至ってちかい馬喰町《ばくろちょう》で旅人宿藤屋《たびにんやどふじや》の看板娘おふゆが何者にか殺害された。

おふゆは今年廿三になる、ベットリ黒い花の咲いたような目をした、いろの抜けるように白い、所謂目の醒めるような大柄の美人で、日の暮れ方《がた》の忙《せわ》しい最中、帳場格子の中に新しい出刃包丁で横腹《よこっぱら》を抉られて打倒れ、しっかり両手で銭函をかかえるようにしたまんま息が絶えていた。

「オヤマカチャンリンのどら娘たあわけがちがう。殊に銭箱を身体中でかばっているのが動かせねえ証拠だ。こいつア佐藤さん物奪《と》りと見てよかろう」

事件翌日の灯点《ひとも》し頃、古風な藤屋の数寄を凝らした小さな庭に面した奥座敷で、証拠品たる出刃包丁を手に取って見ながら意気な唐桟《とうざん》ぞっ、、きの三次郎は、合棒の佐藤探索にこう云った。

おふゆへは近々に小松屋と云う近所の薬屋の次男で喜之助、廿八になる養子が来ることになっていて他に浮いた噂もなく、親孝行で近所の評判もごくいい以上、この三次郎の観察は余りにも妥当だろう。

ところで血の匂いの深く滲みているその出刃には「木瓜《もくこう》」と打ち手の銘が刻んであり「木瓜」とは刀鍛冶らしからぬ名前だが、大門通り木瓜屋の細工物。

何より三次郎はその出刃包丁が買った許りらしい品物である点に望みを繋いで、此からすぐに木瓜屋へ行って当って見ようと勇んで立上った。

そうして切りに娘の棺《かん》の置いてある次の間の方から流れて来る線香の煙りの中《うち》、気もそぞろに取乱している主人夫婦をさらに慰めて、証拠の出刃を懐中《ふところ》に佐藤探索とおもてへでると「藤屋」と大きく金文字で彫った古い欅《けやき》作りの看板の小かげ、最前《さいぜん》から守宮《やもり》のようにピッタリ身を寄せて様子をうかがっていた小作りの胡散な男が、俄にバタバタ身を翻して浅草見附の方へ逃げだして行った。

「気障《きざ》な野郎だ、オイ佐藤さんひんなぐれ」

いゝいゝいゝ

ひんなぐれとは、捕縛しろとのこと。すぐ三次郎がこう命じると、

「合点で」

タタタタタタと遮二無二追駈けて行く佐藤探索のあとから、つづいて彼自身も亦駈出して行った。

いつかはやとっぷりと暮れつくして、一めんに狭霧《さぎり》の下りてしまっている灯の少い大通りを、見

附のすぐ手前まで追込んで来たとき、もういけないと観念したか、俄に男は踏留まって振向いた。

いきなり懐中へ手を突込むとキラリ短刀の鞘払って斬付けて来た。

「危え」

ヒラリ体《たい》を交わすと三次郎、いまのいま押収して来た木瓜屋の出刃包丁取出すが早いかピシーリ、
烈しく相手の手の甲を峰打ちにした。

「ア痛……」

ポロッと短刀を取落すとたん、

「神妙にしろイ」

のしかかって忽ち佐藤探索が早縄を打ち、召捕ってしまった。

すぐに分署まで連れて行くと、

「ヤイ有体《ありてい》に申上げろ、お前《めえ》アあの藤屋の帳場の金をかっ掠《さら》おうとし損って、評判娘を殺《ば》らしやがったろう」

先ず三次郎が極《きめ》附けたが、

「……」

うつむいたまんまで古給《ふるあわせ》着た切り雀のこの小男は、首を左右に振る許りだった。

「隠すな汝《うぬ》今更になって。往生際のよくねえ野郎だ。藤屋は馬喰町切っての分限者《ぶんげんじゃ》、そこへ目串を付けやがって入《へえ》ったんだろう」

今度はわかい探索が云ったが、

「……」

やっぱりさしうつむいたままで男は、徒《いたず》らに左右に首《かぶり》を振続けている許りだった。

「ちょっ、イケ強情な代物だな。唖《おし》か聾《つんぼ》か、それとも吃《ども》りか。悪党は悪党らしく申上げてお慈悲を願え。オイほんとうにお前最前《めえさつき》俺が峰打ちにしたこの出刃で藤屋のおふゆを、ズブリお見舞申しやがったんだろう。サ余り手数《てすう》をかけさせねえで申立てろイ、痛い目を見るぞ」

夜目にも赤く痛そうに腫上がっている男の右手をキュッと掴み、左手で証拠の木瓜屋の出刃を目の前に突付けて、三次郎がさんざんに小突き廻すと、漸くのことにはじめて小さい鼠のような目を見開いて、やや暫く目の前の江戸前色白のながい顔を見上げていたが、

「いや、ちがいま。わいは、わいは、そないな……旅籠屋の盗人などは……」

意外にも相手は生粋の大阪弁ではじめて口を開いて、ツベコベといろいろ弁解しだした。

この大阪弁を耳にしたとたん、サッとある霊感が三次郎の頭の中には閃きわたった。

「おい若えの、じゃお前は釣が好きかえ」

突嗟に調子好く釣竿を弄ぶ手真似をして見せながら訊ねると、

「オ旦那さんよう御存じで。釣と来よったら、わい、てんと目がないのんで」

釣込まれるように男は答えた。

しめた！　おもわず三次郎は躍り上がって喜んだ。

オヤマカチャンリンの右柳の女房と娘を、世にも無惨に殺害した真犯人こそ、何とこの男だったのだ。

五

「こいつは逆艪《さかろ》の常《つね》と云って、大阪も福島辺のやくざ者でした。難波の福の子分のところで三下をしていたようなことも云っていましたが、未だ廿五、六の、所詮《つまり》がろくな悪党じゃありません。生れ故郷を喰詰めて今月八日の朝上京すると、この男大そうの釣道楽で、すぐさま人に聞いて当時本所緑町五丁目にあった太古庵《たいこあん》と云う釣堀へでかけたんだが、ここで賭け釣りをして、一文無しになってしまった。

夕方ボンヤリ両国橋をわたり、馬喰町辺には宿屋が多いと聞いて、元より藤屋あたりへ泊れる玉じゃないが、何となくその辺をうろうろしているうち鞍掛橋を渡ると北へ。

偶々とおりかかった右柳の家《いえ》が芸人稼業の夜更かしで未だ戸が開いていたので、覗込んで見ると此が女所帯。

で、フラフラと殺意を生じてあの血沫《まみ》れ仕事の上、その辺にあった僅の銭を掠ってずらかったと云う次第です。

しかし、犯人には有勝ちの心理で、今夜も亦現場ちかくへ立廻っていると私たちの姿を見、様子でそれと分ったので怖わ怖わ藤屋までくっついて行ったため、却ってどじを踏んだやつです。

だから私が最初に発見した古い釣針は、この逆艪の常が本所の釣堀から付けて来て例の溝の中の下駄と一しょに置いてったものだったんです。

ところで一方、藤屋のおふゆ殺しですが、此はその晩のうちにまたその足で大門通りの木瓜屋まで出向いて行って査べると、全く意外なことが判明して難なく挙げてしまいました。

一と晩に二つの獲物。

しかもこのおふゆを殺した方が却って落語家で、かの大阪上りの桂三朝と馬の鞍のおでんやで飲んでいたと云う扇好だったのだから、おもしろいじゃありませんか。

扇好は三朝に嫌疑のかかっている間、行徳の方へ行っていましたが、この男、そっちの生れでそのときもうおふゆ殺しを薄々企んでいて客先や親戚へ、他所《よそ》ながら別れに行っていたらしいんです。

では、どうして扇好が小町娘のおふゆを殺したかと云いますと、彼は子供のとき藤屋の奉公人で、のちに歿《なくな》った都々逸坊扇歌《どどいつぼうせんか》の弟子となってからも始終出入りしているうち、元々少うし足りない男なので、この小町娘にあらぬおもいをかけはじめたのです。

でも、流石に露《あらわ》にそれを云いだすほどの馬鹿でもなく、生涯、片おもいのつもりだったのですが、前にも云った近所の生薬屋《きぐすりや》の二男喜之助が今度養子に来ることになったと聞いて、ムラムラと扇好の量見が変った許りか、とんだ事件を捲起すことになりました。

と云うのが喜之助と云う男、昔、扇好が小僧奉公をしていた時分にはひどい暴れン坊の餓鬼大将で、日々毎日喜之助のため生傷の絶えたためしがなかった。

子供の時代のこの大きな恐怖と憎悪の念が、成長後も決して扇好の心の中《うち》からは離れず、そこで余人は知らず百年の仇敵であるこの喜之助に丈けは何としてもおふゆを抱寝《だきね》させ度くない。

さりとて依然腕っぷしの強い喜之助に掛合って見たところで、到底己は歯が立たない。

とつおいつ思案を重ねた揚句が、出刃包丁買込んで行っておふゆを突殺し、返す刀で自分も死んでしまうはずが死遅れて、私たちの手で挙げられたとこう云うわけでした。

おふゆが死際に銭箱を身を以て庇《かば》っていたのは、扇好が頰被りをしていて誰だか分らず、物奪りの仕業とおもい込んだからでしょう。

芸人手合の女出入りが原因とメドを付けたオヤマカチャンリンの方がずぶの物盗りで、おふゆ殺しの下手人の方が落語家で色恋と来ちゃ……。

こんな見込みちがいがよくあるものです。

扇好は、翌十四年の七月十日に斬罪になりました。

当時は一審丈けの裁きでしたから、この位のことでも首斬浅右衛門《くびきりあそうえもん》さんの刀の錆になったもんです。

その上、それから十四日後の七月廿四日にはわが国の斬首刑は廃止となり、お裁きの上にも大分手心が加えられたんですから、もう少しあとでこの人殺しをやってたのだったら扇好も、或は死罪を免れたかも、いや気の毒な奴でした。

気の毒と云えば、この扇好がいざ首を斬られるってときに、

　　なき父母の跡を慕ふて忍び寝の
　　　恋のゆふ婦《ふ》に身こそ失ふ

と、世にも奇妙奇天烈な辞世を詠んで死んで行きました。

『恋のゆふ婦』はおふゆのことでしょうが『父母の跡を慕ふて忍び寝』なぞは訳が分らない、或はおふゆは扇好の死んだ母親にでも似ていて一そう惚れたのかも知れません。

それも哀れなら、『むべ山風《やまかぜ》を天《あま》の香久山《かぐやま》』みたいで意味の分らないところも、少うし足りない落語家の辞世らしく大そう哀れじゃありませんか」

こう云って三次郎老人はいよいよ啼きつのる恋猫の声を、場合が場合丈けにやや寂しそうに聴き入っていたが、やがて

「ああ、そうそう、オヤマカチャンリンの一件の真犯人逆艪の常の召捕られたあと、右柳の娘お京に関係のあった桂三朝はじめ廿人の青年落語家は、一日、両国の小大橋《こだいきょう》と云う、刺身が名題《なだい》の美味い物屋へ集まって、青天白日祝いの酒盛を盛大に催しましたよ。

そのとき宴、闌《たけなわ》に至るや、廿人の御親類筋が筒一杯の声張上げて、オヤマカチャンリンの唄を諷い、そのあと陽気にシャンシャンシャンシャンと手を〆めたてえますから、いかにも太平余沢《よたく》のはなしからしくて、とんだ可笑しいじゃござんせんか。はっはっはっはっ」

と愉快そうに笑った。

読切雑誌　昭和二十四年（一九四九）三月号

Epilogue

夜の色

ネオンが禁じられてから、俄に東京の町々は濡れた美しさを取り戻して来た。蓋《けだ》し今次非常時下に仰せ出された布告の内で、一ばん取得のあるものではなかったろうか。新橋を渡るときすれちがう男女の顔なぞ見分けられぬほどの薄暗さで、その薄暗さの中に前方の灯が、柳が、人波がボーッと湿《うる》んで見える。ほんとうの大都会の夜と云うものは、この程度の落ち着きのある華やかさの中にジッとり明滅すべきものだろう。

昨夜、古本漁りに本所へいったが、法恩寺橋から天神橋へかけての薄暗い町並がいかにも本所らしい侘びしさで、偶々《たまたま》、満月に近い月の晩だったが、一ところ町から完全に失われた月の光が再びしずかに趣深くふりそそいでいる景色を見た。

これは植民地の売笑婦の化粧じみたネオンがなくなったことが一つ。またもう一つは大正震災後ここに十六年。今や東京の町々には漸く物なつかしい陰影が、雰囲気が、味いが浸み出して来たためであろう。

去年の秋辺りから夜、バスで馬喰町小伝馬町の問屋街を通るたんび、灯の消されたあの辺の商家の構えや葉の無暗《むやみ》に大きな街路樹や鞍掛橋辺の濠割を眺めて、私は震災直前の東京の姿が漸く再生して来たことを感じたものだが、そこへもって来て今度のネオン御禁制で、東京市はたしかに大正初年の風景に立ち戻りつつあると思った。

私たち子供の時分には、本郷の親戚から浅草まで送られる夜の俥の中で、湯島の切通しと阿倍川町の稱念寺《しょうねんじ》の黄揚垣《つげ》の横を通るときが身を切られるほど、思いだった。いきなり目を押さえられてしまったような闇《くら》さの中で、切通しの方は広小路の灯が見えるまで、稱念寺の方は田原町《たわらまち》の蠟燭屋の角へ来るまで、夜の黒さ深さ怖しさに私は身を竦《すく》め、息を殺しておののいていた。こんな怖しさはいくら説明をしたところで、きのうきょう上京して来た人たちには容易に肯いてもらえまい。

殊に稱念寺の垣根は怖しかった。悪魔のような丈高い黄揚垣で、その垣の中は卵塔場《らんとうば》だとおもうから一そう怖い。田村西男氏の先代桂文楽と云う落語家を描いた小説の中に、夕方、梅坊主を見物に行く途でここを通行した人（文楽だったかも知れない）が妖婆《ようば》にであう場面があったが、むべなるかなと肯かれた。「ピストル強盗清水定吉」や「海賊房次郎」の関東節や、「横浜小僧殺し」「高橋於伝《おでん》」の血腥い講釈はみなこの昔の東京の夜の暗さを念頭に置いて見て、始めて生きて来るものに相違ない。

私は何もそんなにまで暗い東京になってもらおうとはおもわないが、昔の恋びとにめぐりあったような「時世」後戻りを感じさせる此の頃の東京の夜の色は、たしかにいい。

博浪沙　昭和十三年（一九三八）十二月号

解説　モダニスト、マサオカ・イルル!!

善渡爾宗衛、杉山淳

正岡容（一九〇四〜五八）の作品世界を、本稿では次の三つの期間に注目して見ていきたい。第一が習作の時代（一九二〇〜二三頃）、第二が芥川龍之介による「称揚」後の、新進作家から流行作家、大衆読み物作家へと変貌をとげていく時代（一九二三〜三六頃）、そして戦中を挟み、第三が永井荷風との出会いののち、大衆芸能研究者としての色彩を強めていく時代（一九四六〜五八頃）である。

第一期の作品世界の特徴は濃厚な〈感傷性〉である。また、凝った造りの単行本が多い。もともと正岡容という作家は、型から入ることが目立つ。歌集『新堀端』（稲門堂　一九二二）、『東海道宿場しぐれ』（岡崎屋　一九二二）、『影絵は踊る』（新作社　一九二三）、『風船紛失記』（改善社　一九二六）では、装幀や序文、跋文に至るまで、豪華な人材を起用している。『新堀端』は序歌として吉井勇の五首、西條八十の五首、大木雄三の五首を収めている。また『東海道宿場しぐれ』も阪井久良岐《くらき》の序文、巌谷小波《さざなみ》の序文、西條八十の「童謡—序にかへて—」、岡本綺堂の「序—正岡さんへ—」、大泉黒石《こくせき》の序文、森曉紅《ぎょうこう》の序文、前田雀郎《じゃくろう》の序文と、総勢七名もの寄稿者がいる。『影絵は踊る』は吉井勇が歌を巻頭に寄せ、大泉黒石が序文を書いている。そして『風船紛失記』は装幀、序文を稲垣足穂が担当し、跋文を徳川夢声が執筆している。

作家としての正岡容を取り上げた文章に、ＳＦ作家の今日泊《きょうどまり》亜蘭《あらん》による「結晶しなかったディレッタント」（「大衆文学研究」二十一号　一九六七）がある。長編『影絵は踊る』に焦点を当てたものだが、否定的な論調のもと、文芸志向の強かった初期の作品世界が、なぜ発展成長することなく終わったのかを述べたものだ。今日泊が指摘した正岡の文学作品における中心点のいわれなき喪失は、作家本人の熱しやすく冷めやすい性格に依るものだろう。その移り気な性格は、作品世界にも現れている。また今日泊は、実父である画家の水島爾保布《におう》のもとで、正岡が定期的に落語会を開いていたことも報告している。

第二期の正岡容は、まずは稲垣足穂と並ぶモダニズム文学の旗手のひとりとしてとらえられる。江戸情緒とモダニズムの雰囲気が混ざり合う独特な作風に特徴があったエンタメ作家といえよう。新進作家としての文壇への道を拓いたのは、芥川龍之介による「黄表紙・江戸再来記」（「文藝春秋」一九二三・四）の「称揚」である。正岡著『荷風前後』（好江書房　一九四八）の「芥川さん」より引く。

芥川さんに小文を称揚していただいて、最初に私は世の中へでた。さり気なく投じた黄表紙「江戸再来記」が「文藝春秋」大正十二年四月号へ起用、もちろんそのときの喜びも大きく素晴らしかったが、さらにそれが芥川さんから菊池寛氏あての私信で賞讃されたと聞いたときの喜びはさらにまた何にも換えがたく大きかった。（略）たしか湯河原温泉の客舎から菊池氏あて寄せられた手紙で、「花ちるやまぶしさうなる菊池寛」の一句があり、正宗白鳥夫人は美人だねなどとかいてあり、そしてそのあと「正岡いるるとは何ものだね、江戸再来記は巧いよ」云々とはかいてあったのだった。

正岡容の作品に芥川龍之介からの強い影響を見出すことは困難だが、商業作家としての出発に芥川の称揚があったという事実は興味深い。だが『芥川龍之介全集』所収の文章に、正岡に関するものは確認できない。芥川と正岡のつながりは極めて脆弱なものだったといえよう。二人が行動を共にしたという記述は、正岡側のものしか残っていない。

文壇デビュー作となった「江戸再来記」は、江戸時代が今も続いていたらという仮定のもと、小気味よく、外連味《けれんみ》豊かに描かれている。そう、『新堀端』『東海道宿場しぐれ』とは違い、「江戸再来記」に〈感傷性〉は一切見られない。商業作家として正岡容が志向したもの、それは〈感傷性〉からの離脱であった。つまり「江戸再来記」とは、商業用に書きなおされた『東海道宿場しぐれ』であった。個人的な内実を極力排除し、エンタメ性を強化している。そして、作品世界の特徴である江戸趣味とモダニズムの混交が、典型的な形で示されている。

モダニズム文学の雄、稲垣足穂と正岡容の活発な交流については、次のような足穂の回想がある。「今は哀しき釜掘りの唄」(「作家」一九五九・十二)より引く。

あれから彼が始めた「開化草紙」に関係したり、単行「風船紛失記」の装幀を依頼されたりして、相当行ききがあった印象が残っているが、実のところ、彼がわざわざ明石までたずねてきて、それからいっしょに神戸、大阪で過した半日が、一期一会であったわけだ。(略)彼が大阪で妓楼を経営している人の許へ養子入りをして、狂言自殺事件を起したのはこの直後である。(略)正岡自身もボクの前で、「それがたったこれだけでんねん」と妙なアクセントの大阪弁を使いながら、指先でわずかな幅を示したことがある。新聞広告をみて折角購った雑誌に載っていたタルホ作品は、原稿用紙二枚足らずの小品だったというわけだ。(略)東京のダンスホールで、水島という若い婦人から、正岡の弟とやら、最上純之介というおそろしく気取った少年詩人を紹介された。こちらが何かいう度に、先方は左手をよこに前方へ差し上げ、身を引くようにしてサロン風の会釈をするのであった。

最上純之介こと実弟の平井功《こう》とも稲垣足穂は会っていたようだが、もともと正岡容は熱狂的な足穂ファンだった。正岡作品に目立つモダンなエッセンスの多くは、足穂由来と考えていいだろう。正岡の幻想性が強い開化ものと、足穂の初期作品群を読み比べると、ある空気感を共有している。それは〈憧れ〉の感情である。足穂のそれは、スピード感あふれる刹那的な「一千一秒物語」を典型として描かれているのに対し、正岡のそれは、明治という時代を舞台に選んだことに現れている。

前掲の「大衆文学研究」二十一号に、玉川一郎の「文藝倶楽部などに、昭和初年頃からすぐれた『明治もの』を書いている正岡君の作品は、私の愛読するところであった」(「知らなかった同級生」)や、和田芳恵の「正岡さんが、大阪に行き、『苦楽』に開化物を書いていたころ」(「孤独な人」)といった言があるにもかかわらず、正岡容および一門全員が折々の座談会や回想で、開化ものについて多くを語らなかったのはなぜだろうか。

昭和二十七年(一九五二)における作家自身の証言がある。『正岡容集覧』(仮面社　一九七六)所収の「続わが寄席青春録」より引く。

尤もその前年の秋あたり、先代三木助に云はれる前から、薄々帰京のことは考へてをり、当時は博文館から「文藝倶楽部」「講談雑誌」の二誌が発行されてゐて、前者は横溝正史君が活発に編輯してをり、後者も師、吉井勇をはじめ長田秀雄、長谷川伸、畑耕一、サトウハチロー諸家が力作を寄せてゐた時代で、共に私の明治開化小説を例月載せて呉れてゐたから、一そうかへつて来る気にもなれたのだつた。しかし、当時の私の開化小説などは我流の書きなぐりで、かゝるがゆゑに、大半以上を後年破棄し、近年朱を加へて単行本へ収めたは、わづかに「キネオラマ恋の夕焼」一作しかない。

この遺志に従ったのであろう、歿後、門弟たちが編んだ『正岡容集覧』には、流行作家時代の作品の大半が収録されなかった。だが、それは彼らの自己評価にすぎない。事実、玉川一郎は「すぐれた」と評価している。作家の主観的評価、読者の客観的評価という問題になるだろうが、作品は、作家の手を離れ、商業媒体に発表された瞬間、公共性を帯びる。対価が払われ、目にされた作品は、読者のものでもある。本書『月夜に傘をさした話　正岡容単行本未収録作品集』は、まさにその意味で、読者の側から編まれた一冊である。つまり、作家の遺志に反した作品集といえよう（なお、正岡容の明治開化情痴小説は、別途、盛林堂ミステリアス文庫の枠組みで編纂中である）。

正岡容の江戸趣味の背景については、俳句雑誌「青芝」の「正岡容追悼号」（一九五九・三）で城左《じょうさ》門《もん》が書いている（「追悼の文」）。

「彼は、その幼時を、江戸ツ子の祖母の膝下て《ママ》浅草花川戸で過した、と聞いてゐる。このことが、彼の一生を支配したやうだ。時代は明治の末期である。円太郎馬車、瓦斯燈、ジンタ、軽気球、十二階の頃だ。今日、これらは跡形もなく亡び去ってしまった。この亡び去った明治の体臭が、正岡容が係恋のカナンの国、夢の故郷である。これへの回想、憧憬が彼の文学の源泉となった。」

それは明治という時代への〈憧れ〉であり、江戸そのものへの懐古ではない。ここに正岡容の、江戸趣味にしてモダンな意匠の不可思議な小説世界の秘密がある。明治は、消えゆく江戸の風景と押寄せる近代がせめぎ合った時代であり、古典落語の多くが明治期の成立であることを踏まえると、正岡が落語に深入りした根本的な理由のひとつが見出される。あるがままの自身を受け止めてくれるものとして、明治という時間《とき》を偏愛したのだ。その作品世界の特徴である江戸趣味とモダニズムの奇妙な融和には、自身が認める明治という時間がまま体現している。だからだろう、多くのモダニストがもつ未来にかけた急進性を正岡はもたない。正岡は、明治という理想の時間をめぐって、愚直に創作を続けた。この点も、モダニズム作家としての正岡を考えると、異端といえる要素だ。足穂が自らを「未来派」と規定したように、モダニズムは未来になんらかの期待をかけたものである。だが正岡は一貫して、失われた明治にとらわれながら、モダニストとしての相貌を露わにした。正岡は他のモダニズム作家とは大きく異なるように思う。この質的差異を解くカギは、正岡が深く関わることになった大衆芸能の世界にある。

読み物作家としての正岡容の特徴は〈明るさ〉への志向だ。初期作品世界の基調である〈失意〉〈否定〉といったニュアンスが消え、芸能小説の大半が、安手のハッピーエンドを迎えることが多くなった。このあたりのことを都筑道夫は「単調さ」という言葉で表現している（『推理作家の出来るまで　上巻』フリースタイル　二〇〇〇）。だが、こうした強引ともいえる志向には、作家の切実さがあるようだ。『正岡容集覧』所収の座談会より、門弟だった桂米朝、小沢昭一、大西信行の言葉を引く。

米朝　ヘッセなんかどうでしたか。好みやなかったかと思うンやけどなア……。とにかく、信念としてメデタシメデタシにしたがるんや、なんでも。

小沢　そうですネ、小説でも悲しい結末ってのは、自分で辛くなるんでしょうネ、きっと……。

大西　いや、だから僕はそのメデタシメデタシの所でいつも不満を感じる。なんだってそう甘えるんだって。

小沢　ジャン・コクトーなんか好きで、よくネ……。

大西　ちょうどあの頃コクトーが映画を撮ってネ。僕らが感動していた頃だから……。

米朝　明るさがなかったらいかん、明るさがなかったらあかん、どんな悲劇でも悲劇やったら余計に明るさがなかったらあかんとしつこくいうとったな。

『新堀端』の序文や『東海道宿場しぐれ』などの初期作品で執拗に〈失意〉〈否定〉にこだわった作家とは思えないような変貌ぶりである。こうした反転ともいえる変化を及ぼしたものはなんだろうか。それこそが、正岡容が終生かけて愛した、大衆芸能の世界であった。かつて、若き立川談志が「落語は、人間の業の肯定である」と看破したことがある。落語に限らず、大衆芸能の多くがこうした基調で成立している。〈否定〉を基調としたモダニスト正岡は、大衆芸能に足を踏み入れた結果、その痛烈な肯定論理に巻き込まれ、方針を転換することになった。だが、徹底した〈明るさ〉への志向は、正岡が絶望的なものを背負っていたことの裏付けでもある。初期の作品世界は、今ここにある場、あり方への異議申し立てという最も原始的な表現衝動に殉じたものであった。先に稲垣足穂と共有している空気感について指摘したが、正岡の場合、第一期に見られる〈失意〉〈否定〉の感情、第二期においては安易なハッピーエンドそのものに、ある期待が託されている。そう、ここではない理想的などこかに、いつかはたどりつけるはずだという思いである。この理想を託したのが、正岡にとっての明治という時間だったのだ。明らかな過去志向でありながら、モダニストであるという正岡は、明治という時間への執着によって、モダニストたり得ていた。たしかに正岡から見て、明治は失われた過去である。だが、多くのモダニストが期待した理想の未来もまた、いまだ訪れていない。触れることのできないものという点においては、正岡にとっての明治となんら質的に異なることはない。この一点において、過去と未来は同一のものとなる。徹底した過去志向でありながら、その本質において、いまだ訪れぬ理想の未来を待望しつづけた作家、それが正岡容なのである。

正岡容は大正十四年（一九二五）秋に三代目三遊亭円馬夫妻の紹介で石橋幸子と結婚し、大阪に居住、「文士落語」「漫談」で諸方に出演した。正岡が本格的に落語に接近したのはこの頃である。

正岡容が寄席に出入りするようになったのは、若き日の永井荷風が人情の機微を学ぶために、噺家に弟子入りしたことを真似たためのようだ。前掲書『荷風前後』より引く（ルビは適宜補った）。

> 「監獄署の裏」その他にしばしば先生は已《すで》に社会革新の先導たる可き資格なしとおもひしつた日から、世を白眼視、野暮な邸の大小捨てて、江戸戯作者のひそみに倣つ《ママ》たとかいてゐられるが、さうした先生の思想の中に於ても私の影響されたはかの「見果てぬ夢」の一齣《いつく》「つまり彼は真白だと称する壁の上に汚い様々な汚点《しみ》を見るよりも、投捨てられた襤褸《ぼろ》の片《きれ》に美しい縫取りの残りを発見して喜ぶのだ。正義の宮殿にも往々にして鳥や鼠の糞が落ちて居ると同じく、悪徳の谷底

には美しい人情の花と香しい涙の果実が却つて沢山に摘み集められる……」だつた。此はわが廿《はたち》の日の愚拙なる長編「影絵は踊る」の冒頭にさへ、已に引用させて頂いた位である。同時にこの偽善を悪み、陋巷の美花に目を濺《そそ》ぐ江戸人特有の思想性情はその後廿有餘年を経た今日に至るまで深く私の人生観芸術観の根底をなしてしまつてゐて、今日、好んで私が落語家、講談師、関東古調の浪曲師の人生芸術の上に「己」をみいだすのも、要はこの先生の「見果てぬ夢」思想の影響に他ならない。「大窪多与里」中に「我、生涯に講談一篇、落語一篇はかきのこしておき度く」と云ふ意味のことかゝれてゐるのを見、また曾《かつ》て先生が先々代朝寝坊むらく門下の夢之助なる一落語家なりしをしつて、青春自棄の日の私は数多の新作落語を草して現金馬、柳橋、志ん生、今輔、右女助《うめすけ》その他に作り与へ、自らも亦高座に立つて剪燈凭机《せんとうひょうき》の一舌耕《ぜっこう》となり果つるの日さへあつた。何につけても先生の影響いといと甚大と云はなければなるまい。

そして大正末から昭和初年にかけて、正岡容の大衆小説作家としての苦闘がはじまる。「文章倶楽部」や「苦楽」に、精力的に明治開化ものを発表するようになった。「開化草紙」創刊前後で正岡は、流行作家を目指すことにしたのだ。この時期に執筆された開化ものの多くが、ショッキングな、実話講談まがいの内容であった。これはおそらく編集部の意向によるものであり、初出雑誌の目次に並ぶ他作家の小説の大半が、正岡の開化ものと同工異曲であることからも窺える。このような時代を大衆作家たらんとして、正岡は駆け抜けたのだ。

正岡容の作家としての自恃が滲むエピソードがある。再び『正岡容集覧』所収の座談会より引く。

米朝 それともう一ッ芸人に似てると思うことは、お宝を頂けるという根性が物書きであんなに強い人はない。
大西 それは金子光晴さんもいってたわネ。
小沢 この人（＝大西）なんかもう口をすっぱくして、原稿ってものは商品なんだから。これは時間通りに、約束通りに書いて届けるもんだと言われてたね。

筆一本で生き抜くことを宿命とし、文士たろうとした正岡容の、強いプロ意識が垣間見られる。そして、筆が速かったという正岡の特性もまた、プロたるべき必須条件である。親がかりの生活が長かった実弟の平井功に対し兄は、その意味では一貫して著述業者でありつづけた。弟は夭折したこともあり、実作者、文学者としての完成を見なかった。

正岡容は昭和四年（一九二九）に大阪での生活にけりをつけ小田原へ転居。昭和六年、東京市滝野川区へ移転。石橋幸子とは別れ、照子なる女性と生活した。そして昭和十一年、小島政二郎の弟子となり、再び小説の修業をした。この時期は西尾チカとの同居もはじめている。正岡の読み物作家としての闘いは、大正十二年（一九二三）から昭和十一年（一九三六）までをひとつの区切りとすることができよう。開化もので一世を風靡したが、他作家と競合し、埋没しかかったことに危機感を覚え、路線変更を計るために、小島の門下に入ったのであろう。小島のもとで描写の重要性を学び、エンタメ性の強い芸能小説の執筆へとシフトした結果、正岡は昭和十六年（一九四一）頃にひとつの絶頂を迎えることになった。

第三期、大衆芸能研究者としての色彩を強めた正岡容については、戦後の永井荷風との出会いにはじまる。一時期、正岡に師事した前出の都筑道夫は、荷風が訪れて以降、その文体から軽妙さが失われ、漢語が増えた硬いものに変化し、執筆依頼が激減したと証言している（『推理作家の出来るまで　上巻』）。正岡の感激屋ぶりはよく知られたことだが、荷風自身はこの出会いをどうとらえていたのだろうか。『永井荷風日記　第七巻』（東都書房　一九五九）より「昭和廿一年」（一九四六）から翌年にかけての、正岡関連の記事を抜き出しておこう。


八月十日。晴。不在中正岡容氏夫妻来訪。

十月三十日。晴。午前正岡容氏来話。

十二月十四日。晴。暖。午前正岡氏小川氏来話。

十二月廿八日。陰。午前正岡容花園某女来訪。白米を贈らる。

一月初一。陰。早朝腹痛下痢二回。午前正岡容氏来訪。

七月一日。時々細雨。午前盗難の事につき重て五叟子を訪ふ。偶然正岡容吉井勇の二氏の在るに会ふ。


永井荷風にとって正岡容は、特筆すべき存在ではなかったとすらいえる。

思うに永井荷風との出会いから、文学者としての評価を求めた正岡容は、持ち味の軽妙さを失い、結果的に大衆芸能研究者としての色彩を強めたわけだが、しかし前出の和田芳恵が書き留めた正岡の姿は興味深い（「永井荷風」『和田芳恵全集　第五巻』河出書房新社　一九七九）。額装までしていた荷風の手紙を前に、「あまり、近寄らないようにするつもりだ。先生のところでは、なにも得られないような気がする」とうそぶいたというのだ。本書収録の荷風を主人公とする小説二篇は、このような正岡の屈折した感情の現れともいえよう。

師事した作家の多くに敬遠され、破門、絶交された正岡容は、後年、事あるごとに友人知人に絶交状を送りつけ、門弟たちを破門した。自らが味わった屈辱を、他者にも味わわせて鬱憤を晴らしたとしか思えない。正岡が多くの弱点を抱え、文壇でも孤立した根本的な理由だと考えられるが、この点はまさに都筑道夫が看破している（『推理作家の出来るまで　上巻』）。

「正岡さんは自分しか、愛せなかったひとなのだろう。そのくせ人をすぐに信じて、傷ついて、感情をそこらじゅうに撒きちらす。」

先にも引いた『正岡容集覧』所収の座談会で小沢昭一が紹介したエピソードに、「どうなるか」という遊びがある。

小沢　きいた話ですけれども、若い時に「どうなるか」というのが好きだったといっておりましたね。尾張町の四つ角で寝ちゃったらどうなるか、それからなんとか堀に飛びこんだらどうなるか、「どうなるか」という遊びを楽しんだという話をききましたよ。「おまえ達はどうなるかということをやらないからだめなんだ。もっと若い時はそういうことをやれ」ということをききましたよ。そういうのは世間からみれば奇人ということでレッテルをはられるわけですね。

小沢昭一の話を受けて岩佐東一郎が正岡容のことを「すぐ夢を描いちゃうんですね」といっている。この話は正岡も礼賛した近松秋江を連想させる。正岡の明治開化ものを読む限り、編集部の求めがあったにせよ、秋江や泉鏡花の影響を濃厚に感じることが多い。男女の痴情のもつれが発端となり、破滅的な結末を迎えるところなどは、秋江よりもむしろ鏡花を強く連想させるが。

正岡容が主戦場とした「文藝倶楽部」や「講談雑誌」のバックナンバーの目次を見ていると、アメリカのパルプマガジンのありようを連想する。“Weird Tales”《ウィアード・テイルズ》などを代表とするアメリカの大衆向け雑誌は、通俗的かつ野蛮な面白さに充ちあふれた娯楽小説を大量に掲載しつづけたことで知られる。この文脈で「文藝倶楽部」「講談雑誌」を含む大衆向け娯楽雑誌をとらえるのであれば、日本におけるパルプマガジンという見方もできる。結果、浮かび上がるのは、珍奇さ、驚異への読者の欲求である。読み物作家としての正岡は、そうしたパルプライター的な業を背負っていたともいえよう。歌舞伎や落語などの外連味は、大衆がもつ残酷な視線を満足させるための刻印でしかない。その場その場の瞬間的な需要を満足させるための作品ゆえに、後年の正岡は、大正末から昭和初期の作品群の大半を、満足のいかぬものとして「破棄」したのであろう。だが、それは時代の求めに、誠実に応えた自身の苦闘の証でもある。そして、利那的な生きざまを選択せざるを得なかった作家自身の苦悩もまた、浮かび上がっているはずである。

正岡容　マサオカ・イルル

作家、大衆芸能研究者。明治三十七年（一九〇四）十二月二十日、東京市神田区生まれ。永井荷風の影響で若い時分から寄席に出入りし、自らも高座に上がった。早くから画家の水島爾保布や稲垣足穂とアクチヴに交遊、江戸趣味とモダンなアトモスフィアがミクスされた作品を数多執筆。小説、寄席をめぐる随筆のほか、落語や浪曲の台本、大衆芸能の研究書等、兎にも角にも書き殴った。代表作として小説に「圓朝」「寄席」「圓太郎馬車」、随筆に『寄席風俗』『荷風前後』『東京恋慕帖』、研究ほかに「雲右衛門以降」、『明治東京風俗語事典』等等等……昭和三十三年（一九五八）十二月七日歿。辞世は「打ち出しの太鼓聞えぬ真打はまだ二三席やりたけれども」。

月夜に傘をさした話
正岡容単行本未収録作品集

二〇一八年十二月二十日　第一刷発行

著　者　正岡 容
発行者　田尻 勉
発行所　幻戯書房
郵便番号一〇一‐〇〇五二
東京都千代田区神田小川町三‐十二
電　話　〇三‐五二八三‐三九三四
FAX　〇三‐五二八三‐三九三五
URL　http://www.genki-shobou.co.jp/

印刷・製本　美研プリンティング

2018, Printed in Japan
ISBN978-4-86488-161-6 C0093

小村雪岱挿絵集　真田幸治編

物語に生命を吹き込んだその仕事を、大正5年(1916)から歿する昭和15年(1940)までの雑誌掲載作品を中心に、「両国梶之助」（鈴木彦次郎）の原画など数多の新発掘資料をまじえて一望。大衆小説作家と組んだ江戸情趣あふれる「髷物」のほか現代物や児童物も網羅し、「雪岱調」の根幹に迫る。図版350点・愛蔵版。　3,500円

小村雪岱随筆集　真田幸治編

装幀、挿絵、歌舞伎、泉鏡花、そして「絵にしたくなる美人」のこと——大正から昭和初期にかけて活躍した装幀家、挿絵画家、舞台装置家の著者が書き留めていた、消えゆく江戸情趣の世界。歿後昭和17年(1942)刊行の随筆集『日本橋檜物町』収録の30篇に、新発掘の44篇を加えた決定・愛蔵版。好評増刷出来。　3,500円

白昼のスカイスクレエパア　北園克衛モダン小説集

「彼らはトオストにバタを塗って、角のところから平和に食べ始める。午前12時3分」——戦前の前衛詩を牽引したモダニズム詩人にして建築、デザイン、写真に精通したグラフィックの先駆者が、1930年代に試みた〈エスプリ・ヌウボオ〉の実験。単行本未収録の35の短篇。愛蔵版。　3,700円

文壇出世物語　新秋出版社文芸部編

あの人気作家から忘れ去られた作家まで、紹介される文壇人は100名（＋α）。若き日の彼らは、いかにして有名人となったのか？　関東大震災直後に匿名で執筆された謎の名著(1924年刊)を、21世紀の文豪ブームに一石を投じるべく大幅増補のうえ復刊。読んで愉しい明治大正文壇ゴシップ大事典！　2,800円

マスコミ漂流記　野坂昭如

銀河叢書　焼跡闇市派の昭和30年代×戦後メディアの群雄の記録。セクシーピンク、カシミヤタッチ、おもちゃのチャチャチャ、ヒッチコックマガジン表紙モデル、漫才師、ＣＭタレント、プレイボーイ、女は人類ではない、そして「エロ事師たち」……ＴＶ草創期を描く自伝的エッセイ、初の書籍化。生前最後の単行本。　2,800円

戦争育ちの放埒病　色川武大

銀河叢書　浅草をうろついた青春時代、「本物」の芸人を愛し、そして昭和を追うように逝った無頼派作家の単行本・全集未収録随筆群、待望の初書籍化。阿佐田哲也の名でも知られる私小説作家が折に触れて発表した珠玉の86篇。阿佐田名義の傑作食エッセイ『三博四食五眠』（2,200円）も好評既刊。愛蔵版。　4,200円